银色月光

◉ 王天丽 著

新疆生产建设兵团出版社

图书在版编目（CIP）数据

银色月光 / 王天丽著 . -- 五家渠 : 新疆生产建设兵团出版社, 2020.8（2024.4重印）
（绿洲文库）
ISBN 978-7-5574-1422-1

Ⅰ.①银… Ⅱ.①王… Ⅲ.①中篇小说—小说集—中国—当代②短篇小说—小说集—中国—当代 Ⅳ.①I247.7

中国版本图书馆CIP数据核字（2020）第184973号

银色月光

出版发行		新疆生产建设兵团出版社
地 址		新疆五家渠市迎宾路619号
邮 编		831300
电 话		0994—5677185
发 行		0994—5677116
传 真		0994—5677519
印 刷		永清县晔盛亚胶印有限公司
开 本		32开
印 张		10.25
字 数		260千字
版 次		2020年8月第1版
印 次		2024年4月第2次印刷
书 号		ISBN 978-7-5574-1422-1
定 价		48.80元

目　录

湖　畔

"我二十六岁时,结婚四年,你两岁。"母亲还是老样子,每次化妆用半个小时,镜中因为松弛又割过的眼睑有些红肿。她一边说话一边往脸上拍化妆水,细嫩的手与她年龄不相称。

"你姥姥二十六岁时,我八岁,女人要早结婚,早生育,不然老得快。"化妆水拍好,接着拍精华素。那张脸打过美容针,化过妆后,有点僵硬,不自然,不真实。

"不要再想什么浪漫,是时候了,找个合适的男人嫁了!"母亲又对站在身后的苏安说了一句。

母亲装扮妥当后,指导着苏安换上才买的新衣。宝蓝色的丝绸裙装,简洁却设计精良,V形领口衬出她的脖子优雅修长,腰部也收出完美的弧度。母亲给她搭配了一条精巧的水晶项链,一双黑色半跟皮鞋。

"年轻就是好!"母亲认真审视了苏安的装束,走过来将手轻轻地放在女儿柔软的腰肢上,然后望着镜子里美丽的倩影,忍不住夸赞了一句。一时间母亲的眼睛有些湿润,大概想起年轻时的自己,也是这般楚楚动人。

"相信我,是个好男人,我一直在为你寻找合适的伴侣。那男人三十多岁就有了实业,东泽路整个珠宝批发市场都是他的。……不要走我的老路,浪漫过后只有虚空。"母亲发梦一般的耳语,想要把这强大的意念注入苏安柔弱的身体里。

这身装束,花费了一大笔钱,苏安知道昨天晚上母亲和张叔还为此事大吵了一架。

苏安昨天早晨坐火车从外地赶来,母亲邀请她来,"请几天假来这里散散心,我介绍你认识个人。"电话一连打了好几次。母亲少有的殷勤,是要安排苏安相亲。拖到这个年龄,还没有一个正式的男朋友,完全因为苏子康不负责任。母亲抱怨的是苏安的父亲,自己的前老公。

苏安不熟悉母亲的新家,母亲和现在的男人再婚后,苏安还是第一次来。

清晨火车到站,母亲打发司机到车站接了苏安,快六年没见女儿了。母亲像是才起床,穿了一件缀满花朵图案的睡衣在客厅迎接苏安,随后安排人将苏安带上二楼。房间安排在二楼的客房,很整洁,家具简单实用,床上的被褥像宾馆的配置,没有她想象中的豪华,但还算舒适。推开窗户可以望见远处的公园,公园里架在淡蓝色空中蛇形蜿蜒的红色过山车被风吹着缓缓转动,公园后面是一片笼在绿树和雾气里青紫色的湖水。楼下有一个小花园,花树扎成的矮篱笆,用来消磨时间的菜圃里种了几样蔬菜。房间上下两层加上车库有二百多平方米。

苏安上大学时,有一年假期来看过母亲,母亲没让苏安来自己新家,她在宾馆为苏安订了房间,说自己和张首长的新房正在装修,她就是这样称呼将成为自己新老公的那个人——张首长。不知为什么,还说女儿到家居住不方便,就在外面饭店请女儿吃了一顿饭。离开时给了苏安五百元钱,让苏安买几件喜欢的衣服。苏安一件衣服也没有买,除去路费和几天的开销,她把剩下的钱寄给了这些年被母亲忘记的姥姥。其实母亲离开后，父亲很快组成了新家，苏安和姥姥生活一起，在她和姥姥心里一直认为这女人抛弃他们以后过上了荣华富贵的生活。姥姥经常用衰老沙哑的语调说："但愿吧，但愿她过得比我们好！"

看起来过得还算不错，首长虽然退休了，还可以享受各种待遇，有独栋小别墅，有专车，有保姆。要是没有这些，苏安猜想母亲也不会嫁给一个比自己大了大十几岁的男人。

片刻，母亲上楼来，端了热牛奶和面包，泛着潮红的面孔下有难掩的激动，她用滑腻冰凉的手攥了苏安双臂，把她带到窗前，像在密室里打开一缕光线打量着一件珍藏的宝物。都说女大十八变，六年不见，苏安出落得让她不敢相信自己的眼睛。她眼睛里射出喜爱的光芒，除此之外这目光中还有一丝暗藏的情绪，苏安知道那是什么。在这般注视下苏安的身躯不由向后退缩了一小步。母亲一点都没变，这么多年了，她依然是老样子，急切地像一个贪婪的商人要确认一件到手的珠宝，她在估算苏安的价值。苏安说自己累了想休息。

一夜的火车，真有些疲惫，苏安在二楼客房睡了一觉，直到有人唤她吃午饭，才从二楼下来。餐厅里饭菜已经布置好。为了表示郑重，母亲换了一件湖绿色套裙，衬得好气色，显得年轻，新烫染过的黑发蓬松地盘在头上。一个男人坐在餐桌的另一端，虽然上了年龄，身体还算是挺拔，头发灰白，有些秃顶，衣着却很随意，是一件松垮带洞的旧汗衫。苏安想这男人应该就是母亲现任老公。

"张叔，这位是张叔，这还是第一次见面。"母亲介绍到。

苏安问了好。

"坐过来，苏安。"母亲微笑地招呼，指了指身边的空位。

一桌很丰盛的菜肴，铺了白色桌布，餐具闪闪发亮。这让苏安有些局促。

"好,来了!"男人招呼苏安落座。

餐具是新的,盘子、大小汤碗、汤匙都是一套的,细腻如骨的白瓷上画着了兰草,描了金边。母亲亲自给苏安盛了汤,碧绿的莼菜羹,盛在白净的碗里像一块凝固的翡翠。母亲还是喜欢收集奢侈华丽的餐具。

"多吃点,路上也没吃好吧?你一点都不胖,多吃点!"好多年没有享受母亲的关照,苏安接过温热的碗习惯性地说了声"谢谢",母亲给她端汤的手在空中停了几秒。

男人显然没有太在意白色的桌布,他将筷子在桌子上顿了一下,然后挥挥手说:"吃吧!你妈为你这趟操不少心。"他指了盘里新蒸的粉红的螃蟹,"这蟹是早晨才买的,说你爱吃。还有这些,其实就三个人的饭,整得有些浪费了,多吃!"

男人又回过脸冲厨房喊,"刘妈!给我换个碗,把这个喂鸟的家什收了!"叫刘妈的女人,粗壮结实,梳着整齐干净的头发,很快端来一只不锈钢的大号汤碗。母亲的脸上浮现了一层愠色。

男人保留了军人的做派,头都不抬就吃完了摆在他面前的菜和汤,嘴巴咂得很响,几滴黄褐的汤汁滴在餐布上。吃完饭,又起身从茶几上端过一个搪瓷缸子坐了过来,他一边看着苏安母亲在小心地剥蟹,一边若有所思地慢慢呷起茶水,茶水很烫的样子。苏安看见破旧的搪瓷缸子上写着"将革命进行到底"的红色标语。

"苏安,这次准备待多久?"男人问得显然有些失礼,他很快意识到什么,"我的意思是不急就多住几天,你妈也上年纪了,最近一直牵挂你。"

"是啊,我也这么打算,这次让苏安多住些日子,我带她到周边走走。清河的牡丹开得正好，不如一起去看看？"

男人把目光从苏安母亲身上收回，低头向茶里吹凉气，像是烫了嘴唇似地，撮起嘴拧紧眉毛。

"不了，我后天就走，公司只准三天假。"

"哎哟，时间这么紧，明天晚上去见面，后天就走，这么说没有时间了……"母亲流露出遗憾，"就不能再请几天假？"

"这个……"公司里向来不好请假。

"时间多的是，这次相亲要成功的话，以后不是要常来吗？真是！"男人接话，蹲过茶缸的白色餐布上留下了一圈黄色水迹。

屋里潮热，时间慢下来。苏安小心翼翼地使用碗筷，生怕洒出汤汁或发出大响动。

"刘妈，把空调温度调下来。"母亲隔了餐桌喊到，湖绿色的丝绸衣服因为出汗粘在后背。

"张首长不喜欢空调风大。"那个刘妈并不行动，只在厨房作答。

夏至刚过，悠长的下午时光，屋里濡湿的空气让身体渗出细密的汗液。山脚下是个公园，从二楼窗子望去，公园后面湖边绿烟般的树荫里有一条长长的堤岸。苏安想出去吹吹风，她知道母亲有些话想给她说，应该是想给她介绍相亲对象的情况。

"早点回来，"母亲叮嘱，"晚上湖边不安全，一个女孩子家，早回来啊。"母亲同意得有些迟疑。

出了住宅区，是一段下山的缓坡，青石路上没有几个人，整个小区掩映在绿树环绕的半山腰，还真是个幽静的住处，走到头向右拐就是公园。苏安没有去公园，她看见红色过山车在空中急速行驶，眩目的阳光中一对男女在翻滚的车厢里拥抱，像是在接吻。

她往湖边走去。开始西斜的太阳照着水面,水面荡漾了一层跳跃的碎金,空中有一、两点水鸟的身影。白天的酷热还未消散,空气里弥漫着潮湿发黏的气息。堤岸下沿着湖畔,各色草木茂盛,半卧的垂柳伸了出细软的手臂轻点在湖面上,茂密的植物里有一些是苏安认识的:车前草举出烛火一样的穗子,蒲公英开着雏黄的小花,白色的打碗花紧紧攀附在其他植物上。长腿、短腿的蜘蛛都格外忙碌,几乎在所有的树木和花草上都结下网,它们或蹲守或清理着粘在网上的猎物。

就当一次休息,远离公司的忙碌,摆脱电话、公文、账目的纠缠。在湖边,苏安心里有了一份难得的清静,她深深地呼吸,漫无目的地散步。至于相亲这种让人心烦的事,也可以暂时不去想它。

三三两两的人,散步或垂钓。有人在湖边作画,一个简易的木制三脚架,一块绷在画板上的画布,五颜六色的水彩和用过的画笔散落在作画人的脚边。那个男人身体向一侧倾斜,一会儿看湖面,一会儿修改画布。苏安走了过去,画面上有金色的湖水、芦苇,还有一只半掩在芦苇丛中的小船。

苏安的父亲,苏子康是一位怀才不遇的美术老师。苏安小时候父亲曾经带着她和母亲去郊外写生。那时候苏安也就六七岁,只顾在草丛里抓蚂蚱,偶尔抬头就看见满是野花的山坡上,父亲站在画架前,充满野草味道的风吹拂着他的头发和衬衣,年轻的母亲坐在父亲身后专注地看他作画。那个时候母亲大概还相信父亲有一天会成为名噪一时的大画家,他们有一天只靠父亲的画作也能过上让人羡慕的好生活。后来,母亲不再陪父亲写生,她开始怀疑父亲的未来,直到有一天母亲摔坏了父亲的画架,并将父亲的画笔和油彩扔进了垃圾箱。

"我多傻，当初我妈说你就是一个一事无成的穷画匠，我怎么都不信。"接着是没完没了的争吵。父亲说很多大画家生前没有卖掉过一幅画作，比如梵高。吵得多了父亲不再争辩，换了一幅无所谓的表情，对爱和恨都采取无所谓的态度，越是这样母亲哭得越伤心越绝望，她在想，如果这一生都不能实现画在纸上的未来，那么付出的一切多么不值。

也许就有一两次，父亲、母亲，还有她一起去过郊外写生，苏安却把它当成童年的全部记忆，无法抹去的记忆。

湖畔画画的是一个小伙子，年纪和苏安差不多，被太阳晒过的黝黑色的皮肤，茂密的头发盖着半张脸，套头的白塔夫绸衬衣，领口开得很低，露出黑红健康的胸肌，他的确不难看，或他身上有一种所谓的特殊气质，很吸引年轻女性。苏安熟悉那种表情，陶醉于自我的小世界完全不在乎周围的一切，尽管他早就看见站在一侧的苏安。直到苏安准备转身离去时，他才回过头。

"欣赏完了不给点建议吗?"一双深陷的眼睛，很粗的眉骨，挂了鄙夷的嘴角，自负的腔调。

苏安转身走到画旁。苏安没有遗传父亲的艺术细胞，对画画了解得并不多。"好像还不错……夕阳的颜色暗了些，暮气太重，如果加一点明亮的黄……"她几乎是随口一说。

"哟，这样吗?"他想想，沾了黄色用画笔轻扫，接着是良久的沉吟。"你的感觉好像是对的。"

他又想起什么看了看苏安，"你学画画?"

"不，我是学金融的，只是凭感觉说。"

"感觉总是最吓人的。"他吸了一口气又看画板，"那你说这儿如何，天空，加入一点紫色，更透彻一些……"

"会好些吧? 我真不懂，只是随便一说。"

湖面一片寂静,突然有鱼儿跃出水面,湖水摇出金或银的幻影。

他又回过头,用深陷的眼睛认真打量她,"没见过你,住上面吗?"他向后看看山坡,好像只有那一片住宅区。夕阳为他很粗的眉毛上镀了一层金粉。

苏安的心跳加速,只是慌乱地点点头,她仍旧不敢在陌生人面前多说话。

"我的画室在前面不远处。"小伙子指了指前面。苏安望过去,前面被树木遮掩了,什么都看不见。"沿着湖畔,从这拐一下就到了,你有时间吗? 到我那儿喝杯茶,聊聊!"

这个邀请太突然。太阳已经有半个身子沉入湖水,光线也不适宜作画,小伙子开始收拾画具。

他无声地看了苏安一眼。苏安也不知如何回答。他耸耸肩膀,像给自己说话,"很近,几步路,这里人很少,有一个月没有人来我的画室了,就坐一会儿。"

"不,我……"苏安第一次碰到这么唐突的邀请,不知为什么她内心太想去了,几乎都要迈开步子。他身上有什么在吸引自己,苏安觉得喉咙有一点发紧,发干。

那小伙子咧嘴一笑,"你害怕了,你是对的,漂亮的女孩不能随便跟男人走,我可能是个坏人,如果你去我的画室,肯定要发生点什么。"一时间,他的目光是深情的,又闪过一点惋惜。

他不再盼望苏安有什么作答,背了画夹,吹着口哨向前走,偶尔拂过的风,将白色塔夫绸衣吹得鼓了起来,"有时间来吧!我一直都在。"他好像对着湖水喊了一声,头也没回。四周空荡荡的,除了苏安。

她应该向前走几步,走到拐弯处也行,看看有没有一间画室。或者只去看看树木掩映的前方究竟有什么? 往回走时,苏安感觉自己错过了人生中很重要的东西。她心里莫名地一阵紧张，一阵沮丧。也许什么都没有，她安慰自己。

相亲这种无聊的事情，还真是要发生在自己身上了。苏安低下头，望着自己沾了泥土的运动鞋，还有膝盖上有了破洞的牛仔裤，鞠下身子慢慢向山坡上走着，刚才的好心情好像被画画人带走了。自己还没有正经地恋爱过一次呢。要谈一次浪漫的恋爱，年轻时，结婚前，至少要有一次，好像有人这样忠告过她。虽然苏安亲眼见证了母亲和父亲浪漫爱情生活的毁灭，但仍旧固执地热盼。

上高中时，她暗恋过一个男人——县城文工团的手风琴手，叫马欢。学校组织歌咏比赛，班主任请他来班上排一个合唱节目，苏安是班上的领唱。马老师说她就是只百灵鸟，每当轮到她独唱，马老师都会将眼睛闭上，拼命摇晃额头前那缕挦不过去的头发，手风琴在腿上一开一合，节拍一强一弱，整个人都很陶醉的样子，苏安看得心里一揪一揪的难受。苏安也不知自己怎么就那么容易地爱上了他。高中三年，在自己幻想的世界和一个叫马欢的男人相爱，那个男人和现实中的马欢根本就是两回事，现实中的马欢根本不知道这回事，或许那次排练过后，他就不记得有苏安这个人。三年中，苏安不断地去文工团，假装与他偶然邂逅，或偷看他拉琴，然后在无法睡着的黑暗中幻想与他潮湿的接吻，颤栗着身体接受他疯狂的抚摸。一直到上大学，那段狂热的暗恋才像一场高烧褪去。那是一场病，与爱情无关，更与浪漫无关。

上了大学，苏安才发现自己的性格并不适合制造一场浪漫的爱情，她过于沉闷、被动，不苟言笑，那些跃跃欲试的男孩在面对她时，就像面对一个过于坚固的堡垒，找不到一处突破口。但是她相信所有的女人都渴望浪漫，她期待的浪漫爱情始终没有来。

比如在火车或飞机上来一次偶然的邂逅,或遇上一个马路求爱者,浪漫的爱情应该这样开始。或许在湖畔遇到一位自负的画家。

半山腰住宅区的房子里次递亮起了灯光。不知不觉,苏安就从湖边走了回来,渐浓的夜色像潮水从山脚下一层层漫了上来,淹没了她的足迹,她的心情更加恍惚起来。

穿过小花园,白天在篱笆树上开放的花朵现在像受了伤害似地关闭了花瓣,门厅上发旧发暗的灯光中盘旋了无数只没头没脑的小虫子。客厅的门是半掩的。

她听见母亲和张叔在争执。

"什么叫浪费?我女儿来一次,多做了几个菜,你说的那是什么话。"

"我是口误,苏安也是自家人,没必要。"

"自家人?你请过她来家吗?你的孩子才是自家人,每次来连吃带拿,这个家都被他们掏空了。"

"别扯没用的,你这女人,简直不可理喻,我不是才知道你有个女儿嘛。"男人声音也大了起来。

苏安听出他们为自己起了争执。

"上个月的工资呢?我去你单位了,他们说是你让你女儿领走了。"

"她有急用。我给过你钱,你割了双眼皮,还买了化妆品,净整没用的!"

"不行,我要钱,苏安来了,她去相亲,我要给买她套像样的衣服。"

"相亲,你也想得出,和一个瘸子相亲,苏安知道吗?"

"瘸子怎么了?开了几家珠宝行,还是珠宝协会的副会长。

嫁给这样的男人怎么了？后半辈子不愁吃喝。"

"你是为女儿着想吗？你这是给你自己找饭票！"男人粗暴的声音捅到了母亲的痛处。

苏安的心像被什么狠狠咬了一口，她茫然地看看周围暗黑的夜，远处公园里失去色彩的过山车一动不动，模糊的影子像在黑夜里潜伏起来的巨兽。

"话太难听了，"争执声里夹杂了母亲的哭声，"我是要为自己考虑，这屋子已经过到你儿子名下了，存款不是也偷着转到你女儿名下了。你想过没有，哪一天你死了，我去喝西北风吗？"悲哀的哭声，一阵阵挤出门外，比当年和苏子康吵架时哭得还伤心，还绝望。她总想得到她想要的一切。

起风了，一阵树叶的哗哗声，篱笆上的紧闭的花朵也颤抖起来，几滴雨像泪水一样落下来。

苏安犹豫着走进客厅，客厅里的灯光也是暗旧的，只见白天还美艳华丽的母亲，像一张旧照片上的老女人，正坐在沙发上用手帕掩了半边脸，另半边脸上白天还紧绷的肌肉好像垮了下来的，一只眼肿成了一个一戳就破的烂桃，她见苏安进来忙收起哭声，端起一个水杯佯装喝水。男人一脸尴尬，从沙发上欠欠身子，指指苏安的母亲，换了一幅无奈的口气："你妈就是个孩子，为一件衣服就哭闹。至于这样吗？明天一早让你妈带你买几件新衣服。"

晚餐是中午的剩菜饭，也没有了白色餐布和成套的餐具。母亲哭过的面孔像被水淹过泥地一样不堪，她抱歉地看看苏安，苏安一边吃一边想："她真的可怜！"。

第二天相亲时间到了。苏安在母亲陪同下，穿了那身高贵的宝蓝色丝质裙装进入酒店，小心翼翼地走在酒店大厅人造海滩的玻璃地面上。她抬头仰望高大穹顶上巨大的水晶灯，每个金色的亮片里都映出一个小小的蓝色的人影,亦步亦趋活像一个活动人偶。

绕过酒店一丛丛盆栽的绿色植物,不知为什么她突然想起湖畔,她应该向前走几步,走到拐弯的地方,看看,有没有一间画室,看看,那些绿色树木掩映的前方究竟有什么?

母亲耳语,在那儿呢!日显苍老的声调和姥姥一样。母亲推着她向前走了几步,她看见大厅华丽包厢的软沙发上,坐了一个体形有些扭曲的中年男人,穿着僵硬的西装,头发油亮地向后梳着,他伸出肥厚的手整理脖子上系得太紧的领带,手上闪动着了硕大的珠宝。

她想去湖畔!她扭过身来,听见身后母亲慌乱的喊声。

牙 洞

苏安在她十四岁时有了第一颗坏牙。为她看牙的大夫说她的牙釉质发育不好。

"好深的牙洞，要么拔掉。要么杀死牙神经，上药，等不疼了再补上。"戴了口罩的大夫，只露两只眼睛，用一个带弯钩的金属工具在她嘴里搅来搅去，拨弄她不太听话的舌头。

她害怕去看牙医，尽管以前经常陪着母亲去，母亲有一口"火牙"，一上火就牙疼，疼起来用手托着半边脸，倒吸了凉风一样皱了眉头。苏安不喜欢诊所里假牙的味道，化学材质和消毒液的味道，庞大的机器，打在脸上强烈的白光，医生手里能敲碎骨头的金属器具。半躺在操作台上的苏安，一听见钻头刺耳的声音，恐惧就像是从舌头底下不断涌出的液体，无法抑制。

早晨起来，苏安半边脸肿胀发亮，快将一只眼睛挤到额头上了。她疼痛之余有一点小小的得意，早饭时将无法忽视的半边脸呈现在家人面前，母亲有些诧异，看着苏安："去前进路'标准镶牙铺'，你知道那里。"

苏安一个人顶了正午的太阳，穿着那件她最喜爱的粉色衬衣，走在前往"标准镶牙铺"的路上。

从苏安家小巷子出来向右拐，过了广播站，再过了几家小商铺就到了县文工团。这些年文工团收入不景气，没钱修理的玻璃大门歪斜着关不严，后面的苹果园也破败了，磨损的矮墙任人出入。果园中午总是过分的安静，树上连只跳跃欢唱的鸟都没有，从敞开的后窗偶尔有风琴声传出。如果爬到树上，角度合适可以看到年轻的琴师马欢正在拉手风琴。高挺的额头和鼻梁，乌黑的卷发，拉到兴致高涨时，头发会甩到前面，盖了大半张有些迷茫傲慢的面孔。去年学校排演大合唱，请马欢做琴师兼指导老师。苏安个子矮排在队伍的边上，马欢说她声音好听，把她调到队伍中间，于是他拉风琴时只看了苏安一人，那只麦克风也摆在她的正前方。苏安的歌声唱到嘹亮时，马欢的琴也拉得欢快，他闭了眼睛欣赏时，好像在说："多美的声音！"

苹果树貌似繁盛，缀满绿叶的枝条都伸到了墙外。苏安在果园游荡时惊讶地发现这些春天开满花朵的果树，夏天却一个果实也没有结。

二十世纪遗留的俄式俱乐部高耸着刷了深绿色油漆的铁皮顶，带有点异域风情地盘踞在县城中心的十字路口，它现在是县里唯一的电影院，白天有循环场，一块钱一张票，一部片子可以看四遍。苏安和米霞会大摇大摆地蹭不花钱的电影，因为米霞的妈妈是售票员。

售票窗口的玻璃一年要碎好几次，米霞妈妈只好从里面堵了块黑色的铁板。今天没有电影，黑铁板上用粉笔草草地写着"今日休息"。县城里有名的几个"混混"不甘心地挤在窗口下，如果有了好电影，临时放映的情况也会出现。"混混"们头上戴了标志性的黄军帽，塞了报纸的帽檐耸得很高，改装过的黄色军裤窄臀、大喇叭口。领头的是苏安学校无人不识的麦小强，长得像《少年犯》里的'伯爵'，高耸的帽子下面有一副空虚又得意的表情。他们好像很为自己不光彩的身份高兴，推搡打闹，喧哗着比赛吐口水。卖冰棍的女孩穿了食品厂配发的白大褂，自行车上驮了个白油漆的木箱，待在树荫下。苏安知道木箱里结了一层厚厚的寒霜，整齐码放着两毛钱一块的"牛奶方砖"，父亲发工资给她零用钱时，苏安一次可以吃三块，她喜欢有些焦糊的牛奶味道，喜欢冻硬的舌头变得厚实而不像是自己的。冰棍女孩怯生生喊了一声"牛—奶—冰—棍"，电影院门前的"混混"们学着她也叫了一声，然后一阵哄笑。冰棍女孩的脸涨得通红。

前进路上的"标准镶牙铺"位置醒目，在街口就能望见，大幅彩绘的镶牙招牌挂在门口，上面画了一口色泽鲜艳的牙齿，两排牙床是上火发炎后的鲜红，排列着能咬碎一切的石头一样的牙齿，但是苏安觉得如果谁真正拥有这样的一口完好无损的牙齿一定是件痛苦的事。苏安有一嘴细碎紧密的小牙，母亲有两颗微微上翘的门牙；父亲的牙是青灰色，前面的门牙痛苦地挤在一起；姥姥有一口被烟渍浸染腐蚀的七零八落的牙齿。镶牙铺玻璃窗里的台面上炫耀似地摆了满满一盘拔下的牙齿，白的、黄的、黑的、咖色的、灰色的，苏安不相信盘子里装的都是人的牙，那个又黄又长的是应该是马牙，分叉带尖的是狗牙，断了一截了像猪的牙，带个弯钩是大鱼的牙。

大概是麻药劲还没上来，牙腔打开的一刹，疼得她几乎从椅子上跳起来，戴了口罩的大夫伏下身来几乎用自己的肩抵了她的肩说："放松！"他一只手里的钻头在苏安耳边"嗡嗡"作响，那双狡猾的眼睛悬在口罩上方，透出几许嘲弄和不耐烦的目光。

"杀死牙神经，必须的！"大夫身上酒精和止痛酊的味道。接着钻头把坚硬的牙齿打成齑粉，再喷进冰水漱出来。她放弃一切无用的抵抗，半边脸酸胀过后终于麻木了，干燥的口腔里塞满了沾了药水的棉花，白色的灯光照见她粉色的口腔，抖动的小舌。

真的疼，比起以前的生病的经历，她还是第一次感受切肤之痛。起初是隐隐的不确定的痛，后来是让人无法安宁的持续的痛，牙髓被打开的瞬间，像有个东西突然敲入头顶。她突然想，应该让什么人知道自己这份真实的痛。别人也这样痛过吗？比如母亲，还有妹妹。

苏安十四岁了，记忆里妹妹一直都三岁的模样。妹妹三岁时死于车祸。父亲带她去集市在一家棋摊上看棋入了迷，旁边玩耍的妹妹被过往的车辆卷入车轮。妹妹喊疼，在医院里，姥姥捂着苏安眼睛不让她进去看，守在病房门口，传来的声音是软软的细细的，像一只受伤的小羊一样叫了一晚上，一直到清晨终于不喊了。姥姥说："她走了，可怜的小人儿，来世上受苦了。"

活着时，妹妹也瘦瘦小小的，头发又黄又稀，脑袋无力地歪斜着，她跟在苏安身后，三岁了，两条腿还是软软的，总哭喊地让苏安抱她，那时苏安想和小伙伴们玩，她厌弃妹妹，有那么几次她真的想过妹妹要是死了就好了。后来妹妹真的死了，很长时间这世界上只剩她一人。

那也是个中午，她带了捕鱼的旧纱巾和玻璃瓶，溜出去和小伙伴去了河坝，如果不去一定是在家带妹妹，父亲也不会带妹妹去集市。

她一边走一边想，最好去找米霞，说说牙疼的事情。米霞是她为数不多的朋友之一，和她相反，米霞是个爱说爱笑的女孩，她有圆鼻子和厚嘴唇，一笑起来鼻子像推到了眼睛中间。放假以后一直没有见她，她家就在文工团后面，是带了小菜园的私宅，爬上她家屋顶的鸽子房可以看到文工团的果园里的果树和排练房的后窗。后窗大开时还可以看见排练房内部，棕红色的木地板，穿着练功服的男孩和女孩在地板上翻滚，下腰，压腿。

"你看那个穿紧身衣的，就像没穿一样。"一次，趴在屋顶的米霞痴痴地怪笑，米霞喜欢其中一个跳舞的男孩，"他的侧面像不像马兰·德龙。"

"不知道——谁是马兰·德龙？"一旁的苏安问到。

为此，米霞请苏安蹭了一次循环电影——《佐罗》，那个蓝眼睛，戴黑面罩，下巴坚毅的男演员就是马兰·德龙。和跳舞的男孩，一点也不沾边嘛，苏安心里说。

"加上这次，我一共看了七遍。"最后一场演到中途时，苏安和米霞带着发木的脑袋和双腿从昏暗的影院出来，像从黑暗的深穴中爬出来一样，阳光是眩目的，街上的行人是一团团活动的幻影，一团刺眼的白光中正说话的米霞，男孩一样的短发里渗出细细的汗水，睁大的眼睛里有一个瘦小的头大身子小的女孩，两只麻花辫硬硬地垂在肩上，苏安认出那是自己，有个狐狸一样的下颌。

"那个演佐罗的男演员，"米霞突然学着佐罗的样子挥了挥手中无形的剑，像把一团空气划破了，"像不像？"苏安好一阵才想起她指的谁。

"像极了。"苏安试着说违心的话，然后认真地舔了舔手中刚买的雪糕，下颌向前伸着，舌头硬了起来。

"米霞不在，去她小姑姑家了。"米霞的母亲圆圆的娃娃脸，矮胖白嫩，动作灵活，好多人为了买上座次好的电影票，讨好她，假装喜欢她。今天没有电影，她正蹲在葡萄架下摘青菜。她看看站在大门洞阴影里的苏安，想起什么要问，直起身体招招手。苏安装作没看见，转身走了，她听见米霞母亲抱怨："真是个怪人!"苏安猜她想问自己父母离婚的事,不是吗?她格外关心这些。上次她问:那个女人,你父亲外面的女人,你见过吧?口气就像问某个路人的事。

米霞的小姑姑从深圳回来了。她听米霞总说起过那个在深圳工作的姑姑,每次回带来了数不清的新衣服,但她送给米霞的是自己穿旧的和廉价的,掉了几粒珠子的胸针,卡不紧头发的头饰,用了一半的胭脂和口红,米霞却视若珍宝。米霞比自己大一岁,身体发育得要早得多,去年她的胸部已经发育得像个面包,成人模样。她让苏安看那件胸罩,小姑姑说深圳的女孩都带这个。缀着粉色的蕾丝花边,带着钢箍,硬硬两个半球状的胸罩,"这个带子可以收紧,"米霞穿在身上展示给苏安看,指了肩上带子,又指了背部,"帮我扣在最里面一排。"两只乳房紧紧地挤在一起,胸部比不带时更加高耸,像两座无法忽视的山峰。苏安有些吃惊,母亲胸罩是一块白'的确良'布做的,两根肩带,中间一排半透明的小白扣子,有"蜜蜂牌"香皂味道,紧紧地束在身上,乳房被抹平了一样。

苏安并不羡慕这些奇怪的衣服,她喜欢父亲前年生日时买给自己的粉红衬衣,刚穿时空荡着有些肥大,如今刚刚好,紧裹着刚刚发育起来的乳房。每次穿起来,母亲总不满地盯了她的胸脯看,但她舍不得换。晚上洗好白天换上,洗得多了,衣服的红越来越浅,只有太阳晒不住的腋下还有原来的颜色,她喜欢这种褪色的红,越来越淡,似有似无的,好像女孩隐藏的不好说出的什么心情。

上完药的牙洞里有一种药物腐蚀后的沉沉的痛,脸上的肿一点点地消褪。姥姥说是"火牙",和你妈一样一上火了就牙痛。她以为苏安正在为父母的事情头疼不已,"天要下雨,娘要嫁人,随他去了。再说大人的事你也管不了!"姥姥叼了一只烟,说话声音像一只在水中慢撒气的气球。她经常大口地喘一阵,说自己身体里有一个破了洞的肺,这边进气,那边就跑气。好像肺一破了,这个身体里什么东西都装不住了。姥姥前些年还算丰满白胖的身体迅速地干瘪下去了,皮肤也萎缩了。躺下时像一个装了少许陈粮食的口袋,活动时像一只冬天里挂在树上忘了摘的果子。

苏安觉得是酷热的天气让她的牙持续地疼了起来。或许像她这个年龄,人就会经历一些疼痛的事情,又好像这些疼痛已经潜伏在她身体里很久。牙痛让她的生活发生了一点变化,比方,因为突然的痛,黎明醒来时她发现的新世界,屋里正在变得稀薄的黑暗,家具黑沉的身影,极浅的晨光在墙上移动,半明半暗的窗帘上有变化的图案,一枝摇动的灯芯草,一片流动的云,一只在窗外悄悄溜过的猫,一个奔跑的小女孩。甚至这疼痛还唤醒了她的听力,寂静中听到有人叹了口气,有人磨牙,听到身体里"汩汩"流动的泉水;听到睡在一侧姥姥的呼吸是一只坏了琴,嘶哑地持续地演奏着。此时她像在夜的深渊里仰望洞口,黎明的薄光一点点亮起,温暖的睡意被清风吹远。

太阳着了魔一样的燃烧,晒得到柏油路面滋滋地响着。父亲和母亲的争吵达到高峰,他们争论到了实质的问题,离婚后财产的分配,还有苏安的归属。在一旁观战的姥姥守着烟灰缸,里面的烟蒂也快满了,她用因风湿变形的手指夹着烟卷,推开窗户,任由一屋子烟味和争吵声传到街上。前邻后舍的门窗静静地开着,像大张的耳朵和嘴巴。

苏安从家里溜出,算着今天应该是最后一次换药。街道上炽热的空气死了一样不再流淌。卧在阴凉处的猫,奋力地躬起柔软的身体,露出锋利的爪子,迈出无声的步伐。苏安贴了墙边走在窄窄的阴影里,像一个影子般晃动,带着微微肿胀的面颊和十四岁的心事,那些心事和烦恼是刚结出的果实,苦涩沉重,有露水的味道,有个硬硬的核。

自行车划过时,有口哨声,让苏安吓了一跳。男孩一边使劲向前蹬车,一边扭身看她。是学校坐在前排的同学,考试总转过身来偷看她的答案,还送过她一张明星图片,"索菲亚·玛索",他像说一个熟人的名字,"和你一样的眼睛"。他假装轻浮的语调让苏安气愤。一个暑假不见,他脸上发起了吓人"青春痘",鲜红的,像野生植物上的恶毒的小果实。苏安不想理他,把有些肿胀变形的脸扭向一侧。

牙医打开暂时封闭的牙腔,用药水消毒,又用带钩的工具使劲在她的牙齿里敲打,问她还疼吗?那牙在远处传来一点点的痛,像一个走远的模糊的人影。她点点头又摇摇头。

"到底疼还是不疼。"始终看不到脸,只露出眼睛的大夫有些不耐烦,"真是个怪人。"

回来的路上,在电影院附近,她看见米霞穿了一件超短裙,骑在自行车上几乎裸露着整条腿,一顶半新的有纱网的白色帽子歪在头上。苏安喊了她一声,大概是帽子挡住了视线,听到声音的米霞四处张望,险些摔倒。

整个下午,苏安和米霞蹲在屋顶的鸽棚里,身旁铁笼子里有几只孵窝的鸽子不安地"咕嘟"着,它们玻璃一样的眼睛透出不信任的目光。其它的鸽子在天上翻飞,自由自在,盘旋在整个县城的上空。米霞的哥哥在屋顶另一侧像木桩一样站立。米霞说她哥哥上高中时迷上了什么人,就突然变傻了,经常望着天空发呆。米霞又说鸽子会把一切迷失的东西带回来。苏安看看米霞有点严肃的面孔,发现她噘起的嘴唇上涂了唇膏。

等了很久,才看见马欢一副刚睡醒的模样来到排练房,他打了大大的呵欠,头发不太整齐,先倚在窗子边上发呆,然后才开始拉琴，两条风琴带子勒在结实的充满肌肉的肩上，他的头有节奏地摇动起来，神情更加迷茫。苏安心里一阵慌乱，像有什么秘密被人看穿，脸上火辣辣的，她把脸别开去看天空中飞翔的鸽子，那些鸽子也随了琴声忽远忽近，忽上忽下，每一次俯冲都像冲撞着她的心房，让她莫名地紧张。她还是想给米霞说说牙洞的事，说说这些日子难以忍受的牙痛，但她最后只是张开口，让米霞看了看补好的牙，米霞说和没补一样，什么也看不出来。

风琴声有一阵没一阵。鸽子在云层中进进出出。

悠长又散漫的下午结束了。黄昏的淡淡的日光轻手轻脚地停在屋顶、树梢和窗子上。苏安进屋时，发现屋里已经黑了，没有人去做饭，姥姥在隔壁屋里躺着，用那只自暴自弃的肺困难地呼吸着。坐在床边的母亲，是灰暗中的一团慢慢浮出的阴影，面孔不清，大概哭肿了双眼，两条腿无依靠地悬在床边，脚上洁白的袜子在黑暗中凸现，她猜母亲黑色的皮鞋现在一定一尘不染，不用看就知道那鞋总是新的，似乎母亲走过的路上从来没有泥土。

窗户玻璃上闪动着一片夕阳，是谁轻轻呵上去的雾气。

"你的父亲说他一直喜欢那女人，很多年了。"你的父亲，母亲是这样说的，说这话时她还发出怪异的笑声，像打开了一扇门，把什么人推了出去，接着又"呼"的一声把门关紧。

"这次他真走了，找另一个女人去了。"说完，母亲又对着黑夜轻轻地哼了一声，像击碎了什么东西。灰暗的暮色有晃动着洁白的袜子。玻璃窗上最后的那一片夕阳已经无影无踪。

苏安并不惊讶，先是围绕死去妹妹的争执，然后是另一个女人。另一个女人，一开始父亲说没有，慢慢就有了，苏安猜一定是她。有一年元宵节父亲带她去一个女人家吃了元宵，就他们三人,那女人用白瓷金口的小碗盛了元宵给苏安和父亲,慢声细语地说是自己搓的,尝尝吧。一共四个,洁白柔软,软软糯糯的,香甜的花生米和玫瑰花酱,苏安第一次吃元宵,不敢使劲咬。父亲也吃得小心翼翼,吃完后把小勺轻轻放进瓷碗里。她不记得父亲和那女人聊了啥,只记得那女人的桌子上铺了白色塑料台布,印着一串一串的紫色的葡萄花纹,苏安在桌沿下悄悄地抠了个小洞。

"北方人吃饺子,南方人才吃元宵",有一次苏安问姥姥可知道元宵,姥姥有些不屑,她只认可自己酸菜馅饺子。"那不能当饭,小小气气的,顶多算个点心。"

父母的争吵已经与她无关了,她几乎也不再为妹妹的死亡而难受了,内心一小片痛苦的湖水干涸起来,变得坚硬。苏安在黑暗中站立了片刻,她舔了舔嘴唇,舔了舔有些陌生的牙床,牙痛离她更远了,几乎无法触及。

她在厨房找到一点剩菜汤,兑水,泡馍。慢慢地咀嚼中想起来这几日应该向母亲要点钱,她需要一个胸罩,生理老师说过像这个年龄女孩乳房发育很快,还会来月经,这表明她已经发育成熟。她咽下手中馒头,又想起来米霞去年就有的那只胸罩,两只硬硬的半球体,仿佛不是身体的一部分。母亲的那个要好一些,洁白,有半透明的扣子和香皂味。

"他不再回来了,丢下咱俩。"母亲的声音固执地响起在耳边。白色的汤碗在她手里滑了一下,有几滴汤落在桌子上。

"父亲不回来了。"苏安在心里也说了一句,和着菜汤咽下去。不觉中有泪水溢出眼眶。她暂时忘了胸罩的事。

她长得像父亲,青白的面孔,消瘦单薄的身材。他们俩有许多相像的地方,比如喜欢一件衣服会一直穿,有了心事也藏匿在心里不愿说。在这个家里,苏安觉得她比母亲更理解父亲,更依恋父亲,她觉得父亲心里的苦痛比母亲多,尽管他什么也不说。

苏安看看手中的碗,好像生活就是一只碗,母亲一定希望生活是只完整洁白的碗,不允许有一点瑕疵和破损,但事与愿违。

妹妹死后,父亲变得沉默。他总是一个人修剪院子里的梨树,手套上沾着绿色汁液,黑色的剪刀清脆地响着。疲倦神情和一脸的忧伤是他另一件衣服,他穿着正合适。

"女孩就像树木一样,长大后要开花结果才算完整的一生,苏安,你也会开花结果。"他偶尔给在一旁帮忙的苏安说了这番话,指了那些刚开的花,白色的花瓣和淡绿的蕊,他的手指会神经质地颤抖。

"花儿是怎么变成果实,那花——去哪儿了?"苏安问。

"花朵还在,藏在果实里,变成果核。"

她已经吃进了一个馒头,喝光碗里的菜汤。她放下有了一点豁口的碗,站起身来,觉得胃里空荡荡的。

姥姥睡在另一侧,面转向墙,如果她将脸转过来,苏安就将脸别过去,姥姥嘴里有洗漱不去的烟味和衰老的发酸的味道。姥姥突然咳了一阵,探起身子寻找脚边的痰盒。她习惯性地问苏安:"睡了?"

苏安不吱声紧紧地闭了眼睛,蜷缩着,小心地拥抱着自己的身体,身体里面有一个不想被打扰的只属于自己的空间。朦胧中她听见母亲的房间有小小的动静,像有什么东西掉在地下,她想着母亲一个人睡在床上,身下是过于洁白的床单,如果睡着了她一定也蜷曲成一团,怀里抱了一只脆弱的空碗。

她悄悄地叹气,悄悄抚摸自己的乳房,小小的,里面有硬硬的核,应该是花朵变的,果实的核。

"你在和谁说话吗？苏安——"姥姥的声音。

"我没有。"苏安心里回答，姥姥总能听到一些奇怪的声音。

"啊哟，老鼠嘛，苏安，你在和谁说话？"

苏安不回答，她扭转身子看看姥姥，沉沉的睡眠，脸上的皮肤松软像一堆旧布一样，松松的嘴角微微抖动着发出含混的梦呓。

屋里的家具黑沉沉躲在角落里，桌上的暖水瓶吸饱水份的瓶塞"滋滋"地响。

她又转过身去，嗅到空气里有发酵的味道。温暖又浑浊的睡意，一点点，像墨水滴在清水里。

补好的牙多少有些异样。朦胧中她用舌头寻找那个曾经的牙洞，那颗曾经坏过的牙现在光滑坚实，完好如初。

她猛地掉进去，真的是个洞，深不见底。梦里她清楚地意识到那是个牙洞，她像一片羽毛，随了琴声，下坠，飞起……

圆舞曲

窗外的暮色还未完全降临，我想给你讲一段青春往事。

那时候的我和你一样是个二十刚出头的少女。八十年代末，没有手机和网络的时代，其实在县城里电视都不普及，电影也不是天天有。年轻人自然不会沉浸在网络的虚拟世界里，他们喜欢社交，闲暇时间看电影，郊游，或三五成群打那种街道上的露天台球，又或是喝酒、吹牛，还有一种最时尚的娱乐方式就是参加舞会。

有一段时间，弹丸大的县城有十几家舞场。一过晚上八九点，舞场乐曲悠扬，彩灯迷离，挤满了"嘭擦擦"和"嘭嘭擦擦"的俊男美女。痴迷的舞者一场下来会赶赴下一场，一个晚上能磨坏一块鞋底上的马蹄铁；老十字路口钉鞋掌的生意格外好。

那时我刚从学校毕业走上社会，在学校学习一般般，除了在图书馆看小说，最大的收获就是和宿舍的同伴学会了跳舞，三步、四步、探戈、伦巴都不在话下，迪斯科也能应付，步履花哨的"三十二步""四十二步"也能踏上节奏。宿舍里窄窄的水泥过道上，被我们磨出了一溜沟。

县城盛行跳舞时，舞会有正式营业的，也有单位内部举行的，还有那种同事或好友生日时在家里举行的，饭罢酒酣，桌椅拉开,只要有个能转开身子的场地,再有一套稍好的音响,随时随地都能舞起来。

当然最好的场子是那种营业性的,像县城的工人文化宫,可以称得上舞厅,上千平方米的场地,老板承包后购入了进口的音响设备和旋转的镭射灯,标准的舞池。有的时候还肯花钱请市上的乐队现场伴奏。每场都爆满,前面的小红沙发坐满,两侧的硬座椅上也挤满人,四周站着的也不少。

姑娘和小伙们有谁不喜欢跳舞呀!为一场舞会勒紧腰带从嘴巴里省钱去购置服装,为了一双鞋从年初就开始谋划。女孩要有几身裙子,最好有一条阔口大摆的喇叭裙,跳三步时,它会旋转开,像翅膀飞舞,男孩要有一套像样的西装,皮鞋要擦得锃亮。所有的一切都不能与书里描写的舞会相比,没有贵妇和骑士,更没有亲王驾到,不需要珠宝和蕾丝,但是每个人都会尽心尽力在呈现出自己最好的一面,男孩衣装整洁,彬彬有礼;女孩子优雅、矜持,骄傲地散发着青春的光芒。

再小的舞会上也有闪亮的明星。比如,金丝古丽,很少有人可以像金丝古丽那样出场。她的出现能让喧闹的舞厅安静下来,灯光闪烁中拥挤的人群会闪出一条路,神秘的紫色丝绒礼服裙一定是县城里最时尚的,外面加披一件同色曳地披风,小巧的黑色礼帽上有刚好遮住乌发和眉毛的纱网,腰身娇弱苗条,步态袅娜,就像后来流行的影视明星在走红毯。只有她可以这样有这种奇异夸张的装扮,因为她刚刚在一场服装设计大赛上得了好名次。金丝古丽绝对是舞会上的明星,在她走过的人群里,只能听见潮汐般起伏的呼吸。

跟她跳第一支舞的是马大华,很多年前县文工团的台柱子,曾经号称县城第一美男子,在样板戏《沙家浜》里演过男一号郭建光,他的大跳不一般,从舞台这头到另一头,别人五跳,他只要三跳。那样的传说，我们也没有看过，只知道他的三步也是最棒的，马三步是他当时的绰号。虽然已经四十好几，微胖的身材依然笔挺，小腹收得很紧，西装革履一点也不含糊，大背头锃亮，起着波纹。他对舞伴的挑剔也是出名的，一场舞会下舞池绝对不会超过三到四次，第一支舞是和金丝古丽的快三步，下一支是和范红梅的伦巴，然后是林玲的漫四，最后一支是舞会接近尾声时，大概是经过挑剔以后才会选定的新舞伴，似乎这一支舞是对整场舞会中优秀者的奖赏。我说的这些人，金丝古丽、范姐、林姐、马三步都是前排红沙发里的贵宾。其他人，比如我们这些初出茅庐的小姑娘，多半会像扎堆的小麻雀，挤在两侧的硬椅子上；才学会打领带、梳背头或中分的少年，羞涩地站在走道或墙边。

有一天能坐在红沙发上，是舞场上许多姑娘的幻想。有男人围着聊天，喝着杯子里粉色的起泡酒。舞曲响起来时，男人会络绎不绝地鞠躬邀请，红沙发里的女人也许会款款起身，也可以优雅又不失礼貌地拒绝——你知道拒绝比接受更能满足女人的虚荣心。而不是局促地坐在舞池两侧的长椅上，像一排排包装很紧的、色彩鲜艳的等待顾客挑选的硬糖果，胸罩扣太紧，鞋子夹脚，红着脸微笑，假装不在意身边走过的男子，心里却紧张得要死，害怕被剩在一排椅子的正中间。尽管有这样那样的担心，舞池和音乐吸引着我们，像一块巨大的马蹄磁铁吸引着一圈铁屑。

圣诞节的假面舞会是一年中所有舞者的期待。在这个舶来的洋节日里，举办一场神秘的假面舞会激起了许多青年男女的兴致和幻想。和以往相比，工人文化宫假面舞会的入场券就不是简单能用钱买来的了。一旦得到入场券，就要精心准备，除了衣裙和鞋子，还需要一个奇特的面具，每个人都会在上面绞尽脑汁。女孩子装扮成埃及女王、皇室贵妇、白雪公主,男孩子多半会假扮王子、骑士、魔鬼、独眼的佐罗之类的。那一年我也做了充足的准备,买好了红色的小牛皮短靴,新做了棕色暗格的毛呢连衣裙,裙摆已放大到极致;还有用彩色羽毛制成的面具,带上它就像一个热带岛国的公主。

面具是个奇特的东西,许多年以后我读了芥川龙之介的《火男面具》,文中描述的平吉,平日老实木讷戴上面具后荒诞放肆的如同另一个人。书中说,如同人有了两个脑袋,你不知道哪个是真实的,哪个是假的。我总想,面具与其说是人们挂在脸上的谎言,不如说更像是一种保护,它既可以让人荒诞,也可以让人真实。

的确戴了面具的人和以往有许多的不同,金丝古丽带上贵妇的面具后更加妖娆;范红梅打扮成了吉普赛女郎,热情中释放出性感;马三步大概想模仿中世纪的法官,假头套和涂粉的面孔,僵硬的表情有些呆滞。不过人们太熟悉红沙发里的客人,无论如何装扮,大家一眼就分辨出了谁还是谁。我们这些平日不起眼的小麻雀在面具的掩护下放纵、快活得不行,心脏怦怦乱跳,彼此新奇地打量着,猜想着面具后面的种种,行动和话语比以往更自在、大胆。

假面舞会的气氛空前热烈。音乐响起,年轻人已经按捺不住了,三步并两地转进了舞场。马三步发挥并不如往常,他似乎被那件肥大的法官袍子绊住了双脚,还有那顶摇摇欲坠的假发套,画在脸上的油彩也在汗水中渐渐融化,金丝古丽也被长裙拖曳着失去了往日的轻妙,动作僵硬,像一对假人在跳皮影。平日平凡的年轻人成了舞场的新秀,俩俩起舞像第一次飞翔的鸟雀,步履急切、轻快,带着莽撞和无惧。

我的面具粘满了五彩羽毛,遮掩了半张面孔,露出一对明亮闪烁的大眼睛，像热带鹦鹉的头冠一般，漂亮又活泼；红色的牛皮靴子"吱吱"作响，束紧腰身的裙子像风中的悬铃花。面具让我忘记了羞怯。那一晚，我跳了许多支曲子，几乎没有停止，和王子跳了，也和魔鬼跳了，甚至和圣诞老人共舞一曲。从来也没有的欢畅和放纵。后半场，马三步显然被那身糟糕的衣袍破坏了心情，他只是久久地坐着，脸上泛出汗渍，神情倦怠地喝着一瓶廉价汽水。

《维也纳森林圆舞曲》，我一直在等这只曲子，每一次舞会接近尾声时都会播放。我喜欢圆舞曲，那只盛大到能摧毁一切的舞曲，钢琴、圆号、竖琴、提琴，迥异的器乐和谐在一起，时而宁静悠远，时而热烈奔放，一步步，反复回旋的节奏会将一切推向无法企及的高度，然后是戛然而止，庄严中喧哗归于寂然。妙不可言的音乐能在空中构筑起一座座辉煌的殿堂，能让简陋的舞池变成水晶龙宫，也能让平凡的舞者迈出皇族一般的步履……音乐奏响，两支圆号嘹亮地吹起，双簧管和单簧管也加入进来，声音从遥远的旷野传来，像是一首牧歌，长笛那般美妙，羽毛一样撩动着我的心房。

男孩子笔直地走了过来，也许是紧张，起初看起来姿态僵硬得有些可笑。穿过昏暗的舞池，镭射灯投出一束束的光影从地面旋转到棚顶，照亮他穿着一身深色的西装，头发一半向后梳着，一半遮在眼前，他没有带假面，不，应该说有面具，是那种用油彩直接画上去的脸谱，半边是白色的，半边是红的，白得一侧很俊美，红得一侧虽然有头发遮挡，却透出几份狰狞和怪异。我被他怪异的面具震慑了，想着前面为什么没有注意到他的存在，猜测他在扮演的角色是什么，几乎没有意识到他已经走到我面前，鞠躬邀请，一切没有容我过多反应后，整个人已经随他滑进了舞池。他跳得有多好，不必详细描述，只是那短短的几分钟里我似乎失去了双腿,只是在随他飞翔,飘起,降落。快速地旋转,摆动,反身,起伏,我已经听不见音乐在奏响,整个身体已经融入舞曲,化做一只飞扬的音符。我有几次慌乱地打量他,他尽量地给了侧面,俊美白净的一侧,像个忧郁的王子,另一面隐藏在暗影里,瞬间闪现出一丝凄厉和寒冷的目光,闪电一样,我猜这一定是他化妆所要的效果。我兴奋地猜想他是一个冰火王子。

舞蹈的时间那么短暂,我没有注意到舞池里的变化——并没有几对舞者。我也没有注意到四周诡异的气氛,那些密密的低语和窥视的眼睛隐藏在波澜壮阔的圆舞曲的音乐里。舞曲在高潮时结束时,像是法师的魔法也被解除,并不光鲜的舞池,面露平庸的舞者,他的身体迅速恢复了僵硬,只是没有忘记礼貌地向我弯腰致谢。我看见他被汗水浸湿的头发和嚅动的嘴角,听见他轻声地说了谢谢,然后转过身向舞场出口方向走去。

"是那个人吗?"

"是啊,吓人呀!"

"他怎么来了?"

"好多年都没见过了,有人说他已经死了!"

我不知道人们在议论什么,低沉的声音里有惊异,不解,甚至是厌恶。我只是呆呆地目送着他的背影消失。

散场时,下雪了!雪花总在不引人注目时飞临大地,像趁着一首无声的圆舞曲,盘桓着飘落,染白整座城池。狂热的舞会散去后冰冷的雪地上只留下人们茫然四散的脚印。不知道你注意过没有?夜晚,在路灯的光晕里,雪花是彩色的,像婚礼上洒下的彩纸。我看见过,那天在回家的路上,我看见了七彩的雪花在路灯的光晕里上下旋转,好像它们的舞会才刚刚开始。几个男孩正在路灯下推搡着。经常有这样的事情,男孩之间为了争抢舞伴打架。三四个男孩将另一个男孩推倒在地上，还用脚踹，嘴里似乎说什么不要再出来之类吓唬人的话。倒在地上的男孩，西装已被扯开，应该是鼻子流血了，他挣扎着坐起来，抓起一把雪擦洗脸上的血渍，连同脸上的油彩，擦得很仔细，卸妆一样。那是冰火王子，白色和红色的油彩都快擦掉了，路灯下七彩雪花已然舞蹈，像萤虫一般飞舞着乱了步伐。他露出一张烧伤的面孔。

……

故事结束了。我压低声音喘息着，大致讲得还算完整，当然没有完全表达出来，比如和那男孩子跳舞时的美妙，比如路灯下才有的童话般的七彩雪花，还有一直萦绕在心里的圆舞曲……完整生动地讲清一件事情对我是一件非常困难的事情，并不是因为我身体的疾病，就算是能正常讲述，对语言，我总充满怀疑，所有内心的感受只要一说出口，必须用那些固定的词语表达时，意义就消失了一半。

美月一定厌烦了我磕磕绊绊的讲述，她停下手里擦拭灰尘的活儿，倒了一杯温开水放在我抖动不已的手里。

"姑姑，今天为什么编了这样一个故事？"她没有被故事打动，只有无奈和失望，看我的眼神充满了责怪和不忍。

从去年起，美月每周来一趟，接替他父亲开始照顾我，一周为我打扫一次屋子，洗洗衣物，买点吃的放在冰箱里。照顾一个残疾人，在她这个年龄是一件不容易的事情。这是我父母亲的遗愿，作为美月的父亲，我的哥哥要照顾我直到我死去。

美月手脚麻利地走来走去，掸去家具上的尘土，收拾起封套磨损的满是划痕的旧唱片，还有那些随意摆放的餐具、报纸，数不清的药品盒，卫生间溢在地上的垃圾，如果她不来，她知道我会被垃圾埋起来。

"切，我听我爸爸说过，你年轻时是参加过一个舞会，好像是一次假面舞会，我爸为了给你做羽毛面具拆了家里唯一的鸡毛弹子，奶奶熬夜为你赶制了一条裙子。我听说只去过一次，你和我爸害羞地一直躲在角落里，一支舞也没有跳。嘻——，怎么可能跳呢，那个时候疾病已经发作了，不是吗？你总是在编一些可笑的故事。"美月从洗衣机里掏出甩干的衣服，抖开，晾在阳台上。她漂亮的小脸因为生气而严肃起来。

我没有马上解释。外面的暮色完全降临了，窗子外面，远处积雪的山峰，只能在晴日里偶尔看见，像一个幻影，悬浮在城市上空，现在已经完全消失了。二十年前，暮色和傍晚可以延续很久，舞会也延续着不散场。我吃力地走到窗前向外张望，像在找寻什么。

"这是个真实的故事，不骗你，我最近常常——"我突然加重了语气，肯定地说。"梦见那个男孩，在路灯下的男孩。"我的梦总和现实混淆在一起，其实我相信梦是真的，是现实的一部分，就像白天和黑夜构成完整的一天。"梦里我每一次都会鼓起勇气，走上前去扶起他，拂去他身上的雪花。"我喃喃地补充自己的故事，像修补一件千疮百孔的衣服，好让它更加拙劣。

"呵，见鬼了吧。姑姑，我可没时间听你瞎掰了，对了，我忘了，大夫说你这个病会出现幻觉和妄想。不说这个了，现在我得赶快走了，时间怕来不及了。"她抬起手腕查看手表。"汤已经熬好了，你可以下点面条当晚饭。还有，药要按时吃，这样一些混乱的念头会少一些。"

"去跳舞吗？"我直勾勾地盯着她问。已经是晚上八点了，街上华灯初上的时刻，舞会就要开场了。

"什么年代了，哪里还有你说的那种舞会？"她只是看了我一眼，匆忙地披上外套，抓起手机和提包出门了。那表情似乎是不屑再跟我多说什么。

　　我也不知道为什么编了这样一个故事。美月离开后,如水的夜色漫进屋子,让人惆怅,让人窒息。楼道里传来邻家炒菜的味道,电视机里说唱的声音也格外嘹亮。

　　外面黑透时,我拄了拐下楼去。虽然我行动极其不便,但也不像别人想得那样寸步难行。我十七八岁时就发病了,时好时坏,这几年更加严重了,这个病会让脑神经受损,思维日益混乱且狂躁不安,最明显的症状是身体关节变形,走路姿势极其难看。我一步步地捱着前行,一,二,三,倔强地使出全部气力,重复着,整个身体像被沉重的躯壳向后扯动,好像前面有一个透明的阻力,为了冲破阻力,手臂会不由自主地挥舞,划动,那扭曲的步态很吓人,包括我的五官也会跟着扭曲挣扎,说话会变得结结巴巴。也许是上天的惩罚,给一个躁动的灵魂穿上一副铁靴,再放进了丑陋的躯壳里。有一次我在前面走着,一个牵着大人手的小男孩在我身后叫道:“你看,这个阿姨在跳舞。”随后,小男孩立刻噤声了,我猜他遭到了大人无声地训斥。是的,人们叫它“享庭顿舞蹈病”,多好的名字,第一次听它就让我联想起一场宫廷舞会,音乐、灯光、香粉、珠宝、绸缎,俊男、美女,世间所有的美好拥挤在一个空间里,让人透不过气。

　　其实我已经对疾病带来的痛苦,无论是身体的还是精神上的,越来越迟钝了,我知道早早晚晚,对,早早晚晚,只要咬紧了牙关,我会走到它前面去,摆脱这个沉重的肉体,摘下难看的面具。

　　我偶尔会在晚上行人稀少时出门走一走。一步步地,笨拙地,费力地划开沥青一样浓稠的夜幕。挪进楼后一个偏僻的没有路灯的小巷子里。那是一片没有被拆迁的民房,隐藏在高楼的缝隙里,保留了不多的几家独门小院。巷子尽头有一家24小时超市,灯火通明。诱人的货架上整齐码放了生活用品和美味小吃;冰柜里有一种很好吃的双皮奶,洁白鲜嫩的奶冻上面洒了红豆的那种。我跟美月提起过,可她总忘记买,她只记得给我买鸡蛋、挂面和卫生纸。

走到超市去还经过一家小院落,一扇半掩的黑色铁门,一堵花墙泄出几块菱形的灯光。有一个男孩,也许是个成年男子,身材瘦小但很挺拔,在夜色里他一个人孤单地倚门而立,我听见他哼唱着一支熟悉的圆舞曲。我知道那是《维也纳森林圆舞曲》,五首小圆舞曲中的一节,轻柔,幽静,像一个人在森林小径上徘徊,那几句反复重叠的音符,多少隐藏着忧愁和失落。

月光很好时,可以看到他的面孔上有烧伤的疤痕,像月球的表面。

内　详

　　那封信和几封银行寄来的对账单、打折商品的推销信函一起被塞进信箱。是一封写给林青的亲笔信,信封上的笔体有些奇怪,一个挤一个,一律斜了身子向右边倒。收信的地址和人名都很明确,是给林青女士的,只是寄信的地址栏空着,在信封右下角写了"内详"两个字,从邮戳上看是本地的。薄薄的,显然不是稿件。

　　林青拿了信却不急于打开,随手扔在桌上,坐在桌前若有所思地发了会儿呆,起身到饮水机前沏茶。明前茶,去年赵梦楚从南方出差带回来的,茶有个好名字,叫'豆蔻时光',正值好时光,鲜、嫩,不可用沸水冲泡,沸水太生猛了,80℃,刚刚好。赵梦楚故作神秘地介绍这款茶叶。

　　赵梦楚,《风尚文学》刊物诗歌栏目的编辑,如今风头正健,去年获了个"新锐奖"。他和林青是一对秘密恋人。林青是这家刊物文学理论栏目的编辑。

　　林青无法掌控80℃的水温,直接加了沸水,冲击的茶叶一阵翻滚,微微张开的两片嫩叶,一会儿就直立着沉入杯底,淡淡的茶香四溢开来。

　　她把理财产品和打折商品的推销信函直接扔进了垃圾桶,

将银行的对账单扔进抽屉。她是那种女人，从来都不会买广告单上推销的便宜货，只买自己真正需要的。

坐下来，看了看桌上的台历，今日小寒。然后假装不经意地又瞟了一眼桌上的信，"内详"两个字歪斜了身子一幅嘲笑人的姿势依在信封上，特别扎眼。

赵梦楚挤开门缝，悄悄走了进来，带着外面的寒气。外面很冷，零下二十几度，北方的冬天就是这么冷，足够冻死麻雀。从窗户看出去灰蒙蒙的天空中飘着粉尘一样的细雪，这会儿正变得大起来，片刻后变大朵的雪花。赵梦楚的头发和大衣上都是雪，他抖抖身体，摸索一下自己的头发。室内暖气很足，温暖如春天，君子兰用碧绿整齐的叶片捧着刻意但娇艳的花朵。梦楚头上的雪立刻化成了细小的水珠，他搓搓有些冻僵的脸，笑笑，孩子一般的笑容，那笑容似乎在传递只有他们俩之间才懂的深意和默契。这么多年她还是会被他暧昧的笑容迷惑。

梦楚的办公室在走廊的最里面，林青是进楼道门右拐弯第一间，每天上班经过时，如果没有别人，梦楚就会溜进来看看，虽然昨天晚上才一起吃了饭，一起看了电影，好像一夜不见都会觉得想念。

"早呀，外面冷呢。"他的鼻子有些发红，嘴唇发干。说着，他走近，用冷得有些发僵的手抚摸林青的脸，林青被冰得一哆嗦，他飞快地俯下身来吻在林青的耳朵上。林青吓了一跳，连忙向门口望去。她推了梦楚一把，梦楚身上有一股室外带进来的雪花的味道和清爽的须后水的味道，她瞥见梦楚白净的脖子和洁白的衣领，蓝底金色小花的领带，是林青送给他34岁的生日礼物。

"喔，换了香水？"他有些责怪，有些敏感，依旧笑嘻嘻地望着林青。林青还在为他刚才鲁莽的一吻心跳不已。

"一封信，有人给你写信。"他看见了信，口气里有一丝嘲讽的意味，"没有地址，内详。情书吗？"他继续嘲笑，伸手准备拿那封信。不知为什么，这语气激起了林青内心的不悦，其实梦楚平时也是这样说话，总有三分嘲笑，不管是嘲笑自己还是嘲笑别人。

林青迅速收起信，随手扔进桌子一侧的文件盒，"稿件，还能是什么。"

"内详，什么意思？"他耸起了肩膀发问，林青没有回答，像窗外的景物一样沉默。窗户玻璃上起了重重的湿气，外面的景物有些迷蒙，雪应该下大了。梦楚想起什么，又问，"昨天……你好像不对？"

"好了，有人来了。"她讨厌昨天。

走廊里传来声音，上班时间到了，陆陆续续的脚步声。

梦楚从门边匆匆挤出，溜走的样子像个贼。在办公室就是这样，最好不要恋爱，如果非要恋爱也要搞得像做贼。

"如果公开会有不好的影响，咱们俩的关系暂时不宜公开。说白了，这层窗户纸现在还不能捅破……这样也好，好在你不在意这些。"不在意什么，他大概指的是戒指和婚书。林青依在他的臂弯处没有作答。有些疲惫的他赤着上身拥着被子依在床头，一口口，烟圈吐得过大，他们之间隔了灰蒙蒙烟气，彼此的面容都有些模糊。梦楚并不像表面上那样的不羁和孩子气，他有野心，有自己的小算盘，他正在谋图副主编的位置，这并不是不可能，当前的主编马上要退休，人事要调整，干部要年轻化，而赵梦楚势头正旺。

林青明白他的意思，这地下恋情还要维系一段时间，如果现在就公开恋情，那几篇出自林青笔下评论赵梦楚诗歌的文章就显得目的性过强，虽然林青自认为她的赞誉也不为过，但事实上为赵梦楚拿上"新锐奖"起了很大的作用。

他把烟蒂掐灭，又俯下身体吻着林青的耳朵，他喜欢林青藏在浓密黑发后面的耳朵，洁白柔软。林青不知从何时起开始讨厌他口腔的烟味，尤其是此时混合着肉体里散发的汗液味道，让她反胃。伴随而来是激情过后整个身体的空虚和疲惫，身体如潮水退去的沙滩，晾晒在干燥太阳下充斥了空荡荡的寂寞感。她总是软弱，服从，每次和梦楚在一起她就会变成一个脆弱的女人，没有意志的女人。对他妥协，对他的欲望和野心妥协，没有自我，但是妥协之后会在心里积攒起反抗情绪，而且这情绪好像一次比一次来得猛烈。就像现在，她胸口有什么在翻涌，鼻子一阵酸楚，她想说自己在意那些。梦楚的双手又开始探索她的躯体，她用力地推开。厌倦这一切，包括自己的身体，包裹在衣物和被褥下面那个瘦小的一点都不性感的身体，偏暗的肤色，干燥的肌肤，过于平坦的乳房和小腹，肌肉坚硬的小腿肚，好像这一切都不是她自己，只有她浓密黑发后面的耳朵像极了自己，苍白、柔软，害羞地蜷曲着。林青的身体已如离开了炼炉的铁块一点点变冷，变硬。她不想回应。

昨天林青情绪上的异常，梦楚是有觉察的。他们彼此过于了解，几乎没有秘密。林青意识到这份看似没有秘密的感情，要么结束，要么就变得紧密。

上午一直开会。中午在餐厅吃饭，林青和梦楚像平时一样保持了距离。她看到隔了几张餐桌远，梦楚和几个人已经吃过饭，正在啧啧有声地享用食堂提供的稀淡的免费咖啡。有意无意，林青听到，他们大概在谈什么以诗歌的趣味对抗生活的平庸。梦楚总是那么健谈，谈起诗歌他体内就会燃起火焰。深入人性的本质，发掘卑微的生命，对抗悲苦的反抗与斗争……坐在他身边梳着麻花辫戴了红色宽幅镜框的年轻女孩，听得有些入迷,鲜艳饱满的嘴唇有些愚蠢的半张着。梦楚修剪整齐的鬓角,棱角分明的下颌和隆起的眉骨,略显嘲讽的目光,的确吸引人,尤其从林青这个角度望过去。

不知为什么,梦楚看到了角落里独自进餐的林青,没有回避之意,大方地转过身,嬉笑地问道:"理论部的编辑最应该知道如何以诗歌的趣味对抗生活的平庸?"他希望林青也加入谈话。红色戴镜框的女孩也回过头,一脸期待。

"我从没想过如何对抗生活,如果真要对抗,就用行动。"林青回答得冷静又严肃,有点小题大做,她像对着梦楚虚无的诗意抛出了一把利剑,心里涌起一阵反抗的喜悦。

这话语果然起到效果,梦楚自负的脸像碰到了一面无形的墙,有些愕然,有些难堪。戴镜框的女孩却异常兴奋,她眨了眨用睫毛膏刷过森林般浓密的长睫毛,说:"林姐,我喜欢这个回答。"

下午,林青接到梦楚的短信留言:"亲爱的,晚上去兰溪餐厅!"兰溪是他俩常去的餐厅,他们俩都喜欢那儿的台湾小吃。如果有了小的不愉快,总会有人提出去兰溪,似乎一顿共同喜欢的饮食便能化解两人小小的摩擦。

林青简短地回复了"有事"。

什么都会变化。变化最快的是人的想法,关于恋爱和婚姻,林青有了新的想法。

虽然在一个单位,林青和梦楚一直是普通的同事关系,但在四年前的一次年终团拜会后他们成了一对恋人。春节前夕,各单位都一样,开个总结表彰会,然后找一个餐厅吃顿饭,算是对大家一年辛苦的犒劳。团拜会一开始,大家还客客气气,领导讲了话,自然是比较圆滑的把每个部门都夸赞了一番,在他们看来漂亮的言辞总是最廉价的,不过是费些口舌。随后同事之间开始互相敬酒,彼此说了好些恭维祝福的话语。酒过三巡后醉意渐起,桌上的人三三两两结成了小团体。林青知道这些文化人,那些你好我好的客套都是虚伪,内心都是自恋狂。那天赵梦楚坐在林青的一侧,两人就聊了起来,没有聊诗歌和写作,不知为什么说到了对婚姻的看法,大概是饭桌上有人说到谁闪婚闪离的事情,话题就扯到了社会上离婚率居高不下的现象。林青说对于婚姻她是个悲观主义,她认为非要用一纸婚书将两人束缚一辈子是件可怕、不人道的事情。她大概也喝了不少,又说婚姻是一种落后生产力下产生的畸形两性关系,是女人关于爱情偏执的狂想,婚姻除了束缚自由,什么都不会带来,尤其对女人就是一场灾难。大概她还谈起了萨特和黑格尔的婚姻观。林青在大学主修西方哲学史。梦楚被林青的观点和才学震撼了,他连饮了三大杯白酒,以示赞同。后来他说起林青给他最深的影响并不是容貌,而是那个种不依附男人的独立的气质。

后来,聚会的人们三三两两走了,去哪儿了,没人知道,他们果真是一群只关心自己的家伙,当然也没有人在乎林青和梦楚去了哪儿。他们拖着被酒精鼓动不安的身体离开了桌子,互相搀扶着推开酒店的沉重的旋转门,那一瞬间就像被什么力量从温暖的南方抛向了冰冷的北极。打碎的酒瓶,摇晃的灯光,俩个醉酒的男人在雪地里推搡,喋喋不休地说着车轱辘话。林青在闪烁的路灯下看到梦楚英俊又亲切的面孔,还有孩子一般热情地注视着她的目光。

在他们聚会喧闹时,雪已经悄悄地下了一阵了。雪是什么时候下的?第一片雪花又落在了什么地方?经历了无数场雪后,林青依旧会纠结于这些幼稚的情愫里,就像她不知道自己是在哪一刻候喜欢上了赵梦楚一样,那喜欢的雪花是在那一刻落在她的心上？熟悉的小城在白雪和夜色的装扮下焕然一新。她爱这白雪和寒冷赐予的新世界,这个新世界的刺骨的寒冷唤醒了人们体内深藏的激情。如果没有寒冷,世界会死去。

"我想去河边走走。"林青提议。雪地里林青用两只手捂着绯红双颊,一双眸子里快乐的光芒像新铸的银子一样闪闪发亮,她忍不住摇晃着身体,像一只准备喷发的啤酒瓶,体内酝酿着兴奋的气泡。梦楚也有忍不住的快乐,他敞开大衣,解开领带,露出上下滑动的喉结,冬夜里嘴里呵出的雾气像在散发身体里无尽的热量,他有的是热情,他冲动地想摘下围巾裹住摇晃的林青。他的身体和热情都不知何去何从。

他们向城外走去。雪花轻柔的飘落,夜已经很深了,持续飘落的雪花遮盖了道路上的痕迹。他们带着探索的冲动,年轻的冲动,在茫茫雪地上留下四行新的脚印,只属于他俩的脚印,像留在寂寞寒冷的月球表面。影影绰绰的楼房,沾满白雪的树木,一切都没有了真实感,白天看起来有几份寒酸的街道在夜色里充满了神秘的诗意。林青也喜欢这种陌生的感觉,这充满诗意的感觉,好像这个充满预示的夜晚是上帝所赐。

她在回忆夏季的河畔,她曾经幻想如果有了恋人,第一件事就是顺着河道去漫步,没有尽头的堤岸,两岸低垂的细柳,像诗歌一般散发韵律的河水……她从未留意过冬季的河畔,应该是怎样的景象。

城外河面早已经结冰并积满了厚雪,黑暗中只能看到一个臃肿起伏的轮廓,河面桥上的路灯疲倦地散发着微弱的光芒,那些稀疏的树木像什么人随便插在那里的。突然纷乱的雪花像什么人凌乱惊慌的心意。他们站在桥上发现,没有一条道路可以通向隐藏在积雪之下的河道。一路跋涉的林青有些失望,她痴痴地望着混沌的河床,无法抵达的河岸,内心一阵慌乱,体内积攒的快乐的气泡一下跑光了，来时的热情和冲动也随之消散。冬夜的寒冷，或许是失望使她的身体战栗起来。好在梦楚一把揽过她的身体，她紧紧俯在梦楚的怀里，听见他正在加速的心跳和自己上下牙床"咯咯"碰撞声音，直到梦楚把有些冰凉的嘴唇压了下来。她不想再支撑自己几乎虚脱的身体，就让这个表面坚强的身体服从自己软弱内心吧！

第二封信依然夹在商场促销信件中，她从信箱取出，扔在办公桌上，只是随意地瞟了一眼，那些幼稚歪斜的字体，没有地址，只在地址栏写了"内详"字样。

这茶真好，罐里的茶叶快见底了。她第一次想到剩余不多的茶叶喝完后，换其他的茶叶一定不习惯。

她算着赵梦楚一定会来她办公室，因为上周五她没有像以往那样陪伴梦楚，而是一个人看了一场无聊的电影；周六、周日她约了朋友一起去西山滑雪；周一至周三，她请了三天的病假。这种情况很少，五年，虽然他们约好只秘密恋爱，不谈论婚姻，给彼此留出足够的空间，其实只有半年，因为争吵他们分手了一段时间，其余的时间总在一起，但就是那次分手后的复合，让林青有了结婚的念头。

"玩得很尽兴吧？"梦楚的话里有一点醋意，也许是故意的，如今他们都知道要适时安抚对方，比如适时表现出的亲昵和妒忌，好让这种安全的关系保持下去。

"也没什么，只是好久没有这样了，很放松，找到了学生时的感觉。"林青低头望着杯子里起伏的茶叶。其实在山上的两日是难捱的，她的两个女友，一个因为孩子发烧提前返回了，一个约来了男朋友，她像个多余的第三者，她好几次想给梦楚打电话，让他来，告诉他自己想和他一起在山顶的雪地里看星星，一辈子在一起看星星，当然这对于梦楚来说是个危险的建议。

"和谁去的?"

"高中同学,两个女生。"林青回答得越轻松,梦楚就越想知道得详细,但他不会再追问下去,这不符合他骄傲自负的性格。

"回来就病了吗? 电话也关机了。"

"感冒。"她的嗓子还有些哑哑地。

新来的信件还没来得及收进抽屉。梦楚果然将目光投向了那封信。"什么内详,和上次是一个人吗? 真是情书吧?"他的两腮微微颤动。

林青迅速将信拿到手,插进桌子一侧的文件夹,"无聊,哪有什么情书,读者来信,经常有这种读者,一件事要打破砂锅问到底。"她分明要掩饰什么。

梦楚又拿出那副半信半疑的表情,他突然很认真地望着林青,从来没有的认真,林青假装随意地望着窗外。冬天的窗外除了白雪还是白雪,真没什么可看的。仿佛六年前那个河道,除了雪还是雪,至于雪下面有什么,已经不重要了。

从内容上看,信是一个追求者写来的。信上说,这么多年过去了林青仍是他唯一的爱,又说近日回故乡得知林青依然单身,而自己在外打拼也有了自己的公司,他觉得自己有能力给林青提供一个温暖的家庭。

信上还说,他知道林青就是那种女孩,表面上越倔强,内心就越软弱,她和所有的女人一样,最终还是渴望得到一份安稳的爱,一个安稳的家庭。

追求者对林青的现状了如指掌,他还在信上谴责那个不肯给她婚姻的男人是个自私的男人,不值得林青浪费五年的青春时光。

信上每一句话都说到了林青的心坎上。

是曾经有一个男孩子,上高中时就喜欢林青,强烈地追求过她。那种年龄的男孩对待爱情有一种吓人的执着,他们认为此时遇到的一定是今后一辈子的爱人。后来因为工作,他到了另一个地方,有一段时间他还不时地写信来,他希望林青毕业后能去他那里工作,然后相爱,结婚,生孩子,一辈子。那时林青她太年轻,被男孩描绘的未来吓坏了,她害怕看到自己的未来赤裸裸地摆在不远的将来。

好多年过去了,她再也没接到过男孩的信。

有几封写着"内详"字样的信件,不翼而飞。这事并不重要,重要的是赵梦楚不像信上谴责的那样自私,他最终给了林青一份幸福生活,在幸福安稳的婚姻生活中他们还收获了一双儿女。林青永远都不会主动追问信的下落,虽然有几次梦楚道歉的话都到了嘴边,她总是岔到别处。

舒心惬意的日子里,步入中年的林青端了茶水坐在沙发上想起自己年轻时不结婚的"傻念头",还有无法掌控的80℃,想起自己那个冬天看河道时的失望,好在失望之余她得到了梦楚,她自嘲自己曾经"很傻"。她的儿女也到了这般年纪,和她当年一样有一、两件属于年轻人的"傻念头",上大学的女儿正在狂热地单恋一位教授,上高中的儿子学会了写情书。梦楚为这些事情着急上火,甚至气得半夜都会从床上跳起来,林青总是安慰他说,等等,年轻人自己会找到解决问题的办法。

"我不想结婚,恋爱就是恋爱,和婚姻无关。"女儿向往诗意的爱情,好像婚姻是对恋爱最大的亵渎,好像也要用诗歌的趣味对抗生活的平庸。

"像您一样,和父亲的这种婚姻,让人沉沦。"女儿说的有一定的道理,婚后梦楚不再写诗了,他转为文学评论,但是顺利地坐上主编的位置,后来成了杂志社的社长。不一定是沉沦,林青认为或许是在婚后,男人才知道自己真的需要什么。

只有行动才能对抗生活的平庸,林青始终坚持自己信念。

她不想用语言批驳女儿的"傻念头",时间会改变年青人的"傻念头"。仿佛时间又回到了从前的场景,她又想起自己模仿别人的字体,歪歪扭扭写出的那些信,还有"内详"两个字。

三色玛洛什

我和罗莉、方芳是从小玩到大的朋友。我们仨人一起生活在一个小县城里，在地图上可以看见它的标识，一个单层小圆圈。我们曾经一起感叹过，世界之大，我们怎么会生长在这里——这么一个不起眼、躲在天边上、山脚下的小县城。发这种感慨时，高中生活刚结束，在等候高考录取通知书。惬意的八月下午，那片老林子在河的南岸，生长着两个人都搂不过来的参天大树，大树脚下有星星点点的绿苔，树冠里有小松鼠伶俐敏捷的身影，我们仨一排坐在一棵躺倒的大树身上，那一刻，最温暖的夏日阳光从树冠间泻入，在幽暗中形成一缕缕的光柱，仿佛上天发出的一道道暗含秘密的神谕。

绕着林子流过的河水泛着点点波光，流水的声音发出单调让人难解的韵律，鱼儿在清澈的水底飘忽闪动着身影。以后我才知道这是人生中最为美好的一个下午，温暖、安静，我们与树林、河流一起呼吸，心跳。三个女孩对未来的畅想，飘荡在纯净的空气里。

"我要去南方上大学了，离我老家很近，如果可以的话找一个男友，就在那里生活了。"罗莉是个皮肤细腻、略黑的姑娘，说话时总带一点南方呢哝之音，闪烁的眼睛里还带了一丝沉郁，脸上有着和年龄不相称的成熟,细长的眼角有些湿润,浓密的黑发齐眉、齐肩。

我猜她不想回县城,更重要的是不想回现在的这个家。几年前她跟随父亲从南方来到这里,父亲与别的女人组成了一个新家。

方芳是一个有着厚嘴唇、翘鼻孔的姑娘,她不管什么时候都是一副刚跑完一场比赛的样子,双颊通红,鼻翼上渗出细密的汗珠,一手在额前扇动着,额头上的细发上下飘动起来。"我打算去省城读技校,学了技术早点工作,我还得供两个弟弟上学呢。"方芳的父亲在她很小时就去世了,母亲一人带着她和俩弟弟生活,负担很重。

说完后,罗莉和方芳不约而同地转向我。"我去北方大学读法律,然后当一名专业律师,匡扶正义,除恶扬善。最重要的自己养活自己,一辈子不成家。"

"谁信呀,臭美妞,就你,一天发型都换三个样,怕是现在就想嫁人哩!"罗莉和方芳共同打趣我。

未来总在前方,如果我静下心来思索,一年、十年、二十年以后的某一天,心里会像企盼一个恋人一样收紧成一团,酸酸涩涩地。捉摸不透的未来总让人心智迷蒙,有期待,有不安,有兴奋。未来总要来到,还会成为过往,今天曾经是多少个过去日子的未来。究竟在期待什么?有什么等候在以后的路上?有什么潜伏在以后的岁月里等着与你相遇,成功、失败,挚爱的人、陌生的人,幸福,还是悲伤。我恨不能将眼光磨成利剑划破眼前的重重迷雾,穿过稠密的树林,越过河流,望见未来和远方。

接到罗莉电话时,我有些茫然。我刚洗完澡,一头湿发包裹在浴巾里,端一杯热气翻腾的茶水依在柔软的沙发里读书,村上春树的《奇鸟形状录》，书中那个前方没有道路可走的男主人公正坐在枯井里沉思，寻找出口。我总是很享受这一刻，黄昏降临，夜色渐深，沉浸在书中，似乎一天中的喧嚣尘埃都在空气中沉淀下来。

电话铃粗暴地响起，声音如同碰到了坚硬的井壁一般，一滴湿凉的水从脖上流到后背上，我拿起电话打了个冷战。

"院子，我，罗莉。"语气是熟人的口吻，声音很有底气，仿佛是日日相见的朋友。

"有事吗？"其实一开始我有点蒙，对不上是那个罗莉，我们报社小姑娘每天都换一拨。

"见见面吧，我上星期才听说你在这儿，快十年没见吧？江南景苑，明天有时间吗？大记者。"

我听出罗莉的语调，多多少少还有南方口音里的嗲气，只是比那时多了几份干练。其实我们快有十年不见面了，不对，十年零一个月没见了，我记得清楚。并不想联系她，虽然我听说她也在这座城市。

我多少有了一点名气，去年与缉毒局跟踪了一起制造毒品的大案，在边境山区里跟拍了大半年，完成了二十万字的纪实报道，我出了书，书名叫《黑夜出击》。我的新闻报道获得了全国新华要闻一等奖，登在全国最大新闻类报刊的头条，我被本报社提拔为要闻部主任。罗莉肯定知道了消息，但她联系我还是出乎我的意料。

我答应得格外爽快，电话另一头的她有一点吃惊，似乎还有许多劝我见面的话被堵了回去。罗莉连连说："好的呀，明天见，可以带朋友一起来呀，我坐东，没关系。"

"我自己去，不用太费心，咱们俩就行了。"我知道，她说的朋友一定是指我男朋友，我没有男友，一个人过着独居的生活。

Y城是座首府城市,在地图上是个双层圈,比小县城多一层圈,后来我滑稽地发现这表示多一层的生活压力,多一层的生活负累。我一个人生活在这个标志着双层圈的城市里,勉强有了一套才分配下来的屋子,在六楼,门上装着铁制防盗门,六十多平方米,一个人住足够。一屋子东拼西凑、风格各异的家具,脚下是我从旧货市场淘来的地毯,虽然下雨天会散发潮湿的羊膻味,但是枝枝蔓蔓盘绕不清的花纹总有一点异域风情。我还有一张从旧货市场买来的旧橡木床,床头有几个暗抽屉,我还在里面发现了几只女人用过的发卡,孤单一只的银耳环,我每每躺下睡觉时都会想还有谁睡过这张床,应该是个女人。只有沙发是我去商城认真挑选的,桃红色的绒布沙发,几只像充了气体的大抱枕,坐在上面有被人拥抱的感觉——单身女人渴望的沙发。

　　我过着单身生活,三十好几了,在别人眼里是个多少有些怪异的女人。我过上了自己高中时向往的生活,不嫁人,自己挣钱养活自己。其实这并不是我现在想要的生活,此时我更希望恋爱成家,结束漂泊不定的生活,但是命运与我开玩笑,总让我遇不上个合适的,前几日还有好朋友给我介绍了个四十多岁的离异老师,人还不错,干净、戴眼镜,像个知识分子。交谈了几次还挺投缘,可是一提到结婚,我总想到方芳,想到退了色快融化的"玛洛什"。

　　江南景苑是一家颇上档次的酒店。我上午有一个重要的会议采访,时间约在下午。我早到了会儿,坐在大厅仿古式的红木沙发上,午后的阳光照不进深深的大厅里,周围人造的山水翠竹景观都映在情调暧昧的灯光里,旁边茶几上圆形的鱼缸里无声地游弋着几只红色的大尾巴金鱼,在灯光的折射下,鱼的眼珠鼓得更圆更大,几株绿色的水草也随着鱼儿的游动飘摇不定。一对外国老夫妇在另一侧沙发上坐着，安静着，像等什么人，这对上点年纪的男人女人，有浅褐色松弛的皮肤，手臂上布满了金红色的汗毛。

我想象着罗莉。十年不见面，一个女人会变成什么样，体态臃肿，皮肤下垂，皱纹也会爬上眼角。虽然我谨慎地不去打听她的任何消息，但关于她的消息还是会随风吹来，飘进我的耳朵。听说她过得并不如意，最终没与卓云结婚，找了一个年龄比自己大十多岁的商人。

那女人从我眼前走过，一袭简洁的黑色衣裙，衬托得双臂和裸露在外面的脖颈白如牛乳，头发高高地盘起，一对碧玉耳坠吊在精致洁白的耳朵上，婀娜的体态，臂下夹一香槟色的小包，与足下的皮鞋是同色的。从背影我就认出是罗莉，十年，她变化不大，南方女人的小巧精致，皮肤竟比以前白嫩了许多，身材保养得很好。相比之下，也许是我变化过大，她从我身边走过竟没有认出我来。我穿得有些可笑，一身刻板的套裙——自认为是最淑女的一套。

一个淡雅的小包厢，一幅作旧的雨荷图屏风，黑漆桌椅，精致的茶具，绿茶"竹叶青"的两片嫩叶恰到好处地张开，在浅绿的茶水里上下沉浮着。似乎是罗莉细心挑选了地方，看样子她很重视这次约会。

两个女人约会注定会有些尴尬，"如果有方芳就好了！"我不禁暗想。我们只是谈了谈彼此当前的生活。罗莉告诉我几年前她嫁人了，生活还不错，丈夫是做印刷业的生意人，两人一起做生意挣了些钱，屋子也买了，在Y城的繁华区，黄金地段。我也告诉她自己早些年辞了职，先后去了几个城市，最后选定了记者的职业，在报社里有一席之地，报社还给我分了房，目前一个人，想在Y城生活下去。

沉默的时间似乎比谈话的要多,偶尔的几句话像鱼缸里的水泡,很快就消失在寂静的液体里,很长时间我们都悄悄地饮着茶水,探索着对方的沉默。其实那些沉默里隐藏的都是彼此最想说或想听的话。我以为她会提起一些人和事,但她始终回避着,我也回避着。

　　从酒店出来时,Y城下起了雨,天空的灰云一时没有散去的意思,雨一直下。我深深地呼吸,似乎是干渴记忆需要这场雨唤醒沉睡的过往。不提是对的,虽然我有些冲动想知道她为什么,为什么没有嫁给他? 后来,他又怎么样了!

　　其实这样的相见场面,十年零一个月里,我曾经预想过,想让她回答的问题在我内心也提问过无数次。"我呢,你想过我吗? 这些年怎么过的,不想知道吗?"如果我这样问她,她会如何回答。

　　就像子女长大想离开父母,我也离开小县城。到过S城,到过X城,想走得越远越好。

　　实际上想离开一个童年、少年生活过地方不是件容易的事,忘记更是不可能的。不管是Y城,还是S城、X城,那些陌生事物和人的新鲜感一过,我就开始怀念那个不起眼的小县城了,怀念那条河,那片老树林。怀念那个俄罗斯人开的冰淇淋店,那个冰淇淋店有正宗的"玛洛什"(俄罗斯人做的冰淇淋),怀念冒着汽泡散发出啤酒花味道的"格瓦斯",还有那个天天循环播放印度电影的红砖尖顶子老电影院,还有小巷深处飘荡的风琴声。任何一个地方都有它的气质,如果也给这个小城注入一些独特的元素的话,它就像是一首用手风琴哼唱的歌,野风的粗犷里又带有细腻的忧伤。我对它的怀念是黑暗旷野里的粗砾的风沙,一点一点打磨我的心,伴着若有若无的琴声。十年,用十年怀念就够了。

如果说十年了没有再想他是说谎，但是时间真的可以冲刷去一切。最后一次梦见他是三年前，最后一个关于他的梦，是我站在河的这一端，河面是镜子一样的冰，结了冰的河面上有一层薄的雪，我赤脚追上来，他朝另一端走去，我叫他，他不回头，只有一个穿着白色衬衣的模糊的背影，这是最后一个关于他的梦，以后再也没有，似乎梦里的刺骨的寒冷一直延续到了现实，我告诉自己可以忘记了。

　　高中毕业后三四年后，我和罗莉、方芳陆续回到了小县城，像命中注定的。罗莉从南方大学毕业，我从北方一所高校毕业，方芳从省城一所技校回来。

　　经历半年的冰雪肆虐，春风像是情怀最炙热的恋人，只在一夜之间就能抚慰了大地，没有一点过渡就将夏季的明艳带到了边塞，也只有北方的边城能禁得起这样热烈的情感。五月初小城就进入了癫狂的时节，远山脱去银装露出铁色的青，小草和杨柳争相染绿了河畔，半城的苹果花盛极而败，粉白的花瓣飘落一地；半城的沙枣花竞相怒放，虽然只是极小的黄花，却散发出浓烈的香气，整个小县城沉浸在发酵后让人心醉神迷芬芳里。午后的阳光也是沙枣花般黄艳，我们选择在冰淇淋店聚会。那家冷饮店经营三色"玛洛什"——鸡蛋牛奶制成的传统俄罗斯风味的冰淇淋，粉的、黄的、淡绿色的盛在透明的高脚杯里，小伙计也是俄罗斯混血，淡亚麻色的头发，淡绿色的眼睛，他托了装着一杯杯"玛洛什"和各色汽水的盘子，轻松欢快地穿梭在客人之间，如果有手风琴奏响，我想他一定会跳一曲"踢踏舞"。我选择淡绿色的，罗莉是一杯奶黄色的，方芳一定会点粉红色的。每人一大杯"玛洛什"，奶香四溢，融化在嘴里有一点牛奶烧煳的焦苦味。

　　"想分开也不容易！想离开这儿也不容易！"我有些自嘲。

"就你俩想出去,其实我上技校时就想回来,你俩只当给我做个伴。"方芳永远是一幅满足的样子,粉红色的冰淇淋已吃进了两杯。

"我可不想在这个小地方生活一辈子,世界太大了,不走一走多冤枉。"我不停地搅动着绿色的冰淇淋。

"这里多好,亲人在这儿,朋友在这儿,人走的地方多了,就像树木挪动得太厉害,会失去很多东西,扎不下根。"方芳有时也会说出一些耐人寻味的话来。

"小芳,吃多了发胖。"罗莉轻柔地劝说。几年不见,方芳已发育成了一个浑身圆滚滚的胖姑娘。

"我要结婚了,下个月,你俩做我的伴娘吧!"方芳一脸幸福红晕,鼻翼上渗出细密的汗珠。说着话用舌头舔去了嘴角一滴奶液。

"结婚,太早了点吧,和谁?"我吃惊不小。

"技校同学,早什么呀,要不是学校不允许,我俩在学校就想结婚了。"方芳"咻咻"地笑着说,陶醉在我和罗莉都看不见的幸福中,似乎这幸福是"皇帝的新衣",似乎这幸福不抓住会像阵风一样刮走。

我曾经将不结婚作为我人生目标奋斗过,考个好学校,找一份能养活自己的工作,何必陷身于油盐茶饭的俗人生活。恋爱是要有的,但结婚一定会成为爱情的终结。

我悲天悯人地看着方芳和她第三杯吃了一半的粉红色的"玛洛什",逐渐融化退去颜色的"玛洛什",泛着泡沫像是洗了红衣物的不清洁的水,更像她未来的平淡不堪的婚姻生活,我坚定地预测着。

方芳用一场一点也不出人意料的热闹喜庆的婚礼告别了少女生活,穿着大红色的结婚礼服,携起她那因为幸福而微胖的爱人退出了我们三人小圈子。

我和罗莉着实不适应了很久。女人一结婚就不要朋友了，真是这样。

一年后，方芳当了我们的面用肥硕的大乳房哺育她苗壮的婴儿，从她充满乳液和汗味的房间看完"月子"，我和罗莉很久都闻不了"玛洛什"的牛奶味儿。

"我俩注定会爱上一个男人。"罗莉说这句话时意味深长。

方芳结婚后，除了上班，我和罗莉成了形影不离的密友。在一个周日黄昏，我躺在罗莉宿舍的小床上。罗莉的小床是一个女儿家隐匿的小世界，洁白有蕾丝花边的蚊帐，清洁的白底淡紫的小碎花床罩，同样花色的墙围子，一个简易多层搁物架固定在床内侧的墙上，上面放了一面小镜子、几本书、一个便携式录音机、几盘流行歌曲磁带：齐秦、张学友、罗大佑，还有一瓶花露水和一只瓷质的展翅飞翔的天鹅。

床上有淡雅的花露水味和人体温暖的气息。我拿起小镜子照出并排躺在一个枕头上的我和罗莉的脸，我有一张甜美的娃娃脸，仔细端详鼻头太圆，眼睛太圆，只有那张嘴丰满鲜艳的诱人。而罗莉有一种古典美，淡紫色的眼角油润细长，藏在黑发里的耳朵如新出模具的样品，洁白小巧又惹人生怜。

"初恋，该不是冰淇淋小伙计吧！"

"可是那个文工团吹笛子的白小凯？"我和罗莉嘻哈中扯出好几个男生的名字。

不知怎地我说起上高中时班上的一个男生，一个高中最后一学期的插班生。长得又瘦又高，总是凌乱的头发有些自来卷，架着一幅高度近视镜，衣着邋遢，身上有一股子榨油坊的豆饼味，手掌的纹路里总有清不干净的黑色油泥。他坐在我后排，整天都沉默寡语，数学学得特别好，我总问他题，似乎他没有不会做的题。每次给我讲题时,他都会不由自主地脸红,声音里有不易察觉的颤抖。

"你知道吗?我喜欢他,别人都觉得我一定喜欢那种又高又帅的男孩,其实他是我的初恋,他身上有一种苦难的东西深深吸引我。有一次我偷看他的日记本,被他发现了。他在抢夺日记时,一把攥住了我的手,攥了多久我记不清,他的脸涨得通红,我猜他是故意的,当时我的手被他攥出了深深的红印子。我竟然像被雷击中了,整个晚上我无法入睡,我想着他日记里描述的在榨油坊打工的不易,被攥过的手火烧的感觉延续了很久。还没有一个男孩让我的心悸动不已。"说完我长吁一口气,陷入回忆的沉默中。

"我俩注定会爱上一个男人。"罗莉的话语从枕边的另一侧传来,仿佛穿过了一片密不透风、幽暗的藏有秘密的森林。

"我也喜欢他,他的苦难仿佛是在我身上。"充斥着香味的稀薄的空气在我俩之间颤动。我想起那段时间罗莉是他的同桌,沉静地坐在他的另一侧,总是一语不发。罗莉接着说:"但他喜欢的是你,我看出来了,他每天都在盼望你转过身来问他题,他每天不睡觉也要把第二天所有的数学题都搞懂等着你来询问。"

"你太单纯,这些事情你一定察觉不到。大概就是你一天到晚无忧无虑,一副天不怕地不怕的神情吸引他。他喜欢你像一条清水一样,一片阳光一样,他在你的身后关注你的一举一动,我在一旁关注着他的一举一动。"

罗莉转过身望着我:"你不是真的爱他,你只是喜欢他身上你没有接触过的苦难。你太干净,太清澈,将来应该有一个强大的男人守护你。"

"是啊,太多事我不知道,高考他为什么没参加,后来他去了哪里?"

当时传言有人举报他是"高考移民",他被取消考试资格,高考前他迷一样消失了。

"其实他比咱们年龄大好多,已经参加过两次高考,落榜的原因是压力太大,紧张,一进考场脑子里就一片空白,最后这次最终连考场都没有进成。"

"你怎么知道这一切?"我问罗莉。

"我找过他,高考一结束我就去找了他。我亲眼看见他在亲戚家的榨油厂里,赤裸了双臂像其他工人一样在劳作。他告诉我一切,并告诉我过几日就要回很远的老家了,家里人为他高考付出了太多,他要回去找一份能养家的工作,也许很快就要结婚生子了,这是他的人生。他说你和我只是他人生中的意外收获。"

"我是真的爱他,我告诉他如果他愿意我就跟他走了,一起到穷山沟里当个面朝黄土背朝天的农民都行,给他生孩子,伺候他。可他没答应我,第二日就走了,谁都没告诉,去了哪儿谁都不知道,我打听了多时。"

我诧异地听着罗莉大段的叙述,发现她好陌生,甚至于在我面前这张脸模糊得让人看不清,我真不知外表沉静的她有过如此炙烈和近似疯狂的感情。

"你只是喜欢他与他人不同的经历,你一定不曾设想过与他过一辈子,我想过,而我的爱会给人太多的负担,他无法承担。"罗莉说这话时,已将目光从我脸上移开盯在了虚无的远方。

罗莉和卓云一起离开了。我不想向任何人打听他们的去向。

但我还是去找了方芳。方芳的孩子都三岁了,她明显发福的身材显得臃肿不堪,被汗水浸染的脸色更加红润。她知道我来的目的,却喋喋不休向我介绍今年建起的新家,独门独院的二层小楼,洒满阳光的带着大阳台的客厅,新添的家具散发出让人头晕的油漆味儿。方芳的爱人是做建筑工程的,结婚没几年日子已经有了小康的迹象。

一直到我起身告别,方芳才说起了下面的话:"罗莉肯定要离开这里,这是迟早的事。她后妈容不下她。说起来她不容易,她母亲失踪时她也就刚上小学,父亲带她从南方来这里又再婚了,后妈带过来个不懂事的哥哥,那个哥哥一直对她有企图,她必须要离开。卓云是她的救命稻草。你和她不一样,你和我也不一样。我家里兄弟姐妹多,生活困难,我必须赶紧找个好人家嫁了,还得帮助母亲减轻负担。这是我结婚的主要原因。罗莉嫁人是想摆脱现在的困难。我们三个人中只有你不用考虑这些,好好恋爱吧!忘了罗莉和卓云吧。"

方芳和我一起坐在宽大的阳台上,新桌子上堆满了孩子的玩具和没洗干净的碗筷,在那一瞬间婚姻生活的画面在我眼里仿佛就是孩子凌乱的玩具和没洗干净的碗筷。

罗莉将卓云介绍给我,是在她在宿舍里。那个叫卓云的男人正系了一个围裙在局促的小阳台改成的厨房里煲汤。他很洁净,白色的衬衣,瘦长的体形,我注意到他端锅的手修长,骨结分明。

吃饭时,他给罗莉盛汤时仔细撇去浮油,罗莉端着碗的脸上盛开红晕,我知道他们在恋爱。

我们三人经常在一起,一起郊游,一起去舞场,一起去吃冰淇淋。更多是在罗莉清洁的小屋里,那些个安静的黄昏和夜晚,炉火上的汤水悄悄地沸腾着,卓云坐在床尾弹吉他,他是我认识的男孩里弹吉他弹得最好的,《雨滴》《罗密欧与朱丽叶》

《阿尔罕布拉宫的回忆》,一首接一首,那些节奏或轻快或舒缓,或凝重或温暖,总是娓娓动听,让人失神。罗莉坐在床头认真地编织毛衣,我坐在对面的书桌前看书。

偶尔会有我没听过的曲子,我问他:"这是什么?"

卓云笑了笑,垂下额头的黑发,用他修长却骨结分明的手拨动琴弦:"《绿袖子》,一首忧伤的曲调。"

那天我穿了一件湖绿色的裙子,那条裙子在琴声中轻轻颤动。

很快我就发现卓云是个很细心的男人,他关爱着罗莉的同时,也能关照到我的感受,就像在舞场上他邀请罗莉的次数和邀请我的次数一样多,吃冰淇淋时他或选黄色的,或选择淡绿的。在三个人的关系中他如鱼得水。

"我俩会爱上一个男人。"有时会想起罗莉的话,这话像被施了魔法,由命运之神从黑色密林深处传入我的心里。我发现我越来越喜欢和他俩在一起,甚至到了无法忍受他俩单独在一起的程度。我在沉默中滋养着嫉妒,在煎熬中我甚至会延长在罗莉宿舍的逗留时间,经常到很晚。罗莉会让卓云送我回家。

每次送到那个小巷口,卓云会很有礼节地与我道别,我会一个人拐进去,独自走进那段暗夜中的道路。有一天事情终于发生了,虽然我很惊愕,其实正如我所企盼的。卓云熟悉的气味逼向我的脖颈,伸手抓住我的手臂,空气在瞬间冻结,好一阵他似乎是叹了口气,问我怎么办,说罗莉提出要同他结婚。

"为什么问我,不是你所愿吗?"我发现自己暗藏的恐惧,甚至有一丝残酷的快意。

"一定要这样吗?不知道我喜欢你吗?看不出吗?罗莉都看出来了,我们还装傻?"

期待的这一幕出现后,我该怎样?于是我病了,得了一场重感冒,仿佛是试图在高烧和昏睡中理清这团乱麻。罗莉拎了水果来看我,鲜红的荔枝和金色的蜜桔放在床头的柜子上。罗莉坐在我床前母亲一般地望着我,将一只剥好的桔子托在我眼前。

"虽然我从来没有说过我有多爱卓云,但你都看在眼里,我不能没有他。"这是罗莉离开前最后一次跟我说话。

等我病好去宿舍找她,她的同事吃了一惊:"你不知道她辞职了吗,去了Y城,和卓云一起走了,说是要结婚了。"

直到他们一起消失我才知道我多么爱她,多么爱卓云。那些思念纠缠着我,几乎让我发狂。我被遗弃了,被两个人一起遗弃了,被全世界遗弃了,我像个傻子一样。我站在小县城最高的楼顶,一遍遍眺望整个城区,数得清的几条街道,几座高楼,我上过的小学在左边,我上过的中学在右方,那条小河和那片树林在前方,身后的远方是一片和庄稼地毗连的坟场。几乎能从过去看到现在,从现在看到未来,从生看到死。我得走出去,从来都没有过的沮丧在胸中翻卷,要一个出口。

我梦见他们在一起,我梦见罗莉哭泣,我梦见卓云不回头的背影。

我离开了小县城,这个在地图上用一个圈标识的地方,离开了方芳。

"你的心那么野,就出去走走吧!别忘了回来看我,最好和罗莉一起回来吧!你看我家的屋子够很多人往了。"方芳依然是满足的表情,给我看她又一座规划好的宅院。

去了S城,去了X城,又去了Y城。我一个人漂泊着,忙碌奔波之余也会有一个个无聊的孤独时光,黄昏在阳台上烧水沏一壶茶水,或简单做个饭菜,整个晚上一个人啜饮,一个人咀嚼,一个人听音乐,在缓慢的沉静中我会怀念一些人或事,在不知不觉的孤独中也会想明白一些事,在往事的纠结中也会梳理清一些情绪。但我很少让自己去想罗莉和卓云,倒是时时会想起方芳,想她说的:走的地方多了,就像树挪得多了会扎不下根。会这样吗?我也许会失去根,也许早就扎下了走多远都动摇不了的根。如此地在异乡漂泊,大概只是想弄明白"根"扎得有多深。

和罗莉的见面,一定要搅动往事,不管你说或没说,想或不想。我终于活在那个夏日老树林里向往过的"未来里",走过了这些日子和风景,为了遇见了这些人和事,为了见证了我们的青春和爱情,也许这就是生命的意义。我还想要什么,奢望得到什么吗?

一个月后,作为礼节我邀请罗莉喝咖啡。台北一隅,一个无论白天黑夜窗帘都紧闭,灯光昏暗,情调十足的咖啡馆。每一张桌子都坐着一对恋人,脸对脸,女孩把脸映在烛光里,低着头一点点优雅地抿着甜蜜如梦幻的"卡布奇诺",男孩子不停地搅拌着杯子里苦涩如现实的黑咖啡。一切像剧情里的预设场景。

罗莉端起杯子,兰花指轻巧地举着,细细品尝咖啡。蜡烛在玻璃杯中燃烧,烛光的影子跳在她眉头,丝绒锦绣般的双眉,眼睛也是精心描画的,她是个不折不扣的美人。

我向她推荐了一款"刨冰":"尝尝,有'玛洛什'的味道。"

"你总是恋旧,怎么会呢?那个小城的'玛洛什'在哪里也不会有。"罗莉心思沉沉地说着,端起一勺送进嘴里等候融化,几乎是同时她眼里泛出不易察觉的泪光。

轻柔的音乐在咖啡厅里飘荡着,我听出了那是吉它曲《阿尔罕布拉宫的回忆》,那音乐仿佛是一抹夕阳下的悲伤,暗红色的,那些音符细细碎碎地拼凑着留在过去的记忆。

"你还记得咱们俩上高中时一起爱过的男孩吗,那个不起眼的同桌。我甚至找他表白过,愿意跟他去乡下生孩子过日子。"罗莉提起了往事,不由自主的。"他后来找过我,几年前,突然出现了,我好尴尬,与他一起吃了顿饭,无法言说的感觉。当时想如果你在一旁就好了,方芳在也行,三个人在一起不会尴尬,不会有那么多不自在。他依然是当年的样子,贫穷和困苦写在脸上和身上。但是当年的感觉荡然无存,我竟然没有勇气多看他几眼,更不敢想这是自己一度想托付终身的男人。后来送他走了,在火车站的月台上与车窗内的他挥手告别,就像与以往告别,和一段时光告别,和一个幻影告别。你知道在心里珍藏了多年的梦,像气球被扎破了,没有了。火车开走后,我竟有劫后余生的感觉,多荒唐的感觉。"

罗莉像卸下了一个无形的包袱,悄悄吁了一口气,直了直身子。掩饰在粉脂下的岁月痕迹突然爬上了她那精心描画过的面容和眼角,但是依然美丽动人,她的美一点点在岁月的冲刷中呈现出来。那个我熟悉的记忆中的罗莉坐在对面,她有了面对岁月蹉跎的无奈和伤感的勇气,有了否定过去的勇气。

我们还是没有谈起卓云,其实有什么好谈得,一切都过去了,真好。我喝了咖啡默默地想。

长长如蛛丝一般的时间飘荡在咖啡厅里,洒落在"卡布奇诺"里,渗进黑色的咖啡里。十年,时间如蛛网挂不住太多的美好,挂不住关于青春和爱情梦幻,但毕竟走过了,遇见了。

"卡布奇诺"的甜美的泡沫一瞬间幻灭,如同现实一般的苦涩绽放在味蕾上。我攥住罗莉那只冰凉的手,说道:"一起回去看看故乡,看看方芳吧,我们有约定!"

冬日的一天

　　他们在建材市场大门口喷泉边上坐着，目光呆滞，望着忙碌的 BRT 车站。2 路从广场到三里庄；7 路从红桥到灭火处；还有一趟始发的 4 路车，从建材市场到他们住的六道湾煤厂。冬日的一天，上午下了一层薄薄的雪，下午很快就被过往的行人和车辆糟践了，像一堆堆肮脏的冰淇淋堆在路边上，黑色的泥水被车轮卷起溅到路人的衣服上，路人躲闪不及地叫骂着。

　　两人之中，身材高大的那个，穿着肥大破旧的"劳保服"，脚下是沾满泥浆的旧皮鞋，他吃力地站起来，跺了跺有些发麻的腿，从屁股后兜里摸出一盒压扁的"黄金叶"，又从烟盒里抠出两只弯弯曲曲的烟卷，一只塞进嘴里，用唾液沾湿了烟蒂，另一只递给身边的矮个子。这时一个女人牵着孩子从他们身边走过，迟疑了一下，好像对他们的长相不满意似地，找到旁边的一对打工的中年夫妻面前，讨价还价地商量一份活计。

　　阴冷又潮湿的天空飘着浅一片深一片的冻僵的云朵，像一面沾满污渍的灰色幕布。高个子一边抽烟一边摆了摆脚边的纸牌子，上面写着粉刷、油漆、木工、瓦工、修理、搬运、清洁……再一侧一个灰土颜色的帆布袋子里面装了刷子、刮刀、砂纸、扳手之类的工具。除了这一高一矮的两人，废弃地喷泉一圈或蹲或立着十几个他们这样的等零活干的人。喷泉中央汉白玉雕成的两匹白马一只仰望天空，一只将头伸向干涸的水池。

那人披着一件随时都会滑落的大衣歪斜着身体走过来，围着喷泉转了一圈，站住盯了高个子脚下的牌子看了一阵，似乎在盘算什么。高个子忙问："刷房子，还是做家具？"矮个子也站了起来，用脚搓灭了烟蒂，用手拍了屁股。他虽然什么也没说，但小心翼翼地笑了一下，干燥的皮肤能搓出火花来。

"一点小活，干吗？"

"多小？"

"浴室漏水，一会儿能搞定。你两人。"说话的人也就四十多岁，带毛皮领子的皮制外衣，敞开怀露出紫红色镶了金色花领的丝绸衬衣，下身是一条包裹很紧的紫色条纹裤子，一尘不染的三接头皮鞋，典型的小老板形象，要不就是演艺公司的经纪人。头发睡偏了方向，一副刚离开麻将桌或餐桌的倦怠神情。

高个子看了看矮个子，矮个子把沾满各色涂料的，绒毛磨光的瘦夹克往身上使紧裹了裹，咬了咬牙，说："干！"

那人又打量了他俩身上的衣服和脚下粘了泥土的鞋，确认了什么一样，伸出戴大宝石戒指的手，从一只有鳄鱼标志的皮包里拿出个本子，很快写了一行字和一个地址，撕下来塞给高个子。"2号线，北京路大西沟站，再倒个78路，到那儿。这个是地址拿好。"

说完，那男人又歪斜了肩膀转身走向街边，钻进一辆崭新的"奥迪"车里，拐弯时，高个子瞥见男人旁边，前排副驾上坐着个打扮得妖冶的年轻女人。

2号线是城市的主干线，什么时候都挤满了人，再加上冬天人们穿得臃肿，前胸贴着后背，一点插脚的缝隙都没有。高个子站在一个姑娘旁边，矮个子被挤到窗子边上。姑娘穿一件华而不实的拖到脚面的浅色风衣，下摆蹭了脏东西，油腻的头发垂在肩上，竖起的风衣领子挡住一张煞白的瘦脸，两颊上由于寒冷激起了一层鸡皮疙瘩。高个子目测了她脸上涂粉的厚度，脖颈处没有衔接好的部位暴露了褐黄的皮肤底色。高个子的工具袋顶到了姑娘的后腰上，姑娘猛地回头，几缕头发像鞭子一样扫在高个子脸上眼上，女孩露出鄙夷又嫌恶的表情，尽量收缩了身体仿佛怕染上病毒。高个子抱歉地将工具从左肩移到右肩。

拐弯时整个车厢的人向前倾倒，高个子闻到女孩头发里的味道，并不好闻，像隔夜的馊饭。矮个子把一颗头发蓬乱的脑袋抵在车窗玻璃上，玻璃上映出一只冰冷空洞的眼睛，外面一帧帧滑过的街道和楼房的影像，干枯的树木，冬日里灰黑的景致像曝光不足的胶片。红灯绿灯，走走停停，摇摇晃晃，一辆并排行驶在下方的小汽车，车里暖气很足，车窗上起了水珠，驾车的年轻女孩嚼着口香糖戴着耳机，漂亮光滑如塑料材质的脑袋有节奏地晃动着。一会在前，一会儿在后，矮个子用目光吞噬着那张精致的面孔，一会儿咽下，一会儿吐出……

一拐弯儿，车子驶入北京路，一幢灰色大理石装饰的高楼迎面撞入眼帘，门口一对叫不上名字长角带鳞的石头怪兽，几乎顶上车身。

高个子和矮个子如一截牙膏被挤出2路站，又上了78路车，这趟车开往郊外天鹅庄园。

沈家的老太太住在天鹅庄园B区12栋，一个两层带花园的小洋楼里。早些年这里是富人区，一幢幢装饰成外国风格的浮夸劣质的小洋楼，装腔作势的派头，尖顶雕梁，门厅两侧耸立着脏兮兮的罗马柱。后来城市向北边发展，这里远离城市中心，再加上管理跟不上,渐渐萧条下来,很多房子都像是没有人居住了,院里是一蓬蓬没有清理的杂草,干枯的藤类植物缠绕着生锈的栏杆,霸占着一整面破旧的墙体,荒凉的像一个废弃的小城一样。

B区12栋里的沈家老太太刚刚结束午睡,她正迟疑地从梦中醒来,缓缓地从床上爬起来,睁大眼睛使劲打量阴暗寂静的房间和窗外,又把干枯瘦弱身体挪到床边。接着她唤醒了卧在一侧猫,它太老了,平平地躺着,好像只剩一张完整毛皮,好像一睡就再也不愿意醒来一样。伺候她的毛姆听见了里面大声咳痰的声音,连忙关了客厅的电视,起身去擦拭那几样破旧的家具。

客厅里,老太太扶了手杖立着,晃动一头白发,垂下两颗鱼泡一样的大眼袋,浑浊的目光不满意地盯了毛姆,又环视了这个时时让她感到陌生的老屋子,好长时间才从鼻孔里哼了一声。她往前挪了两步,用手杖挑起一块丢弃在地下的破布。

"汤在灶上,早就煨好了,你要不要来一点。"毛姆把扶手椅子摆在桌子前,扶她坐下去。

她慢慢地吸着汤匙里的汤。"这个鸽子汤的味道不对,涮鸡毛的味道,你加了黄芪没有?也许你喝了一碗又兑了水,哼,也许你放了别的什么,想要我的老命!"

"老太太,你总是这样说笑,虽然没有别人,老天看着呢。再说这只鸽子是去年的,黄芪也长虫了,总之让我喝我都不敢喝。"毛姆压了压心里的火气把汤碗收了,她提醒自己想想月底能领到的薪水,还不算少。三年中,她应该是老太太第八个保姆了。

"晚上饭准备了吗?"

"按您说的,我准备了涮锅的料,新鲜的羊肉在冰箱里冻着呢，还有他们最喜欢的百叶、肥肠、大虾……还煮了汤。不过您给的钱，买新鲜虾不够，我只能买冻的。”

“胡说！上一次，我弟弟看我来，带的北冰洋龙虾，俄罗斯的鱼籽。”

“什么时候的事了，上次是上一年春节吧，半年前你儿子来的那次，已经用了，您就别糊涂了！”

老太太不再搭话，从碟子里拿了一块长毛的糕点，用没有牙齿的牙床磨烂塞进老猫嘴里。

“没有电话吗？”

“燃气公司打来了，催交暖气费。”

“谁，什么费用？”她睁大眼睛，像哪里着了火一样。

“燃气公司。”

“哼，这房子太大了，我一个人住，浪费，暖气开小一点。”她说着拉了拉肩头类似披肩一样的破布，把那只快断气的猫往怀里搂了搂。

“这点暖气费也欠着？你儿子的钱又花不完。”

“电话响了。”

“没有，你听差了。”

“真没有？他也没有说几点来吗？”

“没有，老太太，你儿子说过今天来吗？”

“今天是他爸的祭日，往年他们一家都来，媳妇、孙子、孙女。”

毛婶不再说话，把那两只眼睛翻向屋子的一角，嘲弄似的笑了一下。系了围裙走到后面厨房去了。

老太太想起什么，放下那只毛皮快被揉烂的猫，起身向桌子方向迈去。桌子上摆着两个电视，一个早就不能看又舍不得扔掉的黑白电视，一个二十寸的旧彩电；一台电话；一只缺口的五福梅瓶，瓶子里插了一只光秃的鸡毛掸子；彩色电视机上方的墙壁上挂了几张照片。中间是一张大的全家福，是老头子七十岁那年，一家人在"华美之家"照得，十五年前的事情了，那时她的骨盆上、乳房上还有肉，穿了一件梅花图案的江南制造的缎面旗袍，富家老太太一样，老伴也还健康，后来他那么不小心在浴室里滑了一跤，瘫了半年就走人了……后面一排站了大女儿一家，儿子一家，一个也不少。再一张是大女儿的照片，刚工作时照得，穿了运动装，刚参加完省里的乒乓球比赛，拿了个什么奖，男孩一样短发，红润的脸盘笑靥如花，都说大女儿长得像她，后来大女儿得病去世了。另一张是儿子一家的照片，大孙子上小学，小孙女在母亲怀里抱着，那阵子儿子开办了小工厂，生意红火，日子刚刚富裕，一家人笑得那么开心和满足，如今儿子也离婚了，正忙碌着给孩子们找后妈呢。一个家庭过着过着就散了，就像一群人走着走着，停的停，丢的丢。

她把老伴的遗像找出来，用鼻子凑近认真嗅了嗅，支在花瓶前方，找出一对烛台点上，又端来一碟发霉的点心和几只干瘪的苹果。收拾停当后，端详着照片嘴巴蠕动着念叨了一阵子。

老太太摸到一个号码本，架上老花镜，抓起电话拨出一个个号码，"你哪一位？"电话通了，但是个陌生的声音。

"春明吗？"她的心跳到了嗓子眼。

"打错了！"对方挂了。

老太太迟疑了一会儿又拨了一遍号码。

"不是说了吗，打错了。"听得出对方很生气。

那些阿拉伯数字像淘气的小鬼儿在本子上乱跳，她昏花的眼睛根本抓不住。她泄了气，赌气似地放下了电话，心脏一阵颤动，好像整幢屋子都在晃动。上一次，应该是中秋节，儿子接她去酒店吃饭,她一直叮嘱自己要好好表现,不要看不惯这个看不惯那个,不要怕饭菜浪费,不要管教孙子没礼貌,不要提房子和钱的事儿,不要教导他们如何生活……最后还是不欢而散,也不知怎么了,每一次聚会总是不欢而散,一定是那个女人——儿子准备给孙子物色的年轻的后妈,不让儿子回家,几个月了,人影和电话都没有。

"有人敲门!"她喊了两声。

"知道了。"毛婶两只手湿淋淋地从厨房走出来,"催命一样,不是耳朵不好使吗?这会听得真真的。"她打开门上的猫眼望出去,又放下猫眼愣了一下。

"春明吗?"沈老太太的高音像摔破瓷器一样。

"不认得,两个人,男的。"毛婶在围裙上擦了手,又从猫眼望出去:"两个人,男人,不认得。"她重复了一遍。

"沈春明家吗?修理浴室的。"高个子在门外大声喊,把耳朵凑到铁门上,矮个子双手插在兜里,在一边缩了脖子打了个寒战。

门开了一条缝。"你认得沈春明?"毛婶露出半张脸。

"这个!"高个子递进纸条。一会儿门开了。

沈老太太失望地打量他俩,晃了晃脑袋。毛婶大声说是你儿子让来修理浴室的。他俩在门垫子上换了拖鞋,拎了工具往里面走。踩上吱吱作响的楼梯上到二楼,屋子里没有外面看上去气派,或者是太久没有人住,太久没有通风,一股旧衣物和变质食品的味道,几个房间的门紧闭了,过道里灯光昏暗,曾经花里呼哨的墙纸已经看不出颜色,四处剥落翘裂,布满了黑色的斑点,活像一张起了老人斑的面孔。

浴室在走廊最里面。毛婶将灯打开,一阵恶臭迎面扑来,老化的水管被绿苔一样铁锈覆盖了,原本贴了白色瓷砖的墙体里渗出类似油脂的黄色液体,浴池上的马赛克一片片剥落像病人身上起了体癣,一面装饰有金边的大镜子,失去了原有水银的光泽,雾蒙蒙地映着现实颓废的模样。

毛婶指了下浴池进水和出水的地方,打开水闸无法渗水,管道上喷出几股水柱。这浴室几年前就不能正常使用了。

高个子屈下身体看了一会儿,"不好修理,管子要换新的,这里,这里,要狠狠疏通,一定很久没有清理了。"

毛婶下楼了,留下他两人开始动作。

"我以为是春明。他一定会来,他还记得浴室。"老太太兀自地说着,缓缓地抹了额头的头发,在屋里不辨东西地走了几步,最后选择了窗户边。窗外那棵梧桐树长得太快了,当年种下时,才到窗台高,现在遮住了整个窗户,夏天新发的树枝伸进屋里。曾经有一对鸟儿在上面搭了窝,还在窝里孵了小鸟,没有长翅膀的小鸟被猫逮了吃了,两只大鸟就没了去向,一定是伤了心,留下一只空空的巢。

她呆立了一会儿,看见楼上干活的矮个子下来又出去,回来带进一根新的铁管子。

她摇摇头,责怪毛婶,不应该让他们进来,小心她卧室里的贝壳形状的首饰盒,里面有她儿子从国外给她买的珍珠项链,毛婶回嘴说,从来就没有见她的首饰盒和项链,只记得她上次说过,大前年第三个保姆,说话声音像男人的那一个偷跑了那个首饰盒,连同首饰一起,你忘记了?老太太想了一会,眼角渗出泪水一样的液体,又说没有全部丢,还留下了一条黄金的,总归要当心。毛婶又说,黄金的,唉,唉,你脖子里挂的什么?你用手摸一摸,真是的,老糊涂了真吓人呀。

楼上发出声音,有什么被拆了一样。沈老太太又吩咐毛婶上去看看,毛婶生气地放下一只洗菜的盆子,说:"除了这个屋子,这里最值钱的就是你和我,两把老骨头。"

高个子弯腰一圈圈拧着管子,又放水检查渗漏的情况,矮个子将墙上污垢一点点清洗干净。高个子突然问了句:"过年回去不?"

"回去?老家吗?不回。"矮子声音嗡嗡地碰到墙上又弹回来。

"我也不回了,今年还没开上工钱。呸,呸,该死的。"他骂了句,水管接头处又喷出一股水,喷到他脸上。

"我不回,盖房的钱不足,只够订砖瓦的,还差木头钱,我把一年挣的全寄回去了,没了路费。"矮个子沾了去污粉,又开始擦镜子,镜子里映出了一只粗糙干枯的手,半张干燥的面孔,像一个他不认识的人。他说:"明年,差不多了,房子盖起来,成了亲,有了家,就不跑外头了,外头的钱也不好挣。"

"想媳妇了?我也想回去,爹妈年纪都大了,媳妇带着俩孩子,我也想家。"高个子一边说一边用力把镙扣上紧,一圈一圈地上紧,缠好生胶带和密封圈,直到一滴水也不漏。"可是,小儿子的哮喘病,是个无底洞,挣得钱全看病了。"他每说一句都要喘口粗气。

外面天色黑了下来,楼下的灯亮了。毛婶到厨房准备饭菜,油锅噼啪作响,她把排骨烧上,蒸锅也吱吱地冒出热气来,一股饭菜的香气弥漫开来。

"你饿吧?"高个子抽了抽鼻子,油脂和肉的味道。好像气味也能填饱肚子。

"还用说,中午也没吃,一天没有挣上钱哩,吃啥?"

"一会儿,去吃碗热热的盖浇面,让老板多加点胡椒,加点肉,我也饿了。"他们把垃圾装进塑料袋里,满意地打量着劳动的成果,那面镜子和镶了白瓷砖的墙像银子一样闪烁。

"一共是120,修理管道,通了下水,清洁费,其中材料费用有发票,是40元……不能再少,我们坐了两趟车,中午饭还没吃。"高个子争辩。

"120,是打扫整个屋子费用,只有60元。"沈老太太从最里衣服里掏出搓成卷的钞票。

"不行,你看这票据如果扣掉材料费用,只挣20元,20元我们跑了这么远,不够我俩吃一份盖浇面。"

矮个子望见厨房桌子上一只涮锅加了炭火沸腾着,一碟碟重叠摆放的肉、菜,一只烧鸡,油亮的排骨,足够六七个人的分量,他重重地咽了口水,腔子里发出一个空空的嗝。

老太太盯了他俩一会儿,又从最里面的衣服里抠搜出两张十元,不耐烦地挥了手杖,"走吧,走吧,没有了,一分钱也没有了。"

矮个子继续盯了一桌子饭菜,说:"可不可以给我们一点吃的? 我们一天还没吃饭呢。"

那只老迈的猫悄悄地走过来,在陌生人的腿间转了几圈,又拉长身体伸个懒腰,张了张粉红的没有几只牙齿的嘴,衰老但阴沉的目光吸收了整个夜晚的黑暗。"毛婶,毛婶,你死了吗? 让他们赶紧走,还有检查一下有没有丢什么,我的卧室,首饰盒,我的首饰,我的心脏又不舒服了,快走……"她用手杖将那只猫挑到一边,两只眼睛使劲向上翻,做出随时都要向后仰倒告别人间的姿态。

高个子接过钱迅速关上门,等候在外面的寒气一下钻入他们身体里的每一个毛孔,像虱虫一着吸吮着身体的热量和血液。一高一矮两个人向黑黑的失去方向的夜色里奔去。

早过了晚饭时间。桌上的一对烛台流下层层烛油,吵吵闹闹但结局圆满的电视剧也播完了。一档深夜购物节目里,五观端正的一男一女在争分夺秒地推销一款世界名表,打完折扣八万八,如果不出手,下一秒就有人抢购了。

　　毛婶系了围裙在沙发上打盹,涮锅里的炭火熄灭了。子夜的时钟敲响时,她吃惊地睁开粘在一起的眼皮,昏暗的光影里,看见一个躬腰塌背的老女人,像一个失去了灵魂的被庄稼和小鸟遗忘的稻草人,守了一桌子冰凉的菜和几只空空的碗,一动不动。

桠 儿

一

"桠儿——",奶奶叫她时尾音拖得特别长,一声一声,一直到桠儿站在奶奶的跟前。

"死妮子,怎就不吱一声,吓死我呵,整天翻个死鱼眼看我,去看看咱家黄牛到村口没有,把它截回来,别又跑到别人家,傻头傻脑的。"

奶奶叮嘱桠儿时,正坐在外间屋灶台边上一把被烟火和油腻染黑的木凳子上。木凳断过一条腿,梭子爷爷找了根枣木削了皮对付上了,所以它三条腿是方的,一条腿是圆的,再过些日子兴许会变成两条圆腿,两条方腿,因为另一条方腿已经裂了条大口子支撑不了几日了。在桠儿眼里,奶奶整个人也像那把木凳似地,干瘦黢黑,快要散架了似的。当下,奶奶那双枯木棒似的手里正搓着一根麻绳。

麻绳搓好是用来纳鞋底子的。纳好了底子就该上鞋面了,兴许会给自己做一双了,已经给大宝做了三双了,桠儿偷偷地想。前些天奶奶抹"夹纸"(做鞋底用的衬纸)时,桠儿特别上心,熬面浆糊时格外小心,火候把握得刚好,不稀不稠,黏性也恰好,奶奶用得顺手。平时做鞋底的"夹纸"就是在旧报纸上抹两层碎布,那天奶奶抹了四层碎布。纳出的底子该多么厚实,穿一个夏天也不会烂。

奶奶往手掌心的麻绳上唑了口唾沫,使劲在大腿上搓,两根上了劲儿的麻绳施了魔法似的迅速地盘绕成了一根。桠儿看着发呆,奶奶刮了她一眼,快散架的凳子也在奶奶身子底下生气地"吱呀"了一声。

桠儿赶紧拉开栅栏走到街上,向村西北头张望,没见着梭子爷和他放牧的那一群牛羊,也没有听见梭子爷呼啸的鞭子声,只看见青紫色的天边有一抹镶了金边绚丽多彩的云霞,像是一件神仙褪下的衣裳,丢在天边忘了拾回去。

街对面,胖丫他爷爷也拉开栅栏门,站到大街上向村口张望了一会,"嗐、嗐"咳了一阵儿,躬个腰又折了回去。

桠儿靠了土墙立着,对面房子和杨树的影子斜在桠儿的一只脚下,她的另一只脚朝后蹬在自家院墙上,墙上的土渣滓"簌簌"地落了一鞋腔子。桠儿脚上的鞋小得厉害,勉强地挂在脚面上,前面破了个洞,露出三个脚趾头,后面露出半个皲裂的脚后跟。

桠儿脚上的鞋都是捡来的。

去年冬天,桠儿穿的是奶奶从旧杂物中翻出的旧鞋,大概是大宝爷爷留下的,十多年了藏在柴房角落里的一个破木箱子里,老鼠在里面做了窝,鞋里的棉花都被老鼠掏空了,一股子尿臊味。奶奶说底子还好,是胶皮的。于时找了些棉花和碎布头,填补填补就给了桠儿。桠儿自己又洗刷了几回,在太阳地下晒了晒,还在雪窝子里冻了一宿,那股子老鼠尿味依然在。

冬天还没过完,桠儿的脚又长了一截,硬生生顶破了鞋面,恨得奶奶用扫炕的笤帚敲桠儿树干似的脚脖子："我的天呀，又不是个男孩子，长这么大的脚，要命哩，光着吧！"

说归说，奶奶又不知从哪儿给桠儿讨来了一双旧布鞋。如今，奶奶很少给桠儿做鞋了，她的脚长得飞快，比田里的野草还发得快，奶奶说做新鞋简直就是浪费。

桠儿一只手扶了墙，一只手脱了鞋，抖了抖鞋里的土渣，就听见村口有了动静。"咩咩"的羊叫，"哞哞"的牛也叫，梭子爷甩鞭子声音已经传来了，声音里带着呼哨，带着刀子，像夜里的风吹在树尖尖上，吹在墙缝缝里。

梭子爷是村子里的牧人，一辈子放牧牛羊。夏天在村子周围放牧，冬天到南边的山窝窝里放牧。

梭子爷骑着一匹干瘦如自己似的老马，穿着一件破旧的羊皮坎肩，肩头晃动的长鞭子上飘着一块旧得发黑的红绸布，在他前面是一群你挤我，我挤你，骚动不安的牛羊。家家户户的院门都敞开了，牛羊都认得门，不用招呼就各自回家，很少有走错的，只有桠儿家的那头黄牛有点呆，经常走到别人家去，桠儿奶奶总是怀疑有人家偷偷挤了黄牛的奶，所以一到这时她就吩咐桠儿去街上等着那头呆傻的黄牛。

梭子爷见桠儿依在土墙上，便甩着鞭子点在黄牛背上，黄牛听话似地拐个弯进了桠儿家的柴院。浩荡荡一群牛羊走过，扬起的尘土有些呛人，都是牲口的粪便味儿。桠儿看到路面上留下无数的蹄印儿，羊蹄印儿有两个尖尖，牛蹄印儿有半拉圈圈，牛和羊都不穿鞋，就这么随意地走，多好。地上还有一粒粒羊粪和一坨坨牛屎，胖丫他爷躬着腰，紧跟在牲畜后面，用小铲一点点将羊粪和牛屎拾到筐里，像拾了宝似的。

桠儿进院前看了一眼天边，神仙的那件云霞做的衣裳不见了，像给胖丫他爷拾了去。

二

椏儿是村里的可怜人。

村里有三个可怜的人。一个是哉兴爷,一辈子没儿女,老伴也去世得早,留下老人孤单。哉兴爷如今上年纪了,手脚都有些残疾,一点收入也没有,住在村里的旧仓库里,吃饭也靠村里人救济。另一个是老唐叔,想钱想疯了,前些年在外跑生意,把家里钱都赔光了,老婆领了娃跑了,剩下一个空屋子和荒芜的院子,自己也疯疯傻傻,每日低了头在地里、林子里瞎转悠着找"钱"呢。还有一个可怜人,就是椏儿。椏儿是个弃儿,一生下来就被弃在荒野里。村子里人说没有父母的孩子是最可怜的,椏儿是三个人里最可怜的,老唐叔的"疯"有些自找,哉兴爷的可怜是有时限的。

有一回,哉兴爷蹲在墙根太阳地里对椏儿说:"我可怜哩,可怜,一宿一宿地浑身冷地睡不着觉。"

大夏天,明明日头烫得像刚拨出火膛的芋头,哉兴爷身上披了件油腻腻的旧棉衣蹭得土墙掉渣滓。

"椏儿,你冷不?"哉兴爷指了指墙根说:"晒晒吧!"

椏儿不解地摇摇头。

"椏儿,人的暖和气快散完时,命就不长了,我身上的暖和气快没了,夜里'嗖嗖'往外跑,棉袄、棉被都捂不住,所以说我也可怜不了几日了,你不行,你比我可怜,你的苦没个边呀!"哉兴爷双手紧了紧棉袄,闭上眼睛摇头,椏儿还是听不懂,睁大眼睛摇了摇头。

椏儿是梭子爷从荒野的草丛里捡来的。梭子爷把她揣在羊皮坎肩里带回村子时她黑瘦像个病猫儿,谁家都不肯收养,桠儿现在的奶奶动了心,想养下来送给她大儿子家做养子。那时,桠儿奶奶的大儿子也不年轻了,媳妇过了门十多年没生下一男半女,眼看都过了生育年龄。也许是因为收留了桠儿,做善事感动了老天,过了两年,桠儿的养母竟然怀上了自己的孩子,生下了一个男孩子,叫大宝。这家人一开始也认为是桠儿给他们带来了运气,对桠儿还不错。可毕竟是庄户人家,日子过得紧紧巴巴地,桠儿随着年龄增长,面容丑陋不说,食欲格外地旺盛,智力也不及常人。六、七岁上食量就如成年男子的,仿佛是个"饿鬼"投胎。大宝的妈就开始不待见这个"闺女"了,最后竟视为眼里的沙子,动辄打骂,一刻也容不下了。八岁上,桠儿就跟着大宝奶奶过了。

桠儿长得高大,十三四岁,长得像村里成年男人般,大手大脚,长胳膊长腿。桠儿长得丑,泥黑色宽大的脸盘,一双小眼睛藏在厚重的眼皮下面,压扁的鼻子鼻孔还向上翻着,一副笨拙的大厚嘴唇,嘴唇总是干渴地裂着口子或翘着皮,一头乱发像村边林子里懒老鸹搭的窝,总之没有一处女孩子的秀美。如果没人告诉你,单从外表上谁也看不出她是个女孩。

桠儿长得丑陋,心眼不够用,但也有优点,她不挑吃不挑穿不得病,浑身上下有使不完的力气,再就是心肠好,一个劲儿对奶奶好,实心实意对奶奶好。奶奶能让她吃个饱饭,能让她穿上从别人那里淘换来的衣物,虽然没有一双是合脚的鞋,但是打柴割草时不用打赤脚,尖尖的沙砾和带刺的蒺藜也划不破脚心。

其实,今年开春,桠儿差点就有一双好鞋,一双真正意义上的鞋。

三

"死妮子,脚长得像个男人,女人脚大是穷命哩!"晚上睡觉脱了衣裳时,奶奶望着桠儿的脚抱怨。奶奶是个半小脚,早先裹过后来又放脚,小脚趾委屈地窝在脚心。晚上睡觉时,桠儿睡着睡着,头就反转了,梦里就抱了奶奶的一对半小脚。

春天来了,呼呼刮了几场风,柴草和粪渣子刮了一街筒子,荒野上最后的残雪也不见了,枯树干上露出紫色嫩芽,绿色的小草顶起了头上的土坷垃。

梭子爷爷从"冬窝子"回来。拎了一个布口袋看桠儿和奶奶。

桠儿是梭子爷爷捡来的,梭子爷爷就觉得自己有责任看顾这一老一小,时不时带点东西接济他们。梭子爷爷是个光棍汉,一辈子没成个家,早些年,村里有好事的也想撮合两人,梭子爷爷也有这想法,找桠儿奶奶合计过。桠儿奶奶不同意。

"都这岁数了还能活几年,不想这事,给孩子们添堵。"桠儿奶奶说。

"你那俩儿子有和没有没啥区别,我就是想看顾你和桠儿。"

"你不知道,没儿没女活菩萨,有儿有女是冤家,你也别找这份子罪受,将来我走了,桠儿就给你养老去,你捡她一条命,她应该。"

一个冬天过去了,梭子爷爷更加清瘦了,脸和手都像枣树刻出来的。

"冬窝子,是个啥?"桠儿在做饭,一面往灶里填柴,一面愣头愣脑地问坐在灶堂边和奶奶拉话的梭子爷爷。

奶奶抡起个柴火棍做出要打桠儿的架势："烧你的火，啥是个啥，那是个地方。"

"远着呢，出了村子，过了大渠一直向南，山里面呢，要是桠儿哪天跟爷爷放羊，爷爷领你去。"

村子南边的山都到了天边了，天气好的时候，桠儿看到过那些隐约的山，卧在云彩里，多远呀。

"啥，放羊，她是个女娃子！"奶奶一边说，一边看看桠儿，嘲弄似地笑了笑。

梭子爷从身后面把布口袋拎出来，倒出一包干肉、一包羊毛。上好的羊毛，洗净了，蓬松柔软。还有一双军绿色的鞋。

"这些羊毛捻线可以织个衣裳，给你。" 梭子爷把羊毛递过去，又指了指那双鞋，说："山窝子里有个部队，不知为啥搬走了，扔下不少家伙什，我捡的，没穿坏，当兵人用的东西就是结实，你看多好，胶皮底子，牛皮都没这家伙结实，新的一样。这双我瞅着桠儿能穿，给桠儿的。"

桠儿的头发险些被火燎了，奶奶拼命用脚熄了已经烧到灶膛外的火，"死妮子，只顾听人说话，也不看着灶，咋不烧死你！"

梭子爷将一双鞋扔在桠儿脚下，说："试试。"

桠儿没觉出奶奶抽到她肩上的柴棍，一起身，双脚一抬、一抬，两只顶破鞋面的旧鞋已经飞出了屋门，一只甩在了当院，一只甩进了猪圈。

桠儿把两只沾着柴草渣、灰土渣的脏脚一下塞进了鞋里。猛然间像有两只温暖的大手捧住了桠儿的脚，就像是桠儿夜里将脚偷偷伸进奶奶的怀里一样，柔软、温和、舒适，通体的舒服。那鞋像是专门为桠儿订制的，大小那般合适。

"死妮子，糟蹋东西，快脱下来，糟蹋东西哟！"奶奶手里的烧火棍发了疯似地抽在桠儿的头上、肩上。桠儿的皮肤像被火星子燎了似地疼。

梭子爷见状也赶紧说："脱了吧！让奶奶给你拾掇拾掇再穿，还得找个鞋带，把'牛鼻子眼'串起来，才能穿。"

桠儿发了会儿愣，在梭子爷催促下只得将脚上的鞋脱了，赤着脚走到当院捡回那只可怜的"鞋"，另一只在猪圈里，被老黑猪当成了"地瓜"，啃得湿漉漉的。

四

桠儿终究没有穿上那双绿色的球鞋。几天后，村里的光棍梁子脚上穿了一双绿色的球鞋，有人说那是梁子花了拾块钱从桠儿奶奶那儿买的。梁子这几日将裤腿挽了老高，两只鞋的牛鼻子眼上绑了红布带子，听说正有人给他张罗"相媳妇"呢。

这一天，奶奶给桠儿说："去喊你弟弟大宝过来一下，你给他说，奶奶有好东西给他。"

天快傍黑，大宝才双脚蹭着地挪过来了。大宝比桠儿小两岁，和同龄的相比身材也格外瘦小，细身子挑着个没精打采的大脑袋，一副营养不良、萎靡不振的样子。大宝蔫着脑袋，依在栅栏上不肯进院，奶奶踮着半小脚赶紧凑上去，劝着大宝进屋，大宝扒着门框就不动身子。奶奶只好摸索大宝的脑袋，一个劲儿嘟囔"又瘦了""怎么不看奶奶"之类的话，只说到大宝不耐烦，抽身要走了。这时桠儿才见奶奶急忙从裤腰里摸出了拾元钱，塞给大宝。又折进屋拿出一双新做的布鞋给大宝，大宝拿了钱并不伸手接鞋，只是说："奶，我都去镇里上学了，没人穿家里做的鞋。"桠儿见大宝脚上穿了一双花里胡哨、带着好多网眼的胶皮鞋。

大宝走了。奶奶折回屋子发了会呆，坐在炕沿上把那双

"千层底"的新鞋摸索了好一阵,赌气似地随手扔进炕柜里。吃晚饭时,奶奶的眼神像没有了方向似地凄惶了好一阵,塌着两腮子喝了小半碗粥,就打起饱嗝。她看了看桠儿浑然无事一般的脸,又瞧瞧桠儿裸着大半的粗糙的脚,叹了口气,说:"桠儿,好好打猪草,奶奶得空给你做双鞋。"

桠儿使劲点点头,头上的草籽和土渣都掉进了碗里。

五

早起,桠儿把牛羊攥出圈,交给梭子爷。眼看着梭子爷骑着瘦马,赶着牲畜出了村,胖丫的爷压低身子躬了腰像一只拎着粪筐的大公羊,捡宝似地跟在牲畜屁股后面拾粪。

桠儿返回院子清扫了牲口圈。早饭罢,又去菜院子里忙活了一阵,心想着该去村南边大渠边上扯猪草去。奶奶今年养的两头黑花猪长得格外好,只是一天能吃下二十多斤饲料,除了谷糠还得添上些新鲜青草。一天下来,累得桠儿够呛,但桠儿不嫌乎,大花猪吃得越多长得就越快,猪长得快奶奶就高兴,奶奶一高兴,就该给桠儿做鞋了。

午后,奶奶筛了半袋子黄豆,累得直敲打腰眼子,只好进屋里小睡一会儿。桠儿就拿了镰,抄起一个筐,带上木栅栏,向村子南边走去。

往日胖丫会来找桠儿一起扯猪草,有两天不见了她了,也不知她忙活啥哩。

街巷子里装满阳光,到处明晃晃,四下里没有人,太阳像摊在钢蓝锅底上的荷包蛋,油汪汪、金灿灿,晒得桠儿头上枯黄如"鸟窝"一般的头发几乎要着火了。正值夏收,人都在地里头忙,村庄是安静的。

好儿日不见哉兴爷,也不在仓库外晒太阳,多好的日头,可惜了。

一只母鸡飞在表秸垛上瞎刨饬,"叽叽咕咕"拧着脖子抬着一只爪子小声抱怨,那抱怨声有点像桠儿奶奶。

黄狗舒坦地躺在树下荫凉处,眯着眼睛摇着尾巴赶蝇子。

这条老街的尽头上,大国家的新房子格外扎眼,比前面邻居的泥土屋子高出半个身子。红砖到顶的瓦房,屋顶上支着天线锅子。大国办了个牛羊育肥厂,发家富起来了,同样是养牛养羊,村里人说大国家一年挣的钱,梭子爷一辈子都没见过。

大国家屋后阴凉处聚着七八个孩子。桠儿想起来这阵子学校放麦假了,年纪小点下不了地的孩子就闲荡起来。他们围在一堆像是玩"跳方格"(一种游戏)。领头是个没见过的女孩,一看就是城里来的。桠儿前些天和胖丫扯猪草时,听胖丫说起过大国家来了城里的亲戚,是个小姑娘。

桠儿瞧见那个小姑娘漂亮得像个电影里的人,头发上像抹了胡麻油似的,黑亮黑亮,脸上、身上皮肤白嫩透着粉,像白兔耳朵一样娇嫩。她穿了红色的裙子,双手提着裙边,露出一截子粉白的小腿,正在跳"格子",两条辫子"飞起"老高。胖丫蹲在一旁看得正起劲儿,根本没看见桠儿过来。桠儿注意到小女孩脚上的一双鞋,粉红色的塑料凉鞋。那么鲜亮的颜色,露出脚趾头,脚面是一只粉色描金的大蝴蝶。桠儿看得有些恍惚,她没见这样的鞋。她一直认为村里最漂亮的鞋就是小玉婶子做的绣花鞋,小玉婶子刚嫁过来时脚上就有一双,黑平绒鞋面子,鞋口沿着红边,鞋头上也各绣了一只彩线的蝴蝶,整只脚踩在草丛里,蝴蝶像要飞起来。眼前的小女孩有一双粉色透明的蝴蝶鞋,水晶一般透明,云霞一般的颜色。

小女孩也看到了立在一旁发呆的桠儿,她停下来,两条辫子上落在肩上,望着桠儿一副痴呆像,像看着一个怪物,她指了指桠儿蓬乱的头发,又指了指桠儿那双前面破洞后面有后跟的破得不成样子的鞋,笑了起来:"她是谁呀,瞧她穿得那双鞋……笑死我了,嘻嘻……"。小女孩捂着嘴笑起来。

胖丫连忙跑到女孩跟前,把嘴巴凑到女孩耳朵上嘀咕了几句,小女孩笑得更厉害了,几乎直不起腰了:"傻大个……嘻嘻……"。

桠儿并不气恼,她也笑了,干裂的嘴唇绽出一粒血珠子。她欢喜地看着小姑娘笑弯了的眼睛,那眼睛像初四、初五挂在树尖上的细月牙,还有那双鞋,还有穿着那双鞋的脚,白嫩嫩地,脚趾甲上染着红颜色。

沿着渠水走,桠儿心里想着小姑娘脚上那双奇特的鞋,不觉走出去一里地。盛夏,渠边上杂草泼泼辣辣地长,白梭梭一蓬蓬的,刚发出来细杆子,放在嘴里嚼着有一丝青草甜,虽比不上梭子爷从野地里挖来的甜根子嚼着甜,但是甜根子有一股子药味。桠儿撅了个细杆叼在嘴角,细细吮。刺荆长得又高又壮,开着紫色皇冠一样的花球,浑身长下长满刺,牛羊都不敢靠近。苦豆子爆开了豆荚散发出呛人的苦味,打碗花爬在渠边上开了几朵无精打采小白花,蒲公英白色的花球已经被风吹散了,野苜蓿在叶下藏匿着淡粉的小花,像女子心底悄悄泛起的欢欣。

打碗花、马齿苋,不一会儿就装满了桠儿的筐子。桠儿最高兴的事就是打猪草,这里草多,三五下就能装满筐,闲下的时间可以在这野地消磨。桠儿试着在草丛里找蘑菇,总是一无所获,但找到了几株"黑星星",成熟的果实像野葡萄一样乌紫乌紫的,一摘就是一大棒,桠儿吃得嘴唇也乌紫乌紫,黑星星的果实不能多吃,吃多了脑门子疼。

桠儿打草时又想起了奶奶，想奶奶给大宝做的鞋，一双一双的，厚厚的底，结实的黑条绒面，崭新崭新放在炕头柜子里，多可惜，大宝不要，桠儿有一次偷着拿出来，在自己脚上比比，太小了，前脚掌都放不进去。桠儿有时也想梭子爷爷，不知道他每天都去那儿，每次打猪草时桠儿都希望自己能遇见梭子爷。这个世界上除了奶奶，就是梭子爷对自己好，梭子爷给她从野地里逮过一只兔子，还给奶奶几张羊皮，让奶奶给她做了件可暖和的皮袄，还给她挖甜根子。村子里人说桠儿是梭子爷爷放牧时从草丛里捡回来的。桠儿不明白，大宝是娘生的，自己为啥就不是，草丛里捡的，莫不是牛呀、羊呀，或什么野物变的，要不怎么在草丛里？

　　"哞、哞"桠儿学着牛叫了两声，兴许自己就是牛变的！桠儿又揪下一根梭梭杆，使劲地嚼起来。

　　桠儿把鞋脱了，坐在渠边，她把那双粗黑干裂的大脚泡在渠水里，本来平静的渠水泛起了波纹，温热的流水从桠儿粗糙的脚面和脚趾缝里流过，也像是谁的手撩拨呢，桠儿心里痒的想笑。谁的手也没有摸过桠儿的脚。大宝小时候被娘抱在怀里，娘还亲过他的脚丫呢，大宝的脚丫白嫩白嫩的，还有穿粉色鞋的小姑娘，她的脚肯定也被娘亲过，所以才白白嫩嫩的，桠儿的脚整日踩在泥土里，被老牛当成秫秸秆舔过，被大黄狗当成臭巴巴闻过。桠儿认真地洗了洗满是泥土的脚，泥土去掉还是泥土色，只有指甲盖显出了点白色。

　　傍黑，桠儿把青草拌了糠皮，在大锅里煮熟又晾凉，大花猪吃饱了撑得直哼哼。奶奶还是闷闷不乐，干什么都没心思，晚饭时胡乱整了点汤面条，招呼桠儿一起吃。桠儿吃什么都香，"吧唧"着嘴一气吃了三大碗，锅盖大的面饼子吃了大半个，再动手盛面条，奶奶就用目光狠狠地剜她的脸。奶奶没有像往常那样骂她,撇了撇嘴角,像把什么难听的话咽进了肚子。桠儿倒是希望奶奶骂她几句,抢起烧火棍给她几下也不怕,那样说明奶奶有心气,愿意说话,也愿意过日子,没有真生气。奶奶要是沉闷下来,可不是一件好事,一连几天不说话,沉着脸,谁也不搭理,不给桠儿说话,也不给老黄牛说话,也不给几只烦人的鹅说话,准是生了气,搞不好攒一肚子气。桠儿知道奶奶生大宝的气,也生两个儿子和媳妇的气,好几个月了没人过来看奶奶。养活了儿子,给儿子娶了媳妇,又帮助带大孙子,人老了,就像用旧的衣服扔了,都没人愿意看一眼。只有桠儿陪在身边,桠儿知道奶奶和自己一样都是可怜的人呢。

六

第二天,早起奶奶没下炕,说是心口痛,懒得动。桠儿煮了点粥,奶奶只喝了几口,就又躺下了。桠儿照例忙清扫牲口棚,忙着浇了菜地,喂好猪和几只大灰鹅,时间又快到了中午。桠儿在筐里装了两个干馍和两只刚摘下的顶着花的黄瓜,拎了镰出了门。

大国家屋后的土坡上没有了胖丫他们,不知谁家的猪跑了出来,偎在土坡上,边睡觉边"吧嗒"嘴。桠儿觉得这个村子里牲畜过得比人自在,就像梭子爷爷放牧的那群牛羊,一清早就游荡地出了村,然后一直游荡到天边上,在云彩底下找草找水,吃够喝够,到天快黑才回来。

土路晒得滚烫,细小的石子钻到鞋里头,又烫脚,又硌脚。

老唐叔不知从哪里蹦出来,土头土脸,一身破旧的西服,胳膊底下夹了个黑包包。前几年老唐叔发过财,和外国人做了一笔生意,整了一身洋装,黑包包里装满了人民币。后来,生意又赔了,赔了个精光,只剩下这身洋装和一个装着树叶子的破皮包。

他叫住桠儿,神秘地说:"人不能像牲畜一样活着,要上学,桠儿,不上学没出息,没知识挣不了大钱。你为啥不上学,没钱,我有。"他打开装满树叶的黑包在桠儿脸前晃晃,看看桠儿装了食物的筐子,舔舔灰色的嘴唇,露出被虫蛀烟熏的一龀坏牙,"嘿嘿"笑起来。

桠儿也笑了,干裂的嘴唇又绽出一粒血珠子。她从筐里掏出一块饼和一根黄瓜递过去,从老唐叔的黑包里取走一片树叶。

到了村口才听见了嬉闹声,原来是胖丫和大国家城里来的小姑娘,还有其他几个孩,正在村口的渠水里玩得热闹。胖丫打草的筐子空着,翻扣在地上,打草的镰也撂在地上。胖丫和小姑娘下到渠里玩水呢,头发和衣裳都浇湿了。桠儿看见小姑娘弯着腰,两只赤脚站在水里,一只手拎着那双粉色的描着金色蝴蝶的塑料鞋,一手在水里摸索着,红色的裙子也湿了半截。

小姑娘看到桠儿过来,突然从水渠里跳上来,拦着桠儿问:"你去哪儿?"

桠儿有些窘态,嗫嚅着裂了口子的大厚嘴唇,眼睛直勾勾地盯了小姑娘手中拎着塑料鞋,好一会才用下颌指了指前方说:"去那——个地方。"

小姑娘顺着她指的方向看看:"去那儿干嘛,好玩吗?"

桠儿不再吱声,只是用眼睛愣愣地看了看那双提溜在女孩手中,一摆一摆的,在太阳下透明发光的鞋。桠儿抹了抹额头上淌下的汗珠,背着筐走了。

那女孩大笑起来,胖丫也大笑起来,嚷嚷道:"傻子,她是个大傻子,嘻嘻……",别的孩子也哄笑起来。

桠儿沿着渠道向前走去，孩子们的嬉闹声越来越远，直到什么也听不见了。昨夜里下过雨，草里的苦涩味和香甜味被太阳蒸腾着。桠儿选中一块地，折下梭梭草的一枝嫩芽吮在嘴里，弯了腰一气儿就割满了筐头。

桠儿蹲在渠边掬了水洗洗晒得黑黑红红、干燥起皮的脸，洗了洗染了草汁的双手，然后又脱下那双不成样子的鞋，倒出藏在鞋膛里的沙砾，再把脚泡进温暖的水里。桠儿从筐里摸出剩下的黄瓜和馍馍，这才吐了嘴里青草杆，大口大口地吃起脆脆生生的黄瓜，黄瓜清甜凉爽的味道很快就弥漫在水面上，贴了水面还有两只玉色的蝶儿一上一下地追逐。桠儿心里也畅快、豁亮起来。"胖丫今天得挨顿揍，一根猪草都没打，净知道玩儿。"桠儿想起了胖丫空荡荡的筐子。

土里的东西长得就是快，庄稼一天一个样，麦子该割了，苞米也挂了红穗了，院子里的西红柿，一个夜里红得就摘不完，豆角也是，天天都能挂满秧。桠儿觉得自己也是地里的庄稼，一天长一截子，裤腿脚接了好几回，又短了，裸着脚脖子，上衣短了，袖口缩在肘子上面。尤其是站在地上的这双脚吸饱了地气，长得最快。

渠的上游有两团粉红色的东西慢慢悠悠地向桠儿漂来，一前一后像两只鞋。"要是两只鞋就好了，像小姑娘脚上的那样的粉色透明的鞋，天哪，我是想鞋想疯了，人疯了就能看见自己想要的东西。像老唐叔想钱想疯了，非说他家那棵老榆树是棵摇钱树，整天在树下摇，笑死了！如果渠里真能漂下鞋来，就漂梭子爷爷捡来的那双叫啥'球鞋'就行了！"

桠儿被自己的"疯想法"逗得笑了起来，两只脚也"扑通、扑通"地打起了水花，水花亮晶晶地挂在干草似地头发、衣裳上。这时，两团粉色的东西不慌不忙地漂到了眼前，桠儿差点被黄瓜噎着。一前一后，两只粉色的塑料鞋，桠儿愣了片刻，立即跳进水里，一手一只，将两只鞋捞在手里，鞋上各有一只描金的大蝴蝶，和小姑娘脚上那双一模一样。

桠儿心里狂跳了一阵子，这渠里还真能漂来"宝"，有一次漂来个西瓜，好大个，还有一次漂来个死狗，凸个眼珠子，吓人。

"要是漂来的是一双'球鞋'就好了!"桠儿胡思乱想了好一阵，又拿起鞋在自己脚上比了比，连半个脚掌都装不下。只好擦干水汽掖进了篮子里。

七

桠儿背起一筐青草往回走。村口的大渠边上连个人影都没有，胖丫和小姑娘也不知去了那儿。

桠儿回家，看见奶奶已经起来了，虽然还攒着个眉头，一脸沉郁，但已经坐在灶前木凳子上搓麻绳了。奶奶招呼桠儿去到西头小屋里找出"夹纸"，看样子又要裁鞋底做鞋了。桠儿想着好像还有个高兴事要给奶奶说，一时又想不起了。

突然栅栏门一阵乱响，一阵凌乱急促的脚步声传入耳畔，桠儿奶奶撂下手里的活计，跨出了房门。大国媳妇，真是稀客，身后还有一个穿红裙子的漂亮小姑娘，还有胖丫和几个中午在渠边玩耍的孩子，已经涌进了院子。

还没等到桠儿奶奶说话，大国媳妇一步蹦到桠儿面前，扯着桠儿的胳膊叫道："穷疯了，穿不起鞋，也不能偷别人的鞋，快拿出来，把偷来鞋拿出来!"

然后，又问那个漂亮小姑娘："是她吧，是她在渠边偷了你的鞋吧!"桠儿被这阵势吓得怔忡了，嘴像焊死了一样，一个字也吐不出。小姑娘目光一阵躲闪，胡乱地点了点头。

桠儿奶奶冲过来,横在大国媳妇面前,气得浑身发颤,只嚷嚷:"大国媳妇不敢污蔑人,说话要有证据,桠儿虽然傻点、呆点,可谁看见桠儿偷过东西了!"

　　"胖丫看见了,是不是,你家桠儿在渠边就盯上了那双鞋,鞋好好地晾在渠边,桠儿一走鞋就不见了,桠儿你胆子太大了,那鞋是你这样人穿的?"大国媳妇蔑斜着眼睛看了看桠儿脚上不成样子的"鞋"。一头就闯进屋里头,炕上炕下,柜里柜外翻腾了个遍。桠儿奶奶气得干打嗝,只瞪眼。

　　正值傍晚,地里干活的人都回来了,院里又涌进了不少街坊邻居。

　　大国媳妇在屋里翻腾了一阵,空着手回到院子里,不甘心地四处打量,桠儿吓蒙了,眼睛斜斜地盯着墙根处装满青草的篮子,想说什么,嘴里却发不出声。大国媳妇走上前去提起篮子往地下一倒,那双粉色的塑料鞋滚了出来。看热闹的人不约而同地"咦"了一声。胖丫刚才还躲闪的眼睛都发直了。

　　还没等大国媳妇发话,桠儿奶奶便疯了似扑到桠儿面前,在桠儿脸上连啐带挠,桠儿直呼叫:"我没偷,是从渠里漂过来,我捡的!"

　　"平日只说你傻,没想你还会说谎,还会做贼,做这种不要脸面的事情!"

　　桠儿一边哭,一边被奶奶追得满院子跑,一头扎进了柴房。桠儿奶奶气不过,又随手抄起木棍,兜头兜脑,没轻没重地一顿乱打,桠儿身上脸上顿时带了伤,一个劲儿哭叫,说是渠里漂来的,不解释还罢,一解释桠儿奶奶更生气,下手更狠。看热闹的人也被这场景吓唬着了,竟没人劝解。大国媳妇见事情闹大了,便捡起鞋嘴里不干不净骂了几句,牵着小姑娘走了。

　　桠儿奶奶一直打到身上没了劲才住了手,一屁股瘫坐在地上,自顾自地哭叫起来,她拍打着胸脯子哭喊,哭死去的老伴,哭不孝顺的儿孙,哭不争气的桠儿。桠儿也附在柴垛上哭,哭得声音越来越小,像是没了气似地。

不知过了多久,桠儿再醒时,天已经黑透了,躺在自家炕上。

挂在门框上的灯,暗红的光同时照着外间和里间屋子,灯丝出了毛病一明一暗地跳着,被烟灰熏黑的墙上几个山一样的人影晃动着。桠儿觉得浑身那儿都火辣辣地疼,动弹不得。不知谁咳了一声,墙上的人影黑乎乎地又晃动起来,手里似乎还挥动着棍棒,桠儿唬得赶紧又闭了眼。

一阵寂静过后,炕下隐约有人说话,是胖婶绵软暖和的声音:"桠儿被冤了,那姑娘只顾玩耍把鞋掉进了渠里,胖丫他们看见时,已经漂出去一段路,几个孩子没追上,小姑娘害怕了就编瞎话,还让胖丫他们几个作证。桠儿肯定是在下游捡到了。不信,你问胖丫。"

角落里传来胖丫的声音,细着个嗓门说:"是。"

"我也老糊涂了。"桠儿奶奶放下手中纳了一半的鞋底,长长地出了一口气,侧身歪在炕上,把一只手放在桠儿额头上,桠儿紧闭着双眼,身上还是火辣辣的疼。

夜还真是长,灯灯丝一明一暗地跳着,像是人抖动的眼帘。灶台边蛐蛐一声长一声短唱着,外面起风了,树枝刮擦着屋檐。桠儿奶奶挥着手中的针线,"噌噌"纳了一宿的鞋底。

桠儿做了个梦呢。跟着梭子爷爷在南边山坡上放牧,满地绿草皮,厚厚软软地,脚踩上去,像踩在棉被上,温暖得一点也不硌脚。再低头一看,自己的脚变成了牛蹄子,桠儿一阵欢喜,伸嘴去吃了几口草,甜丝丝地。

瀑　布

　　瀑布的声音仿佛就在耳边回响,隔着一道沟壑和一片黑青色的松树林,刘澜觉得那声音清晰明朗,像两个女子干干净净的笑声和话语,一问一答,一高一低……还有随风飘送过来的水的味道和凉意,很近很近。

　　高处,南山的莫亚峰正寂寞地耸立在蓝天之下,白云一缕缕坠落在山涧。莫亚是什么意思,谁也没搞懂,也许是当地牧民语言的音译。这座山横亘在城市南面,并不太起眼,人们好像更喜欢北面的那座山,山势奇伟,有条著名的洗玉河,出产质地上好的白玉,还有山里的十八道沟,金子沟、哈熊沟、怪石沟、玛瑙沟……一年四季风景变幻,成了旅游和徒步爱好者趋之若鹜的去处,与之相比南山就少了吸引力,除了那片茂密的松林和几处草场,就只有幽静了。这两年人们开始厌倦了热闹,一向冷清的南山游人渐渐增加了。

　　瀑布就在通往莫亚峰的半山腰上,路不好走,几乎没有现成的,只有当地牧民放牧形成的小道,如果下场雨,各种杂草能长到一人高,路也会掩盖。

　　春天到秋天,刘澜来了两次,好像和瀑布有什么约定一样。其实她一直都认为这道瀑布是自己最先发现的。

去年夏天，刘澜随着朋友到南山避暑，住在山脚下的天景湖庄园。白秀芬给她打电话，说她有个朋友在南山做了个庄园，环境不错，让她带几个朋友体验一下，再帮助做个宣传策划。白秀芬这几年文化产业做得风生水起，人脉广博，在广告业影响力巨大。

"白吃白住，你还犹豫什么，多出来玩玩，散散心吧！"白秀芬是刘澜高中的同学，两人一直联系得紧密，是少数几个可以说点体己话的朋友了。再说两人因为家庭变故都成了孤家寡人，又比别人多出了惺惺相惜之情。

两年前刘澜爱人走了，出了车祸，大雾路滑，乘坐的车翻进了山涧。因为事情发生在出差的途中，算是工伤，单位照顾性地让她办了病退。随后她就闲居家中了。白秀芬是三年前离了婚。虽然都成单身女人，两人的境遇却大不一样，离异后的生活让白秀芬像甩掉负累的小鸟，大有一种天地宽阔任飞翔的意思，不光是生活自在了，事业也发达了。

一听是庄园，刘澜脑海里就跳出了古堡、酒窖之类的怪想法，到了才知道也就是休闲度假的会所，比宾馆稍雅致点，失望不小，但环境还算可以，空气足够新鲜。

在天景湖庄园住了三四日，白秀芬白天忙策划，晚上忙应酬，大多时候刘澜一个人闲逛。当然庄园的主人马总是个很细心的人，每日嘘寒问暖地关照她，那个阶段刘澜有些敏感，特别讨厌别人带有同情心的照顾，她能猜到白秀芬一定给马先生说了她，可怜的女人，寡妇，丈夫不在了，连个孩子也没有，一个一无所有的女人。她不喜欢别人看她时流露出的好奇与惋惜，任何同情对她都是廉价的，但是她改变不了什么。她更愿意一个人待着，有时间就偷偷溜出来在山里转悠。

这里山势也不险峻，地势也不太复杂，刘澜背了小旅行包，带着相机和手杖出发，心想落日之前能回来就行，漫无目的的，能走多远就走多远。这样最好了，似乎没有目标的行程才能激起她一点莫名的向往。

其实丈夫离开后，刘澜的生活就彻底失去了目标，不是暂时的，好像是永久的。就像别人叹惜的，连个孩子也没有。刚成家时不知道是不是工作压力大，一直怀不上，三十好几了才怀了个孩子，后来又流产。都成型了还是个女孩，做手术的医生也替他们惋惜。其实最痛心还是他们夫妻俩，丈夫一直想要女儿，孩子的名字都起好了，叫美珍吧，取意上天的美意和珍宝。后来再没有怀上，两人惆怅时，刘澜偶尔也会说，如果美珍在，如今该上小学了，丈夫每次都劝说，本来就不存在的孩子，再不要提起，人不能有太多执念，上天无此美意就不要强求了。近些年，两人突然就安心了，像有了什么默契，谁也不提孩子的事情了。

丈夫出事时，单位来电话通知，让她到S城处理后事，人已经在医院的太平间了。刘澜出奇的平静，或有其他的预感，出事的地点为什么是S城……她不让任何人陪伴自己开车起程，一路上人像麻木了一样，一开始她觉得消息并不准确，认错了人，或只是受了伤。并没有彻骨的疼痛，车子走了一天一夜，路上为不让自己瞌睡她还打开了收音机，那个波段是丈夫经常听的，是一个谈话类的节目，经常有一些感情生活不如意的人在电台里倾诉，感情受挫、夫妻不忠实、债务纠纷、子女叛逆……本来都是些失意伤感的事情，在电台里一说再加上主持人的粗暴调节，悲伤就滑稽起来，甚至让人乐不可支。刘澜也不清楚为什么丈夫喜欢听这些，更不明白为什么会有这么多人愿意公开自己的隐情供人消遣。一直到黄昏快进城时她才把车停在休息区。她一定流了眼泪，记不清了，只记得自己颤抖地抽了好几支烟。其实她早就开始抽烟了，瞒着老公。那个孩子流了以后，又试了几次怀不上，他们的关系变化了，丈夫回家越来越晚；即便在家，彼此的交谈也越来越少，她甚至隐约感受到丈夫在外面有了人。有个叫林曼的女人，丈夫上大学时追求过的同学，工作后嫁了别人。有一次无意之中，丈夫说起来那个林曼就是命苦，老公死了，自己带了个七八岁的女孩住在S城。

丈夫的单位也说了，这次出差的目的地并不在S城，是丈夫中途因私事去的S城，所以说算成工伤是对死者和家属最大的体恤。

刘澜狠狠抽了烟，然后在方向盘上趴着，想把五肺六腑都吐出去。

处理了丈夫不明不白的死，应该去核实一些事情，丈夫摔碎的手机，有人说送到修理铺可以恢复里面的数据，比如信息、通话记录。还有那个随身的提包里有一套新买的学习用品，粉色的书包、铅笔盒，好像是给一个小姑娘的。她不想，知道了又有什么用，人已经不在了。在别人眼里她完全是个弱者，她必须摆出弱者的姿态，像一个真正的寡妇一样伤痛。

有时候真得相信上天的捉弄，一时间把人剥夺得一无所有，让人陷入困境，完全失去了方向。从那以后，她慢慢喜欢上了旅游，大多是一个人，踏上旅途的那一刻人就完全脱离了日常生活，日常的轨道，可以放下一切烦恼，说到底刘澜旅游的目的不是想到达某个目的地，也不是美景美食，而是旅程，在车上、飞机上、渡轮上，或像此时在杂草丛中穿行，只有一条隐约的路通向无人知晓的错愕，无论什么她都可以承受了。

当地的牧民也叫它羊道，弯弯曲曲只有一脚宽，仔细看有牛羊的足印、粪便。通过干燥的荆棘丛，再住里是一片质地松软的山坡，一株株肃然挺立的雪松散发着铁青色的针状叶子，山坡上滚落的松果干瘪着，像被鸟兽啄食空了，刘澜喜欢这片林子，松树苦涩的脂香沁入肺腑，还有松树的姿态，即便在一片茂密的丛林之中也各有独立的模样。偶尔钻出土壤的白蘑菇，一两簇还在开放的野蔷薇，像上天平白无故赠送的惊喜。大概两个时辰，她目测了头顶上方的亚莫峰，走了一半的路，她并不想攀上顶峰，也许现在就可以返回了。

瀑布喧哗的声音传来，她还以为是一条奔腾的溪水。绕过山坡，两条洁白如练的瀑布，一大一小，一高一低，嵌在凹凸嶙峋的青黑色岩体上，瀑布边缘积了绿色、黄色、锈红色丝绒一样的苔藓，其实大的也不过三四米；小的，伸展臂膀测量，不足两米宽，碎珠断玉似地从山间跃出来，落下来积了一潭，又汇成溪水淙淙而下，水色清澈得近似无有，水潭映了日光，底部的沙石烁烁泛金，四周更是草色郁郁，隐藏在杂草丛中湛蓝的勿忘我开得纤尘不染，再无半点人迹。像一件新近展现在人间的宝物，有一种深藏的寂寞和圣洁，一股股浸入肌肤的潮湿清凉气息也像是来自深井和洞穴。刘澜找一块石头，安静地坐下来，向四周望去，此地正处在一个山窝里，因为是莫亚峰背阴面，山头还有一片莹莹的积雪。天空上几只黑色的身影，像是盘旋的鹰，再无其他，大概就这么坐了一个时辰，日头快要西斜，潭影变得青深了，那瀑布跌落的声音越来越大，甚至有了隆隆之势，水的气息浸透了周遭的一切。没有人来，也没有什么动物和鸟类，远处还是空旷和寂寞，这一切就是为她一人准备的。

刘澜回到天景湖庄园时，天色已暮，几颗星星已经在黑青的山巅上闪烁了。白秀芬在餐桌上很是关切地嗔怪了她两句，就连庄园的主人马总也担忧起来，说这山看似平缓，但毕竟人少草深，没有人相伴不该走那么远。刘澜却难掩兴奋，说起那处"双瀑布"。在座不光有庄园主人，还有几个也在这山里居住多年的当地人,都摇起头来,说从来没有见过什么"双瀑布",南山连一个瀑布也没有见过。刘澜忙翻看相机里的照片,一路上照了不少美景,找到瀑布那张时,不知是不是曝光太足,照片一片白光中隐约显示了两条小小的水流,完全没有瀑布的模样和气势,连刘澜自己都有些不相信,再加上拍摄角度有问题,说是平地上分岔的水流也不为过。

刘澜有些尴尬,虚涨的热情也没了着落,流露出一点失望,倒是庄园主马总察言观色,一边招呼大家品尝山里的冷水鱼,一边说,这山上的积雪,有时化得早,有时化得晚,所以山里溪水时大时小,水量大时,临时出现瀑布也是有的。刘澜也不争辩,她想起那个积水潭,还有瀑布边缘的苔藓,绝不是一两年里形成的。不知为什么她一点不想争辩,她有些高兴,好像找到自己的一份宝物。

餐桌上越来越热闹。马先生和白秀芬谈起了庄园未来的宏伟计划,大意是庄园要再扩展,可以建成一个高档的疗养院,也可带动休闲旅游业,虽然南山景色不及北山,但植被丰富,安静,空气中负氧离子含量也高达2万个以上,每年的平均气温均在零上,是个休养的好地方,还有这高山雪水含着十几种矿物质,也是不可估量的财富。白秀芬异常兴奋,几杯酒下肚,乌发闪亮,眼角飞红,口才了得,似乎宣传策划都已经丘壑在胸,说起南山口吻就像是她才发现的一块新大陆、一块处女地。刘澜也发现白秀芬的气魄和气场都在变大,就连说话的声调和眉宇之间的气势都和离异之前判若两人。

结束了天景湖庄园之旅,刘澜自己又去过两次,那瀑布真的存在,一大一小、一高一低欢腾着,潭水还是那样清澈幽深,好像自她离去并没有他人来打搅。刘澜选择不同角度为它拍照,拍摄中还有一点担心,担心这瀑布有一天会消失似的。

她加入过一个徒步爱好者的群,叫"山羊营",偶尔也参加他们的徒步活动,活动结束后大家总在电脑上晒照片,互相评论一番。那天她忍不住发了两张瀑布的照片,这次拍摄注意了角度,照得比较成功。立刻有人问她在哪儿有此景,她便描述了一番,不一会儿又有几人过问,都说从来没有见过这道瀑布,围绕着照片议论了好几日,有人查过地图和旅游资料证实这是个新景点,又有人开始给瀑布命名,叫"双子瀑布",或是"夫妻瀑布",还有浪漫的人建议叫"情人瀑布",如此热闹了一阵。刘澜的心里忐忑起来,一方面害怕有人说早见过此瀑布;另一方面又担心有好奇之人一探究竟,破坏了自己的秘密。

　　赶在入冬之前,她还想去一次,探访属于自己的宝物。把车停在山脚下公共停车场,她就进山了。山里秋意比城里要浓,草木已经染上了秋色,那些曾经绚丽的野花枯萎在枝头,一碰就要折断。她踩了脚下细琐的杂草往前探路,来过几次了,道路要熟悉了许多,干枯的荆棘不断地勾绊着她的脚脖子,一群蹿起的鸟儿吓了她一跳,是灌木落尽了叶子暴露出红艳艳的珊瑚珠一样的果实吸引了它们。终于瀑布流水的声音已经能听见了。

　　男子在不远处,站着,像一尊突然出现的雕像,应该是个三十出头的消瘦的年轻人,过度曝晒后形成的棕色的皮肤,棕色的头发,浅灰色上衣,一条牧人常穿的牛仔裤,半截腿都是泥土和草液,一匹黑色的马立在他身后,扬起脖子抖动鬃毛。他在几十米之外,盯着刘澜看,是山里人的目光,坦率无畏,一点也不躲闪。刘澜猜他是为客人提供马匹服务的,他们经常出现在景区,三五成群牵了瘦马尾随客人,骑一次十块钱。刘澜并不想骑马,已经快到目的地了。她继续前行,那男子也行动起来并拉近了距离,几乎和她并排走动起来,那匹马,散发出动物皮毛和汗水的气息,翕动的鼻子,伸长的脖颈几乎要触到她的肩部。她转身向男子摇手,表示拒绝,但男子不理解一样继续伴随她。返程时累了的客人还是会选择骑马,他一定是这样想的。

穿过树林,上了坡地,延绵的浅黄色的秋草,苦豆根干燥的豆荚在脚下裂开,种子射出好远,一朵云飘过在地面投下不规则的阴影。

"我不骑马,懂吗?"刘澜冲他又一次摇手,也许他真听不懂汉语。那男子在草丛中行走,裂开的衬衣露出黑红的胸膛,一对凹陷的眼睛,长长的马一样的睫毛下一双幽深如潭水似的眼睛露出疑惑。随行的马匹也是一样消瘦,毛皮却油亮如蜜,它不停地甩动头颅,快速地眨眨眼睛,躲避杂草和飞虫。

"不骑,不骑,我要到了,瀑布。"刘澜又冲他说了几句,那男子不解地扭动着脑袋,随手折下一缕细草像马一样咀嚼起来。

刘澜立在山坡上,突然有些犹豫,被茂密的杂草包围着,像一片流浪在空中白云朵,失去了方向,她找不到通往瀑布的道路了。她有些迷茫,心里责怪起那个男人,还有那匹气息笨重的马,浓郁的皮毛汗水的味道让人头晕。云朵投下的阴影移到山顶上,那片白雪还没有消融。几只鹰或隼在盘旋,鸣叫。男子抬起头,眯着眼睛看了一会儿,又把目光收回,探询地望着刘澜。

"瀑布,哗—哗—,水流下来。"她比划着,两条水从高处向下流,"哗—哗—,你听!"她又做出倾听的姿势。

那男子疑惑了一阵,豁然开朗,把手一挥,吐掉了嘴里的杂草,大踏步地走了过去。

刘澜累得跌坐在岩石上,瀑布就在眼前,只是水势比起夏天小了一些,依旧是欢腾活泼,闪烁雪色的光芒,瀑布崖壁上的绿苔变成了锈红色。潭水也依然清亮。除了周围的景色随季节转换,一切如旧。她擦了汗水,平静了自己的呼吸,心中有了失而后得的喜悦,一心沉浸在风景之中不想与他人言语。

男子和马立在水潭一边,静静地,黑色的影子沉入水底。后来男子蹲下身体开始掬水清洗,水花四溅,旁若无人,欢快得像一只戏水的河狸。他俯下身体将双臂沉入水中,又把清凉的水撩起,洗了脸、脖子、头发,大声漱口,他掀开衬衣,将水珠撩上干瘦却结实的胸膛,简直像在自己家的洗手池前,随后又甩干手臂上的水珠,开始饮马,梳理马的毛皮,那匹马也欢乐地嘶鸣着。刘澜对他们的造次一阵吃惊和气愤,想去制止却又说不出理由。说这瀑布是她的吗?

瀑布哗哗跃入池中,水潭恢复了以往,一些晶莹的水珠重新跳出水面,像露水滚动在荷叶上。清洗干净的男子和马,皮肤闪烁着光泽,眼睛也格外明亮。

“你知道这儿有个瀑布?”刘澜试探着问。

那个男子像马一样转动耳朵,显然听懂了,他抖动着眉毛,裂开嘴巴笑,一点也不难看,甚至是一张俊朗的面孔。

“这个,这个,我的。”他指了瀑布和四周,用手画了一个圈。“我的草场。”顺了他的手,方圆有十来里,厚密的草地,再往远一点,两三个毡房。

“我们一直住这里,下雪时,到山下去。”他的汉语简洁明了,交流却不成问题。“你看——”

刘澜又顺着他指的方向看,一棵形状古怪的树,旁边几株篱笆或倒或立,再仔细看细细的铁丝网像蜘蛛吐的丝,树上有个字迹模糊的牌子上面有孩子一样的笔体,写着“放牧草场,请勿入内”。刘澜来的方向,拉铁丝的木桩倒在草丛里,而这一切,她以前从没有注意过。

她同样没有注意水潭的另一侧还有一条小渠,是人工修造的,蜿蜒地通往山脚下的白色蘑菇一样的毡房。

她有些脸红,心里一阵失衡的怒火,但很快又被自己的嘲笑压倒。她起身走到水潭前学了男子清洗去尘土和疲劳,水的清凉冲上脑门。男子整理马鞍翻身上马,伸出一只手说,我可以带你下山,不要钱,路不好走,我可以把你送回去。说话间那匹调皮的马儿重重点头,也在迎合。

迎着男子清澈的目光,刘澜只犹豫了片刻便攀住男子的臂膀,她坐在马背上,靠近他消瘦坚硬的腰背。马头转身向山下行去,颠簸着像一只船滑行在草丛中。暮色渐起,一天中最好的时光,天空之下一切都散发着柔和的色彩,太阳滚动在山峰、林木之后,杂草用尖尖的叶子挑起它最后的光芒,瀑布的声音渐渐消失了。马儿的步履格外轻松,好像还能走很远很远的路。马主人随意哼唱的歌谣在山间飘荡,一段、一段,将刘澜的思绪送远,又收回。一时间她忘记了瀑布。

似乎被美景吸引,马儿偶尔慢下脚步。极目远眺,绚丽的晚霞之下,一段黑色的公路依着山脚通往城里,各种车辆像甲壳虫一样缓慢爬行。那么熟悉的场景,她好像看到了过去,同样是一个黄昏,快驶入S城时,她自己坐在一辆车里喘息,注视着在一片楼群后面奔跑的夕阳,血红的,像一匹燃烧的受伤的马。她俯在方向盘上喘息,把胃掏空以后,打起精神,驶入车道。

银色月光

新酒推介会从上午持续到下午四点多才算结束。

为了这场推介活动，董事长尚秋园从今年入夏就开始精心筹备。谁说不是呢，推一款新酒和嫁个女儿一样辛苦。

今天一大清早，尚秋园去阿琳美妆会所做了头发，化了妆。阿琳用底粉小心翼翼地遮盖了她眼睑下淡淡的黑晕，一再告诫自己要多喝水，排排毒，不能太劳累。化妆的功夫秋园闭上眼休息了一会儿，当时想这场活动耗去她太多精力，活动结束后要彻底放松一下，在与高山水结婚之前，最好回一趟清水，从二十年前离开至今，一次也没回去过。最近不知怎么，她不止一次地想起那儿，想起清水的事和人，还想起清水的白桦林，这个季节该是一幅多么迷人的景象。

尚秋园特意穿了一套银灰色的缎面礼服裙，领口镶了一串玉白色的花束，映得她微醺陶醉的面容有了几份轻轻的红潮。活动让她满意，宾客满堂，气氛热烈。赞美声应和着水晶杯清脆的撞击声，美酒和鲜花的香气弥漫在公司的宴会厅。宴会厅里两个一人多高的花篮格外引人注目，几百朵玫瑰安静芬芳，是华强公司老总高山水派人送来的。高山水正在香港谈生意，不能亲自光临，但是还是很体贴地发来了贺电，送了花束，还特意送给尚秋园一副宝嘉丽手链,时尚高雅,宝光闪闪地衬得她皮肤洁白细腻。她看了手链上的吊牌价码,和她在老高生日时送的那块手表不相上下,这让她心里微微有些不快,老高毕竟是精明的生意人,吃亏占便宜的事情永远都丝毫不爽。

毛世昌走过来,嘉华酒行的老总,多少年的生意伙伴了,宽额方面,头发一丝不苟地向后梳着,宽肩又笔挺的名牌西装成功掩饰了凸起的肚子,他盛赞了尚总推介会的创意,尤其是这款葡萄酒的推广宣传片,大气,有文化底蕴。秋园听了欢喜不已,其实酒会之前,今年夏天,尚秋园邀请了几个文人墨客,参观葡萄酒产业,当然也请他们在大自然秀美的景色间激发了灵感,精心策划尚美华企业酒文化的宣传文案,宣传片里的解说词更是反复推敲。青春、追忆、浪漫、思乡,是这次推介酒会的主题。

时间差不多了,送走了一拨又一拨的客人。几个政界的要人要精心打点;社会名流不容小视;三两个影视明星不能怠慢,虽然不是当红的大咖,但他们的身影还是给活动提升了档次。

活动中间就有些疲惫了,人到中年了,高跟鞋穿久了腰腿发酸,紧绷的身体也有些吃不消。好几次都想找个地方休息一下,但只要客人不走她就得坚持,坚持收紧小腹,坚持得体的微笑和真诚的问候,她必须将温暖的目光投放在每个人身上,诚心地夸赞每一位女嘉宾的衣着和她们的好气色,对那些男嘉宾,她必须让他们意识到自身的重要性。坚持,这些年如果不是咬紧牙关坚持,公司何来今天的光景?

悄悄算来自己已经四十六岁,时光真是飞逝!即使在忙碌的酒会中,应酬一拨拨客人时,秋园也忍不住回想了自己二十年的创业历程。当初背井离乡,当了一名红酒推销员,每日拉着一个盛酒的行李箱,穿着高跟鞋超短裙,装扮得像个歌厅女郎，去一家家公司、饭店、单位，见人就磨嘴角皮子，脚底下天天打水泡，白眼、讥笑，咽了多少苦水。后来与前夫一起创办公司，拿下第一个酒业代理，再往后有了自己的产业园，每一步都充满了艰辛和坎坷，中间发生了婚变，丈夫和"小三"一起卷走公司大部分资金，经历了漫长的诉讼，如果不是坚持，哪里有现在。官司赢了，她不但独自支撑了公司，还成功引入了华强公司的资金注入，先后开发出"红色记忆"红酒系列、"金色年华"香槟系列，销量都与日俱增。走到今天也算是品尝了成功的滋味。当然让她最欣慰还是自己的情感又有了归属，华强公司的老总高山水，一个中年丧妻、年过五旬的钻石王老五，已经向她表达了爱意。如果顺利，老高从香港回来，婚期也要提上日程了。虽然老高年纪大了她不少，这场婚恋还是赢来不少年轻姑娘的羡慕。联姻的消息已经不是什么秘密，就像知情者津津乐道的，这场婚姻成功与否不止关乎两个人的幸福，还预示这两家企业的强强联合，华强公司有资金，尚美华有实业，联合之后的前景令人遐想。

今天公司成功推出了这款"银色月光"。这次她给酿酒师提出的要求是口感纯而不淡，苦而不涩，后味甜美芳香，要贮存世间最纯美的情感，贮存一份永恒的回忆。

大厅的喧嚣退去，工作人员正忙着清理场地。尚秋园长舒了口气，打发了秘书、司机，只是携了一瓶子"银色月光"回到办公室。推介会上，已经喝了少，但是一切都是疲于应付，现在她想一个人安安静静地与美酒做伴。

秋园回到办公室斟上美酒，整个人放松地靠在办公桌后面的软椅上，身体像卸下包袱一样轻松。她看看窗外，高楼缝隙中间的阳光半遮半掩的，想起来天气预报说今日有雨，最初她还担心天气会影响活动上要到来的嘉宾。不过一连几天都是如此预报,而这个季节的天空总是晦明掺半,变化莫测,雨迟迟未下。

她细细地品尝美酒,感受着推介活动的成功,身体里有小小的兴奋和快乐。虽然很多人钟情红葡萄酒,喜欢红酒丰富的口感,芬芳中包裹了苦涩,苦涩中蕴含甜美,就像跌宕起伏的人生。但尚秋园越来越喜欢白葡萄酒,甜味、酸味和果香味,喝一口就都能感受到清晰明确的层次,像少年时的清水城,天地明朗,至简至纯,透彻的蓝天、清凉的溪水、朴素的小野花。

清水城,又一次不可抑制地浮现在她脑海里,像是一点点发酵变浓的酒意。真想好好地醉一次。也许是年轻时推销酒的那段时间她练就了好本事,陪公司老总喝,陪企业老板喝,陪那些机关里大大小小的领导喝,只要能卖出酒,哭过、醉过、吐过,后来她学会应付,学会了控制,别人总是醉在她前头。

她学会了控制,控制住酒量,控制住情感,甚至控制住回忆,二十多年了,尽量不去想念。

如果当年也能控制得好,不是因为赌气写了那封倒霉的信,就不会那么声名狼藉,她就不用离开了,结婚、生子,成为余力的妻子也是顺理成章的事儿。她干嘛给城南的男孩写信,甚至用乞求的口吻说想嫁给他,想继承他家的果园和面粉厂,想过农妇一样的生活。

城南的男孩是特别的一个,在那些追求者中间是唯一一个没有因为秋园有男朋友而立即放弃的,他执拗了两年,甚至宣誓要和余力进行一次公平的"竞争"。

那一次,她和余力争吵得太厉害了,余力和某女记者的传闻已经在同学中成了酒后谈资。秋园带着绝望的情绪给城南的男孩写了一封信。在信上说如果对方愿意,她愿意马上嫁给他(最好在一个月之内)。其实把信丢进信筒时她就后悔了。

信果然发挥了最坏的效果,那个男孩将信作为礼物献给了自己的新女友,很快事情在小城传遍了,有人发誓亲自眼见过那封信,甚至能背诵上面迫切、恳求的语句。

后来她逃跑了。走之前她还通过一些方式让余力知道了自己"秘密离开"的时间和车次。到了离开的时候,空荡荡的站台上,除了她,连一只啄食食物残渣的麻雀都没有。在摇晃的车厢里她一边打量陌生人,一边沉思自己摇晃的人生和苦涩的爱情。她有多爱他,一直到那阵儿还在幻想他可能提前上了火车,会像往常一样给她惊喜,一会儿他就会出现在车厢的另一头,笑嘻嘻地摆出一副嘲弄的表情,似乎前几日伤心的争吵、哭闹、分手、诅咒从来都没有发生过,或者这次也是为了考验他们的感情。他总有一副吃定她的眼神,暴露出不容置疑的胜利,然后他们偎依在车厢的座位上,到另一个车站下车,换长途车回去,也可以一起去新城市,或流浪去天边,只当是一次充满浪漫和哀伤情感的旅游。

火车从一个车站驶向另一个车站,车轮无情地碾轧着让她心身疲惫却又无法停止的幻想,像晚会上坏小孩追击着一串五彩的气球好让它们逐个破灭。她热切的渴望一点点变得冰凉,但是有一点她仍然坚信,虽然结束不美好,他们经历过爱情是真实的、美好的,甚至会成为她一生中唯一值得珍藏的记忆。也许真像余力说的,传闻都是别有用心的谎言,是她自己搞砸了整个事情。

她逃到了离清水很远的大城市。在陌生人中间,她像一只松鼠用贮备的记忆当粮食,小心翼翼地带着爱过的回忆隐藏在秘密的洞穴里。就那样她过了很久,她觉得自己并不孤独,和小地方相比,大城市的最大魅力就在于此,她越来越相信来这里的外地人并不都有一颗为梦想打拼的心,躲避,隐藏,带着不愿被揭穿的真相或虚幻的假象坚韧地生活也是一个不错的选择。

倦意和醉意悄悄萌动时,办公室的门被扣响了,有客人来访。递过的名片:某某报社的首席记者,尚秋园一度想推说不见,随后又想起,推介会上是有一个记者说想在活动结束后对她做个专访,当时环境喧闹,说真得,记者长什么样她都不记得了。

来者是那种比较难应付的女人。高个子,丰满,有一头打理得很好的浓密蓬松的头发,凸显的五官,闪亮的脖颈和结实的肩膀。根据目测,她们应该年龄相仿,但是女记者保养得更好,显得年轻,像一匹充满活力的小马。一进房间,空间里就充满她的气息。一定是气场不对,一开始秋园就有点不喜欢这个女人,从内心希望她赶紧离开。

记者礼貌地做了自我介绍,又镇定地盯着尚秋园有点疑惑的表情笑笑,"尚总,活动中我一直都在,和您约了专访,您不会忘了吧?"说着她已经拉过一个扶手椅,从大到夸张的手提包中掏出几分"样报"和一个笔记本,坐下来了。"其实公司的基本情况我已经了解了,我是想从您这儿多了解一些公司刚开始创业的情况,还有公司未来发展的定位。你知道这种报道,纯粹是要提升贵公司的社会形象。"

不知为什么"性感"这个词跳出尚秋园的脑海,她猜想在男人眼里对面的女记者就是那种性感的女人,弓形的眉毛下一双颇具神采的眼睛,饱满鲜艳的嘴唇,两颊有肉,开得很低的领口,香槟色的柔滑的面料下有形状丰满的乳房。只是那对眉毛与眼睛分得太开,还有过于自信的面容上有一种沾沾自喜的优越感。

"除了这些,还需要一些历史照片,近三年的工作报告,能够反映公司业绩的数据,越翔实越好。"公司每年都会花一大笔钱在一些重要的媒体上做宣传,宣传业绩,配上大幅照片,扩大知晓度,这其实是一种"软广告",媒体也靠这个收入不少,记者会拿到不菲的提成。

还好,女记者很专业,提的问题不那么生硬,也不那么猎奇,不像那种做花边新闻的小记者。尚秋园给了她尽可能多的材料、照片、数据,一大堆,介绍了创业的艰辛,又重点介绍了今天酒会上推出的"银色月光"。口干舌燥,她们说得够多的了。

对了,何不请她喝一杯? 桌子上细高的瓶体闪烁了琥珀的颜色,瓶内安静的液体像一小片隐藏着秘密的湖水,瓶签的画面遥远恬静,深蓝的夜空里播撒着冰霜一样的月光,月光下延绵的树林和河流。

"是好酒,并不似一般白葡萄酒那样甜腻,有一种清澈的口感,推介会上我认真地品尝过。"女人很懂行的样子,口唇离开酒杯时,留下了粉色的唇印。

雨滴猛然敲打在玻璃窗上,记者有些吃惊望了望楼外,说,"没想到天气预报还真准,真下雨了! 忘记带伞了。"尚秋园想起秘书和司机已经被她打发走。

"那就等一会儿吧,这种雨下不长,阵雨。"尚秋园突然有了新想法,起身为记者斟了酒。又大又急的雨点,窗户顿时模糊了,对面的楼群一派朦胧的意象,室内的光线灰暗下来,她觉得这种时候有人陪着喝酒也有几份惬意。

"糟糕。耽搁您的时间!"她接过酒杯,转动着,又浅尝了几口,翻了翻手里的资料,大概过了一会儿,一片红晕浮上面容。

"我这人酒力很差,葡萄酒也会上脸。"也许是酒的作用,她的脸上多了几份生动,伸手又给自己加了酒,"口感很好,不像干红那般苦涩,植物的芳香很浓郁,一种青春脱俗的口感。还有,忘说了,尚总,今天的酒会真是别开生面,那个宣传片很棒,充满了思乡之情。我喜欢宣传片里的那句话,'美好的往事,哪怕是一缕月光,一片情愫,都会被时光酿成美酒'。看来尚总不光有企业家的精明,还有浪漫的情怀。"

女记者的额头、面颊、鼻翼都闪烁了光芒。尚秋园又将目光投向酒瓶,那一小片安静的湖水似乎在悄悄地沸腾。一瓶好酒是有记忆的,当年阳光、雨水、温度、糖分,再加了时间的沉淀,所有的宁静都为一场沸腾做准备。秋园痴迷于葡萄酒的酿造,她知道不是最甜美的葡萄才能酿出好酒,恰恰是有些苦涩和酸楚的葡萄才能成就佳品,人生何尝不是如此!

"说起故乡,听说你是清水人。"女记者突然发问,秋园正在回味记者刚才的夸赞,暗想酒这东西充满了魅力和变数,带给人的想象力和活力总是无穷的。

"是的,你说对了,清水的。"清水的地方口音很独特,鼻音浓重,尾音下沉,说不好了,像与人赌气的口吻。尽管已经离开几年了,尚秋园尽力地说普通话,还是会露出几句乡音。

"我认得,那个是清水的建筑。"女人拿杯子的手指了指办公桌后排书架上的照片,照片上,二十年前的尚秋园还是个时尚的青春少女,蝙蝠衫、牛仔裙,一双修长笔直的腿,斜依在一处栏杆旁,背后是县城标志性的建筑——一座残破的宋代的"点将台",小时候听人说那是穆桂英的"点将台"。那是他们出游时余力照的。

"城南有一条河水,对吧!巧得很,快有二十几年了吧?刚工作时我跑新闻版曾经去过那里,为了做一个关于边防的纪实报道,在那里的记者站工作过两个月。"

是有一个记者站,好像听谁说起过,也许是余力说过,他那时在政府的宣传部门工作,总是接待一些记者,偶尔也有这种大报的记者。

那女人突然有些兴奋,用手撩了撩浓密的头发,手腕上彩色的手串闪亮,手指上戒指夸张时髦得过火,都是年轻人喜欢的样式,秋园年轻时也喜欢过。女人有了难以控制的热情,特别想说什么,眼睛闪闪,两条眉毛扬得更高,她把身体从椅子上挪了挪,又挺了挺马匹一样脖子,以便靠秋园更近些。

"清水真是很美,让我终生难忘!"

秋园做出认真倾听的表情,心里却想在大城市里生活习惯的人,对小地方过分的赞誉就像一个有钱人愿意施舍不认识的穷人。借着正在翻腾上升的酒意,秋园的情绪被带动起来,内心翻起一股热浪,眼角和心房都潮湿了。

"像一个世外桃源,没有大城市的喧闹,安静,舒适……要是我,一定不舍得离开啊。"女人熟练地呷了一口酒,又把目光投向照片。

有那么好吗?学校毕业后,秋园的同学都急着外出打拼,一时间像吹散的蒲公英种子,北方、南方,有两个还漂洋过海出了国门。年轻时每个人都急着背井离乡,到老了却不一定能回得去。秋园突然记起什么人说过这样的话。

尚秋园一度有些失神。女记者好像看出她的心事,突然收住了声音,放平了眉毛,一对眼睛陷入了沉思。

天空彻底阴暗了,雨的节奏也加快了。彼此在沉默中一边品尝美酒,一边等待什么。不一会儿,女记者再次打开话匣。尚秋园想着要不要起身打开一盏灯,这样的环境有点压抑,就像坐在黑暗的电影院。但是浅浅的睡意和倦意在四处漫延,她一时站不起来了,记者汩汩的叙述像一片流水一样漫上来,准备吞没她栖身的小舟。摇晃呀……

"……四月,小巷两侧盛开的白色苹果花,在夕阳下仿佛镀了金，明亮闪耀，缀在灰色的薄暮上……半夜传来的手风琴声，《黑眼睛》《孤独的过路人》，浪漫的地方……"女人努力地眯起漂亮迷茫的眼睛，打量着记忆之河里捕捞上来的一条条光滑的鱼，"六月，河的两边是一丛丛的白桦树，白桦树上的眼睛，你知道的……"她边说边转动酒杯，硕大的血色琥珀戒指，衬得手很好看，手背上有青色的血管像地图上标注的河流，纤细的颤抖的手指。那枚戒指，尚秋园年轻时想拥有它，似曾相识，也许是错觉。她不自觉地抚摸着滑腻的手腕，她有些发富，老高送她的镶了宝石的手链稍稍有些紧。当年余力从外地出差时也带回过一枚类似的琥珀戒指，不值钱，说是地摊货，并没有给秋园，再问时，余力说丢了。

时而传来沉闷的雷声，一瓶酒下去大半，看来女记者并不像自己说的不胜酒力。她已经不用劝解，频频地举起杯子浅浅地饮用，像一只母鹿急着将嘴唇伸向河水。尚秋园陷在软椅里，期待中的醉意汹汹却始终徘徊的体外，被什么阻挡，急于突围。

白桦树一丛丛，从高楼的窗外向她走来，河水漫过脚面……

那河水，夏天是清浅透明的蓝，秋天闪烁出铁器一样深灰色锋利的光，倒映在其中的是茂密的白桦林。沿着河流两侧延绵的白桦林，洁白但斑驳的树杆布满了神奇的"眼睛"，春夏苍绿蜡质的叶子到秋天会变得金黄，一树树像挂满了细碎的金箔，冬天落叶的枝干变得光秃又倔强，每个季节都那么美。

夏季，河水清浅时，她和余力，再约几个人，挽起裤管，趟过河水，到白桦林的草地上去野炊，音乐、啤酒、烧烤。

余力喜欢聚会和热闹，喜欢啤酒和音乐。在那种欢乐和放肆的环境里，秋园心里会有紧巴巴的不适，像黏稠的果汁覆盖在皮肤上。炎热的空气里植物苦苦的种子在爆开，带了羽翼在空中飘荡，草丛里爬过如缕不绝的昆虫，树叶间芒刺一般闪动的阳光，撞击金属产生的音乐播弄着植物裸露的神经。

在树荫下休息时有鸟粪落在秋园的鼻子上，上苍专门的恩赐，余力不该那样笑说，她真的生气。蚂蚁爬得哪哪都是，爬进她的胸衣，那些蛋糕和果汁吸引它们，还有滴在腿上的啤酒，像什么人的坏念头擦拭不净。秋园掩饰自己的不快，装着高兴，她不想扫兴，她看出来余力喜欢，尤其是其他女人在场。他们做无聊的游戏，用胸脯传递气球，互相投食花生米，那些身体碰撞的游戏让人觉得刺激和狂乱。

喝了太多啤酒，秋园要去林子深处"方便"。炎热和酒精让人晕涨、虚空，空气里满是植物惹人心烦的香味、苦味，围绕着头发盘旋的闪着珠光的蝇虫，飞来飞去，草尖上的甲壳虫为了求偶拼命摩擦翅膀，这些都是生活中过多的纷扰，总是让她担心什么。有一层透明的膜，她知道自己被排除在喧闹之外，她更愿意安静地只有两个人，余力认为这是一个人内心不够强大的表现。她不够强大。

走出去很远，余力他们喧闹的声音变小了，"啪"，一只气球爆了，一定在谁胸脯上爆的，笑声，放肆的笑声逐渐变大冲撞秋园的耳膜。

林子没有边界，几乎每年都来，秋园都没有从这头走到过那头。银白色的树杆上那些疤痕一样的或吃惊或哭泣的"眼睛"，有自然形成的，也有人为刻上去的，两颗被丘比特之箭穿透的"心"，随着树木的生长而变形，变丑，鼓胀地失去了边界。各种杂草，开着不起眼的花朵，蓝色的花朵，勿忘我？还是矢车菊？那个开乳白色漩涡状的花叫"曼陀罗"，当地人叫它"大喇叭"，每朵花都有另外一个名不符实的、充满诗意的名字，就像妈妈窗台上的"月月红",还有一个名字叫"天竺葵",知道真相,你会失望的,发笑的,许多事情都是这样!

有一种草的茎秆像一条蛇,蛇皮一样花纹,要仔细辨认,也许是条真的蛇。那些带刺的枝条在她胳膊上留下细细的划痕。

她蹲下来小解,什么东西狠狠蛰疼了她的屁股,起初是痒,后来越来越痛。是荨麻,不该招惹它,茂密的一丛,不起眼灰绿的植物,叶子上布满了恶毒的细小绒毛,开着不起眼的白花。荨麻花蕊里隐藏了亚当和夏娃,在西方的花语里有"相爱"的意义,在无法言说的刺痛中秋园记起什么书里有这种说法。这种惹人心烦无法搔弄的痒,应该是"相爱"的感觉,她对这讽刺的花语表示怀疑。

没有办法,只能忍着,越来越痛,无数芒刺附着在皮肤上。

她只能向回走,带着疼痛,朝着声音的方向。

"尚秋园,尚秋园去哪儿了? 余力?"

"不知道,也许她想一个人待会儿。"

"你们玩得有些过了,余力,秋园也许生气了。"

"她嘛,别管她,她总这样,扫兴,拧巴……"

"别管她,一本正经,不可一世又情绪化的女人……哈哈,就有这样的女人,总要表现的与众不同……"

余力和他们一起笑,他们是一伙的。

"她来了,余力,你看她怪怪的,要哭的表情。"

"啪"有人故意挤破了气球。

"余力,吹一首曲子,来吧!"叫曹珍的女人,紧身体恤,牛仔短裤,用那双小麦肤色的大腿,碰触余力,"来一首。"说话时,她挑衅地看着秋园。炙热、发酵、膨胀、成熟、腐烂,杯子里啤酒的密集气泡破灭又泛起。一只迷路的蚂蚁晃动了触角在秋园有脚面上寻找方向。

《小路》《山楂树》《黑眼睛》，没有吹那首《银色月光》，余力最终没有吹那首曲子，他曾说过的，这是属于尚秋园的曲子。

似乎有轻风吹来，秋园紧张不安的神经放松下来，荨麻带来的刺痛一点点消失了。惩罚放过了自己，她也找到了原谅他的理由，他到底没有吹那首属于自己的曲子。

室外的雨已经变化几次节奏。两个女人都没有察觉。

突然，女记者望着秋园做梦似的目光，"您似乎累了，我不该说这么多——"

"清水，你一定认识不少人？"尚秋园猛地清醒了，白桦树一株株地退出视野，像飞驰的火车车窗外闪过的景物。

"认识一些，大多数是政府机关的年轻人，我们那时的任务是采访边防哨所，很远，几乎到了边境，有几次由他们陪同我们一起去采访。不知道你认不认识一个男孩，宣传口的，非常有才华。是一次浪漫的奇遇……哎哟……"

她说的一定是余力，他负责外宣接待。女人想说什么？她故意隐瞒了名字？不想说出名字的人一般都对自己很重要。

"一个非常有趣男孩，喜欢吹口琴，非常动听。"女人抚摸自己发红发亮的脖子，尚秋园随着她的描述想起余力吹口琴的样子，半躺在山坡的大树下，两只手握住琴身，鼓动的两腮，额前的头发随了韵律抖动。他们热恋时，暮色降临，两人悄悄去郊外的时候，他为她吹奏《银色月光》。

"一路上都在吹，《小路》《山楂树》一首接一首……他会许多曲子。"

"你喜欢他，当时你结婚了吗？"尚秋园问。

"差点动了心，想着不行就留下来，跟他过一辈子田园生活，只要有琴声相伴，那个年龄谁没有几个傻念头。"女人身体向椅背深处靠去。摆了个舒适的姿势，为了更好地沉浸在美妙的记忆中,她的胸脯有些起伏。雨点敲打着窗子,节奏不急不缓。

"那他呢?"

"不行呀,有个女孩和他好了许多年。他说,在那样的小县城,这种事的结果就是娶了她,不管你爱不爱。总有些爱会成为负担……"那女人舔了舔湿润的嘴唇,摇了摇有些晕眩的头,想甩掉什么想法或往事,她大概都不知自己在说什么。

"是他拒绝了?"

"也不是,这种事儿,果断处理,就是一场回忆……"

"你刚说什么,他吹口琴,吹过《银色月光》?"

"《银色月光》,当然,最好听的一首,多么让人难忘的旋律……"

好像有一首共同的旋律在两个人心里回荡,一片寂静,窗外的雨声小了,该停了。

有什么东西突然回到了女人的身体,她看了看尚秋园认真的有些严肃的面孔,脸上泛起了一片红晕。她放下酒杯,把脸转向窗外好像要掩饰脸上的慌乱,用一只手按了按自己颤动的乳房,后悔已经来不及了。

"这鬼天气,雨停了,我要走了。"

记者走了,忘了一大堆的采访材料。

雨真的停了! 推开窗子是一个新世界,乌云缝隙漏出的金色阳光比平时明亮百倍,倾泻在高楼的玻璃上,像一个个闪烁的不能停止的笑意。沉浸在回忆中的尚秋园将剩余的酒全部喝下,她期待的醉意并没有来,换来的是从来都没有的清醒。她又记起当年离开清水时,在奔驶的火车上,她从车厢探出头,在晚风中嗅到一阵阵发臭的煤烟味,眼前闪过破旧的房屋,收割后的庄稼地,没有河水滋养的河床,裸露着黑色的沙砾……

随着铿锵的车轮声,一切都迅速地撤退,蒙着暮色的未来扑面而来。那一刻,她发现并不是她在离开了故乡和恋人,而是一切都在弃她而去,逃出了她的视线,只留下一片淡淡的月光。

想去南方的马

铁匠路铁匠铺门口竖着的拴马桩,从珍爱记事时就有了,像从地里长出的一截枯木。桩子上拴着三匹发呆的马,偶尔甩了尾巴,四只蹄子不耐烦地交替站立,正等着铁匠为它们换上新铁掌。马主人是从乡下牧场来的。经过了一个长冬,山里的积雪也在消融,道路通畅了,马儿的器具也该修理更换,毕竟有更长的日子和更远的路。主人着急的就坐在一旁长凳上抽着烟等候;不着急的会去镇子中心的市场买点日用品,给女人和孩子的,给老人的。茶叶和糖果,圆镜和头巾,总要把褡裢塞得鼓胀起来,如果还有零钱再找家酒馆,用两毛钱一杯的散装白酒把自己灌晕。

中午时分,大门檐上的冰柱子被太阳舔成细细的小绺,像姑娘前额的头发帘。珍爱站在大门口踌躇,她要查看天气,查看路面干燥的情况,想着办那事时,要不要去河堤上看看,河上的冰应该化得差不多了,昨晚她还听到冰河开裂的声音,"咔嚓嚓",像一棵干燥的树木正在折断。她让姥姥听,姥姥说她老

116

了,耳朵背,还是小爱耳朵尖,老鼠在洞里打个哈欠也能听到。

虽说北方的四月,春天已经来临了,但冬的残余还没有完全撤退,因为不甘心失去曾经的领地,时不时杀个回马枪,带来一场意外的雪或寒流。所以珍爱身上的棉衣迟迟没有换下,还有脚上黢黑笨重的"乌拉鞋",丑陋得像两只气鼓鼓的大蛤蟆爬在脚面上。

珍爱擦擦脑门上的细汗,她知道小哥前日就找出了"回力鞋",姐姐早就脱了厚衣服,薄薄的毛呢裙下只穿了一条连裤袜。

如果柳树都发芽了,她就可以说服妈妈让她换上姐姐淘汰给她的黑色浅口皮鞋,尽管鞋口处已经开线了,毕竟是一双真正的高跟鞋。

"不能和她比,她和你可不一样。"珍爱闹着要换单衣时,姥姥像受了惊吓一样把珍爱拽在怀里,一边说一边从头到腿的摸索了一通,检查她身上是不是缺什么"零件"。"咱这儿是北方,一直到五月,地温上来才能算是真的暖和,中午这点暖和气,到傍晚就散光了。春捂秋冷,你当这老话是说着玩的?"

那个她,指的就是姐姐珍宝,不知道什么时候起姥姥不再叫她宝儿了。

这个点,姥姥还守了姐姐的屋门前。中午饭端进又端出,白馒头、土豆炖肉、黄澄澄的摊鸡蛋,都是姐姐最爱吃的。一口没动的样子,已经是绝食的第三天了,除了珍爱给她偷着捎进去了一包饼干,珍宝什么都不吃,像电影里准备赴死的女英雄。

姥姥在半卧的藤椅上小睡,一口整齐洁白的假牙堆在唇边,吹进吹出的,像一副没套紧的马勒口。今天是个周日,爸妈到乡下亲戚家里做客了,小哥不知野到哪儿去了,大概要到很晚才能回来。

安家的杂货铺奄拉了两扇脏兮兮的玻璃门,安叔,还有和他一样不再年轻的大花猫都爬在柜台前打瞌睡。梁家的缝纫铺偶尔传出几声"嗒嗒"响,像一个闲人没事时在磕牙。镶牙铺子关着,挂着"今日休息"的招牌,这等情况大概是红头发的大夫又去喝酒了。

铁匠铺打铁的声音持续却散漫。一老一少两个师傅,年长的是父亲,大概在炉火跟前烤得太久,肤色焦黑,人唤他黑铁匠;年轻的是儿子,身上的皮肤暂时还像新笋一样白嫩,人唤他白铁匠。整日里或轻或重地敲打着,银色的雪花铁皮轧成铁桶、铁盆、铁皮屋檐和烟囱;黑色的铁皮造成炉子,还有烤箱,锅碗瓢铲、铁锹镰刀,如果全加上,珍爱相信他们早就打造一个铁皮的世界了,包括宇宙里的日月星辰。

"嘚儿、嘚儿",又有一匹马从路的另一头走过来,不慌不忙地,油光的马鞍上主人也是一副闲适的神态,缰绳和马鞭子只是虚虚地握在手里。一看就是从山里来的,只有山里面生活着牧民和猎人不知道外面的天气已经开始转暖,还穿了厚重到夸张的皮衣裤,过膝的大马靴,热气蒸腾的脑袋上歪斜的棉帽子随时都会掉下来。相比之下珍爱穿得单薄了许多。马儿披着长长的鬃毛,也像穿了厚重的冬衣,迈了随意笨拙的步伐,从珍爱家门口经过。那男人看了珍爱一眼,黑红多皱的面孔上有两丛浓密卷起的眉毛,眉毛下藏了一双滑稽快活的小豆儿眼,他调皮地挤了一下眼睛,好像珍爱是个老熟人,也许去年、前年来换马掌,他就见过珍爱哩。马儿也看了珍爱一眼,湿漉漉的黑色玻璃球一般的大眼睛,藏在纷乱的马鬃下只是悄悄地一瞥,但是珍爱还是看到马的眼睛里有一条拱起的街道,两边都没有尽头,还有一个站在破旧的大门洞里穿了紫花棉袄灯芯绒裤子,显得笨手笨脚的小女孩。

蓬乱的马鬃下，它又快速地眨了一下眼睛，温暖潮湿的眸子里盛了一汪解冻的泉水，幽幽的光泽里隐藏了全世界只有马儿和珍爱才懂的信号。

"卟、卟"，珍爱听见马儿放屁的声音，也许是马肚带摩擦马肚子的声音。它没什么特别，红棕色皮毛，四只膝盖上各有一丛白毛，粘了太多泥土的四个只蹄子交替地敲打在路上，像穿了四只黑色的旧皮鞋。主人准备给这四只皮鞋换上新铁掌，就像姐姐的皮鞋也会让铁匠给打上铁掌。

"多钉几个钉子，使点劲儿，打结实些不行吗?"姐姐的鞋跟磨得比别人快，经常换，每次换鞋掌时她都嘱咐铁匠。年轻的白铁匠就说:"我的尕姐姐，你的鞋掌比马掌磨得都快，因为你的腿比马的腿跑得还快!"

"跑，就知道跑，把心都跑野了，哪天让你老子打断你的腿。"昨天晚上珍爱看见姥姥把珍宝的鞋藏在柴房的旧柜子里。

道路中央的冰雪已经融化了，露出干燥的沙石路面，马儿走过，小小的石子溅起来，溜溜地滚到珍爱的两只鼓胀的鞋面前。

到了铁匠铺，马主人懒懒地挺了一下身子，用脚在马肚子上点了一下，那马儿就听话地停下了，拴在桩子上，和另外三匹一起，头对头，屁股冲着四个方向，尾巴甩甩，点头打喷嚏，像老相识一样算打了招呼。

珍爱试着向街上走去。"小爱——，小爱——，你这是要去哪儿?"姥姥唤她，叫魂似地。以为姥姥睡了，其实她一直盯着呢。

"别出去，你娘说了，你和你姐姐这几日哪里也不能去。回来，唉——"姥姥身下破藤椅吱扭了一声，"小胡同里，小河边，小树林里，都不能去，听见没，大老猫，狗强盗，坏老头儿……"

她被无法抗拒的瞌睡折磨得说胡话。她使劲睁了睁依旧粘在一起的眼皮,又把头靠在藤椅上,不再出声了,两排整齐的假牙又暴露在嘴外面,呵呵地打了两声呼噜。珍爱憋了一肚子笑不敢发声,她先把头探出门洞。铁匠铺消停了一阵,安家杂货铺也没人进出,一切都像埋伏好了,她才把脚迈出去。

太阳像一块正在融化的橘子味的水果糖。五毛钱五块儿,如果要虾酥,三块儿,瘸腿安叔收下攥成一团的五毛的钞票,问珍爱要什么,珍爱想了一阵,说两个都要。

"咦,珍爱为难安叔,再拿一个五毛钱来,两个都要,馋嘴的猫!"

"两个都要,橘子糖和虾酥。"

"三个桔子,一个虾酥。"

"两个虾酥,两个橘子!"

"鬼精。"安叔将糖如数数给珍爱。被油垢包裹的黑黢黢的柜台上大花猫守着两个方形玻璃罐摇尾巴,玻璃罐里装满了诱人的五彩糖球和包锡纸的巧克力。

"珍爱,快些长,长大嫁给安叔叔,安叔叔有一屋子的糖和饼干。"安叔咧嘴露出烟渍熏黑的牙,灰白的胡碴像饼干屑粘了一下巴。他扭动了一条瘸了的腿,将半个身子探出柜台,伸出手来做了个捕捉的假动作。

前些年,珍爱还没上小学的时候,随姐姐买糖吃,安叔也这么打趣珍宝。安叔想娶这条街上所有的女人,因为他是个得了小儿麻痹症但有一屋子糖和饼干的老光棍。珍爱将一粒糖放进嘴里,鼓起左腮,又把另一粒放入,鼓起右腮,冲了安叔吐了舌头翻了个白眼。

下午五点钟,她记起来,有重要的事情。出门时桌子上小鸡啄米的马蹄表,表针一颤一颤指向四点过一刻。

早上珍爱去珍宝房间送饭时,珍宝说:"五点钟,你去河坝杏园里,我和美玲说好的每日这个时间在那里碰面,你把信给她,再把消息带回来。那双我去年才买的高跟鞋就是你的了,不是旧的,我去年才买的那双。对了,还有这个也给你。"说着,摘下那只银色的蝴蝶发卡递给珍爱。珍爱看见珍宝的白皙的脸孔和粉色的眼皮,被泪水浸泡得有些肿胀,像釉瓷茶壶一样光净透明。

二

那封信藏在裤子口袋里,紧紧地折成了一只小船的形状,珍爱摸到它时手心就出汗:她有些紧张,更多的是兴奋。

裁缝家门头新换的招牌是个漂亮的女人,细腰长腿,身上是一件粉红的迎风飞扬的连衣裙,脸庞只是一个勾勒的线条没有五观,这样你可以把她想成任何一个穿连衣裙的女子,珍宝或珍爱,也可以想成是小伟的三个姐姐,还可以是明子姐。

裁缝店里缝纫机又嗒嗒"地响,剪刀"咯吱咯吱"咀嚼布料,似乎是为了迎合铁匠们的"叮当"声。姥姥说裁缝家的机子要天天响,没有活儿也要轧些废布头;铁匠家的锤子要天天敲,没活儿也要敲块破铁板。这还用问为什么?日子就是这样过的。很多事情不用看,闭着眼睛也知道怎么回事。比方说,南方和北方除了气候不一样,日子都得一样过,就好比只要人长了嘴就得吃饭一样。姥姥什么都知道,她还说凡事万变不离其宗,就说眼前这条街,自打她年轻时嫁过来就这样,安家爷爷的杂货铺,梁家制衣店,包括铁匠铺都是上辈子就开的,一阵子叫前进大街,一阵子改名东风路,有什么呀?只要铁匠铺在,其实就是铁匠路。

姐姐珍宝总跟姥姥唱反调，她管铁匠路叫前进大街，因为户口本上写的是前进大街。这年头什么都在变化。往小里说，你看这裤子，今天喇叭裤，明天是直筒裤，后天又流行包臀包胯的弹力裤；这条路也会变，铁匠的生意越来越少，骑马的乡下人也越来越少，摩托车"突突"地跑，总有一天人人都开小汽车。往大里说，国家政策在变化，宇宙在运动……嗨！说这些您老也不懂，不是您不明白，是这世界变化快！

铁匠路，不对前进大街，依旧又细又长，两侧的铺子一个挨一个，早晨开门晚上歇业，这景象仔细想想和去年相比，和前年相比也没什么不同。不一样的事情这也发生了两件，一件事就是小伟的三姐嫁到后面那道街上李家粮油店。

关于梁裁缝，珍爱妈总有话说，那语气说不上是奚落还是羡慕。"裁缝家会养女儿，不会养儿子，儿子养成了半傻子，三个女儿一个赛一个的漂亮，当兵的吃香时，大女儿嫁军人；开车的吃香时，二女儿嫁司机；如今政府鼓励搞个体，老三嫁个做买卖的……要说咱们这条街上谁的算盘也打不过梁裁缝。"

裁缝家三女儿出嫁时，整条大街真正热闹了一回，除了安叔伸了脖子在自家柜台后面惆怅了一整天。鞭炮铺了半条街，红包、喜糖散了一地，虽然只隔一道街，接亲的小汽车绑了红绸花排了一大溜，然后绕了镇子边上走了一大圈，又停在中心的十字街头转盘那儿，新郎倌背着新娘子绕了三圈。

珍爱妈又说，多风光，四季衣服办了十二套，首饰打了两套，电视机、凤凰车、梅花表，两层的小楼，去了就做老板娘。往后天天给娘家送油和面，往后裁缝家天天吃油饼。人家就能沾上女儿的光。

姐姐说不稀罕，如果让她从这条街嫁到那条街，还不如让她去死。

那你要怎样？珍爱妈问。

我要去南方,闯世界,我要去找明子姐。

明子表姐从南方回来,也热闹了一阵。

明子姐身上那件火红的连衣裙展开来快有一幅被面子宽,"呼啦啦"地,像一面旗帜,从路那头飘过来,细细的高跟鞋在晒化的柏油路上戳了一溜小窟窿。珍爱记得清楚,铁匠铺子和裁缝铺子整日不断的声音足足停了三分钟,好像宇宙中那面看不见大钟表也停了三分钟。

明子表姐来得有些突然。要说和珍爱家也算不上什么近亲,早些年她母亲嫁了姥姥的一个远房什么人。要按姥姥的说法,明子姐的妈也不是正道上的人,疯张张的,嫁了三次人家,快四十了又带了明子改嫁去了南方,有一段时间没联系了。明子小时候没人照看时,姥姥帮忙带了段时间,那时长得寒碜,黑瘦不说,小眼睛,塌鼻子,一头细黄毛。如今变漂亮了,但仔细看,眼睛割过双眼皮,眉毛是纹上去的,头发是烫染的,再加了身上那些夸张的首饰,装扮的像个电影里的吉普赛女郎。

明子姐回来处理房产的事儿,拎了点心来看姥姥,还送了珍爱妈妈一身好面料,送了珍宝一个小录音机,给珍爱的是一袋大白兔奶糖,给爸爸和小哥一人一块电子表。姥姥说人一阔气了就知道点礼数了。

"南方那些大城市什么都有,就是缺珍宝这样的女子,要长像有长像,要学历有学历,要去了,一年能挣这儿十年的钱。时间就金钱,年轻就是资本,现在人人都在向'钱'看。"她做了个捻钞票的手势,继续说:"我这样的是挣得少的,吃亏就在没有文凭上,只在一家公司当推销,不过干好了一年也收入不少。"明子姐说这话时,大概是害怕裙子被压皱掉,一会儿站起来,一会坐下来,打了鸡血似的伸长脖子,细胳膊在空中划过,手里捏了一支细长的"万宝路"。

珍宝姐十七岁,才从一家中专毕业,学得是财会,正为找工作的事发愁。

"财会好,在我们那里最好找工作。现在都什么年头了,谁还稀罕去公家单位上班。年轻人都'下海了',捞到钞票才是真理。唉——,看了就知道,南方和北方真不一样,这人吧,看着都一样,不缺胳膊不缺腿,可是这儿想的不一样。" 明子姐大模大样地吞吐烟圈,高深莫测地指指脑袋,又像对什么失望似地摇了摇脑袋,最后把烟蒂熄在一盆正在盛开的天竺葵里。

"她什么意思?一个姑娘家什么样子!"明子姐一走,珍爱妈忙着从花盆里剔出烟头,好像明子在里面埋了一颗恶毒的种子,又一把推开窗子驱散烟气,像只受惊的母鸡一样嘀咕了一阵,看看珍爱爸手里正在摆弄的电子表,"这什么呀!哄人的东西,一个表针都没有。"

从那以后,珍宝每日抱了明子姐送的录音机。"不要问我从哪里来?我的故乡在远方,为什么流浪,流浪远方——"珍宝随了录音机里唱歌,学了明子姐穿飘逸的长裙、透明的长筒袜、最细的高跟鞋,染金黄色的头发。她还订了一批杂志,《开放时代》《南风窗》《黄金时代》《打工者》,一有空她就指着杂志上花花绿绿的世界,让珍爱看那些摩天的楼和旋转的桥,银色的海滩、夕阳下剪影一样椰树林,还有写字楼里端着咖啡的成功女人和西装革履的男人。

南方没有冬天,一年四季光腿穿裙子。明子姐说得没错,南方人和北方人想得不一样,在南方打工一年挣得比这里十年还多。小爱,你看着,姐离开这儿是迟早的事。珍宝说这些时目光里跳动着小小的火苗,和一股子吓人的疯劲儿。

珍宝就是个疯妮子,她彻底疯了,按姥姥的话,生就的属相不好,属马的,一天到晚就想四处瞎跑。

在珍爱看来,姐姐珍宝的疯张早就露出了端倪。有一年,四川竹子开花时,她说要去拯救大熊猫,有一年,老山前线打仗时,她说要去猫儿洞看望前线战士。如果说上学时她这些念头只是停留在幻想的阶段,从学校毕业后,就开始进入了实施的阶段,她拒绝好几份稳定的工作,加入了一个类似传销的组织,当然按她说那是一种先进的销售方式,推销一种化妆品。

"如果能够做到'钻石级'",她拿着一本杂志,装潢精美的封面上一个类似明星的女人骄傲地捧了奖杯,带着钻石一般闪烁的头冠。珍宝说:"这个女人发展了一百个下线,每个下线又发展了一百个下线,这一百个下线,是一万,一万下面是百万,鸡生蛋,蛋生鸡……她每月收入……你能想象吗?她已经升入全国的总部工作"。杂志上说总部就在南方一个让上羡慕的某城市江边最高的写字楼里。

珍宝除了给家里人,包括姥姥都买了近十年也用不完的洗发水,发展下线的事情并不顺利。后来,她又转移了目标,学了一阵子保险,唯一的业绩是让安叔买了一份养老险。还学了一阵子法律,她想着考个律师证,去南方当律师,考证时才发现人家要大专学历,还得是法律专业。不过也没白学,她为小伟三姐打赢了离婚官司,分了不少财产。后来又通过某本杂志报名上一个演讲培训班,杂志上说培训班的优秀学员有机会到设在上海的世界五百强公司面试,前提是需要一笔高昂的学费。每次失败都会激起她更大的信心,其实她不认为那是失败,一切是为了闯荡世界所必须经历的磨炼,就像铁匠打铁,每一次浴火熔化都为了更加坚硬。珍爱都觉得姐姐已经装备好了,完全像一个打不败的钢铁战士,只要给她机会,她就可以去月球上探险。

这次姐姐和美玲准备去广州打工的事情不小心败露了。几天前母亲截获了一封明子姐写给姐姐的信,信的大意说小地方没前途,如果想出来就尽量趁早,工作好找,钱好挣,还能学门手艺。信上还附了一张高楼林立的明信片,背面曲曲折折的是到广州的乘车路线图。

三

每天这个时候,斜眼小伟乖乖地端了小凳坐在裁缝店门外晒太阳,手里攥了块点心,一汪口水流在衣服前襟上。小伟长不大了,二十几岁才拥有一个五六岁的身体。珍爱大胆地猜想过,小伟其实就是不想离开家,不想离开铁匠路才不愿意长大的。

小伟的脸苍白,他的头极力地扭到一侧躲避太阳。他看见了珍爱,珍爱嘴里含了糖,两腮鼓起,像只瞪着眼的小蛤蟆,一蹦一跳的。他又把目光投向杂货铺,手却指了铁匠铺门前的几匹马,目光闪烁兴奋,嘴里发出"嚯嚯"的声音。珍爱也看见那四匹马躁动起来,其中一匹,就是四条腿上各有一簇白毛的枣红马,脖子一扬一扬,身体向后退去,极力地想要挣脱缰绳。眼看着拴它的绳子真就解开了,滑下栓马桩,拖在地上。

也许应该告诉铁匠。黑铁匠和白铁匠起劲地抡锤子,一上一下,烧红的马蹄铁在水里滋滋响。他们太忙了什么也听不见。

时间不多了,珍爱急速地出了铁匠路,拐到城墙街,然后下到坡底小河边。路上她老想着那匹没有拴牢的马,这会儿,也许真离开了拴马桩,溜达出了铁匠路。它毕竟是一匹乡下来的马,按姥姥说,乡下来的总是少见识,一定没见识过小镇子里的繁华,这样它可以按了自己的意愿在小胡同走走,看看各家的院落,吃几口墙头上的荒草,最好能去镇子中心的大十字看看,镇子里结婚的新人总在那里背新娘,还有放电影的小礼堂,百货商场,这两年新开的小酒吧,从早到晚放武打片的录像厅。也可以看看街边上闲了无事打台球的年轻人,发廊里新来的洗头妹子,说不定能遇上它醉醺醺的背着褡裢找不着方向的主人。

她又想起中午时分,站在门洞里,马儿那匆忙的一瞥,好像他们之间也有个约定,但约定的内容却不知道是什么。

河边的柳树枝条已经变软却还没有发芽,荒草下面才有了一丝绿意,河里的冰雪也没有完全消融,只露出了中间一股潺潺的黑水。珍爱走得很急,身上都出了黏黏的汗水,厚厚的衣服和拴在脚上的鞋,像盔甲一样愈发沉重。如果在南方,现在这个时节,人们都穿着羽毛般轻薄的裙子,还有露脚趾的凉鞋,走路像解开了脚镣,像飞在天上一样轻巧。

杏园的主人早已搬离了,废园的土墙被进出的闲人和动物磨成一个个低矮的豁口,几株无人打理的树按着自己的心思半横半立,或枯或生,枝头光秃着身份不明,应该是杏树居多,不然怎么叫杏园。

差不多五点的时候,美玲真的来了,和姐姐相比她更像个男孩,穿着一身磨损的牛仔衣,配着短发的五观也像男孩一样粗糙,两道过于浓密的眉毛。她看见珍爱着实吓了一跳。"看样子,你姐姐真被家里关起来了,急死我了。"她接过那只纸折叠的小船,拆开看完,眉毛打了结似地思考了好一阵,手里的信揉成一个小团。"你姐这人缺少行动力,光想不作,太耽误事儿。我看这样,我不能写信,免得又被你妈发现,你告诉你姐,我认识个司机,一会儿我就找他,明天早上六点出发,司机会把我们捎到县城的火车站,你姐姐知道那趟火车是上午九点过五分到站,一周只有那一趟是去省城,然后我们转车去广州。一定要记住明早六点我们在铁匠铺门口会面。"

珍爱往回家走时,天色也像装了一肚子心事,沉了下来。果然像姥姥说的,中午的暖和气散完了,冷了下来,甚至比往日还要冷。一股股的风像带了锥子刺在脸上,吹透了棉衣。小河上化开一点的黑水又覆盖了一层薄冰。

栓马桩上只剩了一匹马,黑铁匠单腿跪在地上,用一把锉子修理抱在怀里的马蹄子,白铁匠呵了呵冻僵的手,将钉子狠狠地砸进马掌里。那得多疼,珍爱打了冷战,加快脚步往家跑。

拔牙的红头发大夫,躬着身体,怀里藏了酒瓶子,踉跄着步伐和越来越强劲的寒风打架。

安叔关了铺子准备上锁,扭身给珍爱嚷嚷:"快回家,多冷的天。给你姥姥说,今晚来寒流,我的腿又疼了。"

晚上送饭时珍爱成功地传递了消息,还按着姐姐的指示,将姐姐的衣服偷出来包成一团,把姥姥藏起的鞋找出来,一起装在一只印了"上海"字样的行李包里,准备好了藏在大门旁的柴房里。睡觉时,珍爱看姥姥上了炕,把摘下的假牙泡在茶缸里,她借口要上茅房,又把那只挡在姐姐门前的藤椅挪开。这一切她做的极为小心和妥当,像个受过训练的特工人员。

应该是黎明时分,窗子上起了白霜,天色是沉沉的灰,姥姥推了推还在梦乡的珍爱,"小爱,你听到什么没有,我的耳朵没你好使,我怎么听着好像有人在院里走动!"

珍爱一阵兴奋,盯了窗子,像兔子一样支起耳朵,寂静中她真听见了,唏唏嗖嗖的风声、"嗒嗒"的脚步声,渐渐变远,还有车子发动的声音。她说:"刮风哩!姥姥,想起来了,白天我看见铁匠铺门口拴的马儿挣开了缰绳,一定是马儿在街上溜达哩!"

"哎哟,我也听人说了,乡下人的马儿跑了,不过马儿有灵性,走再远都能够自个找回家去,甭管它了。"姥姥一头灰发散落在枕头上,两腮瘪着,叹了口气,又说道:"我说得对吧?天又变了,还是被窝里暖和。快,再睡会儿天就明了。"

珍爱听话地闭上眼睛,想着昨晚送饭时与姐姐告别的场景,她央求姐姐等她长大也带她去南方。姐姐咬着牙笃定地看了珍爱说:"一定的!"

四

美玲快三十了才决定把自己嫁出去。这当然是很多年以后的事儿。

美玲结婚,拍摄婚纱的事儿就包在珍宝身上了。怎么说珍宝的影楼是镇子上,也是全县最好的影楼,几年前镇子也成了县城的一部分,珍宝的影楼也扩大装修了一番。漂亮的婚纱,专业的化妆师,摄影的师傅也是从南方请来的。

两层白色的小楼坐落在铁匠路原来铁匠铺子的位置上,尖顶圆窗,错落有致,有点童话里的意思。当年铁匠铺开不下去的时候,珍宝和男朋友出资盘下铺子,建了小镇子上第一家婚纱影楼。

"你试试这件,我的眼光没错。"珍宝让美玲换上一件淡粉的晚装式的婚纱,样式简单又有些小俏皮,正好符合美玲活泼运动的性格。"再带上这个镶钻的发箍,这条淡粉的珍珠项链。我保证你是县上最美的新娘子。"

美玲任由她摆弄着,好奇地打量镜子里的自己,又低头摸索着身上的面料:"真好哎,就我这粗糙的样儿也能穿这种婚纱,还是你有眼光!"

"说什么你!为了你,婚纱、首饰,我专门从广州进的货。待会你去师傅那里选一下照片的背景图,多选几种,那种洋派的、海派的,田园式、复古式的,随便选,别嫌费事,背景库里什么都有。"

"珍宝,南方的景,大海,一层层白浪涌起,沙滩、椰树林,我要那个!"

"当然有!"

"珍宝,如果当年,我是说那次逃跑,我们成功了,现在说不定就在海边散步呢!"

"都怪珍爱,我那个傻妹妹,给我装了一提包的夏装,什么呀,纱恤,纱裙。她想我去南方了再也不用穿棉衣了……,偏偏那天来寒流了,冷死了!"好多年了,珍宝一想起这事儿,又可气又好笑,仿佛一切都发生在昨天,她忍不住,身临其境似地打了个冷战。

早晨六点,再加上阴天,铁匠路还沉浸在一团灰茫茫的雾气之中,不时有湿冷的细雨打在脸上。整条街像一条黑暗的隧道,各家的窗户都黑着,就连卖早点的铺子也没开。那个拉货的卡车停在铁匠铺门前,发动机野兽似的轰鸣,两只硕大的前灯一闪一闪催促她俩。她和美玲挤在后车箱一堆破旧的轮胎中间。天气出乎意料地冷,一开始下小雨,后来是雪,冻死了!珍宝除了身上的毛呢裙,提包里没有一件能挡风的衣服,美玲只穿了身上一套衣服,多余的一件都没带。一会儿人就受不了了,眼泪和鼻涕一起流。四月份的北方,是泥泞的世界,刚开始化雪,再加上变天,一路上泥泥水水,车子还抛了几次锚。好不容易到了县城,拼了命地往车站跑,鞋跟断了,衣服扣子也挤掉了两粒,浑身的泥巴。到车站一问,火车一小时前就开走了。

"我说,美玲你叫嚷得最凶,我记得那天一出镇子你就哭上了!"

"幸亏没赶上火车,其实一出镇子我就想家了,想我妈,想我弟。呵呵,不提这些陈芝麻烂谷子了!" 美玲又到镜子前查看了口红的颜色,想起什么似的,问珍宝:"珍爱妹妹,还好吗?"

"挺好的,她不是在南方上大学嘛,一毕业就留下了。前几天还通电话了,混得不错,正经的外资企业,就要升职了,钱也不少挣。不过她也想家哩,总说饭菜不合胃口。"

美玲和新郎站在空白的背景布前面,想象着大海。摄影师傅让那个笨手笨脚的新郎撩起新娘的面纱,又找来一台风扇营造出海风拂面的效果。

几天后,美玲来取照片。照片上电脑合成的背景真成了蔚蓝无垠的大海,追逐的海浪,美如梦境,"啧啧,就像真的在海边!"美玲一边抚摸照片,还有照片的右下角几个小字:"梦南影楼"。

红 参

一

晨光初现，从窗帘的缝隙望出去，天空像只青色的蟹壳。院子里果树上刚泛黄的果儿引来几只雀儿喊喳不休。老海一夜翻腾着没有睡好觉，眼睛发涩，心里不清静，因为三女儿海花张罗着让他相亲找老伴。

老海的老伴秋娘，是三年前过世的，如今大儿子海星和二女儿海容都在外地工作成家了，只有三女儿落在当地，也嫁人有了自己的小家庭。丧偶的老海一个人守着一个空落落的院子。

中午，三女儿海花顶着日头，气喘吁吁赶了过来。才刚过三十就有些发福，因为走得着急，粉色的脸盘上油汗淋淋，一件紧身的碎花衬衣，腋下湿了一片。待会儿家里要来客人，她帮助老海整理房间，又帮他找出一身体面点的衣服。母亲在世时，父亲就是个"甩手掌柜"，除了在外挣钱，家里大小事都不操心，落了个衣来伸手、饭来张口的坏习惯。母亲一走，院子败落了还在其次，父亲的生活乱了套，不会洗衣做饭，屋子里东西乱放,什么物件在哪儿自己都不知道,日子过得就是一团乱麻。这也是三兄妹下定决心给父亲再找个后老伴的主要原因。

海花归置床上、沙发上随处摆放的物件,一边给在一旁碍手碍脚的父亲介绍女方的情况,女方六十二,和老海同岁,以前是个中学教师,丈夫五年前就得病死了,自己有退休工资,有两个儿子也都成家了,家庭情况还行,起码没有经济负担。

老海也明白,这个年龄再找,就是图着老来有个伴,让子女少操心。既然决定相亲,他就有了心理准备,自己有点存款,有退休金,还有几间屋子出租,经济上有保障。想着只要找个踏踏实实过日子的女人就行,其他条件都是次要的。

约定的时间一到,海花单位的同事领来了相亲对象。那女人衣着和发饰收拾得很利落,皮肤白皙,稍稍有些丰满,看上去比实际年龄显小,模样也不难看。女人毕竟是个老师,说话做事很有分寸,进屋只是浅浅地喝了几口茶,简单地聊了几句家常,倒是细细打量了老海的屋子和院落,又问了三个子女的情况。

几天过去了,没有音信,老海就猜想兴许对方不愿意,毕竟自己没人家文化水平高。后来海花又来过几趟,却绝口不提女老师,老海是个要脸面的人,女儿不说自己也不能上赶着问,此事便不了了之了。

一个月后,海花才说,上回那个不成了,她托人又找了一个,此人没工作,是家庭妇女,但年纪比前一个要小,才五十出头,身体也不错,寡居好多年,本不想再婚,只是因为儿子成家后有了孙子,住房紧张,才动了再嫁的念头。

几天后领来一个女人,长得一般,几分清瘦精明,是个热情开朗的人,见面与人自来熟。见过之后又主动与老海约见了几回,老海感觉这次还有几成把握。正当老海信心满满时,那女人突然又没了音信，去电话也不接，搞得老海灰头灰脸。后来老海又完成了两次相亲，和前面一样都没有结果。老海有些泄气，心想这个年纪找老伴还真不容易，只是碍于儿女的情面，不好推辞。

二

因为忙着相亲，夏季过得飞快。转眼，入秋，云淡风轻。放在秋娘在世的那些年，正是院子里蔬菜果实收获的季节，吃不完的蔬菜，晾晒在廊檐下，吃不完的果子制成蜜饯，一瓶瓶晒在窗台上。如今院子一片萧瑟，廊檐下和窗台上空荡荡，像自己没着没落的心情一样。老海才想起果子早该熟了，抬眼望去，有几只干瘪在树上，其余的早已被雀儿啄食干净了。

九月下旬，中秋节要到。大儿子海星和二女儿海容都从外地打来电话，计划着举家回来过个团圆节。老海一想到惦记多日的孙子、外孙女也要回来，寂寥的心里有了盼头，整个人从相亲失败的沮丧中摆脱出来了，一连几日跑市场忙采购。

大女儿海容是前两日到家的，和海花两人将屋子里外用生石灰粉刷了一番，玻璃窗也擦洗干净，屋子顿觉清爽明亮许多。儿女都回来了要有住的地方，这要是在从前，秋娘自会安排，屋子收拾出来，被褥也会晾晒，床单被罩也会换洗一新，吃的、住的都不用旁人发愁。如今两个女儿也学了母亲的做派，将关闭多时的客厅布置一新，贮物室也清理干净。这一收拾，不要的旧物整理了大小几包打算要扔出去。老海原本高涨起来的心情，又一点点凉了下来，他看见整理的垃圾里面有许多是秋娘留下的旧物，那把扫床用的棕榈刷子，棕红的木把子被秋娘使得油亮，那只稍有些缺口的描了红梅花的白瓷壶，秋娘喜欢用它沏滚烫的茉莉花茶，印着洋娃娃图案的铁皮饼干筒，是秋娘用来放针头线脑的，还有几件，是秋娘穿过的旧衣物。海容、海花前脚丢，老海跟后又捡了回来，这么一来二回，父女之间的气氛就尴尬起来。姐妹俩就抱怨起屋子里堆满了杂物，连个下脚地都没有，又说到院落如何萧条苍凉，一点也没有小时的记忆和家的温馨。其实老海自己也发现自从秋娘走后，菜园和花圃无人打理，如今生满了杂草，院子的角落里竟有几只野猫出入。还真是今非昔比，心里对女儿的不满变成了深深的自责。

中秋当天，外面的人也陆续赶回，一家子总算团圆了。大孙子小军有两年未见，老海见他长高不少，眉宇也变得宽展，脸上脱去了孩童的稚气，心里自是高兴，想着多和孙子亲近一下，谁知孙子只是和自己礼貌地打了个招呼就躲进屋子里摆弄起手机来，不一会又粘在电视前面，一个频道接一个频道的换，始终与人无话。两个外孙女年龄相仿，还能聊到一起，只是和大人也有了隔膜。家人虽在一起，与以往相比却有了许多不同，到底不同在哪儿，老海一时也说不清楚。反倒是儿子、儿媳，女儿、女婿聚在一起，不时地说起小时候的事，兴致格外高涨，再加上几个人里里外外、忙进忙出，荒凉多日的院落似乎又热闹起来。

简单吃了午饭后，女儿和儿媳在厨房里商量晚上的团圆饭，提前列好的菜单也延续了秋娘在时的喜好。因为厨房里缺油少盐，老海又去市场跑了两三回，就觉身体有些疲倦，搬了个藤椅坐在院子阴凉处小憩一会儿。

三个女人在聊晚上的菜品。

海花说："那道糖藕，要不要在桂花酱里浸一会，我在家烧几次，小妮都说没有姥姥做得好，还有那个盐煎肉，要在开水里煮到几分熟？"

海容说:"你就看着做吧,这全凭个人掌握,每个人做法不同,味道都不一样。"

海花说:"不好凑合,咱爹是个挑剔人,每每说我做饭不及娘的一半。"

大儿媳妇插嘴:"小军爱吃奶奶做的糖醋排骨,排骨有吧?"

"放心,排骨,大闸蟹,咱爹一早晨就等在市场,最新鲜的,孙子想吃的,爷爷忘不了。"海花笑道。

"海星说下午抽时间去院子祭拜一下,香烛和纸钱都备好了。"海容提醒到。

小女儿和媳妇也应承着。突然大媳妇问海花:"不是说你找人给爹张罗后老伴,怎么样?怎么没下文了?海星也关心这事,你说咱爹又不愿意跟子女过,这孤单下去也不是个事。"

海花"嘘"了一声,从门口探出身来看了看在院里休息的老海,见老海双目紧闭,只有树影在脸上跳动,一副睡着的模样,才又扭回身,压低声音念叨起来:

"这事办得窝囊。你们不知道现在的人多现实,一个个都不是省油的灯。第一个给爹介绍的是个老师,原以为有文化人,识大体,谁知一进门就打量咱家院落和房子,两人见了面,我看爹也相中了。过两天女方让人稍话说,结婚可以,将来如果爹走在她前头,她要有房屋的继承权。"

接着又说:"第二个更好笑,说自己家里住房紧张,结婚后要让两个孙子也住过来,笑死人了,咱家是政府吗,还得给她解决住房困难。第三个提出要把旧房翻新,还要全套黄金首饰,第四个让帮忙解决他家孩子的工作,你说这些人……"

大媳妇"噗嗤"笑了起来:"这都什么呀,当是大姑娘嫁人头一回呀,也不掂量自己都什么年龄了!"

"小妹,我还说提醒你呢,给爹找对象我不反对,但要先说好,要进行婚前财产登记。让咱爹别犯傻,现在人多精呀,可别上当受骗。人老了,在这种事情上容易犯糊涂,不是有'老屋子着火'一说。咱做儿女要多当心。"海容也压了声音说道。

"谁说不是,老人再婚,将来谁走在谁前头,财产怎么处理,这想不到的事情多了,婚前要说清楚。你说咱们家这院子,现在可不比以前,值些钱,你敢说没人惦记,没人打歪主意……"大媳妇说着说着就扯远了。

老海闭着眼睛假装听不见。

下午快黄昏时,一大家子去墓园清洗了墓碑,烧纸上香献了供品,就回家用饭。老海坐在桌前,望着一大桌子饭菜,想着中午两个女儿和媳妇的谈话,心里就轻松不起来,吃着也不是个滋味。大儿子海星是个机灵人,看出父亲兴致不高,想起他带来的礼物。海星如今是某单位的负责人,手里有点实权,平日求他办事送礼的不少,经常托人给父亲捎些营养品,这次也没空手来。

"爹,您看,这是只有机红参,就是野生的人参。"海星从包里掏出一个漂亮的紫檀色的木盒,打开木盒,里面还有一层玻璃罩,就见金灿灿黄色丝绒衬上放了一支形状颇好的人参。

海花连忙探过头,毫不掩饰自己的眼馋,"啧啧"到:"大哥就是有好宝贝!"

"这只红参是做药材生意的朋友送给我的。"海星继续说:"药材商说了,这只参在市面上能值两千多块,是有年头的野生参。你看这须,长条须,还有这根,这皮。爹,我拿来孝敬您,用它炖汤、泡酒能延年益寿。"

老海挥手一挡:"不用,我这身体没毛病,只要心情舒畅,五谷杂粮最养人,用不着吃这么贵重的东西。"

"爹也真是,大哥老远带来孝敬您的,再说这些不花钱的东西,不要白不要。我替您收起来。"海花伸手接过,扭身放进柜橱里。

海星听罢一笑,又叮嘱了父亲一些老年人身体保养的方法,嘱咐他那些补品如何使用。老海嘴上虽硬心情却缓和了一些,再加上两个女婿敬酒,不知不觉几杯老酒下肚,气血也顺畅不少。看着父亲脸上有了红光,几个孩子像有了默契,彼此看了一眼,又把目光落在海星身上。海星只好清清嗓子准备发话,一桌子竟然都停了箸,显然这番话是提前合计好的,代表三个子女及他们的家人:"爹,有个事跟您商量。这次回来我看了,这个院子您也没力气打理了,几间老屋也该翻修了。我们兄妹商量了一下,不如趁现在房地产热,地价好,把它处理了。房子卖了后,您老要愿意,就跟我们子女住,要不愿意,给您在市中心买套公寓,楼房上设施设备齐全,比住小院方便。您说,您一个人,这院子大,收拾起来太累了,再说子女长期不在跟前也不安全。"

儿子的话一字字说得格外清楚、清澈、透明,就像一杯酽冽的烧酒,下肚后火烧火燎,让人一时缓不过神,席间有了片刻的沉默。外孙女伸筷子够糖藕,海容一把压下筷子,瞪了女儿一眼:"大舅在说正事!"

海容、海花做菜没有一点秋娘的真传,那糖藕又硬又腻。吃得老海胃里不舒服,再加上儿子一番话,老海顿时觉得自己刚刚吃了一肚子石头子,梗在那里不上不下。他看了看儿子、女儿的脸,浮着油腻腻的笑容,全是期待,两女婿的脸上甚至还有几分献媚,自己心里明白了几分,刚泛了红光的脸也一点点阴了下来。他端起大女婿新倒的酒,一仰脖子,果然够劲,喉咙里的声响都吓了自己一跳,又沉吟了一会儿才哑着嗓子说道:"院子是上一辈留下来的,到我这儿三辈人,我在这儿过了六十多年,你娘嫁过来住了四十年,你们在这过了二、三十年,角角落落都是你们的足印。这是个家,你们将来谁也说不准谁会落叶归根。不急……等着……等我闭了眼,你们再合计也不迟。"

饭桌上刚刚还冒着热气的酒菜像结了冰一样的寒冷下来。儿子刚还兴奋、踌躇满志的脸变得慌张萎钝。女婿刚还献媚的笑脸也僵住了,一个个像粪球上下了冰霜。

海星一时缓了过来,张嘴还要说什么,老海已起身离席往另一间屋子走去,一时又折回来,手里捏了一个红色的银行存折,他将存折撂在桌上,说:"想钱了,谁缺钱就拿去,这是我和你娘的所有积蓄,原想你们日子过得都不错,等急用时给你们。听好了,我活着,房子就不卖。"他又打量大儿子和两个女儿有些呆滞、有些狡猾的脸,在心里叹了口气。相由心生,竟没有一个随了秋娘的长相的!

老海再一次转身准备离席,又想起什么,站住脚跟说:"都听好了,从今往后谁也不许再给我张罗老伴。"

入夜,明月高悬,团团圆圆,映出嫦娥玉兔桂花树。此时的一家人却没了赏月的心情,收拾残局,小心翼翼地各自回屋安歇下来。拿定主意的老海有着说不出的轻松,他端了个凳子,坐在院里,对着月亮,心里默念着秋娘,拉起胡琴,一首接一首,那琴声不卑不亢、不悲不喜,道尽人生晚来的淡泊和从容。

"咿咿"的琴声在静夜清爽的空气里颤动,将月亮的清辉和桂树的芳影抖碎洒落在庭院麻灰色的石头地面上。

三

老海居住的城市,这几年发展得飞快,修路,架桥,建房,到处都成了日夜轰鸣的工地,土地价格比前些年涨了好几倍。他家居住的这块地方原本在城市边缘,十几年前围绕他家四周还有不少果园和菜地,这些年也不知咋地,"呼啦啦"盖起了一片片住房,紧接着政府和地产商就来征迁,好多人借此机会发了家。原本老实巴交的菜农和庄户人,一夜间平了菜地,砍了桃树,七扭八歪地盖起了一座座小楼,政府征收时坐地起价,摇身成了上百万、上千万的"富人",还有了城市户口,当地人戏称此为"种房子"。老话说这飞来的横财不好得,围绕着钱财父子反目、兄弟成仇、妻离子散、偷盗赌博之事在这原本民风淳朴之地时有发生,每每听闻,都让老海感慨不已。

老海家老宅子在这一片也是有些历史的。是他爷爷那辈留下的产业,大概有个两亩见方,分了前后两个院。老海爷爷那辈是个商人,攒下了几个辛苦钱,小富人家但凡有点钱,无外乎盖房子、置地两件大事。老海爷爷盖的宅子从外表看四四方方、规规矩矩,白墙青砖灰瓦,没有什么雕梁画栋、朱漆廊柱,但住进来才能体会它的好处,一砖一瓦都很讲究、木料用得厚实宽大,院子铺的石材现在都很少见了,屋子住着也冬暖夏凉。老海父亲在世时常念叨院子建造时的情景,说老海爷爷建这房子光选材备料就用了三年,砖瓦都是到最好的窑上定制,亲自监制,石材、木料也是自己带了工匠去深山里挑选。屋子传到老海这辈,没有大修过。文革时期院子没收过,后来又还回来了。失而复得,老海更加珍惜这院子,老海家人丁不旺,父亲到老海都是单传,老海的儿女工作成家后也搬了出去。屋子没人住旧得快,后来他把前院空置的屋子隔成两个小院租了出去。

年初报纸上公布了城市建设五年规划,规划书上说有一条地铁要修过来。这片地价又涨了几成,让前两年急着卖房卖地的主儿后悔得直掐大腿。有好事的人给老海算过,如果他现在出手,这得能值上千万。

多少钱都是浮云！现在的物价，钱最不牢靠，只有房子和地是实实在在的。再说几辈人在最困难时都没有打过卖院子的主意，难道到他手里就保不住了。他从来没动过卖院子这个念头。

儿女们也看出了父亲的心意，便不敢贸然再提此事，连给他张罗老伴的事也暂时放下了，一时半会儿老海落得清静。

每月最后一天是老海收房租的日子，按常规他会亲自上门，收房租是次要，他要检查房屋使用的情况，看看砖头瓦块有没有松动，下水要不要疏通，这些要亲自看看才能放心。两家都是老租户，一家姓陈，一家姓许，是本分小商人，从不拖欠租金，也知道爱惜房子，关键是老海这些年也没随着行市涨过价。人都是个缘分，只要能爱护屋子，互相作个伴就行了。

十月的最后一日，老海在早市上遛了弯，吃了豆浆油条，又到公园看老朋友遛鸟，自己也拉了会儿胡琴，眼看快中午了，就折回家来。想起是收房租的日子，就手拐进两家租户。第一家姓陈的太太在家，早把租金准备好了，又领了老海看了看后窗台，原本砖石上有个裂纹，如今风雨侵蚀变大了，内墙有浸湿的痕迹。老海知道后墙要重新抹灰了。第二家安静无声，老海喊了两声，却从西墙走出一个女人，第一回见，老海吃了一惊，往里走几步发现院里不知何时多出了一间小房，人就从新搭建的屋子里走出。那女人，像有五十出头，风吹日晒略显粗糙的一张脸，带着青黄的病容，衣着像从乡下来的。女人看人陌生也有躲闪之意。许租户偷着接了一间小房，应该就是这些日子才有的事，竟都瞒过了老海，老海不由地生气起来，黑下脸问：“你是这家什么人，你住这里？”

女人更加慌张，本来就有些发黄病态的脸又泛出红晕，鼻尖渗出汗来，有些丑。正好租户老许匆匆赶回，见这阵势，明白事情隐瞒不住,示意女人进了屋,自己和老海解释起来。原来这女人名叫许小焕,是租户老许的本家亲戚,去年男人在外地干活出事故死了,前些时间投奔他家,老许看她不易有心收留,又不方便住在一起,就瞒着老海在侧面搭了间小屋,想着暂时住些日子。这事自然是老许不对,老许连忙说愿意补偿老海或加上点租金。老海听罢,念在这些年与老许的交情上,又看新搭的小屋也没有破坏房屋的结构,竟不好过于追究。

老海问起这女人生活来源,老许说从附近山里收些草药,一部分卖给药铺,药铺不收的自己在不远处天桥上摆了个地摊,挣的钱勉强维持生计。又问起她家里还有谁。老许更加唏嘘起来,这女人命苦,原有个女儿嫁人了,日子过得好好的,谁知前些年突然暴毙,如今只有个儿子,今年才十七岁,正上高中。听罢,老海沉吟片刻就说补偿也没必要,只是不能长住,让她赶紧另找地方,走后赶紧拆了小屋,恢复原样就可以了。

自从知道自己多了个房客,老海出门到公园遛弯时就注意起天桥上的买卖来。那座天桥是老海前往公园的必经之路。天桥原本是供行走便利,不知何时成了买卖市场,拥挤不堪,行人只能侧身而过。起初老海还有些抱怨,细看都是些没有什么门道的小买卖人,摊主也不固定,大多是卖点新奇工艺品和小女孩用的饰品,卖手机外壳、贴手机膜,也有的卖点针头线脑玻璃纽扣,本小利薄,也就挣个仨瓜俩枣补贴家用,还有几个看相算卦的。不长的一座天桥,一个摊位挨一个摊位,各色人物,鱼龙混杂。城管一来,小贩卷了摊子,四下逃窜,狼狈不堪。留意的日子多了,就看见许小焕出摊了,很小心地挤在一角,就地铺了块洗得发白的蓝布单子,上面摆了几样认不出是什么的草药,每样药边上有一张字迹模糊的说明书:天冬,败毒抗癌、清肺化痰、滋阴壮阳,价格10元/克,金刚藤,祛风、活血、解毒,主治风湿腰腿痛、跌打损伤,价格……罗汉果、天麻、三七等,林林总总,有个十几样草材,除了说明,还配了几付方子。

许小焕在天桥上位置不固定,有时在西头,有时在东头,大多挤在角落里。老海看得久了,也看出桥上摊位也是划了势力范围的,有的摆摊时间长了,再和城管关系好点,位置就好,地盘也大,摊主人吆唱的声也大。许小焕的生意很是萧条,看的人多,问的人少,买的人更少,再加上她不敢吆喝,老海都替她着急上火。

四

中秋一过,白露秋分寒霜降,时间仿佛走了下坡路,白天也一日日变短。

清晨,老海到墓园探望秋娘,枯草和石碑上覆了一层薄薄的白霜。到底冷了,手脚都不愿意伸出来,老海用衣袖擦了擦石碑上的照片,照片上秋娘温和的面孔,略带忧愁的眼睛也像有无限心事。如今阴阳两界都是孤独一人,这寂寞能和谁说。从墓园回来,老海又想起儿女抱怨院子衰败的话,就想入冬前将菜地花圃修正一番,明年无论如何要有点新气象。正在院里忙活,听见门环一阵响动,抬眼看见许小焕提了小凳和包袱窄着身子出了大门。

一大早天就灰沉沉地不见日头,天气预报说今天要迎来入冬的第一场雪。秋娘喜欢雪,每年第一场雪都让她格外高兴,她老说雪一下空气里有一股子刚切开的瓜菜味道,干净、甘甜。每到这时她都会把在外面晾晒了一个秋天的腌菜坛子搬到西屋去。有女人时，春夏秋冬四时分明，平凡的日子都过得温暖，没有了女人，日子过得四季不清，没滋没味。想到这儿，老海心里又灰一截子。

天色更暗了，到底要下雪了。单薄的雪花轻轻地落在树杈上，一瞬间就化成了小水珠，落在头发和手掌心里的雪很快就融化了。第一场雪一般是"立"不住的，因为地下还蕴藏着热量，雪是边下边化，地面就有了一点潮湿，一点泥泞，空气真有一味子清洌甘甜的味道，还真好闻。老海拨了拨被雪打湿的头发，抬眼看时，天地已经连了起来，雪大起来，密集的如飞蛾一般扑面而来。这样的天气就该烧热炉子在家里"猫"着，心想，那女人今日就不该出摊！

小焕下午早早就回来了，大门铁拉环又响了一阵，老海从布满蒸汽的玻璃窗子向外望，就见她从大门闪进，湿漉漉的头发贴在窄小脑门上，灰青的脸，背上湿沓沓的包袱和早晨出门时大小没两样，好像没做成什么生意。

半下午雪停了，地面黑湿，低凹处有了积水。待到第二日，气温又下降了几度，地面变得硬梆梆，积水处还结了薄薄的冰，寒气在院子的树木上结成了霜。

老海来到天桥，小焕果然又出摊了，穿了个旧羽绒服，缩了胛子袖着双手坐在马扎上，各种中草药摆在脚前的蓝布上。老海立住脚时，她立刻就认了出来，慌忙立了起来。老海蹲在摊边上，指了指罗汉果，说夜里犯咳嗽，要几颗煎水喝。女人有些犹豫，老海就自己动手捡了五颗，并拿出十几元钱放在药摊。女人连忙抓起钱还给老海，说不值钱，不能要。老海又把钱放了回去，两人推拉了一两把都觉得不好看就停了手，老海将罗汉果装进衣兜里，他瞥见小焕那裂了口子的手冻得发紫。下了天桥，老海像是完成了计划多日的大事，心里轻松了几许，朝公园走去。雪后晴天,阳光格外耀眼,空气清爽,耐寒的柏树还苍翠着,虽然有些冷,肺里却鼓满干净的空气。他长长吐了口气,使劲舒展着胳膊腿。

下午,小女儿海花来了,给老海带了件新织的毛衣、一顶呢帽子。她照常要整理父亲的房间,每个房间,每个柜子、箱子、抽屉都翻看,找出老海的冬装,自然又找出一些没用的杂物,还有一堆大哥海星让人捎来的还没开封的补品。

海花直摇头:"爹,上年纪了适当地补点,你看这些补品眼看要到期了,不可惜嘛?药店里好贵呢。"

"我用不着,盼我吃药吗?你哥就是烧包,胡花钱!"

"爹,尽管吃,老大,就这点好,这补品都是办事人孝敬的,不吃就浪费,你看这盒鹿茸,药店里300多元,还有这盒花旗参,都是好东西,不是谁都能吃得起。"

"你稀罕?拿回去给你婆婆用吧,她不是身体不好吗?"

海花做好晚饭,拎了几件老海要洗的衣物和几件补品回去了。

五

秋娘不在的日子,老海总在黎明做同一个梦。

梦中秋娘走过来,身上是穿了许多年的灰色暗纹的睡衣睡裤,拿着那把棕榈刷子。床上的单子永远是那么白净,就算是四边都有些起毛,中间磨损了不少,还是一尘不染。秋娘绾了个整洁干净的髻,头发灰白相间,两颊的肌肉也垂下了不少,胸前锁骨深陷,那双手的皮肤也起了皱,骨节变得粗大了。但老海觉得秋娘就是个美人,年轻时肌肤水嫩光洁,身材凹凸有致,清澈的目光里不容沙子;上了年纪,眼角眉稍有一种柔和沉静的美,身上的肌肤也柔软了,守在身边还是那么温暖人呀。

老海听见她踱来踱去的脚步声,先走到窗前拉开窗帘,再走到床边清扫床铺。就算是老海躺着,秋娘只要起床,总把自己的被子叠成豆腐块,把枕头拍得鼓起来,再把枕巾铺平,接着用棕榈刷子清扫床铺,如果老海还没起床,她就用刷子柄敲老海的被子,淘气地刷他露在被子外的脚,年轻的时候为这事老海还恼过几回,甚至抢着拳头揍过她,秋娘也不记事,也不记仇,第二天,第三天,还一如既往,老海习惯了,每天都等着她用刷子挠脚面,才肯从被窝里爬起来。

一下,一下,唰,唰,扫完半个铺,老海躺着假装闭着眼睛等待,泪水从眼角滚下来,他没有睁眼睛,也没吱声,他知道一睁眼,一吱声,秋娘就该走了。秋娘走得早,头发还没白完,孩子们才成家立业,没等到老海退休,就匆匆走了。半梦半醒时,他相信如果喊一声,秋娘一定会答应的,他俩约好一起去旅游,一起回秋娘老家看荷花。

唰,唰,一下一下的,秋娘只顾扫自己那半边铺。太阳照亮了整间屋子,也照透了老海紧闭着不想睁开的眼帘,眼前红通通的,眼睛干涩地痛,心里也干涩涩的,连个梦都装不下。

昨夜又下雪了,满世界是雪的味道,一点冷冷的甜味,屋子里的炉火大概是后半夜灭的,窗子上结了一层冰。他得起来,费了好大劲儿,僵硬的身体才活动开,费力地坐在床上,被子拥在胸前,想着刚才的梦境发了一会儿呆。床单已经变成灰色的了,中间磨损的那一片,裂了个大口子,海花几次要扔它,老海又偷偷捡回来。那把棕榈刷子,也是扔了又捡回来,如今扔在床边破旧的沙发上。

他看了看四周,可怕的寂静,老屋子,老家具,墙上的老照片是一张曾经的全家福,照片上的孩子还小,他们还年轻……

去年月份牌，忘记上发条的闹钟，生锈不再保温的暖水瓶，一切都像死去一样，整个世界只有他一个人在沉重地喘息，"呼哧、呼哧"像一只漏风的破风箱。忽然他开始害怕，他觉得这屋子活像个棺材，他就是个棺材瓢子。他觉得这屋里的一切都在随他一点点死去，正慢慢地沉到黑暗的地底下。

老海起来后感觉嗓子真得疼，四肢也"吱喳吱喳"地响，腰上像绑了石头似地硬。他想起许小焕，于是穿了厚衣服，带上呢帽子，去天桥上找到小焕的药摊买了胖大海、金银花。几天后他又买了治腿疼的药、治腰疼的药，他在以前晾晒蜜饯的玻璃瓶子里泡了各种药酒，也一瓶瓶摆在窗台上，晒在太阳下，那些奇异的药材，在酒里舒展出不同的姿态，像一个小小纷乱的海底世界。

一天老海去小焕摊上买了一条晾干的乌梢蛇，说要配药酒，治疗风湿腰腿疼，小焕犹豫着不想卖，老海以为是价钱的原因，掏出一张百元钞摆在摊上，揣了干蛇回家了。

傍晚，小焕收摊后来到后院，她在老海门口盘桓几个来回才鼓足勇气敲门。老海正在拉胡琴，好一阵才听到声音，开门时两人都吓了一跳。

小焕连忙低下头，脸涨得通红，一只手里紧紧地攥着一卷钞票不知往哪儿放，踌躇半天才开了口："大哥，多不好意思，让您破费，其实那些药不值钱，都是药店不收的次品，那条蛇……"她显然不想说出后面的话："那蛇是假的，根本不是乌梢蛇，不能泡酒，你，扔了吧！"

说着她把一卷钱递给老海，那是这些日子老海买药的钱。老海在回家的路上还在生气，现在知道了她不想卖给自己的原因，虽然有些吃惊，心里却一热。他向后退了一步，摆摆手说："药还行，有用，我的嗓子好多了，腰腿好多了。"说完随手关了门。

晚饭后，老海去了前院。有几天了，老海在后院发现小焕屋里伸出的烟囱里没冒多少烟。这么一看，漆黑的屋里只生了一只小铁皮炉，发着蓝光的煤火弱弱地摇曳，没有多少热乎气。他对小焕说可以去后院取煤，那些煤他一人也用不完。说着又递给小焕几件棉衣和毛衣，毛衣里有一件是半新的，紫色纯毛的，是老海买给秋娘的，秋娘走时大多数衣服都烧了，后来老海在衣柜里又翻着了几件，好好的衣物烧了、丢了都是可惜。

"衣服，是我死去老伴的，你俩身材差不多，如果不嫌弃，留着穿吧！"

六

春节临近，大儿子和大女儿都捎来话儿，说单位忙，今年不回来过年了，让老海过去，老海说老屋要有人看护，不想出远门。海花也提出让父亲去自家过年，老海也不答应。自己有这么大个院子，为什么要去别人家过年？他那儿也不去！

海花置了年货、冻好饺子给老海送来，然后就嘴不识闲手不识闲，一边收拾屋子，一边给老海说自己的家务事，先说起女儿成绩不好，要找老师补习课，想着年前去老师家一趟，提点什么东西好。老海明白什么意思，就把那盒值点钱的花旗参提了出来，海花也没推辞。稍后又说起自己的老公，说老公单位这几年不景气，好多人都从公司辞了另谋生路，也有人撺掇他一起搞个项目做个生意。唉，这不是没有本钱吗？海花显然是说给老海听得，老海不接茬，他知道海花不死心，还想着卖院子的事。海花整理房屋时，自然看见了老海买的各种草药，还有窗台上摆放的药酒,吃了一惊,连忙询问缘由。老海一时有些支吾,海花问得急了,老海只好谎称自己有些咳嗽,身体无力,有人介绍了偏方,吃了几服药,又说已经好了。海花半信半疑,抱怨父亲不给自己说,又嘱咐老海不可随意买地摊上的药。

城里过年的气氛一年不如一年。早起,听一起遛弯的老张说,今年城里怕污染不许放鞭炮。年三十一大早,老海果然没听见什么动静。自己去了秋娘的墓地,回来时在街道上买了几副对联和几个红灯笼,想着该装扮一下气氛,偌大的一个院子总要有点过年的气象。

老海清扫了院子,在大门上挂了灯笼,擦洗完大门贴了对联,进前院想给两家租户送对联,发现两家都锁了门,才想起年前两家都打过招呼说今年要回老家过年。只有许小焕住的小偏房门开着,屋里传来有节奏的"哐哐"的剁饺子馅的声音,见老海送对联来,小焕在围裙上擦了双手接住,又扭头唤了一声:"小勇,叫爷爷。"忽然又脸红了,连忙说:"还是叫大伯吧!"

屋里出来个男孩,也就十六七,学生模样,见了老海懂事地打了招呼问了好。许小焕知道老海一人过三十,便邀请老海晚上过来一起吃个年夜饭,老海想想自己一人怪冷清,没多推辞就答应了。

老海带了一瓶高粱小烧。小焕准备了几样菜,四冷四热,热菜有红烧带鱼、油焖河虾、干笋炖肉,还有一个是糯米糖藕。

"你会做这道菜。"老海指着码在盘子里浇了糖汁的藕片说。

"我娘家盛产莲藕,家家会做这道糖藕。"

老海想起秋娘老家盛产一种九孔粉藕,那藕生吃都一股清甜,煮熟后是粉红香脆。当初刚和秋娘结婚时,老海跟着秋娘去过那儿,七月大小水塘里挤满了粉色的荷花和碧绿的荷叶,是个山清水秀的好地方。老海曾想着有机会伴着秋娘再回去看看。

这几个小菜虽然朴素却也下功夫，再加上老海平时都是在附近馆子里对付，要不就是海花带过几个菜来，总是一连几天吃剩饭，很少能吃上可口的。他对着这桌菜产生了旺盛的食欲，糖藕又糯又脆，甜而不腻。老海喝起自己带来的烧酒，也给小焕满上。酒被细心的小焕温过后，入喉不那么生硬，变得绵柔醇厚。没料小焕也有几分酒量，两杯过后脸上泛出了红晕。要过年了，小焕也换了老海给的那件半新的紫毛衣，大小合适，衬得肤色也好看了许多，头发也像新洗过，离得近了能闻见淡淡的脂粉的味道。老海这么一瞧，心里就一动，发现要不是因为生活不易，整日风里来雨里去，小焕长得很受看，一笑起来还有两个浅浅的酒窝。不知怎的又想起秋娘在世的模样，总觉两人身上有那么点相似的地方。

小勇也是个通人情知事理的孩子，看着母亲高兴，也忙着给老海添酒盛饭，让老海心里好不受用。

老海打量这屋，窄小的一间，墙边摆个单人床，有个折叠床竖在一侧，想是孩子偶尔回来睡睡，一个简易的衣柜，一张小桌，其余地方堆放就是各种药材，纸箱上摆的小电视在播放春晚节目，四下再无多余的物件。老海又问起小焕老家的情况，才知小焕丈夫原在煤矿上工作，出事故死了，矿上赔了点钱，公公婆婆领了钱给小叔子买了个媳妇，她自己和儿子什么都没落着，这也罢，公公提出不让孙子继续读书，想让他也下井挖煤挣钱养家。小焕一赌气就带了儿子出来了，她要让儿子好好读书。上大学、上研究生，她就是要拼命挣钱，也要供儿子读书。

"现在上学消费大，卖药材，能挣上钱吗？"老海关切地问。

"上了几回当，收得药材里假货多。现在干啥都要有关系，像我这样摸不对门路挣不上什么钱,只够维持我们娘俩的日常开销,儿子还算懂事,有时间自己也打工。"

"卖假药材,可是要出事的。"老海为她担心。

小焕叹了口气:"干这行难,先这么对付吧,以后再想点其他办法。"

"有难处,就吱声,兴许我能帮上点。"

"你还帮得少吗?"小焕这么一说,头一低,眼圈也红了。

初一一大早,小焕让儿子给老海送去了刚出锅的热饺子,老海执意了他压岁钱。虽然只是一盘饺子,老海觉得自从秋娘去世,这个除夕过得有些"年味"。

七

春天一到,风一软,白天屋檐上积雪就嘀嗒不休,把廊檐下的砖地都砸出一溜小泥窝,到晚上雪水又结成细长带尖的冰溜子。乍暖还寒的日子还真折磨人,不过院子里树枝条已经发软,离发芽的日子不远了。

小焕去附近山里收药材了。老海盘算着,她这次去了半月了,真让人担心,一个女人行走在深山老林里,太不容易。

那天小焕回来时脸盘果然又黑瘦了几许,人却精神。大概是吸了山林里的新鲜空气,脸上添了几分健康的红晕,两只眼睛也明亮不少。她从药贩子手里买到了一条上好的乌梢蛇,送给老海泡酒,她特意说这条是真的。小焕还告诉老海她现在找到了正规的药材收购点,今年的药材也看涨,生意比以前好了许多。

老海也替她高兴,依旧时不时地去小焕那儿买点药,其实他身体没什么毛病,无非是想帮帮这可怜的母子俩,老海觉得他多买点，小焕就能少进几次山，少出几次摊。

小焕知道老海有心帮她，心里感激，又不知如何回报。看老海一个人日子过得不周全，便时不时做点可口的饭菜，让小勇送过去，权当回报。一来二去，两人就有了惺惺相惜之情。

海星打电话来询问父亲的身体，他听海花说父亲近日一直在吃中药，就在电话中一再叮嘱老海去医院做个检查，医院他有熟人，还叮嘱老海自己不能乱吃药。

老海心里怪海花多事。但海星的一番话让老海想起去年儿子带回的红参。如果按去年海星说的那只红参值两千，今年这行情也应该是个好价钱。老海回家一通翻找，还好还在橱柜里，紫檀木盒装着。他揣到前院问小焕可知道野生红参的市场价，小焕说人参主要看几年生，如果真是野生，一支就能卖出个好价钱。老海拿出红参让小焕看，还有一些其他补品。小焕看了看也说不准，老海说人参应该是真的，有人求海星办事送的，假不了。反正他用不着，时间一长招虫子。他让小焕去试试，如果卖得好，他和小焕三七开，小焕拿三。实际上，老海想着如果卖了，这钱就给小勇去上补习班，他听小勇说起高三他们班同学都上"冲刺补习班"，一节课就百、八十元，他上不起。

八

院子里果树开了一身粉白，两日后又飘落一地粉白，春天也在这一开一落中逝去。

天热起来，白昼也长起来，时间挺直腰板又走起了上坡路。老海觉得自己心气渐长，筋骨也比往年活泛，要说小焕那些中药还真有效果呢。

风和日暖，镇日闲长。除了忙院子的活计，老海一早一晚也抽时间去公园转转,跟几个老哥说说话,拉拉琴。在几个能聊得来的朋友里,他和老张关系更近一些,老张的情况和老海有些相似,也是前些年死了老伴,有个宝贝儿子,听说远在海外,两三年都没回来过,如今身边一个亲人也没有,孤单得很。一度还听人说老张结识了个女人,准备搭伴过日子,谁知那女人使了什么手段骗了老张四万块钱,就没了踪影。老张为这事得了一场大病,如今落了后遗症,半边脸有些歪,说话一抽一抽,一只手也伸不开,一只脚也不利落,走起路来一高一低,上下颠簸。但这件事情似乎并没有给老张留下太多阴影,病好后他照旧恢复了爱说爱笑的性格,兴致上来,老海拉琴,老张还能含混不清地唱几首老歌,说实在的这把年龄聚在一起就是图个乐子。老张除了喜欢唱歌,还有一大爱好就是养鸟。

这天老海望见老张带着自己那只心爱的鹩哥在亭子边上晒太阳。鸟从笼中放出来在花亭栏杆上踱步。早就听说是只名贵品种,老张儿子在国外挣欧元,花了大价钱买来孝敬老张的,老张喜欢鸟胜过亲儿子。那只鹩哥黑得油亮,腹部的羽毛泛出蓝光,两片嫩黄色的耳垂,溜圆的一对眼睛,橘红的嘴巴,模样很神奇,每回遛鸟都引得大人小孩围观。周围人逗弄久了,那只鹩哥兴致也来了,学着老张烟酒嗓,哑哑地不怀好意地对了个年轻姑娘说:"姑娘好漂亮!"周边人一阵哄笑,老张有些得意,那鸟更是得意,偏偏脑袋,耸耸翅膀又咏出一句文雅的:"对酒当歌,人生几何",然后又"唉——"了一声,看鸟的人乐不可支。老海也被吸引着走了过去。

老张一看老海过来了,连忙将鸟唤入笼中,挂在附近的树上,拽了老海在一处长凳上坐下,手抖着递上一支烟,老海摆手没有接,反劝说老张:"烟就别抽了!"

老张不以为然:"人生还有几日奔头,痛快一日算一日,痛快一时算一时。"说着自己费力地点上烟,插进本来就歪斜的嘴里,狠狠地吸了一口。那鹩哥也跟着抖动翅膀,又学着老张苍凉的声调"唉——"了一声。

老张问:"好些时日不见了,该不是病了,有回看见你在天桥上买了不少草药。"

"还好,买点药材泡点酒喝。这些日子天气暖和了,在家收拾院子呢。"

"说起院子了,你知道吧? 咱这儿正在拆迁,拆迁办没找你?"老张压低了声音,像是怕他那只多嘴的鹩哥听了去,"地铁修过来了,这儿地价'噌噌'涨,还记得十几年前,老陈家大宅子卖了二十万,咱多羡慕,如今他肠子都悔青了,现在他那样的地段二百万都挡不住,就你那个院子值多少,你算算!"老张伸出两个指头比划,把一张扭曲的脸凑过来,混浊不清的眼睛使劲瞪了,嘴里喷出让人作呕的烟臭味,"你老弟发了,几辈子的钱哟。"

"不卖!"

"不卖,你傻呀,你不卖,你死了,儿女也得卖,不如现在自己还能享受两天! 说句实话,房子、票子都身外之物,是累赘。" 老张的话匣子一打开就收不住。过会儿又说起来他儿子想让他去国外生活,他说不习惯牛奶面包,一会又说儿子给他寄来了花不完的美元。老海问他如果不跟儿子过今后怎么打算。打算什么? 过一天算一天,不行就去养老院,老张说其实他最近就在找养老院,有几家他看上了,条件不错,但院方不许他带鹩哥。

"唱不唱?"老海紧了紧琴弦。

"唱,洪湖水浪打浪。"老张张口就不在调上。

说曹操，曹操到。下午老海在菜园锄草、打垄。街道办林主任，还有两个西装革履的年轻人来访。一张嘴果然是为拆迁一事，老海心里就开始抵触，他没多招呼这几个人，自己低头弯腰在地里忙活。两个年轻人前后院地打量盘算，林主任只好站在菜地边上给老海介绍建设项目，原来是地铁修过来后，有开发商准备在这儿修一个大型超市。林主任说街道办也为拆迁户争取了最大利益。不管老海听不听，安置费、补偿款、回迁房，他给老海估算了个惊人的大价格，还说如果不要钱，也可以在市里好地段补偿楼房。

　　林主任是个白胖子，站在太阳地里说了半天也不见老海搭理他，自己唾沫星乱飞，大汗淋漓，像只快融化的奶油雪糕。他凑到老海跟前，说："老海叔，别傻了，这好事多少人等不来，活该这地铁不从他门前过，活该开发商相不中他的地，你不一样，你这是块风水宝地。"

　　说着，他咽了口唾沫。"你还可以提要求，你这块地很关键，明白吗？"老林以为老海是憋足了劲提条件。"不过你要把握火候，不能太过分！"林主任汗从两颊往下淌。虚胖，八成是肝有问题，老海想介绍他找小焕买几服药。

　　林主任从腋下的皮包里拿出了几张纸给老海看，老海瞥了一眼，看见那是周围几家住户拆迁协议，有签名，有盖章，有手印，卖身契一样。

　　海花又回来探问父亲的想法，碰了一鼻子灰。

　　老海表面上磐石一块，心里却觉得事情没那么简单，周边住户一旦都同意了，自己这院子就成了孤岛，成了"钉子户"，日子可就没那么好过了。电视上、报纸上强拆的事件屡屡发生。心里一急就上火了，身体发软，头发沉，人就躺下了。

　　一连躺了两日，朦胧中他就觉得有人在屋子走动，像秋娘的身影,给他端了汤药,一会又听外间屋有人切菜做饭,饭菜的香味也飘了进来。老海猜着是秋娘回来看他了,眼角泪水都滚了下来,心里想这老屋子要真拆了秋娘还能找回家吗?这儿女怎么就不懂自己的心思!

等着意识再清醒点,才认出是小焕在照顾他,见他醒了,端进一碗刚出锅的西红柿鸡蛋面。芝麻油的香气钻进鼻子里,肚子咕咕叫起来,几筷子一碗面就进了肚,一行老泪差点流进碗里。

两天不见你在院里忙活,怕有什么事,小焕说,叫小勇过来才知道人病了。多吓人,要不要给您孩子打个电话。

老海说这就好了,说着就要起身,小焕连忙按住,让他再休息会儿。又去洗了干净毛巾,想让老海擦洗脸面。期间也聊了几句房子的事,说拆迁的事已经传遍大街小巷,又说如果这院子拆了,自己就要赶紧再找个住处。

老海说:"这院子不卖,你就踏踏实实住着,有我在,你就不用操心住处,你娘俩就把这儿当成自己的家。"说着竟一把攥住了小焕递毛巾的手,小焕脸涨得通红,眼睛里闪了泪花花,两人一时窘在那里。就在此时,房门猛地被推开,海花出现在门口,油光光的一张大脸上,颜色变了又变,难看得像挨了谁的大嘴巴。

九

休息了几日,老海身体又恢复了些气力,他盘算着今日拆迁办的又要上门,不妨出去躲一会儿。慢悠悠晃上天桥,见小焕出摊的位置有两个男人面红耳赤地拆一盘棋,老海知道是两个骗子在演双簧,果然三三两两有人就围过去了。看样子小焕又去山里购草药去了，这女人是操劳的命。

再走到公园，花亭里没有老张和鹩哥的影子，几个老哥在闲聊，一见老海连忙招呼，问他去看老张没有，说老张人走了，昨天夜里的事。老海自然吃惊不小，自己生病前还和老张在花亭闲扯，唱歌，看不出老张身体有啥问题。

"啥病，走得这么急？"

"吓死的，倒在自家客厅里。屋子里招贼了，翻了个底朝天。"

"这事蹊跷。也有人说头天见他儿子回家了，邻居还听见一两声吵闹。早起有人见他家房门开着，叫了没人应，一瞅，人已经死了。"

老海要了个地址决定去看看。虽然和老张关系不错，真没去过他家，一路寻来，就找到一栋残破的筒子楼里，说真的，现在这么旧的楼在这城里都不多见了。其实老海原来还听说老张旧房也被征迁过，得过一笔补偿款，就不明白他怎么临了住在这种地方。楼下几个锡纸花圈被风吹的"哗哗"响，家在二楼上，房门是开着的，进屋打量，实在是狭小，四十几个平方米，局促的小客厅支了香案，墙上挂了老张生前的照片，一只香炉里插着几支燃烧的香，摆放了几只变了颜色的苹果和几块陈了很久的点心。案几下方一个残破的瓦盆里堆了几张没有燃尽的黄纸。

老海介绍了自己，守灵的人也介绍了屋里几个人，都是老张的远亲和邻居。老海上了香，进里屋看了看躺在床上等着送去火化的老张。人死如灯灭，老张原本干枯的身躯更加瘦小，黑黄色的脸上泛着一屋蜡质的光亮，还是那张有些歪斜的脸，倒没有惊恐的表情，歪斜的嘴好像有些不自然，挂了像谎言被人揭穿后无所谓的笑。

还真是家徒四壁,屋里没有半点老张活着时吹嘘的富有,窗子上的玻璃碎了用几张胶布胡乱拼凑着,连幅窗帘都没有,墙上贴着两张香艳的美人海报,墙角堆放了几只酒瓶子,那只高贵的鹩哥不见了,空荡荡的鸟笼子挂在窗户上。

"家里有什么好偷的,穷得要死,他自己要吹,结果就招贼了。估计他也不是被贼吓死的,关键是那只鸟不见了,气死的。"帮忙的邻居有一句没一句地抱怨着。

老海问起丧事,又问起老张国外儿子什么时候回来。

"死要面子活受罪,他哪有国外儿子,老伴前些年死了,只有个不争气的儿子,好吃懒做,原来张家有处老宅子征迁了,得了一笔补偿款,这个不争气的儿子染上了赌博的恶习,父子俩关系素来不好,除了要钱才回来找老爸,这不,老爸死了,电话快打破了都没人接。"

第二日,老海又去火葬场送了老张一程,心里灰灰的,胡思乱想地联系自己,就觉自己所剩的日子也是经不起打算的,说不定哪一日……越想越不是滋味,又记起老张说的房子、票子都是身外之物。眼下真没什么好惦记的,如今只有小焕牵动着他的心,也许该找个时候给儿女说说这事。

十

这日海星、海容、海花,兄妹仁齐齐地出现在老海面前,虽然不出老海所料,但没想这么快。老海想这次来一定是为了院子。

海星并没说院子的事,一副懂事的样子,一定要带着老海去医院检查身体,说医生都约好了。老海执意不去,说几付汤药下去身体已经没大碍。海花却不同意,她说:"爹,这病一定要瞧!"然后又给哥哥、姐姐说:"这大半年爹买了多少中药,要没病能这么糟蹋钱,该不是有什么大病瞒了我们。"

老海知道海花在家翻腾时发现他藏在床下和柜子里的草药,家里多只耗子也逃不过她的眼睛。他心里气恼,嘴上却说不出什么,只好让三个子女架着去了医院,从早倒晚,五脏六腑都做了检查,检查结果证明老海身体无大碍,就是血压有点高,骨质疏松,要做好预防。

一天下来,虽然没检查出大毛病,却把老海累得够呛,他自己也有些心虚烦闷,像个做了错事终究要被大人处罚的孩子,进了里屋躺下,再没好意思出来。

海星、海容、海花却没有要离开的意思,显然要合计什么大事,三兄妹便在外间屋里说起话来,不知是有意无意,这话都让老海听着了。

"当初他买那么多药,我就觉不对劲。海星寄那么多常用药和补品他不用,非买地摊上的药。我留了个心眼,才知道前院租户里来了个女的,就是卖草药的。"

"老爹是糊涂了,咱们可不能由着他。你的意思是爹对那女人有意思?"海容问到。

"给你说你信吗?那天我来时,那女人都进这个家了,端汤喂药的,两个人要过上日子了。"海花添油加醋,老海听着羞臊得浑身冒汗。

"爹也是寂寞,身边没个人照顾。"海星说了句体贴话。

"你这话说的,我可没少来,你俩在外也,我可是一直照顾咱爹。再说也给他张罗过,不行就明媒正娶地找个后妈,虽不说讲究门当户对的,也得来路正,可后来不是爹自己说不找的吗?这女人我打听了,乡下来的,命硬,有个女儿死了,两年前死了丈夫,如今带了个半大小子。这女人是个卖假药的,指不定就是看上咱爹这院子了,现在这世道骗子太多了。"

海容沉吟一阵,接了话说:"院子不能留了!哥,你要拿主意,留下我看是个祸,我看海花说得有道理,咱爹身体虽然没毛病,这儿(用手指头)可没以前清醒,人老了认知能力下降,好多骗子就是冲老人来的,老人上当受骗的事还少吗?"

"我现在也没法,街道上、开发商都派人找过我,但房产是在爹名下,爹要不点头,一切都没用。"海星叹了口气。

"办法也是人想的,我知道房产证在哪儿,前些天我收拾房子时,就收起来了。"门外说话声音突然小了起来,老海吃了一惊,起身到门边仔细听。

没用……房产证……本人签字……没用……医院证明……意识不清……送养老院……钱……房子……一大笔钱……三兄妹你一言我一语。

声音越来越低,像从遥远的地狱里传来的声音,一会又大起来,几乎要把老海的耳朵震破:意识不清……找人开证明……送养老院……精神病院……

老海一哆嗦,险些尿了裤。

老海终于在征迁合同上按下了鲜红的手印。

老海原想卖了宅院,自己得掏空心肺似地难受一阵子。谁知征迁合同一签,他却像卸了包袱一样轻松。这才明白这院子没有了秋娘忙碌的身影,没有子女进进出出,就是一个空壳,就是一个累赘。

接下来三个子女就商量起老海的去处,征询老海的意见,老海心虚胆寒地说:"就听你们的安排。"于是三人商量一个子女家住一年,从老大海星家开始。刹那间老海感觉到自己就像个多余的物件,成了世间的累赘。

这天,老海收拾行装准备跟着海星走,海星说好一小时候后来接他。突然间想起好几日不见许小焕了，也没给租户通知卖房的事，就急急起身去了前院，只见两家租户也在收拾物件准备搬迁，说已经得到海星的通知，然后一个劲地恭喜老海发了笔大财。老海问许小焕的行踪，租户老许才说：许小焕出了事，前些日子也不知从哪里收了些红参、鹿茸，卖给一家药铺，谁知是假的，让药铺告了，在拘留所里关了几天，交了罚金才出来，出来后人就没了做买卖的心情，非要回老家了，说是不想回婆婆家，要回自己老家伺候老娘去。

"红参！假的！"

老海听完脸色煞白，整个人像被雷劈了，张口结舌，半天说不出一个字。这么说红参是假的，那可是海星孝敬他的。他挪步到西墙一看，小屋已经拆了，只有一堆砖头瓦砾。

海星一小时后来接老海，只见家门大开，没了人影。后来，有人说那日见老海背了个包裹和胡琴，先去了墓园又去了火车站。

幸福饺子馆

一

还是老样,四十个鲜肉茴香饺子,两瓶啤酒,偶尔会点一份小菜。

男人选择紧靠收银台的位置,这里可以看到整个店面,包括对面玻璃

隔断的操作间。正厅里摆了近二十张餐台,收拾得还算整洁,新近装修了一次,淡绿的墙面上挂了惹人食欲的饭菜图片,乳黄色的桌子,黑色塑胶椅子,一切都擦拭得亮闪闪,包括桌子上摆了几只白瓷小罐,里面装了醋、蒜蓉、油泼辣子。

进门左则是收银台,负责收银的小月是个瘦小麻利的姑娘,半截袖白色制服套在毛衣上,扎了个利落的"丸子头",一边收钱结账打票,一边向后堂传话:五号桌,四十个茴香,两瓶啤酒!

阿珠手底下正煮了一锅,隔了玻璃向外望,男人坐在那儿,接过啤酒,用牙齿启了瓶盖,白色的啤酒沫子一下溢出瓶口,男人用嘴接了猛喝了一大口。

阿珠吆喝着:"四十个茴香,下锅来——"

切菜的胖刘忙不过来,招呼小月端熟食,小月溜进后堂,捣了阿珠的胳膊:"又来了,还是那个位子,还是四十个。"说着缩了一下脖子伸出个老长的粉舌头。

胖刘也走过来,拎了刚磨好的刀,摘下口罩,露出油腻的一张大脸:"要不要我会会他",接着使劲转动了粗壮像小水缸的脖子,关节发出"咯咯"的响声。

"去! 一边去,忙去!"阿珠撵了他俩。

阿珠早看到眼里,一连几天,天天这个点来,她抬头望了望墙上的表,六点刚过,也就是附近人们才下班、歇工的时间。男人应该是个干体力活儿的,五十出头,也许还大点,头发露出几点斑白,肩膀宽,腰板还算结实,有些佝偻,两只粗糙的泥色的手,发灰发白的劳保服。她猜他是个没有女人照顾的男人,应该是工地上打工的。这附近有好几家正在建设的楼盘,还有正在施工地铁1号线。

幸福饺子馆就在这幸福三街,叫着顺口,寓意也好。阿珠经营了快八年了。开这种小饭馆,全靠诚信和辛苦,别小看了饺子馆,从街头到街尾,前街到后街,三四家子,鲁家山东饺子、朱三海鲜大饺子,还有一家五彩饺子馆,凭什么人家来这儿,还不是你家的饺子皮薄馅大,选料精细还讲究卫生。靠实诚,靠口碑,人气是一点点攒起来了。如今新老顾客络绎不绝,也有常客,一星期总来两三次的,隔壁五金铺的老陈,理发的毛师傅,对面小区林老师夫妻。但一连几天,天天一个点来,每天只点一种饺子的,还是头回见。

四十个饺子,开锅后点了三次冷水,胖鼓鼓地浮起翻上水面,她用笊篱捞起盛在白瓷大碟里,冒着腾腾的热气,从窗口递出去。

"四十个,茴香,好咧——",小月麻溜溜端了送上。男人啤酒下去了半瓶。

一张老实的面孔,没有刀疤恶痣,表情不喜也不悲,不凶不富,倒也没寒酸气,似乎是岁月和操劳抹平了所有的痕迹,再平常不过,也是最让人难捉摸的面相。阿珠开了这些年的店,别的本事不敢说,看人识相的本事有几分。富贵的,像海月楼的大老板张海月,一年半载的也来几回,放着偌大的海鲜楼愣是吃腻了,就好阿珠白菜馅的饺子。张海月这样的大老板,豪车开着,保镖带着,西装只穿阿玛尼,衬衣天天换新的,皮鞋走路吱吱响,一吃起饺子就像现了原型,嘴巴吧唧着,汤水四溅!穷的也见过,街头捡破烂的瘌老汉,逢年过节,换件干净衣裳,坐在店里吃顿饺子喝个小酒,也没人认出来。不仔细观察,除了那身行头,在食物面前人和人也差不到那去,真所谓"食色,性也"。

一连多少日吃"霸王餐",找碴口闹事的也有过一次。那是五年前了,也就是阿珠知道自己的前夫魏青峰出事的那阵,他造假货,偷税漏税,被判了六年。来店里找事、吃霸王餐的主儿,说姓魏的欠了他一笔钱,如今家里有人得了癌症等钱救命,他怀疑姓魏的转移钱财,要让阿珠替他还债。

还不上,就把这店烧了!急红眼的男人,一脸酱紫色的横肉,像只刚卤好的没切盘的酱猪头,斗大的拳头握紧,胳膊上爆着青色的血管,牙齿咬得"咯噔"响。酒呀,肉呀,吃了十几日的"霸王餐"。最后,阿珠开了瓶62℃青城老窖,准备和讨债的喝个一醉方休。其实那紫皮横肉的家伙也就是个"样子货",酒下去半瓶就支不住脑袋,舌头也变成了鞋垫子。阿珠一点也不怯,她说:"大哥,谢谢你告诉我这个好消息。姓魏的有今天是他自找的! 和他分手时我就知道他会有这天。替他还钱,我没能力,也没这个义务。三年前我们就离婚了,他和那个小婊子吞了我的所有血汗钱,我是空了两手出得家门。法院判决书还在这儿。大哥,你看这家店没,还有两年我才能还上贷款,要钱我没有,喜欢吃饺子,是看得起我,家里遭难了嘛,天天来,一天三顿来,带上一家子来,我都不说一个不字。"

讨债的走了。她放了一挂鞭炮,炸得一条街都寂静了。她心想,老天爷有眼,魏青峰的报应来得真快。

饭点上,饺子馆人多了起来,催促的声音也不绝于耳,小月和另外两小伙计忙得脚不沾地。

一盘饺子吃下去一大半,男人又开了第二瓶啤酒,沫子溢在酒瓶外头,他倒不急了,脸子平得像块铅色的磨刀石,两只眼睛幽幽地深陷着,喝酒、吃饭的速度都慢了下来,慢慢地咀嚼着,吞咽着,方阔的两腮连了耳朵一上一下,时不时放下筷子啜饮两口,很有节制的样子。阿珠喜欢吃饭慢的人,只有到了一定的年龄,有了一定阅历的人才会放慢吃饭的速度,不似那些年轻人,恨不得两口并一口,吃饭像狗撵了。魏青峰吃饭快,尤其是吃饺子,一个肉丸的饺子,一口一个,每次都被热油烫得嘴角发白。

偶尔,男人会默默地望望后面操作间,玻璃窗后除了阿珠一锅锅地煮饺子,另一间屋里五个戴着口罩的老阿姨在忙碌地擀皮,包饺子。

吃完了,桌子上只余了碟筷,两只空了的酒瓶,动了几口的杂拌菜。已经是晚八点的光景,饺子馆里也瞬间变得冷清了。那人起身,推开洇满水汽的玻璃门,走入冬日早早变黑的夜里,刹那间,像一滴墨融入了无边的黑。

二

小玉每天中午十二点钟来店里包饺子,中间吃一餐饭,一气干到晚上八、九点。

一年前,有人介绍她来到幸福饺子馆。阿珠的饺子店招工也不是那么随便,手艺好,身体好,最重要的是家里没拖累,因为这活儿主要是后半天起一干就到晚上,收工时差不多是别人上床歇息的点了,要是有家有室的都干不长远。小玉说自己刚好符合,没有老公,也没儿女。一个月加上全勤奖两千五,还管两餐饭。小玉就在店里做起工来。

小玉手头利索,饺子馅拌得好,最拿手的是茴香馅,别人拌出来有股怪味,压不住茴香的草腥味,好多顾客吃不来。小玉拌出来的保留了茴香的独特滋味,爽口滑香,慢慢地幸福饺子馆茴香饺子有了名声,有人专门吃这一口。阿珠细心瞧了几回,也没见她放什么特殊的料,就是心里有数,油、盐、酱一把准,从来不放第二回。

一个人手工包饺子一天至多出千儿八百个,活儿不轻松。一起的还有四个女人,年龄也和她差不多,五十上下,离婚的,死了老公的,清一色的单身。女人扎堆,除了忙活儿也少不得唠家常。

“老聂,你说你真真是个老处女嘛,骗谁呢?”每次挑起话头的都是马少芬,五个女人中她体格最壮,擀皮擀得最快,面蓄子到手,擀杖底下一推,一旋,一捻,只三下就是一张皮儿,中间厚,四周薄,用起来最合手。她一个人擀能供四个人同时用。马少芬胖,还丑,一脸疙瘩肉,像长了瘤子的老树根,左眼角上有个疤痕,是刀疤,有人壮了胆子问她,她说小时候淘气磕的。

店里除了阿珠，马少芬资历也最老的，只有她敢肆无忌惮地打趣人。

老聂快五十了却像个少女一样爱红脸，马少芬不知深浅的调笑让她那张窄长像个鞋拔子似的面孔委屈似地扭动着，硕大的鼻子一侧滑稽地粘了面粉。

"老处女，多难听，咻——，男人就那么稀罕？你稀罕？丑样，有男人也吓跑了吧。"

大家哄笑，她就愈发又认真地说起来："年轻时喜欢过一个，隔壁的老师，不过，人家有老婆，是个林黛玉似的病秧子，原想等到哪天，那女人万一——死了呢，——唉，谁知病妇长寿……"往事让人心酸，想说又止，老聂难掩失望，眨眨眼只得把下巴又扭到了另一侧。旁人笑得几乎岔了气。

"该不是对面的林老师吧？人家的老婆长得漂亮，身体也棒着哩！你可等不来，你个死心眼的，两条腿的男人还不多的是吗？"马少芬咧了松垮的嘴不加掩饰地嘲笑。

"你傻了吧！男人，呸！才不是什么稀罕物！"这次说话的是这里面年龄最长的王淑兰。"我家那个死鬼，幸亏死得早。一直以为他是个老实巴交的人。前几日，我翻腾家里的旧皮箱，找到一双女式皮鞋，玫瑰红，新新的没穿过，我拿了试试，穿不进，一看鞋码，35的，我的脚可是38号。"

"是给你闺女的？"老聂什么话都当真。

"呸！我就俩儿子。"

"鞋呢？"

"烧了，成全他，让他在地下找个小脚女鬼。"

几个女人正乐做一团，阿珠进来，要端饺子。

"要死，嘻嘻哈哈，外面催饺子都听不见。戴上口罩，说了几次，卫生局天天查。你们几个每天在这儿骂男人，喷口水，饺子酸得都不用蘸醋了。长点眼！"

一时间，女人们禁了声，只听得马少芬擀面杖"嗒嗒"响。

小玉偷着摘了口罩，仔细嗅了刚拌好的茴香馅，她有些诧异，又加了些香油，放了几勺味精。差点，还是差点什么，她第一次没有放准调料，究竟是那里出了差？

茴香，大概茴香的问题，冬季尽是棚里种的菜，没法和自家院子里的比，少了自然的香气。

好长时间不想这些事了，这是怎么了？自家里的院子，一畦畦的，绿洼洼的在眼前晃。

恍恍惚惚，她就被这茴香的味道牵走了魂，仿佛看见自己正在院子里忙碌，前排新起的两层小楼房，后院子里柿子红茄子紫，丝瓜架上蝈蝈叫，还有几株果树，一口青石砌成的水井。井台边上随意撒点茴香种子，能从春天吃到秋后，吃不完的晾成干菜，用温水发好照样吃。茴香饺子、茴香包子，老公爱吃，儿子小顺也爱吃。茴香配鸡蛋、配肥瘦相间的五花肉，出门的饺子、进门的饺子，生日的饺子、过节的饺子。小玉的饺子在村里也是有名的，原想着小顺上学走了，自己也在村里开个饺子馆，地点都看好了。

马少芬又说了谁的丑话，几个女人又哄笑起来，小玉才回过神，发现自己不过在一家饺子馆。

中午吃饭的高峰过后，每人吃一碗汤饺，阿珠宣布从今儿起晚下班一小时，每人要多包二百个饺子。再过几天就冬至了，到时间店里不光吃饺子的人多，卖冻饺子的也多，还有几家酒店也想订货。工资不用担心，自然要增加的。

"还有你，魂不守舍的，打起精神，多整点茴香的，明月楼说要订点货备着冬至那天客人用。"阿珠盯了小玉吩咐着。

小玉并不多搭腔，她在几个人里是寡言少语的一个，多少有些不合群，却也没人敢小瞧她，不光是她茴香饺子拌得好，手底下出活了，饺子也包得又快又好看。马少芬总感慨小玉的饺子就不是给凡人吃的，是上供给神仙用的，两头翘，中间鼓，像只倒挂的"蝙蝠"。

有时候，小玉包着包着就忘记这些饺子是卖给不相干的食客的，心想这几十个是给老公的，他一顿就这个数，这几十个给儿子的，年经轻轻的学生娃，还吃不过他老子。想是想，等回过神，心里沸水似地难受了一阵。

九点以后打了烊。阿珠亲自下厨给大家加了夜餐，热腾腾地杂烩汤加了肉片，还放了不少姜粉和白胡椒。天冷，可不敢感冒，这几日又说什么流感爆发，得个感冒也能死人。几个人呼呼地喝杂烩汤，鼻子尖都冒了汗珠子。

夜色深不见底，几只瘦小的星星怕冷似地瑟瑟地缩在天空一角。"哗啦啦"，周围的店铺放下卷闸门的声音格外刺耳，整条街上也没几个人了，一只夹了尾巴的瘦狗在垃圾桶附近转悠。前几天才下了雪，路边的积雪堆在街道两侧的路沿石下，反了荧荧的白光。路面有些滑。小玉和王淑兰胳膊挎胳膊搭伴往住处走，一直走到小玉住的广发小区门口，王淑兰突然用胳膊捣了小玉的腰："不行，去我那儿？摸两圈？明儿晚起会儿。"

小玉摆手："不了，不了！"

"扫兴，吓着一样，又不要大的，三缺一呢。"

"不行，太累了，这腰，再不躺倒明儿该爬不起来了。"

远远地看到有个男人蹲在路边雪堆边抽烟，烟头星点般的火头生生把寒夜烧了几个小窟窿。小玉知道那是王淑兰的牌搭子。

小玉租了个屋子在广发小区，是个没有改造过的老小区，道路坑坑洼洼，院里也没个灯。整个小区脏乱差，歪七扭八地挤了数十栋七八十年代的老楼,楼里住的多是外地打工的租户。房子也多是临街单元屋隔出来的,一个屋也就七八平方米,屁股大点地方,放了一副上下床,下铺睡人,上铺放杂物,床一侧墙上有个架子,放了洗漱用品。中间一张桌子。小玉用电壶烧了水,在水杯里晾上点,剩下的泡泡脚,站了八九个小时,腿脖子肿得一按一个窝,腰像绑了石头一样又沉又硬。她摸摸窗下的暖气片只有一丝温热。

屋子不隔音,隔壁电视里正在播放什么宫廷剧,宫里女人争宠献媚的声音不绝于耳,楼下有人打麻将,"三条""四筒"地吆喝。窗子临了大街,只有夜里才允许通过的大货车轰轰轧来,震得桌子那杯水起了一层涟漪。也不知道为啥,小玉一点也不怕吵,似乎吵声越大越好,好像在一片纷乱中她可以不想任何事,倒下身子就能沉入梦乡。

打麻将的声音一直没有停,像河里的流水,哗哗流淌在梦里。西水村,村口那条河下雨涨水时也是这声音。她累了,连端杯子喝水的劲都没了。

烟雾里晃动的灯光下,桌子上的钞票红的、绿的翻飞,对面女人猩红的大嘴一股股喷射灰色的烟气,一双肥腻的玉手上晃动着镶了水钻的指甲,下家是个面黄肌瘦的男人,两根筋的脖子挑了个螳螂似的瘦脸,烂了眼角的眼睡着了似地眯着,但小玉还是看见有人从桌子下面换上了"三筒"。

"啪",像轮胎爆裂的声音。清一色,一条龙,对面染了指甲的女人就胡了牌,她大笑着裂开猩红的大嘴,一头乱发爆炸似地在空中飞舞,烂眼角的男人猛地睁了一双黄褐色的眼,干树叶一样的面孔上露出诡异的笑容。

小玉急了一身汗,她想喊,想伸手夺那张牌,发不出声,动不得身。什么东西黑沉沉地压在身体上。

猛地,从梦魇中挣脱出来,只见自己两只手重重捂在胸口。她碰翻水杯,摸过闹钟,绿荧荧的数字显示才凌晨四点多,楼下已经没了声音,小梦还没回来。窗外的深夜是一条漆黑的河,小屋里的寂静也像一块水底的巨石压得人喘不上气。桌子上的水滴到地板上,嗒嗒得像下雨,湿凉湿凉地像下在胸口上。

许旺终于找了来,坐在五号桌。小玉想起白天的事,摸索着坐起来,抹去额头和脖子上的汗,两乳下面也湿塌塌地。她扶起水杯喝了一口冰凉的水,狂乱的心跳才逐渐平静下来,她睁大眼睛,想自己大概睡不着了。

玻璃窗外的深灰变成了浅灰,黎明仍旧是块撬不动的青石板,她缩小身子把被子抻过头顶,想着再有几天就冬至了,就能领上这个月的薪水,拿上钱就寄出去了,寄出去以后,她就走,走哪儿她不知道,走哪儿算哪儿。

三

活到这个年龄,每个人都有自己的秘密。

小玉给店里其他人说她叫王小玉,阿珠知道她的真名叫韩美玉,身份证上写得清楚,身份证上的照片大概是十几年前,模样还算周正、朴实,两只眼睛比现在有神采。

马少芬脸上的疤是刀砍的。社区把她安排到阿珠店里打工,说其他地方没人敢接受,她才从局子里放出来,用刀砍了自己的老公,砍了七八刀,好在人没死,虽然对方也有错,也动了手,但她是重伤害,蹲了十年的监狱。

那个王淑兰也不是什么好鸟,嘴上天天骂男人,一天也离不开男的,每到发工钱时,总有些不清不楚的男人找了来,说她骗吃骗穿,还要钱。

聂小双是阿珠表妹,先天心脏病,模样不咋样,脑子也简单,快五十了,除了暗恋对面小区的林老师,恋爱史干净得像白雪。

阿珠并不揭穿他们,这世上多少人都有不为人知的一面,又有多少人怀抱秘密小心翼翼地生活,像石头缝里的野草一样不容易。

傍晚,五号桌的男人又来了,阿珠算着是第五天了,照样点了那几样。其实半年前他来过一次,找小月,打听一个叫"韩美玉"的,小月说店里没这个人。小月也是这些日子记起来,才告诉了阿珠。最近又来了。小玉又不瞎,大活人一连几日坐在那儿,她愣装得像个没事人,阿珠也耐下心来,想看看这女人葫芦里卖的什么药。

五号桌男人进来时,马少芬用胳膊捅了老聂:"天天下馆子的男人八成没老婆,八成是看上你了,我们这几个人里属你是黄花大闺女",老聂学聪明多了,只是歪歪下巴,不接话。王淑兰倒稳不住了,跑到卫生间吸了支烟,描了眉毛擦了口红,亲自给五号桌上了饺子,阿珠要没猜错,除了上饺子,她肯定找那男人要了电话号码。

五金店老陈提前打了烊,早早坐进了饺子馆,自己带了半瓶子口子窖。二十个"三鲜",十个"茴香",一碟花生米,一碟酱牛肉。阿珠知道他今天又有了好进项。果然听他吹嘘起来,某旅馆装修,从他这儿订购了卫生间的所有设备。饺子吃得"叭唧、叭唧",小酒喝得也是"滋滋"响,一会脸盘子红了起来,嘴巴油光光的,一对浓眉起起落落的。阿珠撇嘴笑他是"天蓬元帅"下了凡。比起老陈,阿珠更喜欢看对面小区林老师吃饺子,吃得那叫斯文,一口一口的,拿筷子的手轻抬慢落,夹稳了递到嘴里,不洒汤也不露馅,认真又虔诚,对得起自己,更对得起饺子,吃得阿珠心里一紧一松地直念佛。理发的小毛，喜欢吃着饺子看手机，有一回把筷子伸到对面女孩的碟子里。其实五号桌的男人吃相也不错，吃得踏实又深沉。

老陈不是他们那种人，不够斯文，不够深沉，但性格直率仗义，什么时候都吃得欢天喜地，摇头晃脑。

老陈也是真高兴，自己带的酒喝完了又从店里要了一瓶"小烧"，看着阿珠忙前忙后地，自己傻乐，干脆敲了盘子哼哼叽叽唱起戏来。

阿珠自然不会冷落老顾客，打趣道："陈老板发财了，不去海鲜楼吃碗鲍鱼黄金粥，偏到小店来，可真给我大面子，不过，高兴可以，不敢耍酒疯吓了我的客人！"

"你懂啥，各人有各人的命，装饺子的肚子就只能装饺子，其他的受用不了。老话说得好，饺子就酒越喝越有，我发财是托了你的福，要是咱俩联合，这条街都是咱俩的。"平日岩石一般的脸，让食物温暖地通红发亮，硬了舌头，放直眉眼，伸手用筷子在空中一划拉，从南到北，像个底气十足的大老板。

"小心风大闪舌头，你家三代都是卖五金，我掐算着下辈子也是。"

"阿珠，别瞧不起人。来一杯，天气冷了，一个人过着冷清不，我说的，你要往心里去……"说着又唱了起来："打开罗衫从头看，才知道寒窑受苦的王宝钏……"

时间不早了，店里人也走得不多了，五号桌照例喝了闷酒，两只绿色的酒瓶子已经空了，他像被什么隔离了，任谁的欢乐也感染不到他。

阿珠歇了活儿，陪老陈喝了两盅。她知道老陈对她从不调笑，对她是真心的。他早些年死了老婆，几个孩子也大了都另立了门户，要说人品、年龄、经济实力都不差，何况这些年店里装饰修理的活儿也没少麻烦人家。老陈的心思就差写个告示贴在店里了。

阿珠一边陪了老陈喝酒，一边瞥了小玉，小玉和往常一样戴着大口罩背着脸在操作间里包饺子。

老陈止了曲，脸子一正："阿珠，你是我见过的最傻的女人，姓魏的可不是薛平贵，你还收养他和那女人的孩子，你心地善良我理解，可你三天两头往监狱里跑，我想不通，莫不是心里还有那个王八崽子……"

阿珠吓了一跳，连这他都知道。

老陈又下了一杯酒，一对眉毛油墨发亮，眼睛充了血似地发红，他怔怔地望了阿珠："你想的啥？我不知道。我想的啥，你心里明白。"说着他又唱了起来："三姐不信菱花照，容颜那似彩楼前……"

阿珠起身说："老陈，别喝了，谁都有谁的苦，该知道的知道，不该知道的少打听，我给你做碗汤，喝了回家！"

"你就是个死心眼，你吃亏就吃在这死心眼上。"

阿珠就是个死心眼，刚结婚时，魏青峰说他喜欢吃饺子，一个肉丸的饺子，一辈子吃不厌，一遇到买卖好时，两人改善生活总是一起去友好路的御饺阁，市里最好的饺子馆，萝卜、白菜、三鲜的，换着花样地吃，后来就变了，魏青峰钱挣得多了，口味也变了，开始喜欢吃火锅了，麻辣的、海鲜的，有一阵子又喜欢韩国的铁板烧，到后来还吵吵着去吃西餐，到西餐店装模作样地点罗宋汤和牛排。阿珠一边笨手笨脚地摆弄刀叉，一边生闷气，说自己受不得洋罪，还是喜欢饺子。魏青峰说她是狗肉包子上不了席面，一辈子都是受罪的命。

一辈子的事谁能说得准，谁能想到后来他魏青峰自己还吃上牢饭了。

四

早起时,这个城市里下了薄薄的雪,街道、高楼像一个大个子在冬日穿了一件寒酸的薄衣服,没有完全遮住身体,露胳膊露腿,冻手冻脚。

地铁站工地上简易钢板房里炉火到后半夜就熄了,两床被子也冻透了,冷得人肉皮发紧,杰克蜷缩在铺下面,不知是冷了还是饿了,哼叫得不太愉快。杰克是许旺收留的流浪狗。许旺起来,倒了暖瓶里的水,简单擦洗了脸,领了杰克先到工地上溜了一圈。工地入冬就停工,地铁1号线从烈士陵园到飞机场,到2018年底就要竣工了,现在工程进入冬歇阶段,工人也都回家了,留下了几件大机械和一堆钢筋水泥。杰克绕了一堆杂物嗅了个遍,有事没事的“汪汪”几声,算是尽了本分交了差。许旺看了工场一侧耸立的大幅地铁工程介绍图,蜿蜒几十公里,像一条巨龙在地下穿过。在许旺眼里城市像个巨大的蚁穴,人海茫茫,熙熙攘攘,地上高楼林立,天桥、高架,地下是管道、铁路;地上一个看不清的人间,地下一个看不透的世界,寻个人真不容易。

他想着去邮局看看。小顺说三次汇款中间隔了两个月,都是一个地址,这么算着如果有准头,这几日韩美玉有可能去邮局。

为了找小玉,许旺离开西水村快三个年头了。一开始漫无目的去周边城市寻了小半年,听同村里人说在S城见过美玉,他又去了S城,直到今年夏天小顺从学校发来消息,他说连着几个月都收到汇款,他猜一准是妈寄的,虽然没有写地址,邮戳上显示:H市新市区幸福路邮政局。

真远,她还跑得真远,从南边到了北边,许旺咬了牙想,这女人铁了心不想回去了。并不是许旺想得那么容易,光一个新市区就十几万人口,幸福路上有幸福一街、二街、三街,还有幸福屯、幸福里。邮局人也说来这儿汇款的也有外来的,也有路过的,这种没有电话和地址的,不好查。大概寻了半年了,许旺在幸福路的地铁工地上找了个活儿。他不能走,有一回,他确定自己看到韩美玉。

天气还算暖和时候,有一天中午,正打算穿过马路,有个女人在对面的天桥上低了头走路,走路姿势和小玉没两样,路上有车过,一辆接一辆,红灯闪完绿灯闪,等他穿过马路人也不见了。一定是,他认得,从背影他都能认得,更何况那女人身上的衣服,紫红色戴帽子的短风衣,还是许旺到城里卖了鸡苗买的,她最喜欢的一件衣服,小玉走时带的衣服不多,这件紫红风衣她带上了。不会错。

出来寻人不容易!别看在村子里许旺是个能人,连着几年都当了乡里的致富能手,上台带过大红花,电视台的还来采访过。出来后才发现自己真像小玉说的,除了会养鸡养鱼,啥都不行。他捡破烂,在火车站、商场当装卸工,到工地上搬砖扛水泥袋,在小区打扫卫生,他睡过公园、火车站,住过旧工地和破桥洞。日子越艰苦他越想小玉,想小顺,最初他想着找到小玉得狠狠揍她一顿,许家的亲戚都说自己就是个窝囊废,自己老婆都管不住,他得出这口气,不行就打断她的腿,气极了他也这么想。后来他不那么想,小玉走到这一步和自己有关。小玉那事早就显了征兆,自己也没在意,心思不在她身上,天天想着做报告,心思也不在过日子上了。如果找到小玉,他想好了好好检讨自己,往后要好好好待她,告诉她,只要人在,钱能挣回来。他相信小玉是个好女人。

幸福三街,其实离着许旺干活的工地也不算远。入冬停了工,工地上也不开火了,大多时许旺自己整点吃的,有时候到外面馆子里瞎对付。他知道三街有个幸福饺子馆,他刚来时还去那儿打听小玉的下落,人家说没这个人。后来他又听工友说这一片幸福饺子馆的饺子最正宗,尤其是茴香饺子。许旺心里不屑,心想要说别得就罢,这茴香饺子只有小玉做得最正宗。

一直等到邮局关门,门口的雪也被行人和过往的车辆踩成了泥水。他又去了周围几家酒店,打听洗衣房和清洁部里有没有一个叫韩美玉的。今年48岁,他拿了一张照片,是小顺在县里上高中那年照的,他们一家三口在县城影楼照的第一张"全家福",照片上的小玉烫了发,穿了件碎花连衣裙。

就这个女人,一米六的个头,江临地区口音。许旺介绍着。

酒店里清洁大嫂,也有五十多岁了,粗糙的手里攥了个拖把头,一头乱发也像个拖把头,看了照片,又看看许旺。

"走丢了?还是跟人跑了?"

"都不是。"

"八成被人拐了,像这样拐跑的都去了偏远的山区,不可能到城里来。几年了?"

"三年,到开春就三年了。"

"别找了,又不是小孩子,要活着自己就回来了。我说大兄弟,跑就跑了吧!那还找个啥呀,像你这样的,不瘸不瞎的,再找一个一点不成问题,我手里有个现成的……"

阴天,天黑得早,夜越来越长了。雪一半留着,一半化了,整个城市的灯光一格格地亮起,路灯下的马路一条条发黑发硬。冷呀!他裹紧衣服,稳了稳打滑的脚,想着北方的冬天到底比老家难过得多,小玉也真是的,冬天咋过嘛?她那么怕冷,一到冬天夜里蜷缩在自己怀里,大半宿还手冷脚冷的。抬头一望,不知什么时候走到了幸福三街,幸福饺子馆透出金色的灯光和晃动的人影,玻璃门窗上挂着一层白色的呵气。

许旺点了餐。对面桌上小两口带着个三四岁的小男孩吃饺子,那小孩子边吃边玩随身带的玩具,模样和小顺小时一样,调皮好动。那女的,应该是孩子的妈,咬开一个饺子吹了几口冷气,递到孩子嘴里,孩子被烫了嘴,委屈着哭了起来。

四十个茴香饺子盛在白瓷盘里,扑面的香气和热浪几乎让许旺睁不开眼睛,颤抖的手几乎握不住筷子,这饺子只有小玉能包成这样。

面皮放在手心,加上馅,对折,双手拇指和食指一捏一挤,挤出饺子沿子薄肚儿圆,像只倒挂的蝙蝠。这叫"捏福",饺子上折子不能多,多了,像人紧皱的眉头,过日子不舒心。小玉说的。白色的热气里,许旺仿佛看见小玉一边讲究这些老理儿一边包饺子。

三个折子,一个也不会多。咬开皮,一股热油窜出,许旺也觉不出烫,眼睛模糊了。

"你看,那个叔叔吃饺子也被烫哭了。"小孩指了许旺叫嚷着,破涕为笑。

许旺看见小玉在操作间里忙碌,虽然隔了玻璃,人还带着个大口罩。从背影他就能认出来,错不了。她老了许多,背都驼了不少,长发剪成了短发,面皮也变得泥黄憔悴了。许旺瞧着心里一阵酸痛。

一直到九点多饺子馆拉下门打了烊。几个女人从店里后门出来。他们结伴走着。许旺跟在后面,几次都快忍不住了,但他让自己镇静了一下,他不能急,都找了快三年了,有好几次都觉得找着了,但最后小玉像长翅膀的小鸟,说飞就不见了踪影。再说小玉不想跟他回咋办?会不会她有了别的男人?毕竟一个人在外面这些日子了。人是会变的。

五

许旺第三次到饺子馆吃饺子时,小玉看见了。她差点打翻一盆馅子,包饺子的手抖动得停不下来。

小玉摘下口罩直奔洗手间。她坐在马桶上,两手压在胸口,久久抬不起头。是许旺,变化再大也是和自己生活了十多年丈夫,他瘦了,面皮都皱了,头发白了不少。他怎么在这儿,也许熟人见到了自己告诉他的,也许只是碰巧了。

小玉洗把脸出来了,她从热锅里盛碗汤。她偷眼瞧五号桌空了,吃罢的盘碗还没来得及收,两只空酒瓶像什么也没发生过一样呆立着。也许看错了,小玉背上出了冷汗,不会看错了?

第二天,许旺还是坐在那儿。小玉有那么两次目光差点和他对上。没错,他怎么来了?难道是找自己的?小玉蹦到脑子的第一个念头就是赶紧卷铺盖走人,她没有脸面再见这个男人。新翻修的鸡厂,小顺上大学的存款,全被她输光了。不光是输了钱,还输了自己的男人,输了信任,输一个完整的家……想起这些小玉心里便片刻不得安宁。俗话说冤有头,债有主,那些债是她打了欠条,按的手印,和许旺没关系,她走了,不光逃了债,许旺缓两年还可以再娶一个,一个比她好的,会生养的,还能给许家再添个娃。三年了,按小玉的想法,其他的债无法偿还,就算是欠下了,下辈子当牛做马再还,但是她必需挣钱供小顺把书读完,算算今年小顺大学四年级,还有大半年就该毕业了。阿珠说冬至一过就给大伙结工钱,这个月她加班加点,能挣三千,比平时多一千,她盘算这次给小顺多寄点,上大学时他就想要个电脑,她到红旗路电脑城看了,一个好点的电脑怎么也得三千块。

不敢想。落到今天这个地步,那是个圈套,是个越勒越紧的圈套。

崔玲接近她时,许旺就警告过,村里姐妹们也说过,说这女人在村里名声不好,还说她在县上经营了个不好的行当。小玉觉得许旺有疑心病,其他女人也是看不得别人比自己好。崔玲在西水村是个谜,在小玉心里也是个谜,小玉嫁过来不久就听说过她,村里第一批外出打工的,第一个穿高跟鞋的,第一个烫头发的,第一个没扯结婚证就和男人睡觉的……每次一回村,光她那异样的打扮就能让村里人议论好长时间。最初,小玉也只是听村里几个碎嘴女人说起她,远远见过一次,真正接触到,还是崔玲来借VCD。

小玉家是全村第一个买VCD的。

"净买这些没用的!"小玉心疼钱,看了那些黑色的匣子,一排排按钮,一圈圈电线,心里乱起来。

许旺说怕小玉在家寂寞,他不光买了VCD,还买了一套音响、麦克风,那阵子流行唱卡拉OK,好多年轻人都到镇子里的歌厅去唱歌。

许旺不唱歌,他喜欢麦克风:"喂、喂,各位领导,各位父老乡亲,大家好,我是西水村的许旺,言午许,兴旺发达的旺,旺旺饼干的旺……",许旺说这套设备的效果一点不比镇上礼堂里的差,那阵子他每天练习在大会上做报告。

小玉在院子里浇地,摆弄那几畦菜,辣椒被"地老虎"掐到了好几棵,西红柿也该打顶了。菜畦边上的红月季、黄月季含着露水开得碗口那么大,一阵阵香气也扰得人心动。她看到崔玲从巷子口走来,身上是件水粉的细纱T恤,黑色弹力裤,红色的高跟鞋,走得一步三摇,那模样也像一棵正在盛开的月季花。

毕竟在城里生活的人细皮嫩肉也看不出个年龄来。她隔了篱笆招呼小玉，粉嫩的一张脸见人三分笑，熟人似的，说这次回家小住无聊得很，从镇子上租了几张碟，家里那台机子放不出影了，打听了一圈才知道小玉家有个新买的机子。小玉立马答应了，她不光给她借了VCD，还挑了两张歌碟，带她楼上楼下参观了自家新起的小二楼。二楼卧室里新买的席梦思，客厅里的真皮沙发。崔玲一边看一边赞叹，不停地夸小玉命好，日子过的和城里人没两样，又夸许旺能干。说那养鸡场一年下来少说有个十几万的进项吧，真让人羡慕。

小玉听得心里喜欢。现在村里人人都说她好命，几年前在娘家韩家村时，人人都说她命苦。打小没了爹妈，跟着姥姥过到二十上嫁了个男人，谁知道自己不能生育，男人打，公婆骂，没过过一天好日子，后来就离婚了，嫁给许旺也是个续弦的，许旺几年前死了媳妇，留下一个三岁的男孩。原想做后妈，日子也强不到那儿去，谁知到西水村，小玉这命里就转了风水。

崔玲拉开小玉家后窗，隔了碧绿的纱窗，夸赞道："哟，嫂子，这菜园收拾的，这花儿开的，果子结的，啧啧，鸡厂里钞票哗哗地往家里流，你还干这院子里的活儿？"

临走，崔玲又说："嫂子，男人会挣女人就得会花，不然挣钱为个啥。过几日跟我去县城转转。我也有个小店，你去看看。"

早就听说崔玲在县城开了个店，有人说是个洗头房，有人说按摩房，也有说是个茶房。究竟怎样小玉越听越糊涂，只是每次人们说起崔玲的事都有点隐晦的口吻，含含糊糊之中反而让小玉起了好奇心。崔玲后来又来了两回还碟子，还机子，还送了小玉一瓶印了洋文的洗发水，一支会变色的指甲油，每回小玉都从院里里掐一大抱茴香，剪了院子里开得最好的月季送给她。不知为什么，在小玉看来，崔玲没什么异样，人是个直肠子,说话做事都大大咧咧,见识又广,净说些稀罕事儿,就是穿着打扮上有些异样,大红的牛仔裤,把屁股包得肥圆,一头浓密的头发烫成小细卷,这也不稀罕,电视里女人不都是这副打扮。崔玲怂恿小玉去烫个头,还说小玉只要稍微一打扮比城里人还洋气,她认识一个烫发的,可以介绍给小玉。小玉有一点动心,她有一阵没去县城了。许旺的养鸡场规模扩大了,更忙了,两头不见人,这几日到了孵化期,人都恨不得搬到鸡厂住。

过了一阵,崔玲又来了,她说给烫发的说好了,烫不好不要钱。小玉给许旺说想进趟城,看看小顺,顺便买点东西,想拿点钱。许旺总是大大方方,说,存折不就在你手里,你自己掂量着花吧。

看小顺是真的,小顺在县城上寄宿中学,一个月才能回来一次。也真该去看看了。只是小玉没提崔玲的事儿。崔玲果真带了小玉去烫发,小玉没有烫崔玲的爆炸头,她只是稍稍烫了个波浪,美发店的老板娘说小玉有审美,现在早不流行什么"爆炸头",都喜欢自然美。好看,像换了个人一样,水波一样的头发起伏的肩膀上,镜子里的小玉就真带有几分港台明星的样子。下午见了小顺,小顺一点也不嫌弃,大大方方地将小玉介绍给宿舍的同学,小玉心里美得跟什么似的。

后来,崔玲和小玉走动就密了。小玉上城里的次数多了起来,一开始不过是收拾收拾头发,买几件衣服。小玉真心佩服崔玲有眼光又会砍价钱。后来,就跟着去了崔玲的小店,去了才知道那里表面上看是个茶房,收拾雅致精巧,后面却藏了麻将房。本来也就是打几圈小麻将。小玉在家时,逢年过节也玩过几回。她以为这也只是个消遣,看看来玩的几个也和自己年龄相仿,穿戴也是平常人家,大家偶尔凑到一起就是消磨时间。麻将桌前时间过得真快,不咋地,几个小时就过去了,中间饿了还有茶点候着,不知不觉地小玉就有些上瘾了。

　　小玉上手快,手气好得不行,几乎都没怎么输过。崔玲说,该着小玉命里有财。一起玩麻将的里面有个女的,说自己会看相算命,煞有介事地摸了小玉的头,观了面相,抓了小玉的手翻来覆去看了一阵,又问了生辰八字,闭眼掐算了一阵,连连惊叹,说,"难怪这女人命好,财运这么旺,这条线是财运线,从这里到这里……"女人煞有介事地在小玉手心比划,比划的小玉手痒心里也痒,"至少十年的财运,钱如洪水涌,挡都挡不住,你这女人了不得了,在家旺男人,出门旺朋友。"

　　一来二去,许旺交给她白折子上的钱下去一大半,她才感觉不对劲。但她已经无法收手了。她一心想着扳回本,更相信输钱是暂时的,那女人说了自己有十年的财运,这才到哪儿?于是赌注开始增加了,去崔玲小茶馆的次数也增加。她开始骗许旺,一会说看小顺,一会说去看病,她说崔玲给介绍了个老中医,专治不育,只是药费贵了点,但调养得好了兴许能再怀上一个,许旺听了自然高兴,忙说只要能治好病,钱就不在话下。为了不让许旺起疑心,小玉又从崔玲那儿借钱,崔玲答应得并不痛快,她说自己是小本生意,资金也转不过来,小玉说那就算利息,等赢了,一起还。

　　崔玲拿到许旺那儿的借条厚厚一摞,总计输了十多万。白纸黑字,有签名,还有手印。等绳子套在脖子上时小玉才明白这是个圈套。她去崔玲店里想讨个说法,那小店摇身变成了正经茶室,后面是一间正常休息的卧房,连半点赌博的踪影都没有。

六

　　阿珠是早上十一点打开店门营业。送菜、送肉的也是这个点来,胖刘清点后厨的物品,阿珠要亲自查验肉是否新鲜,还有菜、调味品,一样都马虎不得。然后,胖刘做一些卤煮,准备小菜。小月麻溜溜地清扫餐厅,调制好各种蘸水、调料,一切都要井然有序,快中午时就会有客人来。

她吩咐胖刘肘子多卤点,牛肉要最好的腱子肉,再卤几只鸡,到阿珍家活禽店里挑好的芦花珍珠鸡。要那种嘴黄爪子尖的,小心看了伙计收拾好,别让人调换了。胖刘应承着,又问哪天用。明天。阿珠说。

"有贵客要来么?"胖刘多嘴。

"少说话,做事情。"阿珠只管低头看账目。

这个月赢利不少,天冷了吃饺子的人多,还有冻饺子卖出去不少。小月说,应该上网上去卖饺子,现在好多公司里上班的年轻人,喜欢订外卖,销量肯定大。点子是不错,但这送外卖需要增加人手,忙过冬至,得仔细谋划这事儿。她有些忙,心里有些乱。她知道还真不是生意上的事,是魏青峰的事情,冬至一过他就可以出狱了,判了七年,由于他表现好,减成了五年了。

除了五金店老陈,很少有人知道她去监狱看望魏青峰。她也不想给更多的人说,没有人会理解,因为连她自己也不理解。一开始是恨,想羞辱他。她在监狱见到他时,他像个陌生人似地坐在铁丝网格后面,人一下老了,像霜后的大白菜。白头发都有了,她几乎认不得他,离婚打官司时那么倔强冷酷的一张脸,变得一点表情都没有。那年春节她带了饺子,监狱里不能带吃的,阿珠磨了嘴皮,人家才让在探视间里吃,她把饺子从小窗口推进去,饭盒打开还冒了热气。魏青峰像活过来了,眼泪滚了下来。

阿珠从肺腑里深深地吐了口气。她看着魏青峰狼吞虎咽地吃了饺子,什么话都不想说了,恶毒的话,解气的话,都不想说了。

阿珠一开始两三个月才来一回,后来是一个月,再往后十天半月就去一回,带点日用品,还有换季的衣服。她还按着魏青峰提供的线索找到了魏青峰的儿子小米粒。她收养了小米粒,这也是青峰的念头,青峰说孩子的妈不是个正经过日子的人,不会照顾孩子,关键是孩子跟着她学不了好。果然,孩子在姥姥家,整日饥一顿饱一顿,面黄肌瘦的,一看就是没娘疼的孩子,按孩子姥姥的说法那女人早去了广州什么地方,连个音信都没有,这孩子就是个累赘,谁领走了都行。

当年小米粒才三岁,是个懂事胆小的孩子。

有一天,林老师来了,说夫人出差了,他一个人不想开火就想吃阿珠店里的饺子了。

阿珠连忙下了三鲜馅的饺子,还切了两盘熟食,开了一瓶酒,招呼小米粒站在林老师面前:"林老师,这孩子还没大名,您有学问,给起个名好吧?"

林老师撂了筷子推推眼镜,若有所思地打量了小米粒,沉吟了片刻:"也别求什么新奇时髦,就叫自强吧,古人云'君子自强不息',人要有自尊有志气就能提着一股心气过日子,将来的生活就有盼头。"阿珠点点头。从那天起自强就成了阿珠的儿子,阿珠的亲儿子。

是不是因为有了自强?阿珠不再恨谁,她慢慢忘记了仇恨。不是有句老话:好了伤疤忘了痛。不好的日子经过时光的打磨也变得温润了。她每一次去看青峰的时候,都会忘记一些抱怨和仇恨。青峰给阿珠说狱里的事儿,他们除了劳作,还上课,有教官上法律课,他还在网上报了建筑监理资质学习,想试着考个监理证,阿珠想起他以前是学建筑的。阿珠说小米粒的事儿,说林老师给小米粒改名的事,青峰说名字改得好。还说店里的事,说想加盟网上的订餐团购,有时也给他说店里那些女人的事,比如那个王淑兰不知跟些什么人鬼混,总有不三不四的男人上店里找她讨债,那天要不是马少芬,差点闹出人命来,还有"缺根筋"的聂小双还在偷着喜欢人家林老师……总之无法对外人说的事都会说给他听,每次都有说不完的话。想想以前他俩好的时候,两口子的时候也没说过这么多话。

日子一天一天过得真快,自强都快八岁了。中午、晚上从学校回来,在店里吃饭,他不吃饺子,说吃腻了。阿珠说,这就是"烧包"了,头回有人说吃饺子吃腻了,说归说,她给他做面条,做米饭。自强长得眉目清秀,大部分像了孩子的亲生母亲。店里的人不知道实情,都说这孩子像阿珠,简直就是一个模子拓出来的,阿珠听了高兴得合不拢嘴。

小玉连着两天没来上班,五号桌的男人也再没来。阿珠听王淑兰说是家里人寻来了,原是出来躲债的。她早猜着这女人在店里干不长,只可惜了好手艺。

这个时间点,中午已过,店里人不多,自强跪在椅子上玩耍,用手指在沾满呵气的玻璃上画楼房,画汽车,又画了个"笑脸",扭头问阿珠:"妈,过几天是不是爸爸该回来吧?他是不是也回这个家?"

阿珠笑笑不说话,她知道,自强人小鬼大,什么都知道。她打量窗外,又是个下雪的天,轻轻柔柔的雪,眼看要落下了又悠悠地飞起,把城市的天空搅拌得一片迷茫,有几片雪,粉蝶儿一样扑在玻璃窗上,像是张望店里的什么人呢。

七

半夜,小玉从梦里惊醒时,挣扎了好久才支起身子,想喝口水,却发现头也疼,浑身肌肉也疼,一咽唾沫喉咙也疼了起来。

屋里的暖气停了,她想起小区门口的告示,水管爆裂要停暖,只好又躺下,将脱去的衣服一层层压在身上,胸口沉沉地吐出滚烫的气息来。

梦里多奇怪。二十年前那场相亲又重演了。媒人说西水村的后生,老婆死了两年,有文化,心眼实诚,不在乎女方是不是嫁过人,不能生养也没事儿,只求人善良,能对前妻留下的孩子好。坐在媒人家的炕边上,炕沿镶了光滑的紫竹板,小玉低头摸索着,男方隔了桌做在炕里面,一身灰色西装还特意打了鲜红的领带。是个大中午,外面阳光正好,屋子里光线却暗下来,小玉慢慢抬眼看,却见一个烂眼圈的面黄肌瘦的男人映入眼帘,两根筋的脖子挑了个螳螂似的瘦脸,桌上的茶盏不见了,变成了一圈麻将。许旺呢?

小玉吓得心惊肉跳。许旺呢?小顺呢?是梦里,天色暗下来,屋里看不清,相亲来的瘦男人伸手扯她衣服,媒人是崔玲,在一旁劝她,你还想找啥样的,二婚头了,又不生,快走吧……

有人来了。模糊的人影立在床前,她努力地辨出来,错不了,是许旺,他怎么找来了?一只大手抚着小玉的头。

“烧得厉害,这可了得。”他扶她喝水,穿了衣服,背她下楼,这是要去哪儿?小玉嗫嚅着问却发不出声音。“你怎么老了,头发也花了,你去哪了?这些年不见?烂眼睛的男人还在门外呢,别让他进来……”

再醒来是在医院里。先是白色的墙,消毒液的味道,吊瓶里的液体一滴一滴像屋檐上的雨滴,瓜菜上的露水一样。一间屋子并排躺了几个病人,许旺守在床边上,一副数日没有休息好的样子,头发蓬着,胡子一层,眼睛里布满了血丝。

小玉想伸手摸索他的下巴。想问他:“你咋也老了!”

又隔了一日,医生带了几个小护士进来查房,量了体温下了药,对许旺说:"看来不要紧,普通感冒,再观察一天就可以出院了。"许旺对着大夫千恩万谢了一番,长长舒口气,一时间眼泪都淌下来了。

后来,许旺才说了这几日的事儿。算上今天,小玉住院有三天了。那天没有去饺子馆打工,许旺吃饺子也没见她,还是王淑兰带着许旺找到住处的,这才发现小玉病了。送到医院,医生看她烧得说胡话,害怕是禽流感,赶紧让住院了。

"病了也好,不然你又不知跑哪儿去了!"许旺有些责怪又有些心疼地将小玉瘦成一把的手捏在自己手心里。

小玉除了淌泪水,一时无语,半晌才出说一句,"你就是个傻子,找我做啥!"

"能做啥?你在外面还没待够,真不想回家了?"

办完出院手续出门时,雪又下了一层,一条大马路上纷纷叠叠的车辙和脚印哪个方向的都有,人们川流不息,街边鳞次栉比,挤满了商店和楼房,繁华又陌生。小玉想,世界这么大,真正属于自己的地方是哪儿?西水村,还是韩家村?其实许旺在哪儿,哪儿就是家。小玉一仰脸,雪花在空中交织成一幅大大的渔网缓缓撒开,又缓缓地降落,想要网住这世间的一切。往前走着,她紧紧依着许旺,害怕滑倒。

许旺怕她冷,买了个烤红薯让她捂在手里,又将头巾给她掖好。

"饿了吧?今天冬至呢,吃饺子?"

"不吃,天天包饺子,吃饺子,就不腻味?"

"好,咱就换个口味吧!"

玉米花开

桃儿婆家的那一片玉米开花了。

嫩黄的穗子在清晨的空气中颤动着，花粉像蝴蝶翅膀掀起粉尘，在微弱的晨光中毛毛雨一般落在紫色缨子和宽大叶片上。雄花扬了粉，雌花受了粉，玉米就开始酝酿自己的果实了。此时桃儿正费力地穿行在一人多高的玉米地里，四周像密不透风的墙，潮湿闷热的气息包裹着全身，玉米叶子如刀刃一般划伤了脸颊和臂膀，滚动的露水在叶子上聚聚散散，身体一碰，从玉米秆上雨水似地洒落下来，洒落在桃儿的伤口上，丝丝缕缕地痛。

后半夜轮到桃儿婆家浇水。旱了好些日子了，玉米地的这茬水越发显得宝贵。男人们白天还有体力活儿，婆婆就喊上媳妇扛了锹下地了。出门时天上的星星还闪着，东边隐藏了一缕紫色的微光，清凉的风里有土地苏醒的味道。十几亩的玉米，正是开花灌浆的时节，水浇到地里仿佛有亿万张嘴"滋滋"地吸吮，原本有些耷拉的叶子立刻油绿支棱起来，甜丝丝的清香也从玉米秆里散发出来。

眼看着一渠黄水缓缓地流进地里,四下漫延开来,浮土和细碎的叶子漂浮起来。婆婆躬了腰一路紧看着,不时地用手抻扯渠边的野草,用锹修理有些淤积的渠道,又忙着给露出根的玉米秧培土。

"桃儿——",她想起什么似的叫了一声媳妇,直了直酸痛的腰却不见媳妇的人影,只见东方太阳已经从地面探出了半个脑袋,远处土洼洼里的村子正在温暖舒适的晨光里伸展着蜷缩了一宿的身体,一点点有了鸡鸣犬吠、人畜欢腾的声音,牧羊人张老汉忙乎着吆喝各家牲畜的声音传出好远。

婆婆四处张望了好一会儿,才见桃儿从玉米地深处走了出来,露水沾湿了小花褂,包裹丰满紧致的身体,绯红的脸庞上有一层金色的绒毛。

"瞧瞧,这闺女发育得如同结实的玉米棒子,该让她怀个娃了!"婆婆想起了当时从老家牵着桃儿来时,她还是个瘦小的黄毛丫头,桃儿嫁过来四个年头了。

水漫到玉米地西南角时,已是日上三竿。一个大晴天,天空中旋转着望不到底的蓝,没有一丝纤尘。

炎热是从土地里生长出来了,滚滚热气从脚下升腾起来,密不透风的玉米地里更加暑气难耐,桃儿的小花褂又被汗水打湿了,粘粘地裹在身上。

"多好的日头呀!"。婆婆呷着嘴念叨了一句。婆婆眼里的太阳就是个温暖的玉米面饼子,香喷喷的,刚出鏊子,金灿灿的一股子香甜味。婆婆揭下头顶毛巾,露出一缕缕灰麻一样的头发,她擦擦脸上的汗珠,有滋有味地仰脸望着自己的太阳。

每个人头顶都有一个自己的太阳,村里百十号人,抬起头来都能看见自己的太阳。桃儿此时头上的太阳是阴森毒辣的,射下针一样的芒刺在脖子上，被玉米叶划过的脖子和面颊，有汗水流过时火辣辣地疼。她有些头晕，被白晃晃的日头晒得头昏脑涨，满是心事地蹲在田埂上。桃儿试着抬头看了一眼自己头上的太阳，硬睁开眼睛使劲儿看一眼，发现那团炽热的白光里裹着一张黑乎乎的阴沉的男人的脸。

二

"太阳里有一张黑乎乎的阴沉的脸哩。"桃儿思忖着背了一捆子青草往家走。婆婆打发她回家烧饭，中午要做葱油面条，要卧一个荷包蛋，今天是老奶奶的生日。

村子不大，百十户人家分成了两部分，坡下面住的是老户人家，以单姓和田姓为主，这几十户人家都沾亲带故的，房挨着房，家家的院墙都连连着，像怕冷的山雀一样挤成一团。南边高坡上还有十几户人家是外来的，大都高门深户的东一家西一户的零星、孤单地立在坡上，谁也不挨着谁。

大国家桶一样的院落在南坡的最高地上，门一年四季紧闭着，院墙和屋顶一样高，从远处看像是守护村子小炮楼。桃儿从地回来总要路过大国家。

"大国，大国"，桃儿隔着门缝喊了两声，声音像被吸进了深井里没有一点回应，从门缝瞧瞧，屋子门窗紧闭着，院子地上干干净净地，没一棵草，也没一粒庄稼，没有一坨牲口屎，一个活物都没有，一点儿都不像庄稼人的户院。桃儿绕到院子东边，看看高出屋顶的麦草垛上，果然就看见大国在草垛上仰面卧着，一只手搭在脸上挡着日头，一只手枕在头下面，一只母鸡在大国躺着的草垛上刨食。母鸡斜着脑袋望望大国头上的太阳，微黄的一小团，鸡蛋大小。母鸡胀着脱了毛的红脖子"咯咯"地叫得起劲了。

大国的脸子晒不黑,在太阳下也是苍白的一团,两道黑眉毛刷了油漆一样黑亮,睫毛密密地覆在阴森森的一潭泉水上似地,一动不动,桃儿喊他两声,他像没了魂的泥胎一样没有动静。"失了魂了,可怜的小家伙,八成是什么不好的东西附体了!"桃儿暗自想,大国的眼睛就像冬天厨房里黑咕隆咚结了冰的大水缸,在太阳底下也晒不开。

桃儿将几根玉米地里砍下来的甜秆(不结果实的玉米杆)放在大国家门外面。

下了坡,过一条渠就是桃儿婆家。

老奶奶坐在大门口的木墩上,两只手撑在拐上,使劲睁着两眼打量着过往的行人。大黑狗卧在老奶奶的脚边,脑袋懒散地搁在前爪上,只露出了一只眼。

桃儿走近时,大黑狗梦醒了似地抬起头,嗓子里呼呼响,又仿佛嗅到什么异味,"汪汪"起来,呲出了几颗长长短短地大白牙,老奶奶握着根油亮的枣木拐杖,使劲敲它的头:"老糊涂了,狗东西,自家人也认不得了。"大黑狗受了责骂,委屈地哼叽了两声又趴下了。

桃儿将一捆青草甩在羊圈里。进了东院的厨房洗了手开始和面,擀面条,点火炝锅,一会儿香味就窜出锅,老奶闻见了,嗅了嗅鼻子,拄了拐颤颤巍巍进了西院的里屋,在炕头小桌边坐下来。大黑狗也小跑着进来卧在厨房门边上,将头爬在门槛儿上,摇着尾巴讨好地望着桃儿,桃儿端了饭碗从它身上迈过去,不理它。"狗东西,喂不熟的狗东西,谁让你冲我呜呜!"桃儿心里骂它。

桃儿将一碗面和一碟凉拌黄瓜端上来,一个油旺旺的荷包蛋压在面上,碧绿的葱花、红亮的油花浮在碗口。老奶满意地哼了一声,并不急着动筷子,连忙招呼桃儿。

桃儿立在炕边,老奶悄悄说:"下午别去地里了,把你那屋子拾掇一下,被褥都晒晒。晚上山子回来,我过生日,他捎话了说回来,今儿黑住一宿。"

老奶将面挑了一筷子,一股热气窜出来。"女人要有了娃,男人的心就拴住了,日子就过起来了。"桃儿听着脸涨得红了起来。

老奶有三个儿子,单家三兄弟,桃儿公公是单家老大,公公家两闺女一个儿子都成了家,桃儿不但是单家大孙媳妇,还是婆婆的亲侄女。单家老二家两儿子、两闺女,老三家四个闺女。

算起来桃儿婆家也是村里四世同堂的大户,更何况山子如今在镇上工作,是吃公家饭的,就凭这点,桃儿婆家在村子里的地位也是不容小视。

下午老二、老三家女人先来了,祝寿的肉呀、鸡呀、鱼呀、蛋呀摆了一厨房。桃儿婆婆便招呼着杀鸡、剁肉地忙了起来,不一会厨房充满了烟火味。

单家二媳妇是个胖女人。似乎是因为生了两儿子就肆无忌惮地胖了起来,整个身体像一盆发过了头的软面团,双眼懒懒地不想睁开,一张大脸总是油旺旺的,剁了半只鸡就开始呼哧带喘,颤动了一对大乳房,一边挥着刀一边给桃儿婆婆诉苦:"爱国媳妇害喜呢,身子不舒服,嗅不了油烟味,说晚点过来。你说她娇贵地,前年一个男孩都成形了流掉了,这次一说怀上了,吓得像母鸡抱窝似地在床上躺了半个月。比起来我们的命就贱得像头驴,怀着建国、爱国时我一天也没歇过。唉,我把她像祖宗一样供着哩。"

"条件不一样了,你再怀个娃儿,让老大像祖宗一样供一次。"老三媳妇生了四个闺女,倒是心虚着不敢发富,一副麻子脸,一副刻薄心肠,一天到晚叼了只烟斗,脑袋顶上盘旋着一股青烟。此时,照例用半边嘴角含着烟嘴,眯了一只眼斜着半边脸,一边嘲笑老二媳妇,一边反反复复剥着那根葱。

婆婆给两个姑子使了个眼色,忙给正在烧火的桃儿说:"去给老奶找出衣裳换换,别在这儿,我和你婶婶们就够了。"

桃儿明白婆婆的意思,从灶前直起身子向屋外走去,大黑狗又爬在厨房门槛上,望着案几上的鱼肉,流出亮晶晶的涎水,见桃儿出来,连忙嗅了嗅桃儿裤脚。屋里二个婶娘想起什么似地突然噤了声,眼光却追着桃儿的脊背不放,灶膛里柴火"噼啪"响,二伯媳妇悄声问道:"有,还是没有呀?"

婆婆说:"能有个啥!"

老奶坐在炕上,炕几上摆满点心匣、滋补品和几块布料。老奶摸索着布料心里喜欢,嘴上却说:"糟蹋钱,我还能穿几年、吃几年哟,桃儿挑你喜欢拿走,一会平平和小省一来,还不见啥要啥,嫁出去的闺女还总想从娘家捡便宜。"

桃儿打开老奶的衣柜,一股樟脑丸味,"奶,还穿去年的?"

"穿那件,去年你给我做的那件。"

桃儿取出一件银蓝色的绸衣来,水滑的握不住的感觉,蝴蝶盘扣,领口用银线绣了两朵蝙蝠云。这是去年老奶九十寿辰时桃儿做的,这块银蓝色的绸缎是桃儿的嫁妆,原想过几年家里添了人口用来做被褥的。

桃儿用心地给老奶梳了头,挽了个银色油光的发髻,在发髻四周插了一圈红色的绒花,绒花也是桃儿结婚时用的头花做的,娘家人说这头花要保存一辈丢了可不吉利。

一切收拾停当,老奶瞅着镜子满意地笑了,又对镜子里的桃儿说:"回你屋,把窗户打开通通气,自己也拾掇拾掇,多漂亮的人,性子又好,能留不下个男人吗? 山子是我孙子,听我的,你放心。"随手拿了一匣点心塞在桃儿怀里。又把嘴凑到桃儿面前说："女人呀，就是要磨自己的性子，磨男人的性子，你是个心里有数的女人，时间差不多了，今年我要抱重孙！"

桃儿和山子的屋子在西院老奶奶屋子对面，中间隔了间堂屋。桃儿屋子的窗子里蒙了粉红绸布窗帘，映衬的一屋子幽暗发旧的红光，迎门摆放了一张条桌，桌子中间一座钟表，表针自顾自地移动着计算着寂静的岁月，钟表两侧依次摆放两个相同的玻璃花瓶，插着同样的花束，两个的红色暖水瓶，两面一样大小的圆镜子。条桌两侧是两把款式相同的洗脸架，架上各安放两个一样的洗脸盆，脸盆底下绘着"鸳鸯戏水"的图案，房子里一切都喻示着成双成对。房间一侧靠小后窗是一张洁净的双人床，铺着粉红床单，整齐摆放着一床红色的绸被，一床绿色的绸被，仿佛昨天才置办过婚礼。

条桌上方挂着一面大镜子，镜子右下角画了几朵红绿相间的大牡丹，枝枝叶叶倒是常年新鲜着。镜子左上角贴着一张照片，照片上的女子，有一张山毛桃似的小瘦脸，一双俊美的眼睛，眼尾向上弯着，小巧的鼻子，小巧的嘴，还有一对荡着欢乐的酒窝。那个女子笑嘻嘻地望着桃儿，一幅探寻的神情。桃儿走进屋子，立在桌前怔怔地望着照片里的自己，一副不认识自己的模样。

是姨从老家把桃儿领了来。桃儿老家连着几年闹灾荒，人人吃不饱饭，家家的闺女都往外嫁。桃儿出嫁时还不到十八，家里还有两个姐姐、一个哥哥，两个姐姐早些年已嫁人了，大哥也到了娶亲的年龄，可是谁家闺女愿意嫁到这个穷得只剩四面墙的人家来。姨从外地回来了，给桃儿她娘说他们那里天高皇帝远，条件虽然不好，但荒地多得种不完，只要肯出把子力就能吃上饭，饿不死人。姨就和桃儿娘商量领了桃儿做媳妇，给表哥当媳妇。表兄妹,亲上亲,老家讲这个。

姨领了桃儿坐了两天火车、两天长途汽车,又从一个小县城坐了半天牛车才来到了这儿。

三

单家在村里毕竟是有脸面的人家,婚礼也办得热闹体面。炸碎的炮仗皮铺了一院子,流水席摆了一整天,大黑狗"汪汪"地叫哑了嗓子。

桃儿端坐在新房床上,一身红衣红裤,脸儿粉扑扑地。看新媳妇的女人们挤了一屋子,有的抱着孩子,有的牵着孩子。痴痴傻傻的大国也挤在大人的腿缝里,一只手死扯着娘的衣下摆,另一只手的半个拳头塞进嘴里,嘴角汪着亮晶晶的水口,那双眼睛冷冷地一眨不眨盯在桃儿的脸上,目光却像透过桃儿的脸盯在后面墙上,几乎是看穿了当下,看到了未来。

点灯时分,女人和孩子们才散了,院子里吃酒席的吆三喝五的男人也陆陆续续回家了,新郎山子却没有入洞房。

暗夜里,镜子是镶在黑墙上的一汪明月。桃儿望着月亮里另一个独坐在黑暗中的女人,悄悄地呼吸着,沉默地嗅着一屋子新家具和新被褥的味儿,凉飕飕的夜风吹进来,带着故乡山林的秋雨的味道,一时间寒意顿起,桃儿胳膊上泛起一层细沙粒子,一直漫到心尖上。

山子不要她。桃儿听见那个高个子长脸的叫山子的男人立在老奶屋里,大声说:"表兄妹不能结婚,国家有法管这事,国家干部不能干这违法的事儿。"

桃儿也听见姨说:"表兄妹结婚是亲上亲,几辈子都这么着,咱村子多少户都这样,我不管法不法,家有家规,再说了村里摆了酒席就等于结过婚了,桃儿还能送回去?要是这样等于要了桃儿命,要了我那苦命的妹子的命。"

月亮每晚都照在桃儿另一半铺上,葱皮绿色的新缎子被上像下了一层薄霜。

桃儿接到了娘的信,信上说收到了桃儿婆家寄来了钱,有了这笔钱,就可以给桃儿大哥说媳妇了。信上还说:娘知道婚礼办得热闹,心里替桃子高兴。前些日子娘去了老王庄的土地庙替她烧了香,求子求福,灵得很。安生过日子,婆婆就像是桃儿的亲妈,别想娘,别想家。

山子是傍晚回来的,骑了个摩托停在当院。平平、小省家两儿子见了山子,"大舅、大舅"地喊着,像猴一样攀上摩托。山子忙熄了火,拔了钥匙,拎了东西先进了老奶屋。

一到人多时,桃儿便觉得这家里没了自己下脚地。厨房里烟气腾腾的,婆婆和两婶子、两小姑一边忙活着一边聊孩子,男人在院子里聊地里的庄稼。

桃儿窝在自己屋里,将热闹挡在门外,半倚了被子掏出一只纳了一半鞋底做起针线来。门开了,山子进了屋,桃儿吓了一跳连忙坐直了身子,将手中的活塞进了被子里。山子好像也吃了一惊,脸上有了一点客气的笑意。想想这还是山子第一次进这个屋,桃儿心蹦到了嗓子眼。山子将一个塑料袋放在桌上,说:"我以为你在灶房呢。这个给你的,不知道合意不?"说罢欲转身却停了会儿,说:"桃儿,晚饭后到小树园等我,有话说。"这才出了门。

老奶生日过得热闹,虽然没大请客,一家子几十口人集在一起,喝酒猜拳热闹了一通。饭后,平平、小省陪老奶玩了几把扑克牌,各自输给奶奶几个小钱,桃儿不大会玩只是陪在一旁看了会儿。老奶奶炫耀手上的一只银镯子,是山子买给她的,几个孙子孙女中,老太太自然最疼爱山子。

一直到老奶奶困乏得受不住了,才打发各家散去。桃儿发现大山也不见了,才想起来他约自己到小树园去见面。

小树园在婆婆家北边,是当年单家从老家迁移到此地时种的,种了树就意味着要在这长长久久地生活下去了。树木也采伐几茬了,盖了房,搭了棚,做了种田的家伙什,如今新树也有小孩腰粗了。公公一直盘算着,如果桃儿和山子添了新丁,该砍下来起新房了。

今天的月亮是一弯淡淡的丝绒眉毛,挑在树梢上,几个毛扎扎的雀窝也挂在树杈上,寂静中传来几声雀儿怯怯地啾啁。一渠水弯进林子里,水面潺潺的波纹像落进了抖动闪烁的星星。沿了渠水往里走,桃儿嗅到一缕烟草味,单家的男人都抽烟叶子,浓浓的苦涩混着浓浓的香气。单家的烟叶子都是婆婆亲自种,亲自炒制,有一番独特诱人的味道。

山子看见桃儿的身影,迎上去,拉了桃儿胳膊坐下。两人并排坐着,桃儿将头低了下来,无声地等待对方先开口,四年中这样相处还是头一遭。烟在山子微微颤动的指间燃着。弯弯的月亮猫了腰,悄悄地行走在树尖尖上,似乎还拖着烟雾似地尾巴,迈着山猫一样的步伐,秘密地俯视林子里一个个隐藏的鸟巢。鸟儿耸着羽毛小心翼翼地睡着,好像梦见了危险的窥视。

这一刻过得好慢,月亮悄悄走过了好几棵树。山子扔掉了烟蒂,用脚将火光熄灭在黑暗中。又过了一会儿才开腔:"桃儿,论亲戚你是我妹子,和亲的一样,你这样我心疼,我不是个无情的人,你明白么?"

"几年了,我知道你委屈。村里人也议论你,在村里抬不起头,我都知道。可我不能这么做,明知道这不对,走不到一块。

都是俺娘糊涂,不明白事理,害了你也害了我。"桃儿的眼睛潮湿了,可一点也不想哭。

山子又卷了一支烟,一股苦涩浓香的味儿升起。"我送你回老家吧,姨那儿我去说。不想回去也行,我找人在县城给你找个事,帮你安个家。不能拖了,你也到了嫁人的年龄了,农村里拖不起。桃儿妹,你模样好,我们撇清关系,离开这儿,找个对象成个家一点都不是问题。"山子手中一明一灭的火光灼伤了黑夜。

"我听你的,随你,给姨说明了咱们就办手续,至于我去哪儿,我自己决定,不用你安排。"桃儿觉得自己的声音是从远处树上飘下来的,又向着远处月亮上飘去。

四

小娥和桃儿在村外的河边遇着。两人都在自家蒸笼似地玉米地里忙了大半晌。小娥脱下被汗水浸透的上衣,在河边洗了晾在草皮上,然后大大咧咧地躺在土坡的一棵榆树下,上身只穿了个破洞的花背心,破洞的地方透出白白的一片肚皮肉。别看小娥长得粗枝大叶,脸上、手上都是糙皮,大厚嘴唇,鼻梁两边还生着一层雀斑,身上却细嫩白净。

小娥与桃儿年龄相仿,是个天不怕地不怕的疯丫头,相比之下桃儿是个什么都愿意闷在心里的安静人。在桃儿嫁过来两年后,两人却结成了无话不说的好朋友。

"大国他娘有几月不见,大国家又派人寻去了。" 小娥躺在太阳下,枕着手臂说。

桃儿洗了洗满是汗味的头发,又用清凉的河水洗了把脸和胳膊,脸上胳膊上泛起一棱棱被玉米叶子划出的痕迹,见了水细微的疼一道道在皮肤下奔走。桃儿一边听小娥讲话,一边低下头从衣服上摘下一粒长满小弯刺的苍耳,在手心里玩弄起来。

"你别不信,大国妈虽是个半疯子,好的时候比谁都懂礼数,说话做事都有模有样,打扮得也干净利落,那也是咱村里当年的漂亮媳妇。有了半傻子大国以后就疯张起来,六亲不认,每次都把大国打个半死。疯一回跑一回,不是被看山人送回来,就是被放羊的人拾回来。这回走了都一年多了,我看着她这次回不来了。可怜的大国。"

大国瘦小苍白的脸,那双眼像冬天厨房里黑咕隆咚结了冰的大水缸。桃儿想起那双结了冰的眼睛。

小娥晒舒服了,侧个身,胳膊撑起乱蓬蓬的脑袋,太阳下一脸金色的细毛,睫毛也是金色的。小娥一只手在草皮上扒了扒,抓了把草塞进嘴里嚼起来,绿色的草汁从嘴角溢出,小牛一样咕嘟着嘴。

小娥"呸呸"吐了嘴里的草渣,"这个村子有好几个疯子。老人说村里风水不好,当年邻村和咱村争夺山上的泉水,败了那个村就请神人下了咒,说喝了这个泉水的女人生的孩子不疯即傻。说不准那天我也得疯了,说不定现在就是个疯子。"小娥甩着一头乱发,冲着太阳"呵呵"地笑了起来,脸上有金色的绒毛,一片淡褐色的雀斑。

"小娥,有人给你提亲了?"桃儿试探着问道。

小娥不笑了,将脸从太阳底下移到树荫下,树影在脸上跳了跳:"桃儿,俺爹要把俺卖了,要了人家三千块钱彩礼,成亲了再给三千,俺在俺爹心里顶个大牲口。"

小娥又抓起一把草,塞进嘴里,草汁又流下来,绿色的蚯蚓一样。"桃儿,村里有人说大山没和你正经过日子。大山哥脑子有病嘛，我可知道村里好些男人都惦记你呢，人漂亮性子又好，我是个女人都想娶你呢。你说女人能不能一起过日子？要不我不嫁人，咱俩搭伙过日子吧？你说嫁个男人有啥用，像我姐一样，就是遭罪。"说到她姐，小娥突然噤了声。

"你姐回来了，咋又送走了？"桃子突然问了一句。

小娥脸一下板了起来，嘴里也不嚼了，她狠狠地看了桃儿一眼："是他说的吧？这事只有那个人知道，那人不能招，你惹祸呢！"

"那个人"，桃儿心里一惊，手被苍耳刺了一下，一粒细小饱满的血珠花朵一样从手指肚上绽出。

桃儿也在树下躺了下来，与小娥肩并着肩，小娥身上是香甜的玉米味。浅蓝色的天上流动着大朵大朵的白云，洁白蓬松如同刚摘下来的棉花，桃儿觉得娘就坐在棉花朵里，扯着棉花一层层絮被子呢，一根一根纺线哩，不一会儿娘又坐着软绵绵云彩忽忽悠悠地飘走了。

五

一连几日不见小娥去菜地了。小娥家菜院子和桃儿婆家的挨着，中间是树枝编的篱笆，小娥家菜地里的辣椒、西红柿好几日不浇水了，秧子都蔫巴着蒙了一层土。婆婆家菜地里却是碧绿一派，红的是柿子、黄的是南瓜、紫的是茄子，豆角挂了满架，最让婆婆上了心还是那几垄烟草，肥厚的烟叶子，到了该收的时候了。桃儿手掌被"烟油"染黑了，烟田里散发着浓烈的苦涩味。

婆婆一边忙着把批下的烟叶一把把扎好，一边给桃儿唠嗑，小娥要嫁人了，小娥爹给她找了个哑巴，邻村的，家里开了个面粉厂,衬几个钱,小娥爹就把闺女卖了。"多不值,提亲的来了,小娥闹了一回,没用,收了人家钱,听说过几日就要嫁了。"

婆婆自家种烟,晒干炒熟,喷上罂粟壳子熬的水,抽了解乏。今天是个阴天,一大早婆婆喊了桃儿下院子披烟叶,烟叶是格外娇贵的东西,阴天早晨披下的烟叶子最好。

"上回来山子说啥了? 是让你回去吧,别理他,表兄妹成亲的多了是,咱村里有好几户,那个都过得不比别人差,山子是吓唬你。自古婚姻由父母说了算,这几年都过来了,再等等,山子快顶不住了。再说回去了我还有脸见你娘呀,你娘那个身体,禁不住事儿。孽障,我和你爹也想好了,他再这么折腾就去镇上找领导,让他回村种地来。桃儿,你要有个孩子,就能拴住山子的心了。"婆婆说着怀疑地瞄了一眼桃儿的腹部,"真是一次也没有?"

桃儿脸火辣辣地烧了起来,嘴死死地抿成一条缝,双手使劲在裤子上擦拭烟油子,直了直酸痛的腰。

小娥在菜院子篱笆外面探头探脑,乱蓬着头发,眼睛有些肿胀,太阳穴上各贴了一片新鲜的豆角叶子,样子有些滑稽。她看见桃儿直起腰,便连比划带做口形招呼桃儿。桃儿婆婆从烟地土埂上站起身,"小娥,咋还这么疯张? 都快嫁人的闺女了。"

小娥立即换了一副讨好的笑脸:"大娘,俺爹去南边打草了,夜里不回来,我想找桃儿夜里给我做个伴,教我做针线。"

"呸,呸,就你那个手还做什么针线。夜里别疯跑,让你将来的婆家知道了笑话,不许到别处去,早早闭了门户睡觉。"桃儿婆婆答应了。

晚上吃了饭,离天黑还早,桃儿披了一块花绸布去了小娥家,那块花绸布是山子那天给奶奶做寿时捎给桃儿了,红底银色桃枝图案,桃儿想送给小娥,帮她裁个袄。

小娥的娘去世得早,有个姐姐早就嫁到外地了。桃儿没见过小娥的姐姐,但听村里人说小娥的姐姐长得那叫一个俊,可惜是个傻子,他爹用她跟人换了一头牛,把她嫁到了很远的地方,兴许比桃儿老家还远。

桃儿进小娥家院子,一排小泥屋东倒西歪,一看这家就缺个过日子顶大梁的。只有井台边一个破瓦盆里一株石榴开得火一样鲜艳。

睡觉前,桃儿让小娥看她带来的布料,大红底衬着银色的梅树枝,在灯光下那银色的梅树枝像立起来一样,红色的布料像闪光的火,桃儿将布料往小娥身上一比,小娥就像变了个人似得,嘴上像涂了唇膏,娇艳欲滴,那双漆黑的眼里像有一对火苗疯了一样的一窜一窜,一明一灭,微微上挑的眼角湿润着,竟透出女人的妩媚。桃儿心里称奇。

小娥喜欢得不得了,将布料缠在身上不肯放下,跳到炕上舞动起来,时而挥动了双臂,时而扭动身子;时而跳跃,时而俯倒,似乎有什么千百道绳索束缚了孱弱的身体,似乎有千万种力量要冲破着身体,她的双眉紧蹙,那张脸又严肃又滑稽,那块红绸布被她舞的像唱戏的一样"呼呼"作响,桃儿都看得发傻。直到扭动的身体渐渐失去了力量,小娥才瘫软地趴在炕上喘息起来,一会又用绸布蒙了脸,"呵呵"地傻笑起来。

"别疯了,睡觉!"桃儿着实被小娥的疯劲吓了一跳,熄了灯,褪去衣服便躺下来。

发白发亮的窗上映着院子里的晃动的树影,仿佛小娥跳动的双眸和舞动的身影。树叶轻轻摩擦,发出了一阵阵潮水般的声音,又像故乡的湖边,细浪卷着细沙,拍打着岸堤。桃儿在夜色像是看见了正在摇橹的哥哥,赤裸的闪着黑色光芒臂膀,闪着珠贝光芒的牙齿。哥哥最疼爱桃儿,桃儿想,"他若知道自己在这儿过的日子,不知会多难过。"

朦胧中无法测量故乡有多远,桃儿失去了里程的长度,却有时间的宽度,四年了,离开故乡四个年头了。

青白的月光像渔网一样捕捞了整个乡村潮湿温暖的夜,捕捞了小树林中鸟的啾啁,捕捞了牲畜棚中新生小羊的呓语,还有乡下人梦中混杂在发酵的汗水里的鼾声,却无法捕捞起桃儿藏在心里沉甸甸的秘密。小树林里山子的那番话让桃儿下了决心,等着山子下次回来一定要把离婚手续办了,也该给姨说清楚了。关键是她和"那个人"不能再等下去了,一天也不能等了。

睡意袭来,桃儿侧转身子却发现不知什么时候,小娥脱了个精光,赤裸裸的身影在月光下飘浮着,如同岸边搁浅的一条大鱼,光滑细腻的曲线起起伏伏,那腰肢如山峦一般向黑暗里延伸,羞涩的小腹平坦,两只坚挺的乳房,傲慢地、无所畏惧在夜色的空气中颤动着。

桃儿的心跳动出了巨大的声音,似乎要把深夜里的蛰伏的万物惊醒,要把月光织成的网冲破,棚顶在颤动着悄悄压下。桃儿的脸在黑夜里红成石榴花。恍惚中小娥美如鱼一般的身体在岸上伸展开,散发出刚刚出水的腥味,似乎有潮水浸上沙滩,桃儿的身体瞬间冰冻。她感觉无数章鱼一般的手臂缓缓地伸过来,抚摸她发烫的脸,在一点点剥去她的小夹衣,抚摸在自己肿胀丰满的不知羞耻的乳房上、乳头上,揉搓着,火焰般的热度在增加,章鱼一般的手向下滑动,在微微隆起的腹部留下冰冷战栗的印迹,延伸至浓密的黑暗中。

似乎有笨拙的不知羞愧的声音像腐烂的水藻在无边的黑水里漫延。无数的鱼儿滑动的身躯,在桃儿身体内游动。

青绿的玉米秆上结着一穗穗坚硬的果实,断裂声中一株株压伏下来,汗水的味道,被叶子割伤的身体。饱满的玉米粒子,一颗颗崩出。天空旋转着一个个耀眼的太阳,阴险的笑脸。

梦醒后,桃儿坐起来摸摸汗水浸透的身体,又从炕下摸到自己的鞋。黑夜中,小娥在炕上死去一般沉睡着,如同沙滩上一只搁浅的死去的大鱼,飘浮着。

月亮如同山猫一般,在清凉的夜色里盘查自己的地盘。它踮了脚步爬行在每一户人家的窗台上、屋檐上,一路走去好远,走过荒凉的草丛中,每一座坟茔上,清凉的水渠边,空荡的打谷场上,尖顶的草垛,大国家孤单如碉堡的深深的院里。照着桃儿走向黑压压地玉米地。

初八,小娥出嫁了。整条街充满了吹吹打打的锣鼓声。孩子们等在村外随了马车跑进村,整齐地吆喝着:"乌鸦乌鸦来迟了,绣花枕头、绣花被、绣花手绢擦眼泪……"

娶亲的哑巴端端正正地坐在马车的车辕上,姿态如同他头上被硬纸壳撑起的黑色帽子,一身簇新的蓝毛布衣服,四四方方的胸前披着朵大红花。因为听不见孩子们叫嚷什么,哑巴高兴的咧着嘴直"呵呵"。

鞭炮在小娥家门前铺天盖地炸开,炸碎的红纸屑粘在哑巴新新的毛布衣服上,娶亲的人涌了一院,几乎要将小娥家几间衰败的老屋子挤倒,井台边的破瓦盆的石榴竟被挤翻在地。

桃儿一早去了菜院子,手里掐着一把水灵灵的芹菜,路过了小娥家。大国也立在当街失了魂似地看着眼前热闹。

小娥被一群大姑娘小媳妇从自家低矮破旧的房门里拥了出来,身上穿的便是桃儿送她的红底银枝的绸衣,一张大脸用心描画得如戏里女子,双眉如黛,着了火似的红唇,一张粉脂涂盖的脸透出俗艳和凄美。人群里惊出了一阵子唏嘘声,有人说:"咦,这哑巴竟娶了个仙人呢!"有人搭腔:"谁说不是哩。"

哑巴慌张地流了一脸的汗水,蓝色的毛布上衣领子湿了一圈,站在人群里发起呆,不知谁狠狠捅了他的腰眼,只听他大声"呵呵、呵呵"两声,抱起小娥如同扛麻包一般将小娥甩在了背上,小娥倒悬着,颈子伸了好长,露出一截白腻的肚皮,头上的红绒布花掉了一地。

迎亲的队伍在人群的哄叫声中,孩子的追赶声中,驶出村去,小娥头都没回一下。

尾声

雨下了三天三夜,村里的土路翻起泥浆,泥水溢满了大大小小渠沟和凹地。山子奶奶半夜里腿疼,哼叫着像一只老山羊,雨水和狂风敲打着玻璃窗。她哼叫着给伺候在一旁的孙媳妇说:"这样的夜里会死人的。"

谁也不曾想死的会是我。我死了! 在别人看来,我不明不白地吊死在自家屋子的大梁上,脖子被扯了老长,一条舌头难看地吐在外面,一只脚上有鞋,一只脚赤裸着。

一个孤儿活着或死去,在这个世上本来就不是一件重要的事情,但我有冤屈,有对这个世间的些许不舍,我有牵挂的人,我那伤心的不成样子的魂魄还不肯散去,在村子的上空游荡着。

三天三夜,乌云遮盖了太阳和月亮,雨水淋湿了我的灵魂,即便是我已经离开了人世,上天无路,入地无门,我的灵魂追随她——我心爱的女人,孤单的、哭泣的女人。

我和月亮达成了无声的默契,我相信它知道一切,知道那个隐藏在黑夜里,即便它在乌云的背后。

我是个弃儿,曾经像个弃儿一样活着过。

有人把我扔在荆棘丛生的荒野里。那个人是谁?也许是我娘,用一个小花被包裹着刚生下来的我,我都没能睁开眼睛看看这个女人,但我记住了气味,往后的日子我总在众生中寻找她,凭着味道寻找。我被牧羊的张老汉捡回去,村里人轮着番把我养大,有人给我几口粥,也有好心女人喂过我几口奶,我仔细地嗅过女人们身上的味道,不一样,不同于我寻找的味道。长到十岁上,我就给各家当帮工,在谁家干活就在谁家吃住。十七八岁上,我长成了个健壮、英俊的小伙子,从那时村里的男人开始用异样的眼光看待我,几乎没有谁家的男人愿意留我在自己家里吃住了。直到有一天村里管事的男人聚在一起开了个会,决定将村北边一所破屋子给了我。那个破败的屋子不知为什么孤单单立在村北,挨了一片坟地。那里面装了村里一些旧农具,还住了一群蝙蝠和野鸽子。

我住进来了,发现这屋子曾经也是不错,石头地基,门窗用的木料,还有屋顶的木料都用的宽大厚实。我知道村里到现在也没几家能用上这样的好木料,在这所屋子里应该有过一段殷实的好日子。不久我就打听到了,建这房子的是一对外来小夫妻,房子盖好不久两口子到山上打柴,回来时牛车翻进山沟,两人都死了。有人说这屋子太气派太敞亮,不聚气,一般人压不住,住进来总是要闹灾的。我不怕,父母都不知是谁的人,在这个世上还怕谁?

也许是因为吃着百家饭长大的,我长成了一个健壮的男人。村里老人说:"这个狗日的,肯定不是咱村的,咱村哪有长成这般的男人,他的眼睛细长的是个女人的眼睛,勾魂呢!",随着我的年龄的增长,这个村里的男人开始恨我,因为我招女人喜欢。村里不管什么年龄的女人媳妇都喜欢我,偷着给我送吃的，送我穿的，没事给我拾掇屋子。我慢慢地懂了别人的好处不白得，我明白了女人想要的是什么，于是我像个"山猫"一样过上了昼伏夜出的生活，别的男人在太阳下干活，我和村里的女人们在月光下忙活，在树林里、在打谷场上、玉米地里。我也喜欢女人们，我喜欢在女人的怀抱里生活，我想进入女人的身体，回到最初地方。我喜欢女人的味道，温暖的、潮湿的、伏天里玉米地里的味道，我仔细嗅过每个女人的味道，总是与记忆中的味道不同。

除了干这些无法言说的营生，我还会做一些别人都做不了的活儿。因为除了一身奸懒馋坏的毛病，我有一个很大的优点，嘴严实。嘴严实，是个大优点，村里每家每户都有几件不愿让人知道的事情，比如小娥家。村里人都说小娥她姐嫁出去再没回来过，实际上回来过，有一年冬天大半夜从婆家跑回来了。活不下去了，犯了疯病了，那男人对她像对牲口一样，打得她浑身上下没块好地方，小娥爹不敢让村里人知道，将她藏在牛圈里好些日子，最后给了我几块钱，给了我个地址，我坐了好几日汽车、火车，把她送给了一个不认识的人。往回返的时候，我有一种不祥的念头，我猜想，直到死小娥她姐再也不会回来了。还有大国家，每年大国他娘都犯几回疯病，疯一回跑一回，每回都是我悄悄地把她寻回来。有一回大国他爹给我几个钱，让我进了东边的山，从一个牧人手里将她赎了出来，那牧人死活不肯给想留下她做媳妇呢。

每回我出去寻人，主家都说我是进山寻那些走失的"牲口"去了。守得秘密太多的人不会有好下场，我想我会死，但没想到这一日来得这么早！

有一天，大山他爹来找我。单家老大，村里的大能人，平日我在他跟前都不敢抬眼皮。天黑透的时候来的，大山他爹没进门蹲在门口的台阶上抽了半袋子烟,烟锅里的火星子烫我的眼,映着他黑里透紫的脸。那烟味香得撩拨人,我悄悄噏支鼻子,半晌他吱了声,他让俺去县城找桃儿。"这事打死都不能说",大山他参哑了嗓子告诉我,"这事不能张扬,关系到大山的前程。"说罢,他将烟锅子里的灰烬磕在石头台阶上。

大山是我们村里唯一一个在乡政府上班的公家人,他娶了自己的表妹,就是桃儿,一个漂亮的外乡妹子。那场婚事办得好派场,我还挤在女人堆里看了新媳妇。

几日后我在县城长途车站找到了桃儿,看样子她已经在车站过了些日子,本来是个漂亮的人,竟然像一棵快枯黄的豆苗,那双眼睛像被泥沙淤死一样,干涩涩地望着我。我走上去牵她的手,她竟然一声不响地跟我走了。天晚了,我们住进一家旅馆,我给她买饭吃,我给她打热水,我守了她一夜。我犯了大忌,动了私心,没能把桃儿完整地交给老单家。我想让桃儿做我的女人,和以往不一样,我想让她做我一直寻找的那个女人,做我唯一的女人,我将头伸向她的怀抱,吸吮她的乳房,呼吸她的气味,那一个女人的气息,是我这一生苦苦寻找的气味。这些年的寻找几乎是一刹那间有了结局,我短暂一生寻找的一切都有了答案。

从那天起,我不再是一个孤儿,我像别的男人一样,有自己牵挂的人,有了牵挂我的人。我开始开垦荒芜的院子,收拾破旧的屋子,找来木匠打了一张新床,一套新桌椅。我寻思着,等我把屋子收拾好,我要娶桃儿,桃儿要跟大山去公社办手续,办完手续,她就名正言顺地嫁给我。桃儿叮嘱我做个小摇床,吊在房梁上的那种,两头翘着像个月牙。桃儿说这个能用着。

有人因为守着秘密而活,有人因为守着秘密而死。

我一头栽进了玉米地的陷阱里,连喊一声都没来得及。白天有人给我屋里塞了个纸条,纸条上画了个大玉米棒子,画了个镰刀似的月亮。我猜是桃儿约的我,月亮一出来,我就放下手里做了一半的"小船",洗了脸,打了香胰子,换了件新洗的衬衣,穿上桃儿给我做的新鞋,出门了。

村里有好几块玉米地,这块画画在纸左上方,我就知道是东头那块桃儿婆家的玉米地。

月亮怯怯地贴在空中,像新磨出来的一把镰刀,空气里都弥漫着铁器生锈的腥味儿,还混着潮湿的正在成熟的庄稼味,还有下雨之前猪圈里泛出的臊臭味。天边上压了一道黑沉沉的云彩,没准夜里会有一场雨。一家一户的灯从窗里透出一点点微光,摇摆的、瞌睡的、不安的光。

我出了门,向东,在黑夜里穿行,街道上有人牵了一头牛默默地从我身边走过,从脚步听出人和牛都一肚子沉沉甸甸的心事,身影比黑夜还黑。有一只狗急匆匆贴了我的小腿跑过,吓了我一身冷汗,像有人蹲在看不见地方扯我的裤脚。"狗东西"我骂它,它听懂了似地,回过脸望了我一眼,一双绿色磷光闪闪的眼睛。走到玉米地时,一阵风吹过,玉米叶子的"沙沙"声由远及近,起了浪似的一层层地压过来,我向深处走去。成熟的玉米的果实硬梆梆地打在我脸上,泥土深处的粘潮、生涩的味道,要下雨了,我知道。天空中黑云破布似地遮了月牙,月光成了天幕上的一片污渍。黑夜里我想起了那双绿色的狗的眼睛,我想折回头,却听得玉米地深处有人在唤我。

那陷阱能俘住一头野猪,何况我,一头栽下去,头抢在尖硬的石头上,连一声呼喊都没喊出来,就没了知觉。被雨水浇醒时,浑身疼得如一把把小刀子剐肉。好一阵才明白有人塞住了我的嘴,我被装在个大布袋里,扔上一辆左右摇晃的牛车。胶皮轱辘发出吱呀的声音,有人使劲甩鞭子击打空气,那牛车行进在风雨声里,玉米地里响成了一片,有玉米秆断裂的声音,雨点急促地打在叶子上。

我喊不出也动弹不得,眼睛肿胀得睁不开,任凭自己在牛车上颠簸。好一阵牛车停住了,有几个人把我卸了下来,似乎进了一个院子,又进了一个屋子,那屋子的气味我熟悉,新家具散发出的松脂味道。但我已经吓蒙了,被人像死狗一样甩在硬地上,有一点黄色的光亮在眼前摇曳,仿佛幽暗亡命途中小鬼引路的微光。接着是几个人轻重不一凌乱不堪的脚步声,有人费力地吐了口气,有人狠狠地踢倒了什么物件,有人狠狠在地上吐了口唾沫,骂道:"这鸟货,死沉,果然不是好东西。"有人上来端我一脚,说道:"狗东西,怕是死了吧,挖个坑埋了!"我听不出是谁来,耳朵里一阵阵轰鸣,巨大的不祥压了下来,整个身子似乎要被成千上万只蚂蚁蚀光,我想拼命挣扎,无奈整个身子被死死地捆扎着,我在胸腔发出最大的呼喊,一声声呼喊没见过面的爹和娘,呼喊桃儿,却没有一丝声音冲出喉咙,一切声音都被黑暗中的轰鸣吞噬。

突然所有的声音如潮水般退去了,黑夜里沉淀出最绝望的沉默,死亡之前的沉默,是黑色的一团,比夜还黑。那一刻好长,足够我和桃儿在玉米地里欢爱一场。

我被他们从麻包里掏了出来,烂山药一般滚在地上,眼睛肿胀地睁不开,但眼底盛开了五彩缤纷的花朵,这辈子都没见过的花朵,红的、紫的、靛蓝的,一团、一团绽放,谁家院子里的牡丹。有人又端我一脚,又在我脖子上套了绳索,另一头已经绑在了梁上,有人压了嗓子说一声:"对不住,谁让你做了不该做的事!"我两脚离了地,脖子上的绳索如一只钢骨铁手,一股气挤炸了我的肺,一股热流在两股之间,我那肿胀的眼睛也睁开了,如铜铃一般,恨恨的。我嗅到一股烟草味,苦涩、浓香、诱惑,死神的味道!我也看见了死神的那张脸,亲人一般的脸!

　　外面的雨下大了。天和地黑沉沉地都连起来了,多少年都没见过的大雨,下得满世界都是生锈的铁器味、腐臭的泥浆味、地窖里的烂菜味道。几个人和一辆吱呀乱响的牛车消失在雨幕里,连个车辙和脚印都没有留下。雨下过三天后,大小河都涨满了,玉米秆倒在泥浆立不起来了。麻四和他家猪一起淹死在圈里了,放羊的张老汉压死在自家草料棚里了,三天三夜的大雨,整个世界都颠倒了,我的屋子漏成了筛子。第三天黄昏时雨终于停了,一道如血的残阳铺在西边的天空,映得整个村子都红了。我住得旧屋子后面的山墙"訇然"一声塌成了泥,我的肉体被吊在露天的梁上,一只脚有鞋,一只脚裸露着,在晚风里飘荡着。半村子人都从屋里钻了出来,有人说:"这雨大呀,能下死人呢,有人都愁得上吊了!"

　　我看见桃儿立在人群里,惨白的一张脸,大国痴呆地扯着她的一边衣角,一只手中攥了一只沾满泥浆的新鞋,桃儿认得那鞋。

秋无痕

一

英子家的苹果树，头一年结得多，第二年就歇歇枝，少结点。今年又是个大年，甚至比以往任何一年都结得多，一棵树上几百只苹果压在枝头，靠地面的那一枝似乎要压断了，英子她爹——老梁找来一块木板将树枝托起来，又用一根结实的木桩支在木板下面。

春天苹果树开花时，整个树上花朵挨挨挤挤、密密麻麻的，引得小黄蜂和蝴蝶疯了似的上下飞舞。英子奶奶就让老梁打掉了许多枝杈、掐掉了许多花朵，她说：要这样结果子，树得累死，翻过年去可就什么都吃不上了。奶奶心疼这棵果树，院子里其他的树都是她得了这个院子以后才种上的，只有这棵果树是她来的时候就有了，有些年纪的老树了。

每年等苹果成熟，老梁就将它们贮存在地窖里，一层一层用干净潮湿的细沙土埋好，冬天拿上来也是脆甜爽口，像新摘下来的一样。

地窖很深，阴暗。北方这样的小镇上，几乎家家都有一个地窖,用来贮藏过冬的蔬菜,无非就是萝卜、土豆、洋葱,但这些对于半年都是冬季的北方人来说尤其重要。勤快点的人家,地窖也会修得讲究些,宽大不说,四壁也用一些砖石砌成。老梁是个过日子的人,地窖修得一点也不马虎,宽敞得有一间屋子大,三面都掏了深洞,还用红砖箍了顶,窖里除了贮存冬菜,还贮存苹果,贮存腌菜、果酱和自制的葡萄酒。

虽然有两个哥哥,一到了冬天家里人总是打发英子下地窖拿冬菜,大概是因为窖口狭小,而英子身材瘦小,上上下下要灵活许多。二哥心眼多嘴又馋,家里大人不在时,总是怂恿英子下窖里拿苹果。英子胆子小怕黑,心里也却挡不住苹果的诱惑,每回都战战兢兢地拎一只小篮子,一步步摸着台阶往下挪,到了底部在昏暗中战栗着适应一会儿,才能借助窖口一缕光线,望见窖口和四壁墙上厚厚的白霜,望见二哥扒在窖口的充满企盼的大脸盘子。冬天,窖下面是温和潮湿的,充满新鲜泥土味道,还有股淡淡的苹果的清香和发酵的酒香。英子摸索到西北角,从湿凉的沙土中掏出一只光洁的泛着红晕的,有自己脸盘那么大的苹果,只要想着咬在嘴里滋润的汁液流进了喉咙,心里恐惧就少了许多。就这样,地窖里的苹果能贮存到第二年开春,那时候到没来得及吃完的土豆、胡萝卜开始发芽了,那些黄色的纤弱的小苗能从沙土里钻出歪斜着身子向窖口的方向长出一尺来长,奇丑无比的癞蛤蟆也从沙堆中复苏,它鼓着眼睛,振动着腮帮子,打量英子。英子开始闻到一股一股的坏菜味。

入秋,老梁就要整治地窖,将松动的砖块重新加固,将里面腐烂的东西彻底清理干净,垫上新土,更换新的沙土,做好贮存苹果和冬菜的准备。

八月中旬,虽然还有酷热的"秋老虎",云彩里的水分已挤干了不少，天气比以往干爽了许多了，苹果的脸变红了。

老梁抬起头，眯起眼睛眺望院子前面的护城河。这河水也像人一样，春天东边山上的雪水融化，水一点点汇集到河床里，一天天涨大，河床一天天变宽；到了夏天河水也长成模样了，大大方方地流淌，哗哗地作响，有时还要威风，涨水时能淹没河中间的柳树林子；到秋天河水开始变老，一天天消瘦，一天天变细；冬天河水就入土了，不见了，就像人生一样。可是河水的生命是轮回的，一年一次的轮回。

人一老了就更加恋惜好阳光。这几日，英子的奶奶白天在院子里停留的时间比夏天还长。总是一大早就坐在宽大的藤椅里，上午在西墙根，中午挪到苹果树下，下午在东墙的葡萄架下，一点都不浪费好日头。今天也不例外，这会儿老人坐在藤椅里垂着脑袋打了阵儿迷糊，又像是想起什么似的猛地醒了，叹了口气，抹抹了银白的头发，然后又摸过挂在藤椅扶手上的拐杖来，老人拄着拐，挪了几步，又抬头看了看果树，一边喘一边嘟囔："结得太多了，春天应该打掉些花，人不能贪，拾掇不好了明年可要大歇了……"说着，蹒跚到西边小屋里去了。

院子西边和正屋成直角盖了两小间偏屋，外间是夏天做饭用的，里头还有一间存放种菜用的家什物和平时不用的杂物，中间还摆着个黑漆棺材。

英子的奶奶今年八十四了，身体远不如从前了。最近哮喘的毛病又犯了，一连几个晚上都没法子躺下去睡觉，但是到了白天精神头却极大，总在院子里四处遛达。别人都以为老太太最近身体转好了，虽然有人说八十四岁是人生中的一个"坎"，全家人都盼着老人能顺顺当当过了今年，往九十岁上奔了。但是有两个人心里明白，这个"坎"还真不好过。一个是老太太的儿子——老梁，因为最近老太太总到西头贮物间看自己的寿材,还让他将里头的杂物清理出来,又让老梁找人给寿材上了新漆。寿材准备得有些年头了,英子她妈在里面塞了些一时不用的棉花套子,还放了些晾好的干菜,棺材的漆也不如前些年鲜亮了。如今老太太关心起寿材,老梁心里就有了准备。

还有一个人也有了点预感,那就是老太太的孙女——英子。英子从小就跟着奶奶住,只有前几年外出上学时离开过,毕业回到县中学当一名老师,还未出嫁,跟奶奶住一个屋。

二

说起老梁家的院子,有些讲头。最显著的特点就是大,如今在县城有这么大院子的人家可不多了。再就是地势好,占据了护城河边上的一块高地,南临着河,北临着一条大街。县城的居民散落在河岸的两侧,主要集中在河的北岸。英子家几乎占据在北岸最好的一块高地上,院落前面是一个缓坡,一直延伸到河床上。春夏,站在院子里,河水一片银波,仿佛荡漾在脚下,远处可以望见架在河上的连拱桥和河中沙洲上的绿成一窝的柳树林,再向远可以望见南岸掩映在绿树中的红瓦白房。

整个院子用三排房子隔成了三部分,后院住着老大一家。去年夏天前老梁又在院子东北方向盖起了三间带连廊的砖瓦房,是为了二儿子结婚用的,因为老二两口子在省城工作,很少回家住,新屋子如今空着。中间一排老房子,总共三间正屋、两间小西屋,住着老梁两口子,还有奶奶和英子。

要说这块风水宝地,还是英子奶奶当年从外地迁来时悄悄置办的。

英子奶奶在老家是庄户人的女儿,家中有些田产,算是个中等人家,十七八岁嫁到夫家,夫家也是祖祖辈辈以经营土地为生的农民,别的本事没有,会伺候土地,会精打细算,几辈子人也攒下了些家业。解放初期,带上了地主富农的帽子,挨了不少整治,后来英子爷爷经不起折腾,一次批斗会后得了风寒,一病不起,没多久就咽了气。英子奶奶带着十几岁的儿子,投奔了关外的亲戚,就在这个天高皇帝远的小县城扎下根来。

英子奶奶一点也不像地主家的媳妇,刚到这小县城时也就三十出头,长得又黑又壮,说话做事泼辣能干,一副能吃苦的穷苦人家模样。英子奶奶相中的这个院子,主家早就迁往外地,留下院子由亲戚照看,院子倒是不小,但远离县城中心,疏于照看,荒了好几年。英子奶奶没出几个钱就盘下这块地和一座宅子。一晃五十多年过去了,老宅翻新了一回,小县城也扩张了不少,河岸南边的荒地上都住了人家,英子家大门口的当年泥泞小路修成了宽阔的柏油路,离家不远处又建起长途客运站,周围又建起了不少旅馆、饭店,这片地显得金贵起来。

老梁是那种"闷葫芦",表面老实巴交心里极有数。这些年邻居和周围的人们都纷纷卖了院子住进了楼房,楼房好啊,有自来水,有暖气。也有单位看中这块地,开出了高价想征购,可老梁始终不动心,多少年来他对这块地有自己的规划。在老梁的心里手心手背都是肉,他对三个儿女不偏不倚,在他心中悄悄将院子分成了三分,两头划给了两个儿子。大儿子腿脚不利落,是个残疾,靠大路那块地分给他,临街开个小店铺就能养活自己。前院留给小儿子,临着河,开阔敞亮,小儿子也是个心境远大的孩子,适合他。中间留给闺女,闺女才是爹妈的"小棉袄"。但这一切他没有给子女挑明。大儿子结婚时,将临街的三分之一院落明确给了老大。后来大孙子出生时脑积水,治疗的不及时,竟然影响了智力,一家子两个残疾人,大儿媳妇哭闹着不想过日子了,甚至提出了离婚。英子奶奶为了息事宁人,将原本留给孙女的院子让出了一部分给了老大。

中间的院子还有这株苹果树，还有这老宅子，除去分给老大的一部分，显得有些窄小，将来打算留给英子。老二毕竟在省城安了家，他不能和大哥一般见识，也不会和小妹争高下，老梁心里这么盘算着。

三

英子和奶奶住在老屋的最西头，屋子里也没太多装饰，却收拾得格外整齐，用石灰水粉刷得像个雪洞，让人觉得舒适、踏实。一进屋子，西北角盘着北方人惯用的小火坑，英子小时候就和奶奶睡一个炕，如今也长大了，小炕有些拥挤，再加上年轻人睡火炕容易上火，就在屋子另一头支了张床。火炕和小床中间隔了一张条桌，桌上放着一副简单的茶具和一个座钟。座钟也说不上有多少年头了，英子记事起就摆在这儿，奶奶隔两日就给座钟上发条，这表到点就打钟，从来就没有走差过。几个落地的双开扇大窗户，窗台上摆着个长方形的鱼缸，游了几条河里淘来的小鱼，水面上漂浮了几朵鲜艳的蜡制小花。鱼缸是心灵手巧的二哥用玻璃粘的，是他到省城上学之前留给英子的礼物，二哥辛苦了好几日，还把手都划破了。

这几日，奶奶夜里睡得越来越少，几乎半宿半宿地坐着，频频发作的哮喘更让老人无法安睡。奶奶怕吵了英子，提出来让英子搬出去住进她二哥的新房去，可英子觉得她这时最应该留在奶奶跟前。

昨天也一样，前半宿奶奶倚着被子，喘一阵子，咳一阵子，英子照例给奶奶拿好痰盒，又在茶杯里晾好开水，伺候老人吃了药，就熄了灯自顾自地睡在小床上了。她假装睡得很沉，奶奶试着叫了她两声,她不应声。她知道只有这样老人才会安心。一直到后半宿,奶奶才躺下睡了一会儿。

天刚亮,奶奶照例起来了。认认真真地梳好头,奶奶头发虽然早就白完成了,却不显少,厚密的一层,梳透了,梳通了,就挽成髻,再用老式的银簪子把它固定好。那个簪子可是个老物件,也是奶奶喜欢的饰物,簪子头上錾着云朵形的花纹,镶着三颗绿松石,英子知道奶奶藏着些宝物,这只是其中的一件。奶奶是个爱干净的人,别看上了年纪,身上总是收拾得一尘不染,对待头发更是一丝不苟。头发梳好了,奶奶揭下披肩,将上面的头发一根根捡起,又将枕头上的头发也一根根捡起,搓成一团,装在一个用旧的"痱子粉"盒里,再和梳子一起放进炕边桌子的抽屉里,然后才下炕洗漱。

而今天,英子发现奶奶的头发梳得很不整齐,发髻竟然歪了,还有一缕头发没拢上去,垂在耳后面。英子想告诉她,但一想奶奶肯定要费时费力地重新梳,又不肯让人帮忙,话到嘴边又咽下去了。

四

今天是个重要的日子,魏县长委托赵校长两口子要到英子家提亲。自然是给英子提的。

英子今年二十四了。十八岁高中毕业,上了三年师范,回县城在县中学当一名历史老师。英子是那种什么时候都不会主动惹人注意,但又容易让人产生好感的女子。她性格平静,不逞强不出风头,走路不往前冲,说话不抢人话茬,做事不显山不露水,明明是小家碧玉,却暗藏着一股子沉稳和大度。就连长像也是如此,不收拾打扮时,平平常常,稍稍一打扮却总能让人眼前一亮，眼睛不是很大，细长的眼尾微微有些上挑，苗条的身段，尤其是白净的皮肤，就像名贵的瓷器一样细腻无瑕。奶奶经常说英子，就凭着一身好皮肤注定是个富贵的命。

从上中学起一直到现在的单位上，暗中喜欢英子的大有人在。上了班以后，看上英子的人家也不少，经常有人打探消息，想牵线说媒。

虽说年轻人恋爱自由了，但是在小县城里却有一些固有的风俗，特别是上点讲究的人家，哪怕是走个过场，也会请个有头有脸的人，先到女方家提个亲，年轻人才能正式交往，如果顺利，后面两家就要定亲，选日子，结婚，一切要依了礼数来。

英子家是平常的人家，但也算得上是当地的老住户了。家里兄弟姐妹三个，大哥有小儿麻痹症后遗症，一条腿是跛的，没个正式工作，在家门口开了一家粮油店，前些年也娶了妻生了子，日子虽不富裕，一家人也能顾下自己。二哥还算争气，高中毕业考上一所不错的大学，毕业后在省城一家公司里工作，找了当地的媳妇，去年也成了亲。

如今，英子也到了出嫁的年龄了。

傍晚，赵校长和夫人来了，按照礼节带了烟酒、点心，还有几块布料和一些营养品。

赵校长一家和英子妈妈家沾点亲，论辈分英子管他们叫舅舅、舅妈。当年英子师范学校毕业，也是英子妈妈找了赵校长，才被接收到今天这个学校的。所以无论从哪方面说这两口子开口提这个亲是最合适的人选了。

英子知道事情的原委，也知道今天只是个过场。但在家人眼里这是个重要的过场，奶奶下午从箱子里找出了那件还没下过水的月白色的新大襟穿上，衣服胸前折叠的印子都没扯平。此时奶奶将有些肥胖的身子挤进藤椅里，安坐在院子的苹果树下，一缕没梳好的头发还耷拉在耳边，手里握着那只拐杖，一副很有威严的态势。院子清扫得格外干净，地上泼了新打上来的井水，湿漉漉的没一点浮土，当院支了桌椅，摆了瓜子、花生和新摘的苹果、葡萄，几个杯盏，一壶茶水。赵校长两口子是傍晚时分过来的，天色尚好，正是家家户户在院子纳凉休息的时候。两口子自然是先问了问老人家的身体，才和英子父母在桌边落座了。英子也大大方方问了好，斟了茶水，就退进西边小偏房去，一边看着灶上的药锅子给奶奶熬药，一边听着他们的话语。

赵校长抿了口茶水很郑重地开了口，操着在学校开会时惯用的沙哑的长腔调，先夸赞了英子一番，说英子在学校工作踏实，为人本分，在老师中口碑好，人人都知道英子是个孝顺姑娘。然后才提到了魏家的这门亲事，说前两天魏县长老婆亲自去学校相看英子去了，人家相中了，说英子人品好，气质又好，今天算是托他们两口子正式提亲来了。

英子不知道魏宏母亲到学校相看自己的事情，听此不免心里一阵堵，她用火钳捅一捅灶里的炭火，药锅子里苦涩的味道飘了出来。

只听奶奶大声咳了几下，英子妈连忙递过茶水，奶奶清了清喉头说道："还怕我家英子配不上她儿子吗？唉，照理说我是不同意这亲事的，一来是我们这种小户人家高攀不起，二来是因为他家小子（孩子）小时候做过手术，取了一个腰子（肾），这不是小事，是得过大病的人，都是这两个糊涂人办成这事！"听见奶奶把口峰转向了英子的爸妈，英子连忙站起来，走到院子里又给每个人添了些茶水。英子一出现，奶奶就"哼"了一声打住了话口，奶奶明白孙女的意思。

英子将茶水端给妈时，她看见妈的手有些颤抖，英子心疼妈。

赵校长矮矮胖胖的夫人连忙接过话茬,唱歌似的说道:"姨,你老放一百个心,人家儿子的病都是啥时候的事了,如今全好了,一点也不妨碍将来的生活。再说了,魏县长也说了,英子哥哥工作的事包在他身上,魏县长亲自去地区劳动局要的编制,过几天就可以上班了,正式编制,在中心商场当库管,工作也不累,正适合他。"英子没想到赵校长的夫人把话说得这般明白,心里又"咯噔"一下。

校长夫人话音一落,院子里沉默了一会儿,药锅子"嗞嗞"响。赵校长很有威严地咳嗽了一声,依旧沙哑地说道:"婚姻讲缘分的,魏宏和英子是同学哩,两个人相互了解,有共同语言这是最重要的,其他都是次要的,不值一提!"

老梁连忙递过烟,说:"抽一支!"

五

药锅子飘出来的味越来越浓,英子熄了灶膛里的火,不想再听院子里说话,兀自坐在小凳上托了下巴想起心事。奶奶说,人的心一缺了,就得用东西去填补。只是这心上的窟窿用东西补只能是越补越大,大嫂的心缺了,能补齐吗?奶奶的心是用什么补的,是那些她悄悄藏着的珠宝吧?奶奶说,那是爷爷留给她的念想。

去年大哥家生了第二胎,是一个健壮的男孩子。妈妈和奶奶攒了几年的眉头舒开了。英子见奶奶第一次将爷爷的照片拿了出来,挂在条桌的上方。

以前,英子知道爷爷的照片一直在奶奶的箱子里锁着,每次收拾物件翻出这照片,奶奶都会给英子诉苦,说这个男人不知道疼惜她,不顾家,说当年奶奶在家里生了英子父亲,找人给在县城里听戏的爷爷报喜，爷爷过了半个月才回来看娘儿俩，又说起他的软弱，扛不住事，撇下他们娘俩自己奔了阴间。就是这个爷爷让奶奶背井离乡，受了太多的苦。

"男人呀，女人总想指望男人，其实男人是指望不住。"奶奶总是这样抱怨早已不在人世的爷爷。英子以为奶奶一直是怨恨爷爷，才不愿意挂出照片来。那天英子才明白了，奶奶其实是觉得对不住这个人才不愿意天天面对他。

照片上的男人，一副清秀的书生模样，个子修长，身着一件长袍，手里拿着个文明帽站着，脸上看不出悲喜，眼睛向上挑了，似睁非睁的，像在嘲笑什么。如果大哥不是残废，面容过早地衰颓，多少有着爷爷的影子，英子在心里比较着。照片上爷爷站在后面，前面椅子上端坐着当年年轻的奶奶，看上去肤色重一些，但身形丰满，水蜜桃似的脸型，梳了一个油亮的发髻，穿着一件旧式偏襟绸缎袄，怀里抱着个周岁的男孩，这应该他们一家三口唯一的一张合影，发旧发黄的一张老照片。

在奶奶点滴的叙述里，英子能感受到奶奶和这个男人有太多的不和谐。他们的婚姻是父母包办的。爷爷是十里八乡有名的美男子，祖业虽然丰厚，家中积攒了不少田产，但爷爷是个有名的浪荡子，和奶奶成家后，还是四处游荡，过着放荡不羁的生活。奶奶是个明理的人，她知道自己拴不住这个男人的心，就一切由着他来，他在家一日就恭恭敬敬地伺候他一日，他出去闲逛十天半月，她就托人送钱送粮，多余之事一概不问。也许就是这点好，让爷爷倒是对奶奶有着几份敬意，等到父母过世，偌大个家业拱手交给奶奶看管，奶奶也将心身全扑在家业上，把家里整治得井井有条，吃喝不缺，爷爷一味地过着不问人间烟火只享人间快活的逍遥日子，只要有他吃喝玩耍的钱，其他他也懒得过问。就有一样，每到逢年节或奶奶的生日,或在外面闲逛久了,爷爷总会从外面带回一些珠宝来首饰敬献给奶奶,奶奶也当作是爷爷对她表示的一点亏欠之情,欣然接受。

历经岁月劫难,这些珠宝和奶奶自己攒下的金银被她秘密地收藏着。关于这些金银珠宝,知道的人不多,只是在大哥找媳妇时,奶奶揣了一锭金子回了趟老家,换回了大媳妇,这事只有母亲和英子知道。

奶奶偷着让英子看过这些"宝贝",放在一个黑色的木匣子里,藏在炕铺的一角,用一块木板盖着,正在奶奶睡觉的枕头下。匣子一下打开,那块绸布一掀开,吓了英子一跳,真不少,金的、银的、玉石的镯子,珍珠项链,红绿宝石的戒指,镶宝带翠的发簪、耳环、耳坠……着实让英子吃了一惊,英子被这眼前的一切弄得恍惚起来,觉得这些熠熠生辉的珠宝都显得格外不真实,但这是奶奶日日夜夜守候了一辈子的"宝贝"。

赵校长夫妇走了。老梁在树下坐了好久,直到月亮升起。他吸了几支烟,烟是小儿子从省城带回来的,小儿子说这烟特贵,几十来块钱一包,老梁舍不得抽,今天拿出来招待赵校长,自己也抽着开开浑。

人和人不能比,自己就是穷命,这烟有啥好,还不如自家种的"莫合烟"! 话又说回来,啥是好啥是坏,谁知道! 英子奶奶说一辈子低着头做人,谁的麻烦也别找,谁也别找咱的麻烦就是好,踏踏实实地吃自己种的粮,住自己盖的房,就是好! 可是大媳妇不这样想,有了地有了房,还有自己的店,还想让老大找个正式工作,说实在的,要没有院子和那个店,一份正式工作搭上一辈辛苦都养不起有病的孩子和老婆,人心就是不足呀!

英子她爸使劲抽了口烟,又使劲吐了出来,一会儿想想自己一辈子都想不明白的人生意义,一会儿又想想英子的婚事。

今天就算县长家正式递过话来了,听赵校长的口气,盘算着如果顺利,就赶紧着定亲,最好今年春节前办喜事呢。其实这事,他知道英子心里不太痛快,他也想——只要英子张口说个不同意,这亲就不能结,但不知为什么前些日子英子竟然亲口同意与魏宏正式交往。该不是为了他大哥的工作?英子就是心太善。

英子是这三个儿女中最招人疼的。大儿子是个残疾,一家人为他操了多少心,二儿子也不是个省心的,供他上学、找工作、成家,那一样也没少花家里的钱。去年春节老二带媳妇回来也撂下了话,说这院子有他们一份。这两口子说不定还惦记英子这一份呢!儿子大了就是"白眼狼"。英子和他们不一样,性子随自己,老实善良,总为别人考虑得多。他猜想英子突然同意亲事,一定有为老大找工作的因素,这事让老梁想起来心里就不痛快。魏县长算是县城里的头号人物,自己一个普通人家,做梦也没有想过要攀这样一门亲事,何况魏宏确实是有过病的人,老梁也打听了,摘除一个肾的人如果恢复得好也和正常人一样,但是如果有个万一,英子输得起吗?都是英子妈为老大工作的事找了赵校长,赵校长就给牵了这根姻缘线。事情怎么就走到今天这一步了,老梁想不明白。要怪也得怪自己是个没本事的人。

六

英子在床上辗转了一会儿,还是睡不着,倒是奶奶今天入睡得格外顺利,也没咳几声。窗台上的鱼缸里飘动着鱼儿游来游去的影子和搅碎的月光,就像是人心里游来荡去、浮上沉下的心事。她起身借着白色的月光走出了屋子,站在前廊下看苹果树的影子枝枝叶叶地铺在院子的地上。

她看见了爸爸还在树下蹲着，烟头一明一灭，照亮了一张眉头紧锁的面孔。

毕竟入秋了，白天酷热褪去，夜里有了沁人的清凉，似乎是河水的凉意也漫进了院子。英子下台阶，绕过苹果树向前院走去。

前院里的菜地、桃树、二哥的新房都笼在银色的月光里，隐隐约约地或黑或灰或白，就像爷爷和奶奶的那张老照片一样。再向远处眺望，目光越过矮墙，看见护城河也快到了枯水期，前些日子还宽阔丰盈的河水正在变细、变瘦，一缕一缕分成许多银色的细支流淌在黑色的河床上，像一整匹白布被扯破了，又像奶奶垂在耳际的白发在黑色的夜幕和黑色的河床里飘散开来。沙洲上的柳树林子是一团深厚的黑。

说实在，这世界到底是五光十色的白天真实，还是褪去繁华的夜色更真实，谁也分不清，英子也有些恍惚。

想一想父亲、母亲守着河里的四季过了一年又一年，自己如果成家也在这院里，也许就会是一辈子。

同样的风景，许多人一看就是一辈子。

英子想让自己不着边际的想点别的事，可是这思绪还是能顺着千万根线走出去又走回来了，纠缠在一点上，挥不去，理还乱。

英子倚着那棵桃树，想如果不出意外，春节前就要办婚事了，她听见赵校长和父母初步商量的时间。英子在想要不要给二哥写信商量一下，转念又想其实也没啥好商量的，她已经同意这桩婚事了，只有她心里明白也不全为了大哥的工作。

七

那个人影子像是从对面的月亮里、河水里走来的,起初是冰冷黑白的,一会儿就温暖鲜明起来,无法不去想他。英子知道自己还在爱着他,还爱得那样深切,爱着他搂过她的有力的臂膀,爱着他吻过她的热烈的唇,爱他的喜悦,爱他的忧伤,爱他的呼吸,爱他的一切。

爱,是一棵树,一棵藤,就算是一根苗,也是在自己身上扎了根、生了芽的,拔去能不痛吗?这些痛跟谁说去。

大伟是为了进修的事才和自己分手的吗?一开始英子还有点不太相信,但是现在看来是真的。

当初魏县长托赵校长做媒的事,英子没有刻意向大伟隐瞒,也没有主动告诉大伟,她觉得这不算个什么,在这个年龄,哪个姑娘没人来说媒,前面也有人时不时到家来问话。英子她妈只是含含糊糊说过魏县长家好像有那意思,英子也只当是多事的人随便这么一打听的,自己也一口回绝了。

直到有一天,大伟约了英子到小河边柳树林谈事。

那片河汊中间的柳树林子里,还真是个年轻人谈恋爱的好地方。整个春夏绿意葱茏,安静隐蔽,和大伟恋爱时,两人也时不时来这儿躲清静、说悄悄话。林子空地上有一棵歪倒的大树,树根已经完全离开了泥土。那天英子来得稍早些,坐在那棵歪倒的大树上,四周偶尔传来鸟叫,远处河里有孩子嬉笑的声音。英子望着脚下的草皮,想起刚和大伟在这儿约会时,脚下的杂草长至膝盖,他俩来的次数多了,居然走出了一条弯弯曲曲的小路,就连脚下的草皮都被踩踏得露出了泥土的颜色。不知过了多久,大伟来了,因为赶路着急,脊背上的汗水湿透了衬衣,他的脸色是不自然的红,一副气急败坏的神情。两个人并排坐着沉默了一会,大伟神情开始变得有些焦躁和激动,他说到几乎全校、全城的人都知道魏县长家准备到英子家去提亲,只有他还蒙在鼓里。说着他居然哭了,一个大男人在自己面前泣不成声,英子又心疼,又生气,她给大伟解释,说她没有答应,所以觉得没必要告诉他。后来,大伟又说同事们已经开始议论这桩亲事,都说是两家的一笔交易,魏县长家同意给英子他哥找一份正式工作。

"如果你父母答应了婚事怎么办?"

英子张大眼睛,她突然意识到事情的复杂。但是她很快平静下来了,她盯着大伟看了好一会儿,看着大伟肿胀的双眼,脖子和额头上跳动的青筋,突然觉得这个男人好脆弱,好无助,让人心生怜悯,她认真又坚定地对大伟说:"如果是这样,你只要做好心理准备,我跟你走,咱们登记办证,你同意我现在都可以搬到你宿舍住,或远走高飞离开这里,只要你像个男人似的说一句话。"

大伟沉默了,他将英子揽进怀里,一言不发,英子静静听着大伟的心脏在胸膛剧烈冲撞,她暗下决心:她会的,只要大伟一句话。

她和大伟之间,在英子看来这才叫缘分。到学校上班的第一天,就在走廊遇到刚从操场打完球回来的大伟,一头的汗水,赤裸的臂膀,露着紧绷绷的肌肉,似乎有一股难以抵挡的热浪向人袭来。当时大伟几乎要和英子撞个满怀,英子觉得他裹挟着阳光和能量,一瞬间就照亮了那条幽暗冷清的走廊。他打量英子,问她找谁,然后领她去了校长室,领她去总务处,又领她去了历史教研组。也许是第一次见面彼此就留下了好印象,往后的日子里,似乎比别人就多了几份默契,多几份关注。

大伟家境不太好,有个守寡的母亲在农村,还有两个妹妹正在读中学,家里负担还挺重,虽说两人已经好了快两年了,却没有托人提亲,也没有对外明确关系。大伟有自己的难处,他知道如果一旦明确了关系,在这个小县城里就意味着尽快结婚,这需要一大笔钱,虽然英子不是个爱慕虚荣的姑娘,但是自己有责任给她一个像样的婚礼,一个像样的家。他要等等,等两个妹妹中学毕业,自己手头有些积蓄,再明确他和英子的关系,堂堂正正地向英子家求婚。英子也知道他的心思,她愿意等候。

也许彼此太珍惜,爱的才有节制,似乎稍有触动,有什么东西就会失去。直到去年的圣诞节英子和大伟的感情有了新进展,有了想要结婚的念头。

八

大伟在柳树林里的话不是空穴来风。她想起今年春节时的一幕。

二哥和新上门的二嫂子也回来了,英子的父母自然是高兴。年三十一大早就忙活晚间的团圆饭,英子和妈在厨房忙活,煎炒烹炸,浑浑素素的张罗了一大桌子。

晚上吃饭时,大哥一家也来齐了。大嫂抱着四个多月的小宝,大宝一早就粘在老奶奶身边没离开过,上了饭桌也歪斜地依在老奶奶身边。其实这么多年大哥还是第一次坐在桌上和一大家子人一起吃年夜饭,英子妈一边上菜端汤,一边高兴地偷着转过脸抹眼泪。桌上她都忘了招呼难得回来的二哥和新上门的小儿媳妇,只是一个劲儿地给大哥碗里夹菜。

英子相信奶奶的话:一物降一物。大哥自从和嫂子结婚以后，性情变了不少，脾气和顺了许多，一心一意跟这女子过日子，从早到晚守着粮店，甚至学会了蹬三轮车，自己进货买货，和个正常男子一样支撑家业，只是一点也不拿主意，大小事都听嫂子的。这个嫂子并不合英子心意，她霸道，不讲理，贪婪，但英子能看出来嫂子倒是真心对大哥好，这夫妻俩还真是两根拧在一起的藤。

大嫂子自从生了健壮的小宝以后，身材又肥硕了许多，脸上肉也横了起来，腰杆子也显得硬气了。席上，只见她穿着一件绣了金线的大红绸缎袄，喧闹的图案倒是和节日氛围很相符，头发也烫得"鸡窝"似的，两只金灿灿的柳叶形的耳坠随着她咀嚼的频率在耳边颤动，引得在怀里的小宝目不转睛地瞧。

新进门的小嫂子拘谨许多，穿得也素雅多了，虽是新婚，上身也只是一件淡粉色的鸡心领毛衫，露出粉白色细腻的长颈，戴着一条细项链，系了一颗水珠状的珍珠。英子发现所有珠宝中只有珍珠是最挑人的，不管肤色深浅首先要肌肤润泽，再就是静若流水的气质。

酒宴吃到一半儿，小宝在大嫂怀里扭动不安起来，英子妈妈想接过去抱会儿。大嫂忙撂下筷子，说是饿了，说罢只将身子稍稍一偏，解开花袄的扣子，露出硕大的乳房，小宝衔了乳头安静下来。英子想招呼大嫂子离席，她看见小嫂子脸红了起来。二哥连忙找话头，询问起大哥粮油店的生意，谁知大哥还没张口，大嫂子歪着身子答话了："爸、妈，正想跟你们商量个事儿，今年求人，给老大找份工作吧！粮油店生意不好做了，这条街上一年新开了两家，再说老大这身体还能干几年，太辛苦！我想把店租出去，让老大找个清闲点的事，有份固定收入。你看人家老二，坐办公室就不一样，先前老二可比老大黑，现在你看人家肤色滋润的。"

老二不自在起来。英子也看出二哥是比在家时白了许多，也微微有些发胖。大哥却日渐苍老，黑黄的脸上起了不少皱纹，看起来比实际年龄大出许多。讪讪地，二哥脸上有了一些愧疚的神情。英子在想这个家谁都欠大哥和嫂子的，包括自己。

老梁一听这话，眉头拧成一个疙瘩："如今下岗的越来越多，身体好的都找不上工作，何况……唉！"

"事在人为，找找人，咱出点钱，兴许能行。"大嫂是那种相信有钱能使鬼推磨的人，也是那种想到啥，不达目的不罢休的人。

英子此时特别能理解大嫂，嫂子想得也没错，大哥整日用一条腿蹬着三轮车进货、送货的，经常弄得一头一脸的面粉，像从面粉缸里钻出来的。可是找个工作容易吗？爸妈也不是那号能张罗的人，难呀！

还是奶奶发了话，她让大嫂子抱了孩子去她和英子那屋，喂好奶，让孩子在炕上睡会儿觉。嫂子显然还有话想说，一听老太太发话了，只得不情愿地离席了。

二哥似乎很高兴，为了缓和气氛，又劝着大哥喝了点酒。喝了酒话多，二哥又说起了院子，说哪儿都没家里好，在城里没有这么大的院子，他们楼房才七十多平方米，人住着都憋屈死了，他和美娟（小嫂子的名字）都想以后假期时就回来住住，等退休了就在这儿养老了。

英子爸妈只点头。英子听了心里有点凉，本来她还想找个机会先跟二哥说说她和大伟的事，这家里面只有二哥可以商量点事，原还想着如果二哥一时半会儿不打算回来住，自己和大伟能借新房子办婚事，再暂住一阵子。

英子知道大伟的难处，在学校他资历浅，分房子暂时轮不上,再说现在都是集资房,对他来说压力大。她想先找二哥借房子,明年合适的时候也该考虑自己的婚事了。但是二哥也许太兴奋了,家宴一散就带着小嫂子一头扎进新房了,第二天、第三天就走亲戚家看朋友家挨着个吃酒,每天忙得连个和家人说话的时间都没有,英子这才意识到二哥已经不再是从前的二哥了,也不再是她的那个二哥了。

九

说起两个哥哥,英子对他们的感情是复杂的,又是截然不同的。

英子对大哥的感情永远是同情和歉疚多于亲情,甚至还在内心隐藏着一丝厌恶,她知道这是不应该,甚至是罪孽的念头。大哥因为身体残疾,性格多少有些孤僻。他比英子大了十来岁,英子记事时,他已经辍学好几年了,二哥是比他小四岁,但是看上去比他强壮许多。大哥在家里像个沉默的影子,除了吃饭时和家人打个照面,平日就藏在院子的某个角落里,他不喜欢被人发现,不喜欢被人打扰,他有属于自己的天地,就像那个天地里有属于他的"宝贝",如果被别人发现了,"宝贝"就会不翼而飞。有个夏天大哥整日躲在屋顶的烟囱后面,看天上飞翔的鸽子,一看就是大半天,还有一阵子他整日待在小河边林子里,到天都黑透了也不回家,英子她妈就疯了似的地沿着河边找他,叫他。

有时大哥不见了,英子知道他躲在地窖里,英子能嗅到他沉默的气息,从阴暗的地窖飘出。有个冬天英子疼爱的小猫被人掐死在地窖里,人家都说猫有"九条命",弄死一只猫不是一件容易的事,英子知道是大哥干的。还有一次英子在河里柳树林的草丛里发现了大哥的自行车，英子叫他，他却不答应。除了躲避家人，他还喜欢折磨家里人，尤其是喜欢折磨妈妈。给大哥洗澡是件困难的事，英子和二哥稍大些时，就自己去县城中心的澡堂，大哥不行，给他洗澡一直是母亲的事情。母亲一定会提前几天给他做通思想工作，但就算是这样，当妈妈摆开澡盆，开始烧水时，大哥就坐在澡盆旁的小木凳上委委曲曲地哭，委屈的哭声会越来越响亮，变得充满了愤怒和怨恨，哭得英子心里一阵阵发毛。那是英子最不愿意看见的一幕，但她还是看见了，她看见大哥苍白的两条粗细不一的腿，那条畸形的腿，像是谁恶作剧一般倒装在大哥身上，脚掌向后扭曲，脚背几乎翻在脚面上了。他赤裸着无法遮掩的身体，站在专门为他打造的澡盆里，母亲弓着腰，低着头，垂下被汗水和蒸汽浸染的头发，用那双消瘦的布满青筋的手为他擦洗身体，当母亲碰触到他的腿时，他一把将母亲推倒，母亲坐在湿漉漉的水泥地上。

与大哥性格截然相反就是二哥。英子和二哥有着相伴成长的童年。在这个家里大哥占据了父母和奶奶所有人的关心，真正陪伴和呵护英子的童年是二哥。二哥长像有几分随奶奶，肤色重，身体结实，和大哥比起来，他愈发显得健康开朗，似乎一天到晚都快乐着，忙碌着。夏天他领着英子到河里淘小鱼，捡石子。冬天他拉着雪橇，让英子坐在上面，从前院的高坡上飞一样地滑到坡下，然后在河床的冰面上疯跑。他保护英子，如果有人欺负妹妹，他会挺身而出。

那时候，每一次去河里玩，二哥最着迷的就是光着身子和一帮小子从土崖上往河里"扎猛子"，摸鱼，英子总对河底的石子着迷。在明媚的阳光下，透过粼粼河水，河床上的石头有白色、粉色、黄色的，晶莹剔透像宝石一样，让人爱不释手，其余大多是青灰色，但仔细看起来每个都有奇特的花纹，像树木花草，像起伏的山峦，还有形状各异的，有的浑圆像个鸡蛋，有的平坦像个石砚，英子喜欢它们，它们似乎和鱼一样有跃动的生命，但是离了水，那些"宝贝"就好像灰姑娘失去了水晶鞋，又变成了灰不出出、平凡无奇，色泽不见了，花纹也看不见了。英子舍不得抛弃，一口袋、一口袋装回家去，放在水盆里清洗它们，每一次清洗，那些美丽的色泽和图案就神奇地被唤回，那个时刻英子觉得这些石子远胜过奶奶那个黑木匣子里的死气沉沉的珠宝。久而久之，英子从河里捡回来的石头在院子一角堆成了一座小丘，老梁嫌碍事要扔出去，二哥拦住了，用这些石子在水井边上、花圃边上铺成了一条甬路。

十

快放暑假时，大伟提出了分手。英子做梦也没想到最终会为了上学的名额，大伟放弃了她。大伟说他目前无法考虑结婚，还有两个妹妹需要他供着上完大学，还说学校安排他去外地进修两年，他告诉英子不要等了，自己配不上英子。

暑假一结束，魏宏造访，来了英子家里。

其实英子对魏宏也不陌生，他们上初中时是同学。上学那时魏宏身体就不好，一年中几乎有半年在休病假。在英子记忆中他个子偏矮，一双圆眼睛很机敏的样子，就是身体弱些，一到冬天就比别人穿得要厚，在室内也围着毛围巾，性格有点像个小姑娘，安静害羞，却爱笑，别的男孩一下课就满操场疯跑去了，他大多数时候都坐在自己的座位上，在一旁笑嘻嘻地看着英子他们一帮女生在教室里打闹。上高中，他们就不在一个班了。后来英子到外地上学，回城到县城上班，一直也没有见过他，只是听同学说他高中时就去了内地，一边上学一边治病，英子以为他再没有回来。

但是与记忆中的相比，魏宏变化很大，让英子吃了一惊。看起来也不算瘦弱，中等身材，一副俊朗的面孔早已没有了英子记忆中的稚气，只有一双眼睛依稀还有少年时的光景，清澈明亮。虽然是第一次来英子家，他却表现出和英子很熟悉的样子，认认真真地看了英子一眼，点点头，笑着露出一排白牙，随即就和英子父母、奶奶问了好，英子家人似乎对他的造访也没什么准备，等明白过来自是慌乱了一阵，只好先将魏宏让进了父母的住处，奶奶也跟着进屋里说话去了。

不管怎样，魏宏的来访让英子吃惊不小。早晨上班时，英子看见大哥穿了件别扭的新西装出门了，嫂子一直追到大门口还在给大哥整理袖口，大哥将拐杖架在自行车上，一扭身上了车子，夸张地扭着身体蹬着车子就出门了。大嫂一回身看见英子，脸上有一些不自在，指了指大门说："你哥上班了。"

然后又讨好似的对英子说："看你气色不及从前，奶奶又犯病了吧，其实你可以搬到老二新屋子住去，晚上能休息好，那屋子闲着也是闲着。"

傍晚魏宏就来了。即便是媒人牵线，魏宏怎么能这么快就上家里来了呢？也许是心里小瞧人呢！英子躲在西屋，灶上的水开了，英子并不想起身倒茶，看着那把熏黑的茶壶，沸水"嘟嘟"的顶着壶盖。

事情变化得太快了，一个夏天经历的事情还没有让英子静下心来好好想想，英子有些懊恼，不明白自己怎么这么快就答应了这门亲事，也许是想让一段新的感情尽快取代旧的感情吧！连她自己都奇怪，一个暑期她和大伟谁也没联系过谁，假期结束一上班，就听说大伟已经进修走了。

英子坐着，转身呆望院子里的苹果树。苹果都成熟了，要赶在下霜前都摘下来。这几日老梁已经摘了一大半了,他没有招呼英子帮忙,他知道她今年没这个心情。这才几天挂在枝头了叶子也黄了不少了,每天早晨地上都是一层,如果再有几场风雨,叶子就差不多全落地了。

没有辜负家人的希望,苹果丰收了。果子黄里透红,又大又圆,咬一口汁水顺着嘴角流下来。但一棵树上总有几个被虫子咬了的,或没长成的果子,原来都躲在叶子下,叶子稀疏了现在都暴露出来了,又小又黄地干瘪着,像老太太的脸,或露着黑黢黢的虫眼。没长成的就再也长不成了,如果是夏天还给人留有希望,现在一切都成了定局。

"嘭!"的一声,一个苹果落下来了,英子心里惊了一下。魏宏也从房里走了出来,很有礼貌地和英子父母、奶奶告别,英子起身出了小屋打个照面,魏宏似乎看出英子没有挽留自己的意思,只是点头说了声:"我走了!",像熟悉的不能再熟悉的朋友一样告别了。

晚上,奶奶兴致挺好,看得出魏宏给家人留下了不错的印象。奶奶一高兴就絮叨起来,原是想劝解英子,听起来更像在宽慰自己。"人家孩子说了,病早就好了,现在和正常人没两样,医生也说可以结婚,什么也不耽误。小伙子也出息着呢,在银行工作,累不着,房子也是现成的。这些个孙子里只有你命最好,我找人算过。"

稍稍歇了会儿,奶奶又说:"婚姻是女人的大事,感情只管一阵子,时间长了还不是柴米油盐,你看你大嫂了吧,凭着什么和你大哥过,反正不是感情,凭着房子、地、儿子,唉!"

英子躺在床上想睡了,有一句没一句听着。不知道自己和大伟的事,家里人究竟知道多少,但是关于自己和魏宏的婚事,似乎都看出自己答应得有些勉强。

一会儿,又听见奶奶挪动炕上那块板,英子知道她又在看那些珠宝,"哗啦、哗啦"的声音,奶奶压低了嗓门对英子说:"早些时候置这个院子,支撑一家子开销,还有给你大哥娶媳妇,把我自己当年攒得那点金子都快用完了,只有这些首饰,是你爷爷给我的,是个念想,从来没动过,等你嫁人,就留给你,算是份嫁妆,我不能让你白守我一场。"说完了,奶奶使劲咳了一阵,喘了一阵。英子闻着屋子里有一股温暖陈腐的味道,像打开了尘封已久的箱子里的味儿,也像是地窖里闷了一冬的味,该不是从老人身上散发出的味道,英子闷闷地想了会儿心事,朦胧中就睡着了。

十一

下了一场雨,天气变凉了。花圃里的花草也消瘦下来。玫瑰早已过了花期,开败的美人蕉也无精打采,只有荷兰菊仍是蓬蓬勃勃地开着,靛蓝色的花朵,嫩黄的蕊,一丛丛凑热闹似地开得格外恣意,春天、夏天里漂亮的花太多,谁也不注意它,等到其他的花都开败了才显出它的美来了。太阳出来了,几只小黄蜂轻快地飞入花丛。

花圃是英子开辟的。奶奶也算是个有见识的女人,众多花草中尤其喜欢玫瑰和菊花,奶奶总给英子说女人的外表要像玫瑰,娇艳芬芳,内心要像菊花,清洁素雅。每年奶奶都收集了好些玫瑰和菊花的花瓣,还收集了一些旧报纸和一个英子用旧的字典,她用这几样东西装了一个枕头,特意告诉英子,等她百年了,将这只枕头放进棺材里,让她枕上,这预示着等下辈子她生个儿子能识文断字,生个女儿有花一样的模样和品性。

奶奶和所有老人一样,在暮年时执着地迷恋自己的"下辈子"，在为数不多的日子里精心地为"下辈子"准备着。英子想：奶奶大概还想着那个在英子眼里不曾存在过的爷爷，那个对奶奶没有多少爱惜之情的爷爷。不管今生多苦多累，下辈子还要做女人，守候同一个男人，还要为他生儿育女，走凡世的路，受凡世的苦，这就是奶奶。没有敢给她说，没有下辈子，否则太多的"牵挂"安放在何处？

天气一凉，英子奶奶咳得厉害起来，住了阵子医院。英子每日下班去医院陪护，魏宏也经常去，有时两人碰上彼此聊几句，要么就陪老人说说话。英子知道自己心中有芥蒂，每次和魏宏交谈时，总是聊不深，但是英子也感到魏宏不是轻浮之徒，对自己说话做事小心翼翼地，并没有小瞧自己的意思。魏宏也是个明白人，似乎选择了等候。

阴历八月十三，也就是中秋节前夕，奶奶出院了，看起来哮喘好了许多，但是医生说老人已经时日不多，能过了这个中秋，就算圆满了。英子明白医生的意思。

准备今年的中秋节，家里人格外上心，大概都清楚这也许是奶奶的最后一个中秋节。魏家也递过话来，八月十六在迎宾楼订了包间，两家一起坐坐。英子想会不会是要商量结婚的大事了。

一树的苹果摘完了，只有那几只没长成和被虫子蛀空的果子干瘪地晾在光秃秃的枝头，像是谁故意给它们难堪似的。

远眺前方，天空更加通透了，河水更加消瘦了，河床里裸露着大片大片灰色、白色的石子。

院子里的花，除了荷兰菊都凋谢得差不多了，还有两株秋菊也到了开放的时节了。害怕被霜打了，以往一到这时奶奶就张罗着把它们从地里移到盆里，白天放在院子里晒太阳，夜里移到她和英子住的屋子来。老人在医院还惦记着，一回到家果然已经移了进来。两大盆菊花打满了花苞,有的朵儿已经像忍不住似地绽开了几个花瓣,一派繁花的前兆。这两盆菊花,一个叫碧云,一个叫金钩,那叫碧云的实际上开白花,仔细看时花心处呈浅浅的碧色,那叫金钩的开得很形象,花瓣或长或短,卷曲成钩状,色泽金黄,两盆花差不多同一个时节开放。一旦开放,叶子的苦味和花朵的清香混杂着,是英子喜欢的味道。

"空篱旧圃秋无痕,冷月清霜梦有知。"这是《红楼梦》中的描写菊花的诗句,英子不知怎么忆起这两句,心想无论开得多繁华,毕竟是秋天的景致,还是脱不了悲伤的情绪。

中秋过得分外热闹。二哥一家从省城赶过来了。一家子团圆饭,从中午一直延续到傍晚。小嫂子身材富态了许多,一问果然是有喜了,奶奶忙问男孩还女孩,小嫂子说医生不告诉男女,又说她和二哥真心希望是个女孩,生个像小姑那样的漂亮女孩,将来嫁个好人家。

奶奶格外高兴,搂着孙子大宝坐在上席,不停地给大宝夹菜,不停地将大宝的手从嘴里拔出来,大宝涎水流了好长,奶奶一边用手帕替他揩抹一边笑着说:"我给大宝算过命,人家说咱家大宝好命,一辈子不受累,不愁吃不愁喝,一辈子有人伺候,我一开始不信,现在才明白,可不是好命?一辈子让人伺候,谁有这么好的命。"英子听了忍不住笑了起来,整桌子人都先是笑了,过后又忍不住地直点头。

奶奶也喝了两小盅酒,接着说:"什么好呀、坏呀,什么真呀、假呀,人这一辈子都活不明白的事,就别一定要弄明白了,想明白了又怎样,谁还能回过头去再过一遍。等到真活明白了,阎王也就该招你了。唉,我是累了吧,有些困了,英子扶我回屋休息一会儿吧!"英子知道坐了这么久,老人家撑得不容易,连忙将奶奶搀回屋,安置奶奶依着被子歇好,又给她凉了杯水,想陪她说会儿话,可奶奶摆手让她出去,说要一个人眯一会儿。

一家子人又在一起吃喝了一阵。二哥嫌父亲酿得葡萄酒没劲头,换了自己从省城带来的酒。大哥没什么酒量,已经是一脸通红的窘态痴相,但看得出他很高兴,以住死气沉沉的眼活泛起来,脸上的皱纹也舒展开了。

"这才上了几天班,人的精神气就不一样了。"英子从来没有见大哥这么高兴过,心里想着也有了几份喜悦。

金澄澄的月亮上来了,一家人才离了席,意犹未尽,又端了月饼和茶水去院子里歇了会儿,尝了尝今年的苹果,也说起了英子和魏宏的事儿,小嫂子也许是高兴,话也多了起来,笑嘻嘻地对英子说:"妹妹好福气,我和你哥都打听过了,魏宏家还是蛮有实力的,在省城还有房子,他是他们家的独生子,你要嫁过去,那些还不都是你的。"英子看见二哥狠狠瞪了二嫂子一眼,英子瞧见有了身孕的二嫂子身材果然丰腴了许多,下颌也圆润了起来,愈发娇态可爱,不知什么时候脖子上那串项链上的珍珠换成了一尊沉甸甸的金佛像。

夜风清凉,大家说了会儿话就散了。英子帮着妈妈收拾完盘盏,洗了洗手,自己在院子里悄悄坐了会儿,又想起奶奶说大宝算命的事,暗自里笑了一会儿,又想起二嫂子的话,原以为家里人都不太介入这件事,嫁与不嫁都是自己做的主,现在看来不是自己想的那样简单,这段婚姻有家里人许多期盼呢。

魏宏来了电话,询问节日过得可好,也问了问奶奶的身体,还嘱咐了一下明天两家见面的事,英子简单回答了。

果然是中秋的月亮,屋子里弥散着皎洁的光辉,窗前两大盆菊花沐浴在月光下，开得热闹非凡，幽香沁人，英子小心移步，怕踩踏了脚下深深浅浅的花影。

见奶奶舒舒坦坦地躺在小炕上熟睡的样子，只是没脱去外衣，英子犹豫了一会儿，还是轻轻地唤了几声，不见有动静，便伸手触了触奶奶的身子，才发觉奶奶身子已经硬了，呼吸也没了，英子知道不好了，眼泪就流了下来。

丧事办得顺利，因为大家都有准备，只是英子和魏宏两家见面的事被搁了起来，英子知道自己的婚事也可以推一推了，在悲伤之余偷偷地舒了口气。

魏宏也来了，还带了几个朋友一起前后张罗着，细心周到，帮了不少忙。大哥腿脚不利落，帮不上什么忙。二哥也是什么礼数都不懂，加上二嫂有身孕，英子她妈不愿意让他们太靠近，魏宏就显得重要起来。

入殓时，英子将装着字典和干花的枕头装进了棺椁，垫在奶奶头部。

"头七"过完，家里暂时消停下来。英子她妈妈招呼英子，将奶奶的木匣子递给了英子，说："拿着吧，你奶奶特意交代的，这是给你的。奶奶说，别看英子是老小，但是伺候她时间最长，心底也最善良，大哥的事情上，你受委屈了，这是补偿，能用上更好，用不上就是个念想。"

十二

葬假一过，英子就上班了。学校通知历史组要派一名老师到省城交流学习，为期一周。组长征求意见，大家推荐了英子，英子也觉得趁这个机会出去走走是对的，这一阵子她经历的事情太多了，远离这一切，反倒可以梳理一下心绪。

临走头天晚上，英子给父母说了一声。第二天一早，带了几件换洗衣服、洗漱用品，简单的一个旅行包出门了，但是她带上了那只装着珠宝的木匣子，英子想反正去省城一趟，想找个珠宝行当给看看真伪，也好心里有个数。

她坐上最早的一班长途车。车窗开着，清凉的秋风吹得人神清气爽，英子心里有一点小小的兴奋，她想起了在外地上学的那几年，虽说是牵挂家人，但每次坐上车离开县城，离开家都有一种如释重负的喜悦，这次也是一样。

穿过护城河上的大桥，英子透过车窗向外张望，还在沉睡中的小县城逐渐被抛到了后面。河岸高坡上的人家、桥下蜿蜒的细流、干涸裸露的河床、河汊中间的柳树林……在微薄如烟的晨曦中变得渺小、模糊，取而代之的是大片大片空旷寂静的田野，一垄一垄收割后被遗弃的麦茬，还有一簇簇像是被剥光了外衣的枯萎的玉米秆、葵花秆，一切在寂寞的田野里孤单着，包括田埂上伫立着的清瘦的杨树。天际尽头，淡紫色的山峰像是黑夜忘记带走的梦境，孤独地悄悄地横卧着，等待着苏醒。

小小的兴奋过后，一种离别的愁绪涌上心头，英子心里清晰地萌生了离开的念头。如果能了无牵挂的离开，人生也许会开启另一番天地。一个人，了无牵挂的一生，或许是种大解脱，大自由，但那又怎么能是凡人所能拥有的。试想如果没有了大哥残疾的下肢，如果看不见母亲慌张无助的双眼，如果听不见父亲藏在烟雾里的叹息，如果能遗忘伫立在童年时光的苹果树，如果没有那条河，那片树林……人生无法预设，就像奶奶说的，没有人能回过头去再走一遍，即便是有来世。时间的河流冲刷走的过往，谁也不能让它在上游改道，谁也不能跑到下游去打捞，谁又能跑得赢时间。英子很快就开始责怪自己这罪孽的想法。但是无论对那个女人来说,婚姻太容易成为一生中唯一的码头,究竟该不该停下行程,更何况这行程似乎还未开始。纷乱的思绪慢慢平息下来,英子想也许是秋天高远深邃的天空,也许是这无边空旷的田野,让她有了这些不着边际的念头吧!

省城的一周过得很快,接待的一方行程安排也很满,参观学校,听观摩课,组织了两次研讨,还有一天是自由活动。

自由活动的这一天,英子就去了一家较有名器的珠宝店,说明了来意,有一名上点年纪的老者出来,英子便把奶奶的珠宝悉数拿了出来,那老者看完后,告诉她这些物件里黄金首饰成色都还不错,那几件银饰属于老款式,也有收藏价值,只是那些珠宝类,所谓的玉石、宝石、翡翠,包括那些珍珠全是假的。而这些东西恰恰都是当年爷爷送给奶奶的,竟然一件真的都没有。这一结果对英子来说并不奇怪,只是确定她当初的一些猜疑,但她的心还是猛地沉了一下。

第二日,英子便踏上了返程的长途车。英子有些后悔带这些珠宝做这个鉴定,她觉得有些对不起奶奶。长途车行驶了三四个小时,临坐靠车窗是个像是个十五六的姑娘,一路上插了耳机听歌曲,打开窗子吹风,英子觉得的风里带了寒气,想让她关窗,但见姑娘听歌很投入,也不忍心打扰,回到家时,就觉得鼻塞头重。

回到家已是晚饭时间,英子说自己有些不舒服,想休息一会儿,便一头扎进小屋。屋子里如今只剩了英子一个人住,安静得能听到钟表滴嗒声,窗台上鱼缸里的鱼沉默着一动不动,菊花有人无人都恣意地开着,有些花败了,有些花又开了,败了的花朵枯萎在枝头,竟无人收集。英子感到深深的倦意,迷迷糊糊睡着了。

十三

这一觉好长。朦胧中,她觉得自己头要裂开一样疼,仿佛有火焰裹了她的全身。她听见有人叫她"英子,英子",那人像是奶奶,又像是妈妈,一会有人摸她的头,"发烧了,好烫,让她睡会儿!"

英子想睁开眼睛,她模糊中看见屋顶,还有四面的墙,都在向她压过来,她听见好多声音,花朵在深深地叹息,鱼儿一串串地吐出无人破译的密语,钟表迈着沉重的步伐坚定地行走,许多脚步声,是谁来了又走,行走的声音敲在耳膜上,敲得她耳朵疼,心脏也受不了,"奶奶,奶奶,别让钟表这么响……"

花开了,花败了,"窸窸窣窣"的,有些像妇人的哀怨,少女细碎的心事,没完没了,一朵接着一朵打开,一朵接着一朵坠落,数不清楚的朵数聚在一起,连绵不断地或开或落……英子听见了自己的呼吸,带着火焰的气息,最后所有的声音都变轻了,轻得像那个冬天圣诞节路灯下的雪花一样,一朵一朵闪耀着七色的光芒,缓缓落了下来,全压在英子的胸口上,消失了光芒,变成黑乎乎的一团。

奶奶坐在英子跟前。她比逝去时又老了许多,时间永不停止,"嘀嗒、嘀嗒"向前走,将脚印留在你的肌肤上、头发上,哪怕你已经死去。奶奶也不看英子一眼,只顾自己低着头打盹儿,头发没有梳好,没有了牙齿的嘴巴半张着,一副邋遢衰败的样子。英子想推醒她,但自己的胳膊像棉花一样没有力气,她听见奶奶呓语:"是假的,谁告诉你的?我知道是假的,但是念想是真的,是真的,唉……"她说着长长地叹气,从没有牙齿的黑洞一般的嘴里,呼出白色的尘烟,头发全都散在脸前了,遮挡着深深的苍老和深深的衰败，一缕一缕的浓墨从头发里流出，消失，又像快要干涸的河水在荒凉的河床上时隐时现，最后只留下白的发。

一只黑色的猫，好可怜的模样，瘦弱的、肮脏的，可怜的让人无法遗弃，是小时那只流浪的猫，瑟缩在干草丛中，被英子捡回来，在火炉上取暖烤煳了自己的尾巴。不是死在黑暗、潮湿的地窖里了吗？瘦小的，毛色好脏哟，灰色的没有光泽的眼睛圆溜溜地睁着，它趴在英子胸前，英子觉得呼吸困难，她想把它撺下去，它就不动，英子往下扯它，它用尖利的爪子拼命拽着被子不下去，又扒在胳膊上，扒在腿上、后背上，英子急得要哭了……

时间永不停止，"嘀嗒、嘀嗒"向前走，将脚印留在你的肌肤上、头发上，哪怕你已经死去。

妈妈又在给大哥洗澡，大哥畸形的、瘦弱的腿踩在木盆里，妈妈蹲在那儿使劲擦洗，似乎这样大哥的腿可以好，可以还原，可以发生奇迹，站在盆里的大哥都四十了，早衰的体态，肌肤松弛了，"妈，他都多大了，你不能再给他洗了！"是英子在说。妈妈垂下汗水浸出的脸，蹲在湿漉漉的水泥地上，哀求到："你别管了，这是我上辈子欠下的债……"

陌生的年轻男子坐在苹果树下的藤椅上，奶奶每天晒太阳的地方，突然没有了钟表的声音，时间可以停止了吗？没有太阳在空中行走，是啊，在梦里有谁见过太阳。但是英子确信这个青年时的爷爷，苍白的面容，细长略微向上挑起的眼，嘲讽的神态。好多年了，他一直在树下，坐在那个属于自己的椅子上，他摇晃着椅子，漠不关心地审视着院子里的一切，看着花开花谢，看着春华秋实，看着一天一天老下去的奶奶，看着比自己还老的儿子，看着不认识的，或残疾或健康的孙子们。英子讨厌他,想让他走,不过又想过去给他端杯茶水。

大伟来看她了。几个月,一点音信都没有,人怎么这么绝情。凹陷的双眼,满是胡茬青黑色的下巴,何必这样？英子想,自己没怪他,只想他又何必折磨自己。大伟用手抚摸英子的头,似乎有泪水垂下来,冰凉的,隔夜的茶水一样,在问她话:"想好了吗？和我走,我娶你来了,什么也不用管了,什么上学指标,什么你大哥的工作,还有我的妹妹们,不管了,就咱俩走吧,起来,现在走!"英子不想睁开眼睛,她不想回答他的话,英子想起"半路杀出来"的魏宏,该不是谁安排来考验大伟和她的感情的,最终英子还是说了:"怎么可能,你没看见门口的花车了吗?那是魏宏家接亲的车,你来晚了。"

魏宏还是上初中时的小男孩模样,穿着棉衣棉裤,围着围巾,有些憨态,在梦里还是笑哈哈地看着英子的几个同学在教室追逐打闹,英子穿着紫色的碎花小袄,两只羊角辫子上各绑了一只红色的塑料草莓,不知怎么红色塑料草莓就掉了一只,一直滚,一直滚,滚到魏宏课桌子底下,魏宏弯腰捡起来,攥在手心里……

又是一个梦。

有人来了,弯腰俯瞰英子,只是说:"没事的,伤风感冒,多补充些液体,让她睡吧! 注意观察观察。"

十四

有人喂她水,喂她药,冰凉的小勺贴在嘴唇上,清凉的水一点一点入喉,又用湿毛巾敷她的头,擦拭她的脸颊、耳朵、额头、眉毛、鼻梁、嘴唇,一遍一遍,就好像给奶奶入殓时擦拭身体一样,小心翼翼地,一点一点。

定睛看时,仿佛是旧日的黄昏时光,屋内光线暗淡,一切照旧。

奶奶走了,是谁在给钟表上发条,一分一秒地计算着在小屋寂静中流走的时光,四壁的白墙似乎也是时间的证人,静默地等候在将来证明什么,爷爷、奶奶在照片里团聚了,坚守着那份黑白的过往。真的什么都没有变化吗?至少屋子应该一点一点地变老,菊花应该一点一点地衰败,太阳应该一点一点地西沉。

魏宏坐在床边上,守着英子。

"烧退了,你好点了吧?"魏宏仔细地看着她,像在打量一个陌生人,"喝水吧,嘴上的皮都褪了两层了。"看见英子醒了,魏宏难掩内心的欢欣。

"你这一觉睡得快有三天了,还第一次见有人这样睡觉呢,饿了吧? 我猜你想吃苹果,我给你切一片。"

魏宏切下一薄片苹果放进英子嘴里,一股甘甜清凉的汁液入喉,她又闭上眼睛,一滴泪从眼角滚出,她突然睁大眼睛问魏宏:"那只发带上的草莓,还在吗?"

魏宏有些吃惊地望着她,真把手放进衣兜摸索,英子心都要蹦出来了,在魏宏的手掌心里,一只红色塑料草莓,是梦里那一只,一定是,只是红色颜料快退完了。魏宏也笑了,像梦里小男孩一样一样的。

英子又睡去,这一觉同样漫长,但不再有梦。

第二天,快中午时,英子起来了,除了觉得有些虚弱,浑身竟有说不出的轻松。小屋里只有她一个人,她又闻到了菊花的香气,一丝一缕在屋子里浮动,小床旁边椅子上放着一本翻了几页的书,昨天是魏宏坐在着儿,她记得很清楚,昨天魏宏给她说了许多话,也谈到了他们的婚事,魏宏说他理解英子的心情,他知道英子心里有没解开的疙瘩，双方父母们在这件事上操之过急，他愿意等，也尊重英子的选择。

英子记起这些话，心里有些愧疚，又感到欣慰。她听见魏宏在自家院子里和父亲说话，起身出了房门。

上午的阳光照得院子里格外敞亮，照得英子险些睁不开眼，空气清新醉人，她扶了门框站定。母亲赶忙拿了件毛衫给她披上："别看日头好，昨夜下霜了。"

花池里的花花草草果然冻伤了，蔫头耷脑伏在地上。父亲在清理花池、修剪果树，还要给果树施冬肥，一切都在为入冬做准备。只见魏宏帮忙累了，蹲在一旁歇息，一只手里端了一缸子水，一只手一点点清洗脚下石子路上的泥土，魏宏见英子出来了，连忙招呼她："你看，这些石头多漂亮，听说是你从河里捡回来的，太美了，这块石头上有一幅山水画，有河流有树木，这像起伏的山峦，这几块白色、黄色该不是玉石吧，你听说了吧，咱们这河的上游发现了玉矿，以前就有人在河里捡到过玉石，英子你真行，我看这里尽是宝贝！"

英子走过去，抿着嘴笑，看着魏宏用清水一点一点清洗这些石子。

首饰记

或欲望，或希望。

——题记

一

那是一套精美的红宝石首饰。转动的金项链光彩闪烁，像黄昏的太阳照在小池塘上跃动的一串水波，宝石的颜色赛过天上的火烧云。吊坠是一大两小三颗红宝石镶嵌的，细碎的钻石围绕在四周更衬托出宝石的美艳，另外还有一副耳钉，一枚戒指。

"巴西红宝，香港工艺。"首饰放在一个沉甸甸的红木盒里，黑色丝绒衬底。介绍首饰的小姑娘二十出头，一身高档的黑色西装套裙，脖子上的丝巾挽成一朵花儿。她把那枚戒指戴在自己手上展示给罗紫薇看，映衬得手细腻如玉，每一根指头都那么金贵。

年轻多好，可惜年轻时罗紫薇想都不敢想这么贵的首饰，一万八。结婚那阵，夫妻两人都是农村进城打工的，家庭条件也一般，母亲送给她的是一枚两克重的压花金戒指，婆家给了两千块钱让她自己去选中意的首饰，她精打细算了很久，最终买了一套廉价的水晶首饰，余下的钱给丈夫买了一块手表。

"这是现在最便宜的价格，"店员飞快地在计算器上打出一系列数字，宝石的克数、金价、加工费、折扣率，计算器小屏幕上的数字一闪一闪像枝头啄食的雀儿一样，"大姐，您是个识货的，现在宝石价格涨得多快。这副首饰上的红宝石颜色少有的纯正，没有一点杂质，店里也只有这一套，可以按折扣价给您。"跳跃的数字终于不动了，计算器上显示了一万六。小姑娘嘴上抹了蜜，生硬的普通话里夹杂了地方口音。说着解下丝巾拿起项链在白皙的脖子上试带，宝石的光芒一闪一闪，像美人眨了眼睛勾魂似的。

"您也可以试试，只要一佩戴，整个人就贵气十足。我的姐姐，这可比黄金首饰显档次。"罗紫薇也觉是，鑫新烟酒店老板娘马莎莎手臂上的金镯子，叫什么"龙凤呈祥"如意镯，她掂过，少说有二三十克，箍在马莎莎肥圆黑粗的手臂上，就透着那么股子俗气。

罗紫薇解开衣领想试试，又犹豫了，只是伸出手来，说先试戒指。她的手虽然修长，却关节突出，皮肤上起了细小的皱纹，皮下凸起青色的血管，指甲缝长了毛刺。她突然有些不自信。这双手在洗涤剂的侵蚀下已经干枯如树杈，没有一点油润，无名指扭曲着像一枝剥了皮的枣木棍，戴在上面的红宝石戒指像受了委屈似的自顾自地发光闪亮。

一万六的价格，顶麦黄四个月的薪水还要加上奖金，快抵上洗衣店三个月的收入了。要洗上百件的衣物，除去店租、水费、洗涤剂、电费、管理费，再除去小玲的工资，洗衣店一个月也就五千上下的收入。虽然说两口子月收入也快上万了，但是用钱的地方也越来越多，儿子在上初中，每年各类补习要花掉上万。婆婆有哮喘，跟着麦黄哥哥在农村，每月几百元的药费由麦黄承担。自己父母那里也时不时来信要钱，大弟弟想翻盖旧房,小弟弟要讨媳妇,哪件事她都要出一份子。关键是她还有个大计划,想着过两年也能把店面扩大一些。对了,还想换个大点的房子,这样不管是自己父母还是婆家人来到城里就有个歇脚的地儿……真不敢想,好像光想想,存在银行里的钞票就变得稀少了。

她褪下戒指,说先不买,再看看。小店员立刻板了面孔,收起了夹生的普通话,连同首饰一起锁进玻璃柜里。罗紫薇不生气,她心里多少还有些抱歉,她知道店员的微笑和热情也是有价的。她临走时又看了看柜台里的首饰,真漂亮,漂亮得让人心里有一种不想说的疼。

到底没买那套首饰。罗紫薇把银行卡攥在手心里,从凉气充足的商场一下走入烈日炙烤的大街上,莫名的轻松,就像自己白得了一万六似的。

二

罗紫薇的干洗店在光明区梨花街上。不大的一间,不到二十平方米,隔成两部分,前面是个小门脸,摆了缝纫机、锁边机、熨烫机,墙上挂着小电视、风扇和搁物架。后面是洗衣区,安装着干洗机、烘干机,其他地方堆着、挂着的都是待洗和已经洗好的衣服。

当年他们夫妻俩几乎走遍了光明区的角角落落,才相中这个店,虽然租金高,可梨花街是个人头攒动的商业街,两侧密密地挤满了商铺,周围有学校、医院和住宅区,罗紫薇看中这儿的人气。

在开店之前,她和丈夫麦黄都是一家星级宾馆的"打工仔",那家酒店在省城能排得上名次,有个富贵的名字"黄金海岸"。麦黄一开始是前堂的服务生,整日顶着夸张的礼帽,穿了一身黑色带金色绶带的礼服,有客人进出时他会帮助拉车门,开门,问好,引路,运行李。他长得精神,也机灵,后来就当了一名保安,如今是酒店保安部的副经理,也算是酒店的中层领导了。罗紫薇年轻时也干过前台,干过客服,出了那事后就去了后勤部,在地下室的洗衣房。洗衣房是酒店最累的部门,挣得还少。时间长了,两口子合计着酒店的活儿不牢靠,两人不能在一棵树上找吃的,再说罗紫薇发现了洗衣服是条来钱的路,她想只要肯吃苦自己要开个洗衣房一定比在酒店挣得多。

罗紫薇离开酒店后,洗衣店开得顺风顺水。她本来就是个勤快又要强的人,不管什么时候店面收拾得整整齐齐,衣服洗得干净,熨得平整,补个补丁、锁个扣眼的从不单另收钱。再加上现在人穿得讲究,要洗的衣物也起越来越多。一开始,罗紫薇一个人干,忙不赢时麦黄每天下班帮忙,儿子放了学也在店里写作业,两口子经常干到半夜,然后背着睡熟的儿子回家。就这样,两年后,他们还上了开店时四处张罗来的借款,手里开始有了点积蓄。再后来,实在是忙不过来了,儿子上了初中,罗紫薇还得操心儿子学习,安排他的生活,她不得不找了个帮工。

帮工叫王美玲,小名叫玲子,叫着顺口也响亮,其实也不是外人,是老家表姨的二丫头。上学不是块料,模样长得还不错,手也灵巧。表姨说,跟了紫薇姐姐去城里吧,混得好了帮着找个好人家,混不好也当学门手艺。玲子刚进城时才二十岁,水葱一般的年龄,是个漂亮姑娘。玲子上到初中,家里就不供了,跟着村里姐妹南下打了几年工,表姨说女孩儿子家跟着别人满世界瞎跑不放心,还是投靠个亲戚稳妥。表姨又说,这些个表姊妹里数玲子和紫薇长得像,大眼睛高鼻梁,皮肤白净,手脚纤巧,不知怎么身上就自带着"洋气",不像是农村里的娃。紫薇听出表姨这是套近乎。

进城讨生活真不容易，一晃都两年了，玲子就住在店里，夜里在熨烫机边支了个行军床，白天就得收起来。但比起紫薇和麦黄刚进城时也好，他们住过地下室，半夜里老鼠叫得能吵醒人，还和几十个一起住过大宿舍，各种味道熏得人透不过气。后来紫薇有一套四十多平方米的楼房，儿子大了，挤出一间给他做了书房，自己和丈夫晚上就睡客厅，夫妻那事也不敢做，大半宿还得听着过道里人来人往。话虽这么说，玲子一个姑娘家，老住在店里不是个长久的事儿。

有了玲子帮衬，紫薇轻松不少，每天早上也能安置点家务事，活儿不多时半上午了才不慌不忙地来店里。这之前，玲子已经打开了店门，门前水泥地面用清水洗得黑青，玻璃门也擦洗得连个手印都没有，人已经端坐在缝纫机旁开始忙碌。紫薇给玲子带的早饭是红豆粥、馒头、咸菜，还有个油汪汪的荷包蛋，要不就是包子、豆腐脑。自己家里吃啥就带啥，紫薇待玲子就像亲姐妹。

这个夏天全球高温。墙上，麦黄从酒店淘来的小电视里播着新闻，印度马德里每天都热死好几个人，模糊的画面中又闪出某个海滨浴场，碧蓝的海水，沙滩上躺满了赤身露体的人，一片片像被搁浅的翻了肚皮的死鱼。

太阳从梨花街一排排楼房后跃出时，洗衣店里已经热得像个桑拿房，风扇扭动时发出"咯咯吱"的声音，像有人夜里磨牙，送出的风温热难耐。

天气热，人们换洗衣物也勤，送过来要清洗的也多。亏得玲子勤快，头一天接的衣物已经分好类，该拆的扣子、饰品也都取下来了，太脏的地方已经刷了去污剂。两人忙一阵，第一锅衣物呼呼地运转起来。玲子又赶紧坐在缝纫机前改衣服，紫薇认得那衣服是街尾五金铺老板梁川的。梁川五短身材，买现成的衣服，上身截袖子，下身就要截裤腿。以前这些活儿是紫薇帮他改。

前两天他送衣服时特意交代给了玲子。"现在这些衣服，怪样子多：肩窄，裆浅，袖子长。玲子妹妹，手巧，帮我拾掇拾掇！"他新理的头发上擦了不少发胶，新修的鬓角露出一片没有晒过的白皮肤，腮帮上的胡子刮得狠了些，猫抓了似地留了几处血口子，脚上是一双系了绿带子的花里胡哨的运动鞋。不过这么一收拾，看上去年轻不少。

"老梁，你咋不说自己身材不周正。"紫薇打趣他。

"罗姐，莫喊老梁、老梁，我今年三十五，还是青年一个。"他要不说，看上去有四十了，额头上都有了抬头纹。他看见紫薇嘲笑地撇撇嘴，就特意掏出了身份证。

"身份证不能是假，你算算，是不是三十五。"他把身份证举到玲子面前晃来晃去，玲子却不抬眼，紧着手里的活儿，一双白玉般晃眼的胳膊伏在缝纫机上，脚下的踏板被踩得"嗒嗒"响。

"难不成叫你'三条'？"紫薇看见梁川发急，就越想打趣。

"三条、三条，都啥时候的事儿了，看身份证，梁川，四川的'川'，我叫梁川，35岁，未婚青年。"他一急就操起深重的家乡口音。

"啊哟，还是个'三条'"。紫薇这么一说，玲子也绷不住，脸上也荡出了一丝笑意，梁川立刻没了恼意，跟着"嘿嘿"讪笑，紧靠了缝纫机把整个身体扭过来目不转睛地看玲子做活儿，玲子忙把身体转到另一侧，把脊背晾给梁川，汗水湿透的衣服紧紧地粘在窄小圆润的身体上。梁川的汗水也从脖子上淌下来了。

梨花街上卖五金的是四川的，修鞋的是河南的，卖肉的是东北的，理发的是温州的，开饭馆的是湖南的，帮工的多是本地乡下的。好像这做小生意的都是外来的,城里人大都在机关工作,或穿得体体面面地在写字楼里上班,没人愿意流着臭汗挣这点辛苦钱。

梁川这阵子来得勤,"醉翁之意不在酒",他这是相中了玲子。其实梁川真不老,生叫人给叫老了。听说他是这条街上最老的生意户,十五六岁就随他爹在这儿开铺子,如今自己支撑门面,这些年生意稳妥得很,钱肯定是挣了不少,今年在市里最大的建材市场又开了个店,店里也雇了小伙计,自己每日开了辆箱式货车进货送货,头光面净,衣着也讲究起来,完全一副成功小老板的模样,说不准再过几年也就混迹成了"城里人"。好像谁都有不顺的一面,生意顺风顺水,就在找对象上不顺利。梁川找对象说起来条件也不高,就三条,第一条,长得不能太土,要像个城里人;第二条,皮肤要白;第三条,身世要清白。谁知就这三条,让他寻寻觅觅快十多年。为此他得了个绰号"梁三条"。

罗紫薇猜,这回,玲子一定是入了他的法眼。其实,要是玲子自己看得上,她觉得这还是桩不错的婚姻,梁川除了年龄大,个子矬些,其他方面真能配得上。

下午,梁川来取衣服,顺道买了几支雪糕,是玲子爱吃的雀巢奶棒。玲子忙手里的活,露出一副不领情的神色,紫薇连忙谢过接住。再看玲子的脸子冷得像奶油冰棒,梁川自讨没趣,拿了衣服走了。

紫薇觉得这阵子玲子反常得很,像是耍小孩子脾气。要说她和梁川虽然没定下恋爱关系,但谁都能看出梁川在追求玲子。玲子似乎也不那么反对,前些日子两人见面还有说有笑的,店里不忙时,玲子还坐了梁川的车去建材市场兜过风。当时罗紫薇还想兴许这两人能成一对。

紫薇吃了一支雪糕，身体顿觉凉爽不少，只见剩下的几支在碗里融化了不少，连忙招呼玲子，玲子说："来了情况，肚子疼。"紫薇也不再言语，看看玲子一张白皙近乎透明的脸，眼下有一片没睡好的青紫，没精打采的眼神里恍惚了一下，像隐藏了什么事情似的。紫薇的眼睑也跳了几下，她伸手掐了眼皮，想着这两天热得都没睡好觉。

汗水一层层地渗出，沿着头发滴在熨衣板上。加热的蒸汽熨斗"哧哧"地喷热气。洗衣店有个行话，"三分洗七分熨"，这衣服体面不体面，最后一道工序很关键。罗紫薇每次手握熨斗时就有了大功告成时的喜悦，她推了熨斗朝着一个方向运行，就像人选好道路，切忌前后蹭，左右摆。整个过程一气呵成，平平整整、干干净净，最挑剔的顾客也找不出毛病。

玲子躬了身子踏缝纫机，嫌热撩起的头发高高地挽在头顶，向前伸着一截白净的脖子，两只手臂伏在缝纫机台一抻一送，"嗒嗒嗒"机头下的衣服持续地赌气似地向前走着。

三

月底，罗紫薇去银行存钱，卡里增加的每一笔钱都让她有无数的遐想。如果再挣些，儿子上大学的钱就不用愁了，再攒些店里也该换个新的烘干机了，如果再有就该考虑换个宽敞的房子，如果还可以，她忍不住会想起那套红宝石首饰。金子和宝石的光焰在眼前一闪一闪的，灼在心上一疼一疼。那么昂贵的首饰终究不属于自己，看看就行了，一万六，首饰不能当饭吃，也不能当衣穿，要真买了还说不上多后悔。但她越想说服自己就越忘不了那套首饰，更忘不了许多年前的伤心事。

快二十年了，往事历历在目。年青的麦黄立在酒店大厅的玻璃门前,紫薇在前台刚登记完一拨客人。

"你知道,这酒店为什么叫'黄金海岸'吗?"麦黄穿的那件门童的衣服有些肥大,身形像个没发育好的少年。他推推压在脑袋上的大帽子,一脸神气地问紫薇,又指着酒店大堂干净光滑得像镜子一样的地面,地面镶着金色的莲花图案,接着说,"你看,黄金,24K纯金箔。"

罗紫薇刚来时,踩在这玻璃似的地面上心里直发怵,嘴里直念佛,她不明白有人还把黄金铺在地上,她手上的金戒指也就窄窄的一溜,村里"大麻脸"奶奶嘴里沾着唾沫星子的两颗大金牙,轻易都不给人瞧。如今她终于走习惯了。那阵子麦黄的工作是每天数百次地拉那个镀了金的巨大的门把手,给人开车门,送行李,下雨时给客人打雨伞;没事时,他使劲摩擦那个金把手,好像自己手上也能沾点金子。

罗紫薇说:"还不是为了显得高级、洋气。"

"'黄金海岸'是非洲的地名,那里盛产象牙,还有黄金、宝石、钻石,是富有的意思。"麦黄一字一字地解释,像背书。"你没见来这儿住店的都是有钱人,男人穿金戴银,女的珠光宝气……"

"那是,一个晚上上千元,没有钱谁住得起?"罗紫薇和麦黄结婚没多久,麦黄托人把她也介绍到了酒店,她年轻漂亮,手脚麻利,在前台做收银工作。说实在的,罗紫薇并不羡慕那些来这儿住店的有钱人,穿金戴银也罢,珠光宝气也罢,都抵不上她脖子上那条水晶项链,还有两颗紫水晶的耳坠子荡在脸颊两侧,衬得好肤色,也衬得一双眼睛欢快明亮。她那么年轻,又嫁给自己心爱的男人,两人在一个陌生的城市里开创属于自己的未来,这比什么都好,村里好些姐妹都羡慕她。对于生活她每天都有新憧憬,每天都有好心情,直到遇上那个戴红宝石项链的女人。

事情发生时,她被调到了客房部,专门负责接待20楼的VIP客户。小姐妹们说调到20楼干客服,说明管事儿的领导"器重"你。

2018室,是酒店里最豪华的套房,一天的房价是1888,那时候在城市中心一平方米房价才1080元。麦黄和紫薇背了贷款刚按揭了一套40平方米的小居室。2018客房一间卧房的面积都抵得上他们的小居室,外带娱乐间和会客室,两个洗手间,一面宽大的阳台,阳台上就像外国电影里出现的"海景房"一样,支着白色的大阳伞,摆了大躺椅。

那个星期罗紫薇在2018室当班。那女人住进来时,麦黄屁股一颠一颠地跑着迎客人,拉开小轿车的车门,又推开酒店沉重的玻璃门。

"大大小小十二件行李,我跑了三趟才运完。这阵势,三四个助理,跟前跑后。听说也就是个香港过了气的明星。"麦黄对紫薇说。

"你猜她有多大年纪,粉擦了那么厚。"紫薇问麦黄。那天入住时,女人穿了一件银色的连衣裙,领口开得好低,露出深深的乳沟,项上戴着一条红宝石的项链。"昨天我打扫房间碰到她解了妆,你不知道多吓人。"一脸的皱纹,毛孔粗大,眼下一片乌青,就像个几夜没睡好的老女人。房间像刚刚狂欢过的,烟雾缭绕,酒瓶子滚在地上,烟灰缸烟蒂满溢,洗手间化妆台上一片狼藉,数不清的化妆品。这还是最近接的最累的一档活儿。

一点都不能怠慢,2018室来的都是贵客,之所以把你调到这个班上,就是因为你活儿好。值班主任不放心,每天上岗前还是啰啰嗦嗦嘱咐一番。

总说顾客是上帝，罗紫薇知道，其实只有 VIP 客户、有钱的客户才是上帝。

　　累是累了些，罗紫薇还是喜欢这个房间，喜欢的原因并不是房间华丽富贵，而是那个宽大的观景台，从那里可以看到整座城市的全貌，就像站在老家的山梁上，可以望出去几里地。那时候紫薇已经没有了才进城时的兴奋，她开始想家乡，像得了思乡病一样，总会想起那太阳底下快要成熟的庄稼地，想起黄昏时泛着波光的池塘，想起自己小时候爬到山的高处唱一嗓子就能惊起雀儿，挥一挥手也能招来一片云彩，在城里不一样，生活在高楼大厦的窄巷里，白天看不到蓝天，夜里看不见星星。

　　2018 室的阳台上，可以俯视脚下绿树葱郁的公园和穿过城区的河水，可以看到远处青紫色的山脉，晴天时还可以看见山顶上有白色的积雪。麦黄说，山顶上还有一面镜子一样的湖泊，映着天光云影，能洗去人的烦恼，叫"忘忧湖"。他说，将来，有时间我带你去看看。

　　从卧房开始整理，换了床单和被罩，铺平床铺，拍松大大小小的枕头，床垫像放在水面上的充气筏子，一直晃荡，紫薇断定这床上没法踏实睡觉。沾了口红的烟蒂，剩了残酒的水晶杯，开败的花篮，扔在地毯上的衣物，处处都是享受过的痕迹。擦灰、吸尘……衣厨里各种衣物，没见过的料子，冰凉水滑，闪亮的绣线，缀满了亮闪闪的彩珠。罗紫薇想不到一个女人可以拥有这么多好东西。然后清洁卧房洗手间，放干净头一晚上残留的洗澡水，擦洗消毒，擦亮镀金的水龙头。化妆台上摆满了各类瓶罐，就像电影里的魔法试验室，罗紫薇可以想象女人要在化妆台前收拾数小时，然后才有焕然一新的面孔，她的粉一直打到脖颈上，粉白的脖子上戴着紫薇从没见过的样式夸张的珠宝。女人的手指上有一枚让人生畏镶了黑色石头的豹头戒指。姐妹们说，土吧，没见过世面，那叫"卡地亚"，世界著名的大牌首饰。

项链很随意地放地洗漱台上。金灿灿的蛇滑的链子，吊坠上镶了菱形的红宝石，是深红的，葡萄酒颜色，像卧房床头柜上水晶杯里的残酒在灯光下散发出的幽静的光泽，安静地，释放出一点点不怀好意的诱惑。罗紫薇掂在手里，手心中一阵冰冷的重量感传遍了全身。房间里一片安静，只有空调换风的声音。除了她，再没有人，客人上午去参加一个重要的活动。罗紫薇听见自己心跳，一个不好的念头跳出来，让她自己都吓了一跳，她脑子里空了一阵，喉咙有些发紧，想吐。这洗手间有清除不掉的呕吐物的味道，还有化学清洁剂诱人但又让人不舒服的芳香。

她只是将项链在自己脖子上戴了一下，她突然知道了这项链和自己那条水晶链子多么不同。像有一根清凉的手指触动了她滚烫不安的肌肤，红色宝石伏在前胸，她把头发向上拢起，天鹅一般优美弯曲的脖颈，不自觉地露出的微笑牵动了嘴角。

好美！镜子里的女人，年轻，美丽，瓷器一般光洁的额头上几丝头发随着心脏的跳动不为人知的颤抖。皇后一样优雅高贵，那是另一个罗紫薇，像红宝石一样散发光芒的女人。

清扫完整个房间，罗紫薇又在阳台上站了片刻，她暗暗地吐了口气。清澈的天空之下，青山、绿树、河水、阳光，带着哨音的鸽子在林立的楼房顶上盘旋，一幅醉人的风景画卷。这是个完美的世界，完美得像有人布置了陷阱，让她有一丝陌生，一丝慌乱。她完全忘记了那条宝石项链。

下午，保安叫她去了警卫室。

"我没拿,给所有人都说了,我只是戴了一下,就放回去了,你们要不信就让公安局来查。"她像个掉进水里飞不起的小家雀,颤动着哭得有些肿胀的脸。两天了,同样的话她已经说了无数次,但没人相信。

"这样的事情发生在酒店,就只能我俩赔,几万块钱……酒店不会轻易报警,怕影响生意。"麦黄来看她,麦黄两只眼睛是没有主张的空洞,突然说:"还回去吧,你喜欢,我早晚给你买,卖血都给你买。"

那女人扇了罗紫薇一巴掌,豹头戒指在她脸上划出的血痕很疼,但没有麦黄的这句话伤人。

还是马师傅有经验,他在酒店干十多年的水暖工。审问一直没有进展,晚上保安带了罗紫薇、马师傅来到2018的洗手间。

"我只是试了试,然后还放在这儿。"罗些微指指洗手池一侧的大理石台面。

马师傅停了洗手间的用水,找来了工具,三两下就卸开了洗手池下方的水管,那水管通往下水的地方有一处呈"U"形的管道,拧开"U"形管底部的盖子,倒出一堆淤积的头发和污泥,还有那条缠在头发里的红宝石项链。

为了给顾客压惊,酒店的经理为2018的房客订制了鲜花,送到房间的餐酒也是免单的。

罗紫薇毕竟动了客人的物件,还有那项链究竟怎么掉进洗手池的谁也说不清。她调离了客房部,去了洗衣房。

洗衣房在地下室,冬天阴冷,夏天闷热,只有探出地面的半截窗子,一年四季,透过窗子只能看见行人的鞋子和往来的车轮。潮湿的空气让她身上起了成片的湿疹,她有时会想起2018室,飘着白纱的窗子,宽大的观景台,可以望见远处青紫色的山,想起麦黄说山上有一面镜子一样的湖泊。

四

罗紫薇来店里时,店门好像才开,门口干燥的水泥地面上还没洒上水。玲子也是才起来,头发没梳理,蓬乱着,眼睛有些红肿。紫薇猜是这鬼天气的缘故,夜里让人睡不着。

绿豆粥,咸鸭蛋,还有两个包子。天气热得人没胃口,玲子小口小口吃得像个得病的小猫,包子还剩下一个。她瘦了不少。

"玲子,钱寄了没?"紫薇想起来,才给玲子开了工钱,表姨来信总是催着要,玲子小弟弟考了个不错的大学,就是学费太高了。紫薇想着玲子这样的也可怜,一个进城就背负着全家的希望,两年来自己什么也没添置过,好像就买过一件水粉色的真丝连衣裙,舍不得穿,熨得平平展展地挂在缝纫机后面衣架上。如今身上的素格子连衣裙,还是前些年紫薇穿旧的。

"寄了,姐,一拿上就汇走了。"

第一锅衣服洗上,紫薇又操起熨斗,热气一股股喷出来,不小心嘘了手。

中午,太阳挂在天空像一个崭新的不锈钢大圆盘,明晃晃闪着灼人的蓝光。各家店铺的玻璃门窗、金属把手,还有各种闪光装饰材质都反射着白花花的光,整条街晃得让人睁不开眼,像一个被切割出无数面的钻石。街上车辆和行人都少了许多。对面烟酒店门口停了一辆黑色的"奥迪",太阳下黑亮黑亮像要晒化的一滩沥青。

车是"鑫新烟酒店"老板马莎莎老公的,准确点说也不是她家的。马莎莎老公叫贾昌明,人送外号"贾领导",是给市里某个大官开车的,是个专职司机。但人家每日西装笔挺的,头发向后梳得油光,夏天衬衣上也要扎领带,脚上的黑皮鞋什么时候都亮晶晶像刚擦洗过。上衣口袋有时还插了一支笔,在梨花街上进进出出的像个人物。

我家昌明形象好,给领导开车去县里,去乡里,经常被人家当领导接待。马莎莎就是个大嘴巴,心情好时喜欢吹嘘,吹嘘她老公帅,有本事。

"呸,真把自己当个领导了,神气什么?不就开个'奥迪'!开'凯迪拉克'的也没这么神气,何况车也不是他的。"梁川有时端个凳子坐在玲子边上等着取干洗的衣服,一条短腿架在另一条短腿上抖擞着,向着街上吐口水。他看不上那些装模作样的人。明明是理发的非装扮得像个搞艺术的,取个名字叫"发型造型师";修鞋的也不在露天吆喝,租个门面叫个"皮鞋美容院",大澡堂子也改名叫"水疗城"……

"这年头,干得好不如装得像,肥猪装大象,臭韭菜装水仙,小巫就装大神……"梁川抱怨个不停。

罗紫薇发现梁川最大的问题不是长相丑,而是不会装样子,干什么就太像个干什么的,他卖五金,人也长得像个五金件,邋遢时蓬头乱须得像个生锈的旧螺丝,收拾得头光面净的顶多像个新螺丝,浑身上下还是一股子生铁味。有些东西是娘胎里带的,就像麦黄在酒店干了十几年,见那么多有钱有派头的人,回家工装一脱,大背心一穿,拖鞋脚上一跶拉,往饭桌边一坐,蔫头耷脑的,就像蹲在自家地头上老农民,就连拿个拖把拖地也像拿了个锄头耪地。不像人家贾昌明,明明是个司机,行动做派装得像个大干部。话又说回来,麦黄要真像贾昌明一样整日收拾得光头油面的,一定让人不放心。

店里难得清静会儿。玲子低头缀扣子,瓷白细嫩的手臂抬起放下,腋下的衣服又湿了一片。身上那件紫薇的旧衣服多少有些瘦,玲子两只发育很好的乳房顶得前襟处张开了一个小口,一闪一闪可以看见粉色的胸衣。

罗紫薇住衣物上刷去污剂,问玲子:"老梁有两天没来了?"

"嗯。"

"你说他前一阵来得多欢,八成是看上你了。"

玲子头埋下,额头上头发被风扇吹得撩动着,两排微微抖动起睫毛向下弯曲又翘起,耳朵后面泛起一片粉,抿着嘴角不吭声。

"你咋想?要说老梁就是年龄大点,不过三十多没成家的男人,在城里也不算大。人不错,实实在在的,在这条街上算有实力的。"

玲子用牙咬断线,又用手扯了扯扣子,看缀得牢不牢。

"你娘催哩,每回都说你的年龄在农村就该找了。如果在城里找不上,就让你回去,怕耽搁了。城里条件太好的咱配不上,条件太差的也不能将就。这样一寻思个三两年,女人就成了过季的菜……"罗紫薇也到了爱唠叨的年龄,她开始操心玲子找对象的事了。

"他牙黄,我犯恶心。"玲子说。

借口。罗紫薇想这些年自己怎么就没有看到梁川的牙黄。玲子也算是个见过世面的人,她应该明白如果嫁给梁川,立马就是拥有两个五金店的老板娘,不用住在这狭小的店铺,她在城里就算是落下根,这一点她肯定想到了。那她到底想找个什么样的?

这死不开窍的,找个时间得好好开导开导。紫薇替她着急。

太阳西斜时,阳光不再刺眼,"鑫新烟酒店"投下的阴凉像黑水一样一点点淹到街这边。

鑫新烟酒店玻璃窗上红字标写着"专经营高档烟酒、礼品"。其实他家的名片上还印着收购高档礼品，一开始罗紫薇不明白，马莎莎说，这年头老老实实做生意只能挣个辛苦钱，这店明里的生意啥时候也没有暗里的来钱。你想呀，当官的收那么多的烟酒和礼品，自己能用多少，剩下的就交给回收店，这里面利润大得你想不到。你看那些茅台、五粮液，今天卖出去，不定哪天又转回来。都一样，不信你看那理发的，后面干嘛又多出个按摩的，明面是理发，后面干什么，你想也能想出来的。还有那澡堂子、按摩的……马莎莎的嘴里什么都敢说，人也什么都敢干。

　　店门敞着，老板娘马莎莎坐在门口的藤椅上，一只脚跐在门槛上，穿着无袖的连衣裙，领口低到露出一片起了痱子的半拉乳房，裙子短到刚包住屁股，肥硕的胳膊快能顶上玲子的大腿粗了。一只大黑猫卧在她脚边上眯着一双不怀好意的眼睛。再看马莎莎一头浓密的头发胡乱地盘在头上，像个巍峨的黑山头，一双有些浮肿了蛤蟆眼无精打采，大概有什么不顺心的事，本来就黑的脸上有股"不好招惹的"煞气。这女人还真是丑到家了，要不是手里拼命摇着个扇子，活像一尊门神。她手臂上那个"龙凤呈祥"如意金手镯还真招眼，隔了道街也那么招摇。

　　眼看天要黑了，紫薇让玲子看店，自己去市场买菜。该买条鱼了，儿子学校开家长会时老师还给孩子定食谱，说一日一份酸奶、一个鸡蛋、两种水果，一周一条鱼二斤肉，这样才能保证孩子身体承受现在的学习强度，现在是初三关键时候，孩子不能累病了，营养要跟上。罗紫薇有时想，在老师眼里，孩子该不就个是个学习、考试的机器吧？那也没办法，再省也不能从孩子嘴里省。

　　新鲜的草鱼，青灰的脊背，光溜溜的像光阴一样抓不到手里。是红烧还是清蒸？罗紫薇拎了几样菜边走边想。那条已经开膛剖肚的鱼在她拎的塑料袋里猛地挣扎了几下，吓得她不轻。

终于有了些凉风，暑气散去不少，人心里也畅快起来。傍晚的夕阳下，整个街道笼罩着一层柔和的黄色。梨花街，多美的名字，听老住户说八十年代初这里还算郊区，家家种梨树，春天一到，山梁上、低洼处，一窝一窝的雪白，应该就像自己的老家一样，现在已经发展成城区了，完全没有了原来的景象，只留了个名字。街道东西长约四、五百米，两旁林立了多少家店面一时也说不上，大点的有日夜超市、快捷旅馆、药店、眼镜行，小点的有干洗店、理发店、茶店、米粉店、包子店……还有一些挤在旮旯里的修表的、刻章的、修鞋的，地下室还有网吧、按摩的、修脚的，寸土寸金的，一点不浪费。虽然没有高档的购物中心，一般家庭过日子需要的这里都通通满足。开店的大多是外来讨生活的，起早贪黑地做点小生意，无非是想着有一天抖净黄土，穿得体体面面，过得像个城里人，最不行等自己儿女这一代也要成个城里人。其实城里人和乡下人没有分别，麦黄说他总算看明白了，在世上只有两种人，有钱的和没钱的，有钱人整日想着怎么花钱，住"总统房"、上夜总会、找"小三"、旅游、炫富；没钱的整日辛苦地想着怎么挣钱，像他和紫薇这样的。罗紫薇却越来越看不懂城里人和城里的生活，她不知道到现在自己和麦黄算不算个城里人，也忘了当初她进城时想象的城里人的生活是什么样的。

理发店门口的灯柱上旋转着像一条没有尽头的彩带，紫薇不敢盯着看，看时间长了人的心就被卷进一个不知道的地方，好像那是个陷阱一样。眼镜店橱窗上揭下李冰冰的照片又换了范冰冰的大头像，大墨镜盖了大半个脸，锥子脸，白脖子，脖子上有一条闪亮的钻石项链。新开的"烤吧"，音乐火爆，录音机里有个女人"爱了死了"地唱不停,店里几个男人撩了衣服露了肚皮放开了喝啤酒吃烤串。纹身的店开在地下室,一排排形状吓人的照片贴在门口,紫薇想不出什么人喜欢在身上纹这个。米诺皮鞋美容院被梁川说中了,架子上只有几双落了灰的皮鞋,门口冷落的都结了蜘蛛网,倒是大门一侧擦鞋的小哥儿,低了头甩了膀子紧忙活,生意好得不行不行的。

罗紫薇的店,老老实实地叫"紫薇干洗店",店面拥挤在街道后半段,干干净净地店门上贴了孙俪超能皂的广告画,美人身上穿了飘逸的白裙子。

远远地,罗紫薇看见贾昌明留了背头像大干部的身影从自家店里走出来,上身是今年最流行的格子短袖衫,下身是灰白色的休闲裤。他好像边走边和店里人说话,然后又看看左右,才走到奥迪车前,开门上了车,车子随后驶出了巷子。贾昌明很少来店里,他家需要洗的衣物平时都是马莎莎送过来。

算着儿子快放学了,紫薇给玲子说,她先回,今天晚上做鱼,一会儿关了店门来家吃饭。其实紫薇有话想给玲子说道说道。玲子却说天太热没胃口,她不去了,就在夜市上吃点凉粉。紫薇只好又嘱咐了玲子几句,毕竟一个姑娘家,让人不放心。夜里一定要放下卷闸门,还有睡前一定要熄了蚊香。又想起来什么,就问对门烟酒店的贾昌明来干什么。

"送要洗的衣服。"案子上放了几件衣服,两件衫衣,还有一条灰色带纹的西裤。

罗紫薇从店里出来时,不放心似地看了一眼立在缝纫机后面的衣架,上面一直挂着的玲子那件水粉色的连衣裙,那裙子的衣料像花瓣似地单薄娇嫩,风扇吹着抖动得像随时都会飘走似的,不知怎么有点让人可怜。她想象着玲子要穿上它,走在这条街上也算得上是一道风景。

五

麦黄每天回家都快十点了,大酒店的安保这一块任务不轻。每天到下班前他还要巡查整幢酒店,还要安排好夜班,有时夜里还要去查岗,他害怕值班的家伙偷懒睡大觉。

麦黄进家换了大背心、大裤衩。紫薇热饭给他吃,红烧鱼被儿子吃得只剩尾巴那儿有点肉,一碟子青菜豆腐也剩不多。酒店有饭菜,他去晚了没赶上。麦黄扒了几筷子,挑毛病说,做菜讲究个"色香味",青菜就吃要个清淡,干啥又放这么多酱油,整得黑不拉几。说归说也不耽误吃。

紫薇沉下脸没理他,心想还真把自己当成城里人了,农村哪家炒菜那么多讲究,熟了就行了。她一边整理厨房一边想起来前几日去商场里看的那套首饰,那套红宝石首饰,想起麦黄曾经信誓旦旦地说只要她喜欢,卖血也买给她。如今,她倒不是真想要,就想瞅个机会提一下,看看他啥反映,也许他早忘了。麦黄年青发狂时许过的诺言基本都没有兑现,比如他说过有一天自己也要经营一家大酒店,还说过要带她去那座山上去看湖水。其实紫薇并不抱怨这些,她也过了爱幻想的年龄,什么都不如眼前踏实的生活,她更珍惜他们一起走过的那些日子,一起经历的酸甜苦辣。那些诺言和誓言就是挂在天上的星星,只要亮着就行,不一定要摘下来。

麦黄看紫薇不回嘴,也就不好挑三拣四,自知言语过重,想换个话题,看看儿子屋子门关得严严实实,就压着声音给紫薇说:"我差点忘记了,刚才回来,路过干洗店,看见已经上了大门,以为玲子休息了,就折身回家,出了梨花街,刚下天桥,远远看路边有个女的穿个红裙子一闪上了一辆黑车。那样子,怎么看着像玲子呢？"

"瞎说，玲子能去哪儿？她谁也不认识。"

"我说也是。"麦黄也不相信似地摇摇头。他吃完白米饭，把开水倒进菜碟子，有滋有味地喝着"黑不拉儿"的酱油汤。

玲子也该找个对象，总不能一直在干洗店里待着。紫薇突然觉得这事已经刻不容缓了，给麦黄说："酒店里有没有好小伙，给玲子介绍个。"

"我也留意呢。酒店里来的小年轻，农村才上来的，怕她看不上；城里的吧我又怕不靠谱。现在年轻人和咱们那阵子想得不一样，玲子想找个啥样的？"

"她想的有用么？条件相当，人还得投缘。"紫薇想起梁川找对象的"三条"标准，想着玲子这样的在城里找个合适的真不容易。

两人又说了会儿店里的生意，麦黄问这阵子的收入。罗紫薇猜着麦黄又有了要花钱的难处，果然，麦黄端了大茶缸，喝了口茶，不紧不慢地说："这钱省着点花，冬天，大哥捎信说地里活儿忙完，带着娘过来住一阵，她那病老犯，也该到大医院看看。"

罗紫薇收拾了饭桌，没有吱声，想起自己的娘也来电话，说小弟弟婚事也说定了，近日盖房子，买料的钱凑不齐，让紫薇给张罗点。她再不想提什么首饰的事儿了。

六

每件衣服清洁前一定要掏兜，尽管这活儿已经交代给玲子了，但罗紫薇不放心，还是从灰色西裤里掏出几张票据。有两张办公用品的发票，像代开的假发票。裤子是贾昌明的，马莎莎说过来他们家店买高档烟酒的人，总让想法出具办公用品的发票,店里就得想法找假发票。还有一张,是"明星珠宝店"的发票,上面标注了:"卡地亚心心相印1988#双环吊坠,材质:18K铂金,价格:3980"。那应该是条项链。卡地亚,像是谁说过是个"大牌子",心心相映,双环吊坠,罗紫薇对这名字起了好奇心,不便宜,想不出是个啥样,好像蛮时髦的。

紫薇将发票卷起来放进墙柜架子的铁盒子里,忍不住抱怨了玲子几句。玲子这些日子干活心不在焉的样子让人不放心。她想着发票还是取衣服时当面还给主人。

接着整理那些送来该洗的衣服,却见马莎莎家的大黑猫不知什么时候卧在一堆要洗的衣服上,紫薇吓了一跳。那家伙大概是美美地睡了一觉,见人来才懒懒地躬起身子,一双绿眼睛像夜里的探照灯。

"不要脸的坏家伙!"紫薇对猫没有好感,她想起小时候自己养得一对"安哥拉"长毛兔就是被邻居家猫叼走的。她抄起扫帚扔过去,黑猫轻巧地躲闪,从紫薇脚边钻过,贴了玻璃门溜走。

看看日历已经入秋了,天气依旧闷热,没有一点风。天气预报说,今天午后有雨,中雨到暴雨。紫薇盼盼着快下雨,雨一下兴许能凉下来。"咯咯"的风扇,像个老年人在打咯,吐出闷热发酵的空气。

这在老家正是种秋庄稼的时候,收了玉米开始种小麦,忙完了回家来娘就做"麻酱面",手擀的面条筋道弹牙,煮好的面在刚打上来的井水里过一过,拌上蒜泥芝麻酱,再加上院子里的新鲜黄瓜丝,总让人胃口大开。她光想想就起了食欲,寻思着中午叫个外卖,问问玲子想吃啥。叫了几声人也不应,却见玲子坐在缝纫机前,手里攥了件衣服,盯了对面烟酒店发呆。

一会儿,马莎莎摇了扇子进来。大中午烟酒店也没什么生意。

　　她一边报怨天热,一边靠近风扇一屁股坐在店里唯一的椅子上,那椅子被她压得"吱吱"响,干洗店的温度一下又升上来几度。

　　一张口就是她家的死鬼,大概才吃了炒米粉,一股难闻的大蒜味。"那死鬼,就是个偷嘴的猫,前些年钻按摩房,找理发店的小婊子,让我揪住几次,这才老实了一段时间,我看这些日子又有了情况,每天都后半夜才回家。"马莎莎使劲扇着扇,一身的黑肉颤动着,脖子下面汪了一片油水和汗水。紫薇望着她一身黑粗的皮肉,心想着难怪男人不喜欢。

　　"兴许是单位的事儿。"紫薇应付着。玲子懒懒的神情也不招呼来人,斜着身子,在拆一件衣服。

　　"我打听过,单位领导在外地出差呢。一个司机,加什么班,骗鬼呢。我闻着他身上就有股子婊子味,别让我发现,要是发现了,哼!"说话间,马莎莎扇子合起来,肿了眼睛使劲一睁,"嘭"的一声把个扇骨敲在玲子做活的缝纫机上,那黄金手镯的花纹里沾着油泥,已经没有前些日子那么刺眼。

　　紫薇想起贾明昌兜里的发票,又觉着此时还给了马莎莎不合适,这两口子,可不比平常人,还是小心为好。想着就仔细地打量马莎莎身上的首饰,除了手镯,项上一根粗粗的金项链,一个硕大的"金镶玉"弥勒佛吊坠儿,看上去就有分量,肯定不是什么"心心相印"双环坠儿。

　　"你家昌明对你不错,你看你穿的戴的。脖子上的项链,新买吧? 不便宜吧?"

　　"呸,他才不会给我买,全是我自己买的,这个,"她摸摸"金镶玉"弥勒佛,"今年最时兴的,羊脂玉,一个数。"她伸出一根黑胖的指头。

罗紫薇吐吐舌头："上万？"

"男人结了婚就不会给老婆买首饰,送鲜花,不是说只有傻子才给上钩的鱼儿喂鱼饵嘛。男人结了婚要买首饰也是送给其他女人的。我的一个姐们开美容院,自己收拾得也漂亮,有钱,漂亮,前些日子两口子离了。原因不就是一套首饰嘛,她洗衣服从老公兜里翻出一张发票,珠宝行的,挺贵的一套首饰。没听老公说起过,她就猜着老公是想送惊喜,等着;过了生日也没见,再等等;结婚纪念日也没见动静,这才知道坏了,一留心,果然在外面有人了。"

罗紫薇吓了一跳,手里的熨斗险些走歪。她想着铁盒子里的发票,盯了马莎莎的脸,"有这事儿。"心里发起虚来,好像是自己做了什么见不得人的事儿。

玲子死白了一张脸,一动不动地坐着,手里的活儿也停了,背上的汗把薄布衫子洇湿了一大片,隐隐约约的脖子上像戴了个发亮的东西。罗紫薇盯着出神,又想起麦黄说夜里见过上了黑色小汽车的红衣女子,只觉得有一种不祥的念头伴了一股子刺鼻的糊味升上脑门。

"我的天,"马莎莎叫到,"糊了,衣服熨糊了,咳,不聊了,我那店也来人了。"

梨花街上空的阳光突然被什么遮了去。有人喊,起风了,要下雨了。擦鞋的小哥儿慌里慌张地收拾摊位。

一大一小两个镂空的心形坠子,镶了几粒钻石,一根白金的链子串起来,这个应该就叫"心心相印"。罗紫薇目瞪口呆。玲子摘下那链子放在缝纫台上,闪闪的一小撮物件。依旧闷热的洗衣房里,玲子抱着胖子发冷打摆子一样哭个不停。

雷声在空中滚了一会儿,雨就下起来,一会儿街面就积水冒泡,玻璃门被雨水浇得模糊起来。罗紫薇脑子里一片混乱,不知怎么就想起当年那条红宝石项链,想起那女人手上狰狞的豹头戒指,还有至今还留在脸上的刮痕。她心里堵得一阵阵痛,一阵阵乱。她把手指戳到玲子脑门上,恨不得戳个洞,咬着牙沉下声音问:"什么时候的事儿?"

雨被风吹着抽打玻璃,门口洗衣液的广告画被掀起一半,拍在门上"啪啪"响,门猛地被风推开。天真的凉下来了,吹进的雨水带了股寒意。

玲子仍不回答,只是哭,肩头一耸耸地,头发一绺一绺粘在脸上,像受了说不出的委屈。不知怎的,罗紫薇也哭起来,哭得比玲子还伤心。

玲子走了。紫薇给玲子多结了两个月的工钱,又让麦黄请了几天假送她回去。她把贾昌明的衣物洗得干净,连发票和首饰一起还给他。要不,还能怎样。然后,她在店门口贴了个告示:因为机械修理,停业五天。

儿子的录取通知也下来了,考上了本市重点,她一点也高兴不来,报个旅游团去山里转转。她一个人去看那面"忘忧湖"。

七

紫薇回来了,她觉得那湖水远不及想象中的大,也没有想象中的美,更没有传说中的那么神奇,所有的烦恼还压在心头,吐不出也咽不下。

洗衣店一堆生意要处理,没了帮手,紫薇整日忙得头都抬不起来。这日中午,梁川到店里坐了会儿,紫薇猜他早知道了玲子的事儿。有一阵没见,这人真显老了,头发几日没打理,黑青着下巴。两人各自沉默着。

梁川突然说自己要转让店铺了。紫薇有些吃惊，说这生意干得好好的，怎么就要转了。梁川叹了口气，坐在椅子上的身子又驼了下来一块："没意思，干了二十多年，挣钱、挣钱，在城里连个家也没安下来，想回老家了……"

紫薇知道梁川因为玲子的事灰了心。

"玲子，还回来吗？"

"不知道……"

"其实不来也好，在农村生活得踏实安逸，像我们这些老实本分的人，在这里总不是回事。"梁川搓着干巴巴的脸，瞪了一双布满血丝的眼睛，张望着依然繁忙的梨花街。

紫薇也不想说太多挽留的言语，她有点怪他，怪他没点男人的气魄，留不住玲子；怪他逆来顺受扛不住压力；怪他，怪自己，怪麦黄，都是一类人，在这城里像没有根基的植物，有点什么风吹草动就想逃离。

"鑫新烟酒店"被查封的那天，动静还真不小。工商和公安的来了几辆车，光假货就装了半卡车。有人实名举报，提供了假货、假发票、录音、录像，证据确凿。有人说举报的人是梁川，为了收集这些证据他可没少下功夫，他利用烟酒店修理门窗之际在店里安了个摄像头……坊间的故事说着说着就有了几分演义，罗紫薇却愿意相信这一切都是真的。

一切都熟悉又陌生。梁川的五金店换了新主人，"鑫新烟酒店"变成了一家游戏厅。一年之中，梨花街近百家店里总是有枯有荣，就连米诺皮鞋美容店也换了门面，叫什么"醉茶轩"，大概是个开茶馆的，开店的女人穿了件古典的蓝花旗袍一遍遍清洁门面，苗条俊俏的背影有点像玲子。

八

过了秋刚入冬,娘来了,带着弟弟没过门的媳妇小俊,还带着家乡才收获的瓜果和粮食。

紫薇用新下来的黄米蒸成糕,在楼道里都闻着香。晚饭上儿子一连吃了好几块,麦黄的嘴也"啪嗒"得山响。

"新房起来了,得晾些日子,你弟弟在家里张罗打家具,准备春节前就把婚结了。"娘的皮肤是紫铜色的,身子瘦得只剩一把骨头。在村里起一座房,还不把人累得像剥层皮。紫薇把红烧肉往娘碗里夹,娘又夹到小俊碗里。"都说你眼光好,领了小俊上上街,买几身衣裳,买套首饰。"

小俊长了一副憨憨的娃娃脸,紫薇看着喜欢。

紫薇连忙答应,让麦黄和同事调了班,晚上上夜班,白天看着店铺,两头不耽误。吃过晚饭,麦黄就去酒店值班,儿子去店里睡,小俊是贵客睡了儿子的房间。紫薇和娘住客厅。

临睡前商量了要买的物件儿和价位,这小俊家在村里也是要样有样的人家,衣服和首饰也不能太次,娘拿出了一万元,给紫薇让她看着张罗。

紫薇知道为了小弟弟的婚事,爹妈那点老底子算掏空了,说不定还拉了债,就说,要不这钱自己出。娘按了她的手,说:"别说这话了,这些年你也给家补贴了不少,我知道你这儿,还有麦黄那一大家,用钱的地方多。"

一连两天,娘儿仨忙着采购。罗紫薇也暗暗叫苦,有些日子没逛商场,物价又上涨不少,按着村里的习俗,姑娘结婚婆家要准备四季的衣服,从头到脚、从里到外一件不能少,还要给女方家人各置办一套衣服,还好小俊家兄妹不算多,精打细算着光衣物一项就花了六千多,这还都是在批发城买的,没敢进大商场。剩下三千多买首饰,戒指、耳环、项链是最基本的。这钱紧巴巴的。

一到首饰柜台,小俊两眼就不够使了,一眼就瞧上了一只镶了宝石的戒指,说同村才嫁人的秀芳就买了这一款。宝石的成色也一般,标价5800,就算打了折也要五千出头,光这一件首饰就超出了娘预算,紫薇连忙说这戒指成色不正,也不值这个价,镶宝石的戒指样子也容易过时,还是买个纯金的划算。小俊娃娃般的圆脸拉成长条形,怎么哄就不松口,伸手就把戒指戴在自己手上。一旁,娘的脸色也变得难看起来。一时几个人就冷在那儿了。柜台里的小姑娘一个劲地夸赞小俊有眼光。

罗紫薇一咬牙自己做主给小俊挑了一套纯金的首饰,价位中档,一共花了六千多。娘给的钱显然不够,紫薇说多的那部分算自己送的。好说歹说,小俊才极不情愿地摘了那枚宝石戒指。

上街购物真是个累人的事,况且要精打细算。回家到了傍晚,一家人都没几句话。娘在生闷气,小俊还是个孩子脾气,早忘了不开心的事儿,吃了饭只顾在屋里收拾新买的衣服。一直到睡下,娘看小俊屋里熄了灯,才抱怨起小俊不懂事,买衣服和首饰的费用是两家商量好的,不该临时变卦。又埋怨紫薇充大方,开了这个口子,后面还要送彩礼,置酒席,花钱的地方多了去了。

紫薇一边给娘按摩累肿的脚,一边说了宽慰的话。其实依她看小俊还算好的,现在这城里的小姑娘随便买套衣服都能上千,洗衣房里她见过各种好衣物,给小俊置办的衣服大多质量都一般,人家姑娘也没太挑。只是见了首饰动了点心思。唉,哪个姑娘不喜欢漂亮物件?说着说着就想起了玲子。说到底哪个女人不喜欢漂亮首饰呀？

"娘,玲子那事,我也是没了主意,总觉得对不住她。"罗紫薇这话憋心里好久了。

"到底是为她好,她能想明白。我听你姨念叨过,不出意外,玲子也快要出嫁了。男的是邻村的,相中玲子好几年了,前些年玲子心高气傲不应承,这次回去人也明白不少。小伙子在县里做建筑,有技术,大小也是个包工头,县城有房子。我觉着条件不错。"娘说。

"噢——"玲子这么快就要嫁人了,紫薇有些诧异。挨了娘躺下,心里一阵高兴,一阵惆怅。

"娘,这次回去你若见着玲子告诉她,结婚后要还想出来,就到我店里帮忙。过了年我就换个大点的店面,活多了就缺人手。"黑夜里,紫薇调转脸,闻到娘身上温暖的气息,像蒸熟的黄米味儿。

"那最好了。"娘说着就起了鼾声。

夜深了,娘睡得香甜。紫薇却睡不着,她想玲子,想起玲子那件挂在缝纫机旁粉红色的衣裙,颤抖着像一朵没好好开放就要凋谢的花朵,燃烧在暗夜里。紫薇起身上了趟洗手间,屋子里空气有些浑浊,她披起衣服又走到阳台上。

很少从这里望远处,对面是密密麻麻的楼房,白天开着的窗户里偶尔闪过忙碌的人影,夜里人们都休息了,只有一两个窗户里闪出电视昏暗不明的光线。庞大的楼群静默着,黑沉的一角挑出窄窄的一小片天空,夜空是蓝紫色的,还有一两颗星星悄悄地眨眼睛。

噢哟,真的是星星,比钻石还闪烁,比宝石还耀眼,像小时候躺在麦田里见过的星星。她猜自己一直想要的,玲子想要的,小俊想要的,女人们想要其实就是这天上的闪烁的星星。

红橡木床

一

范西知道这张床价值不菲,虽然他就是个在朝晖小区拾破烂的。床被折成几部分,堆放在垃圾箱旁,摆明是不要了。几乎还和新的一样,上好的木料,原木色的油漆,露出红橡木本来的纹路,床头是用上等的牛皮包裹的。是一张舒适的双人床,足有两米长、一米八宽。一起被扔出来了的,还有个丝绒面的大床垫。

朝晖小区,一千零八户人家,算是个中等的小区。范西扳着指头算过,旧区又叫北区,一幢楼六层四个单元,一单元十二户,共四十八户人家,有六栋这样的楼。新区又叫南区,小高层一幢楼十二层,六单元,一单元二十四户,一幢楼就有一百四十四户,不大地方挤了五幢楼。在小区中心,有个花园,花园中心是个八角凉亭,围着花园和凉亭,四幢独立的两层小楼,带前厅后院的小洋房。这一片原是一家化肥厂,曾经一半是厂区,一半是家属区。八九十年代,像这样的国有企业倒闭了一批,厂区卖给了朝晖地产公司,就建成了一片住宅区。

每幢楼前有两至三个垃圾桶，全小区共有三十四个垃圾桶，每个桶要装满垃圾少说也得五六十斤，一天下来这个小区产生上千斤各种各样的生活垃圾。范西的工作是从清晨五点钟开始，他要守在垃圾房前等清运车将上千斤的垃圾运出小区，然后再将三十四只装了头一天垃圾的垃圾桶清倒干净。简单的吃过早饭后，将整理出能回收物品装上板车送到六七里以外的城郊废品回收站。下午他在垃圾房整理分捡垃圾，埋头俯身在成堆的、散发臭气的垃圾里，腐烂饭菜和水果、长了虫的米面、婴儿纸尿裤、女人用过的各类纸巾、沾满口水的烟蒂、废弃的稿纸、破旧的家电家具、成团的人和畜的毛发、动物的尸体，在里面寻找还能回收的啤酒瓶、饮料瓶、报纸、纸箱、废铜烂铁，还有一些半新不旧的衣物。这活儿一干就是三年，如果有一天耽搁了，小区垃圾箱里的废弃物就像是爆开的"米花"溢在四周，垃圾箱就成了野猫、野狗、老鼠、蟑螂、蝇虫的天下。范西想：城里人就是能"造"，能浪费，吃的、用的远没有扔的多，多好的物件也不珍惜，多好的物件也会被抛弃，比如这红橡木的床！

　　本来范西是个体面的建筑工，在往前说范西就是个地道的农民，其实往前追溯八辈，范家都是面朝黄土背朝天的农民，如果不是一时冲动犯糊涂，范西应该还是个守了几亩田地，守着老婆孩子，过安生日子的农民。少说他也应该是逍遥自在的农民，中国十亿农民中的一份子。靠土地过日子，不丢人，虽然排在末尾，却是个上九流。读过几年私塾的范老爷子总是这么说。现在范西是一个成日蓬头垢面，拿着暂住证，住在地下室，从垃圾里捡生活的城市流浪人，就如同一只围着垃圾箱找食物的流浪狗、流浪猫。

　　九十年代是范西命运的转折点，因为那时代正赶上了中国城市房产开发的黄金期。朝晖房产的老板——范朝晖，是范西家一个亲戚，就是在这个年代发家致富的地产商。

九十年代在什家沟乡流传着范朝晖的传奇故事。一个扛了铺盖卷外出打工的农民，没几年就摸出了门道，自己带了人组了包工队，后来就有了自己的房产公司，再往后就成了有几家分公司的大老板。每年冬天范朝晖都去老家什家沟子乡招工人，他短小肥圆的身体穿着崭新的西装，粗脖子上扎着鲜艳的领带，滚圆的手腕上戴块亮闪闪的金表，胳膊下夹了个皮包包。村里人都看见了，包里全是蓝、粉色的百元大钞票。有了钱撑腰杆，范朝晖走路姿势比县里下来的干部还牛气，在村里走一遭，不用太多言语，各家各户青壮年劳力就动了心思。春天，南风才把白龙山顶上的云吹散去，露出一小片一小片晴空，柳河边的土地上才泛出星星点点的绿，什家沟子的男人拍打了身上的黄土，撂下整片等着耕耘下种的土地，告别父母、妻小，扛了铺盖卷急吼吼去城里盖房子去了，去发家致富，去追求梦想。范西就是其中之一。

范西和朝晖是亲戚，如果论起辈分，朝晖管范西叫表舅爷，但是范西知道这个年头谁有钱谁是爷。范西一家在什家沟过得没什么地位，辈分虽高人丁却不旺，到了范西这辈他成了单传，好不容易才结了婚，如今上有二老高堂，下有一儿一女。本来范西一门心思只想贴着墙根走路，压着身子种庄稼，好歹混个平常日子。

范西不想离开什家沟，除了舍不得媳妇和一双儿女，更重要的是他觉得自己舍不了家里这十几亩土地。什家沟是块风水宝地，村东面临着柳河，北面靠着白龙山，一年四季时令分明，土地肥得攥一把就出油，不用掏大力气，十几亩地里夏天收一茬麦子，秋后又收一茬花生和地瓜，一家人一年的嚼谷就有了，再养点家畜，平日闲了上山挖点草药贴补家用，生活虽不富裕,却也过得有几分自在和踏实。再说一双老人也让他放心不下,圣人说:父母在,不远游。

人比人,心里就少了份平静,多了几分躁气。眼看着村里同龄的男人都外出打工,几年下来就翻盖了房,有人还给媳妇捎回了金项链,媳妇小曼嘴上没说什么,眼睛就往人家脖颈上瞭,心里羡慕得不行。范西一颗安分的心动荡起来,自己都三十多了,要不趁这几年出去闯一下,以后更没机会。这么一想,圣人的话也抛在了脑后,夜里躺在热腾腾的炕上就睡不着,自己翻腾了一阵子就狠狠踢了踢躺在一旁扯呼噜的媳妇:"说多少回,少添些柴,少添些柴,这炕烫得啥一样,能烙熟饼子。"

媳妇小曼,闭着眼睛一笑一翻身就把暄腾腾的热身子覆在范西身上:"热死你个熊人,睡不着,还能想个啥!"

"你下去,沉得像个死猪,热死人,烦人!"范西一改往日的好脾气,一下将小曼掀到一侧。过了好一阵子,范西才对身边赌气的小曼说:"你说我是不是也跟他们去城里盖房子,村里壮劳力去了大半,过了二月二就走,去平城,大城市,盖楼房,挣大钱。"口气是商量的,心里已经铁定了,范西就是个嘴上不多说,心里做事的人,主意就这么定了。他躺在滚烫的炕上,心里就开了锅,仿佛在黑暗中看到一座城池,密密麻麻,一幢幢高楼,望不见边,就像成熟的玉米地、高粱地,一丛丛密不透风。

"种房子和种地也就是一回事,都是地里刨食",朝晖夹着鼓鼓的牛皮包,挥动着戴金表的圆滚滚的手腕说:"新房起来,旧房就得拆,就像旧庄稼割了,种新庄稼,一个道理,总之干不完的活,挣不完的钱。我挣了钱了不能忘了乡亲,跟我干能有啥不放心的,除了开工钱,还管吃,管住,管往返车票。"

朝晖说得形象,他把盖房子说成是"种房子"。范西觉得有道理,一边想着,一边又搂过小曼的身体,小曼身上比炕上还热,绵软得很,舒坦得很,女人就是男人的炕,就是男人的地,但范西决定去城里开垦一片更大的地,去"种房子"。

二月二一过,村里十几个青壮年就上路了,车票是朝晖给买好的。范西带了一套被褥和几件换洗衣服,被褥是小曼新做的,范西劝小曼不要做新的,干活的工地上能住得好?新被褥就糟蹋了。小曼不同意,说白天干活受罪,晚上就得睡好。说这话时还扑在范西怀里哭了一鼻子,范西差点就被这个女人哭成一滩泥水,哭得迈不开双腿。无论如何他也得出去闯闯,范西下决心混个三五年,回来给爹娘翻盖一下老屋子,给小曼打一套人前能带出来晃瞎眼睛的金首饰,然后就安安稳稳地伺候地里的庄稼,反正这庄稼地没长腿,那儿也跑不了。

火车快进站时,范西就看出了平城气派不凡,铁道两边一座楼挨着一座,一座工厂连着一个工厂,一个个高烟囱大口大口吐了青烟,只是太拥挤像是没有人住的地方,宽路窄巷里都是大大小小、各式各样的车。等火车"哐哐哐哐哐"停稳,坐了两天一宿火车的范西支棱了一头乱发,抬着麻木的双脚跟同村几个下了绿皮车,接着几个人就像一罐牙膏似地被挤上站台,挤下通道,挤出车站,周边蚂蚁一般的人群,各种吆喝声此起彼伏,搞得范西晕了头,气都喘不匀了。好在同行的人里大多数都是两三年前就出来打工的,熟门熟路,范西挑着行李紧跟着一步都不敢慢下来。出了人挤人的车站广场,他们又上公交车。公交车行驶了十多站,才到了范西他们打工的地点。

范西去过县城,一年总要去几回,开春买种子,买化肥,领着老娘瞧过几次病,带着小孩还有小曼一起照过一张"全家福",过年时去买点"年货"。县城就够大,人多、车多、楼房多。平城就更大了,坐公车十几站路,从西头还没走到东头,听着范西"啧啧"咂舌,同伙中有人说这也就走了平城的一个角。平城有几十个县城大。难怪朝晖在这儿"种"了好几年的房都没"种"满。

工地快有十几亩地大，四周用铁板围了起来，去年挖好的地基裸露着，水泥、砂石、钢筋堆了一地，打桩机、卷扬机、升降机、搅拌机像饥饿多时的怪兽一样立着，等待苏醒，等着发出身体里的嘶吼。

工地一角两排简易的砖房就是工人的宿舍。范西钻进工房心里就凉了一半，床是用碎砖块和烂木板搭起来的，一间大通铺能躺二十几个人。汗味、臭屁味、臭脚丫味、馊泔水味充斥四周。小曼，一床新被褥算是糟蹋了。

二

范西见过这张床，虽然范西是个朝晖小区收垃圾的，但好东西他见过，在城里混这些年，就算"毛"没落下，见识还是长了些。尤其是这张床，他认得，中院别墅区，二号楼独门独院两层小楼里丢出的物件。那女人住进来时，添置了不少高档家具。这件橡木床，四个搬运工抬着上了二楼的卧室，范西帮忙抬了几个小件物件，捎带着收了家具的包装箱。住户是个三十岁上下的女人，妖娆却有点憔悴的样子，瘦窄的脸孔，睡眠不好的面容青白色，大大的眼睛下是一片青晕，身上穿了绸缎的黑色旗袍，绣着水绿色荷叶和淡粉的荷花，脚蹬一双金色的亮闪闪的高跟鞋，那衣服放在农村只有戏台上能穿出来。女人扭动着瘦小腰胯，站在楼梯上一遍遍吩咐搬运的工人要小心，不要碰坏了一屋名贵的家具和摆设。整幢屋子装修得富丽堂皇，客厅里闪着水光的水晶灯映在另一面墙的大镜子里，范西瞄一眼，有个衣衫破烂、头发蓬松、胡子拉碴老男人也在镜子里。好一阵子范西才发现那是他自己,按说也不到四十岁,镜子里的男人少说也五十了。那张床被搁在二楼一间朝阳的房间里,房间铺了厚实的地毯,猩红色、金色图案的窗帘垂在地上,窗外是一个宽大露天阳台。那女人让进门的搬运工每人脚上套了两层塑料袋,范西踩在厚厚绵软的地毯上,还是感觉到一丝暖和。外面是个雪天,范西脚上的鞋是从垃圾堆里淘来的,左脚一侧开了线,浸了冰雪。

那是两年前的事了,那女人搬来时也是冬天。

今年冬天,范西还是没回老家什家沟。一个人在城里,住在朝晖小区租来的一间地下室里。

范西连着三年没有回老家过年了。每年,同村的小增回老家之前都来看看他。腊月十九,再过两日是小年,小增买了第二天的火车票。

半下午,小增在冰冷的垃圾房里找着范西时,范西正在分拣“破烂”。天空下起了灰扑扑的小雪,阴沉沉的,太阳仿佛提前下了班。小区里淘气的孩子将点燃的爆竹扔进垃圾桶,炸的破烂飞出好远,吓得一只正在垃圾堆里刨食的野猫,像灰的烟雾一般贴着地面溜走了。范西忙完,在垃圾房的水龙头那儿洗了手和脸,带着小增到小区门口的饭馆吃了一顿羊肉饺子,然后又买了两瓶酒、一包卤煮和一袋花生,回到地下室,两个接着喝酒聊天。见到小增,范西高兴,要不是小增来看他,他都没意识到快到年根了。

当年同村一起出来打工的十来个人,小增、范西、林水三个人走得近些,他们分在一个班组,做过模板工、泥瓦工,也做过木工,工程一开始他们支模板,拆模板,后期做门窗,刷油漆。范西多少有点手艺,会看图纸,就成了木工队的小领班,主要负责做门窗,刷油漆,活儿轻巧些。小增和小林当时还是模板工,每日在大太阳底下支模板,拆模板,最累最苦,挣得不多。时间一长,在范西眼里两人人品就分出个上下,小增人老实也讲义气,范西让他跟着自己做门窗,传给他点木工手艺。林水是个油浮不牢靠的人,范西始终对他有着戒心,另外范西还知道林水有赌博的坏毛病。

范西离开后,小增是建筑队里木工头了,有技术,待遇也好了起来。小增自然不忘师傅的恩情,一年总能探望几回,特别是明天要回老家了,来跟师傅告个别。小增知道范西今年又不回了。

范西住的地下室原来是个仓库,面积不小,有一个朝外的小气窗,透着点光亮,房里生了一只煤火炉,铁皮烟囱就从小窗探出去。屋子里有一张桌,一只柜子,都是缺胳膊短腿儿、油腻腻地,不知从哪儿捡来的破烂货。房子一角还有几麻袋没处理掉的瓶子和废旧报纸。一张床显眼地摆在屋子里,几乎占据了地下室的一半空间。

"好床,这木头,好东西。"小增摸了摸床头,敲敲床梆,"做工好,油漆也好。哥,你有钱了,趁这好东西了。"小增拍拍床垫小心地坐在床边,又摸了摸床头包裹的皮子。

"好啥,没人要,我捡的。"范西解释道。

"捡的,这么好东西也往外扔?"小增不解地只摇头。

"喝酒,喝酒!"范西把话岔开,往两只不太干净的玻璃杯里倒满酒,用右手残存的两个指头夹起来,递到小增面前。

四年前,范西在工房里干活,被电刨子打掉了三根指头。那一幕就像在昨天,小增一看到师傅的手就不是滋味起来,接过酒杯,连忙抓起一双筷子递到范西手里,范西用两根指头捏起筷子,熟练地夹起一颗花生。

两人聊了点建筑工地的事,算计着朝晖在城里盖了六七个小区,楼房盖了上千幢了。小增骂朝晖黑了心,今年工钱只发了半年的,要不是大伙吵吵着要回去过年,这点钱都发不下来。活越来越不好干了,朝晖一见他们就哭穷,实际上谁都知道他发了大财了,大小老婆都好几个了,自己的俩儿子都送到国外上学去了。

"人一有钱,心肠就硬了,六亲不认,论起来我还是他当家子,这个龟孙,谁都不认了,见人就想喝你的血。人就是这样,可以一起吃苦,就是不能一起吃肉。还是你好,离开是对的,如今挣多挣少都是自己的。"小增也是不胜酒力,几杯酒下肚牢骚就多了。

几杯酒下肚了,范西也觉得身上热了起来,望望小气窗外,几片灰色的雪花打在灰蒙蒙的窗子上,屋里一股潮闷的煤烟味道。他突然想起什么来,起身从柜子的破衣服里掏出来一卷钱递给小增:"过年,给俺爹妈上个坟,烧些纸钱,记住别买面额太大的。上月是俺爹忌日,俺在路口烧了钱,前几天又梦见俺爹,埋怨俺没去看他们,还说前几日烧的纸钱面额太大,没等到他手里,就被半道上的野鬼抢跑了。"

范西眼圈红了一会儿,两个指头夹着杯子和小增的酒杯碰碰,又说:"剩下两钱,要能碰上小曼,给她,就说给孩子买件衣裳。"

小增也喝得有点飘了:"那边世道也不好,大鬼也欺负小鬼哩。"

"咱们出来七个年头了吧,你不寻思回去种地?"范西突然严肃地问小增,接着又说:"我回不去了,爹妈没了,媳妇跟人跑了,俩孩子都姓别人的姓了,你呢?城里有啥混的,城里没有咱们这种人待的地方,像朝晖这样是几辈子出一个,心够黑,手够狠,你、我能比?这些年我净寻思过了,还是种地好,庄稼人过的日子,牢靠。"说着环顾了阴暗的地下室,狠狠地咳了口痰。

小增"咕咚"一声咽了酒,辣得直咧嘴,脸涨成猪肝色:"哥,你以为我不想回家,这几年没挣几个钱。人要是运数不好,这儿挣来钱,那儿就有个窟窿等钱来填。朝晖这孙子这些年欠了我三四万,我走了,还能要回来?再说回去干啥?种地,哪还有地让你种,村里好地都卖给人家盖工厂了,剩的不多点地,也种不出庄稼了。县城专家到咱村里化验过,说咱村里地不能种了,污染了,有毒,种出庄稼也有毒。你爹妈为啥得了癌,这几年村里各家都有人得怪病,不明不白就得癌,前几年哪有几个得这些个病,专家说是土地污染了,工厂排出的脏水都有毒。哪儿还有地可以种!回家,你以为你还有家?种地,你以为还有地?你是没见着柳河快干了,白龙山也秃了。"小增咧着嘴角,声音哭了一样难听。

两人沉默了一会儿,花生米丢进嘴里像是鼠粪,嚼着也不是个味。小增想起什么,说道:"林水那'狗东西'回村了,我也是听人说的。那个孽畜遭了报应,在外面赌博输了个'光沟子',为了还赌债卖了一只腰子,现在是废人一个。听人说他还给你爹妈坟上磕头去了,管个'球'用。谁都知道,那两万块钱是他偷了你的!要不你能没了手指头!我这回看见他,要了他的命。"

范西脸红一阵,白一阵,脖子上的血管"突突"地跳动,残疾的手指上疤痕红得发亮,两个指头端了酒杯,颤了一会儿,整个人愣了一会儿。三个断指头,无命指和小指切的光溜溜的,中指只剩了一半。那一下子的痛又像闪电一样打在心上,几乎又嗅到了血腥味,他翻肠倒肚想吐出点啥。当初范西计算着切了无名指和小指还能拿东西,不小心电刨子偏了,中指也削了一半。七级伤残,范西拿到了五万元的赔偿金,偿还了父母治病家里拉下的饥荒。如果不是林水偷了他一年工钱，他找朝晖借不出钱来，他也下不了这个狠心。小曼来信要钱，爹妈的病花光了家里所有积蓄，欠了亲戚三万元，没人可以再借了。小曼信上说：就是知道这病治不好，也不能看着老人病着不治。范西攒了一年的工钱两万元，藏在小曼给他缝的被子里，在工棚里林水睡在他右手处，钱被林水偷了去，他染上好赌的坏毛病，输了个精光。钱没了，林水也跑得不见影了。这些年，范西一心想着要再见这个"狗杂种"，就算不要他的狗命，也要他一只手。范西的仇恨在心里长了"牙"，这些年这"牙"每夜都撕扯范西的身体，撕扯他的心肝。

"半死的人了，理他呢，过去了！就算要了他的命，手指头还能回来吗？"范西像是对酒杯和残缺的手掌，说了一句连自己都没想过的醉话。好像梗在心里仇恨的"牙"也就随了这句话吐出来了。他这是怎么了，心里的"恨"啥时间不见了，是因为有了一张床，睡了几个暖和觉吗？

两瓶酒都下肚了。小增啥时候走的，范西有点迷糊。

范西和衣躺在红橡木床上，一时还睡不着了，酒劲上来了，他从身体里往外热，一时间像睡在自己家的火炕上，睡在自家女人的身旁。小曼，这可真是一个宽大舒适的好床呢！

三

那张床，是美国红橡木的，包装上印着呢，原产地：美国加利福尼亚。木质细腻坚硬，敲着声音清脆。范西做过木工，他知道这是好木头、好手艺。

范西出了事故后，拿了五万元的赔付金，麻绳捆扎的硬梆梆的五摞子百元大钞，还了村里人的欠款，剩下的给爹娘治病，都是癌症晚期,眼瞅着剩了不多的钱和老人所剩无几的命一起填进了没底的黑窟窿里。小曼提出了分手,领着一儿一女回了娘家,没多久就又嫁人了。范西寻思着自己害了小曼,原本想出去混好点,让一家人过好点,命运就这么不济。想着小曼拖着一儿一女能嫁个啥好人家! 范西心里不好受!

范西两手空空地回来了,工地是回不去了。朝晖看在亲戚的面上介绍他到这个小区收废品。范西租下一间地下室,暂且有一个住处。这一住就三年了。

收废品比在工地上打零工还强点,虽说是个让人瞧不起的营生,但自己已经是个残疾人了,凭自己的力气挣口饭也不失一个出路。

小区上千户人家,每日扔出的垃圾都装满所有的垃圾箱,只要范西不辞辛苦,一天捡上百只瓶子,上百斤废纸,再加上一些旧家具、家电,总能收入大几十块。慢慢地范西还兼一些修理搬运的小活儿,收入就有了保障.一个人维持个温饱还稍有节余。

时间长了范西心里有了一本账。旧区大多住的是化肥厂的旧职工,退休、下岗的居多,日子过得紧巴巴的,垃圾箱里也没什么可挑拣,但凡是能卖出点钱的物件,都被各家存放着,无非是一些饮料瓶子和旧报纸,各家的老太太、老爷子都自己整理整齐,叫范西收了去,范西也童叟无欺按市价收他们的。新区大多是一些上班族,垃圾的内容也丰富得多,各种饮料瓶、各种包装盒,过了期的食品,半新不旧的过了时的衣物,还能用的旧家电。他们过着快节奏、高消耗生活,扔出的垃圾也五花八门。中间的别墅区却是一派神秘低调,连垃圾也那么神秘,包装得严实,规规矩矩地摆在垃圾站桶边上,大多是一些旧衣物和家电用品。范西淘捡垃圾旧货的重点区域也放在了中院的别墅区,他在收垃圾时还时不时在各家单元门上塞一两张名片,上面印了旧物回收和水电维修的字样,留下他的联系电话。

　　第二次见到那张床,是一个下午。电话打过来的是一个女人,问能不能修理一下水管,很着急的声音。开门的仍是那个女人,身上裹了一件浴衣,头发湿漉漉的。范西带了管钳和扳手之类的工具。女子递给他一幅鞋套,并没有太多话,指了指二楼卧室里的卫生间。一地的水,包在墙里的一截水管爆裂,位置不好操作,范西在房子里找到总闸关了水,又把墙上木板卸了,把管子破损截去,费了不少时间。上下一瞧,整个屋子仍是气派华丽,生活用品应有尽有,但可以感觉出来只有这女人一人在住,没有其他人生活的痕迹。卫生间很大,快有范西住的地下室大了,安置了硕大的白色如玉按摩浴缸,垂着金色流苏吊坠的水晶灯,墙面和地面是深蓝镶金边的玻璃马赛克,一面带镜子的梳妆台,黑色大理石摆满了各色女人用品,各种洗浴用品,香气和湿气混杂着。门外那间卧室摆放着那张红橡木床,床上铺了柔软华丽的锦被,宽大厚实的床垫上微微下陷,是有人刚躺过的痕迹。那女人在楼下客厅打电话,高高低低的声音似乎在抱怨什么人。

　　"没有用,天天一个人,哪天死了也没人知道……,唔,好了,不说了,我寄去的钱省着用吧,小弟上学够用了,姐的腿要去看,拖不得……"女人很哀怨的声音,一会儿低下去,一会高上来,普通话里夹杂了外地口音,如果没听错,那地方离什家沟不远。出了什家沟往东十一二里路有个文官村,相传这个村里出了个大文人,在朝廷做过大官,人家都说文官村女人都漂亮。范西小时候常去,那时候范西的父亲除了农忙时,还做小生意,走乡串户地卖点小杂货,一头担着范西,一头是个上下四层的货箱,针头线脑、胭脂水粉、纽扣布头,林林总总的上百样货物,停在村里破旧的大石磨边,父亲吆喝几嗓子,村里女人就三三两两地聚拢了,你一言我一语,或挑物件,或打趣坐在前筐里发呆的范西,范西总被那女人们说话的声音迷惑,那里的女人说话像唱戏,有的字会拖一个很长的音,有的字在鼻腔里转半天,送一半,咽一半,让人听了心里莫名地发起痒来。

范西回忆起在这个小区两年了竟很少见这个女人,好像悄悄地躲藏在这里,连房间都很少出。只是每月都有一、两次见过一辆黑色的车停在楼门前,停一个晚上,天蒙蒙亮时开走,因为正是清晨清运公司收垃圾的时间,范西注意过,一个中年男人,穿得很得体面开着车无声地驶出小区,那是辆好车,范西听人说过,好车发动机声音很小,那车像从冰面上溜过一样,无声无息地消失在微弱的晨光里。

这么一所华丽的大房子,一张大床,一个女人住着未免有些冷清,不吉利。范西瞥见客厅大镜子里女子薄得像纸一样身影。那女人见范西干完活,停了电话。走进浴室看了看,满意地点点头,掏出一百元的票子,范西的些为难:"四十元就够了,我找不开。"

"不用找了,拿去吧!"女人两只纤细的指头夹了票子,递到范西脸前面。手苍白,指甲染得通红。

范西像被羞辱了:"一个小区,帮忙也应该,没有零钱就不要了。"说了就走到门外低下头,换下那鞋套,范西看见女人裸露的脚踝上系了一条明晃晃的金链子。城里女人金贵,金链子系在脚脖子上,小曼想要一条金链子戴在脖子上。

那女人迟疑了一下,脸上露出一丝歉意。"不巧,没零钱了,要不再烦你跑一趟,给我买一包烟。"

范西将香烟和剩下的零钱卷在一起按下门铃后,放在台阶上。

那女人仍旧是很少露面。好坏也算个老乡哩，那一次竟然是最后一面。范西偶尔会记起女人半是乡音半是普通话，扬起又落下的声调来。

救护车闪着灯，怪声叫着闯进小区，停在别墅区二号楼前面。范西正在一个垃圾箱里翻捡，半夜有流浪的猫来觅过食，盛有食物的塑料袋被撕扯得很零乱，范西从一个纸盒里掏出一双半新的皮鞋。

担架从楼里抬出来，躺着一个人，全身蒙着白布单，两只发青发紫的脚露在外面，一只脚踝上系了一条明晃晃的金链子，在太阳下反出刺眼的光。范西的眼睛疼了一下。

不知从哪儿出来的一群人，围了救护车。"吃了安眠药了，死了有两天了，躺在床上睡了一样，钟点工发现的。"

不知为什么，范西脑海里浮现出那张床，厚实的床垫上一个小小的下陷，柔软华丽的锦缎被子。

再没有黑色小车停在二号楼前，夜里和清晨都没有碰见过。楼房像是再没人住了，门窗闭得死死的，垃圾桶里怪异地干净着，什么也没有。

大概有半年光景，入秋时分，范西在垃圾箱旁，看到了拆成几大块的红橡木床和那个充气床垫，伴在一旁的还有一堆新家具包装纸盒，显然这里有了新住户。二号楼的窗子打开了，装修的电钻声凄惨地怪叫着。小曼，城里人真让人想不明白，好日子也有过腻的时候。

四

范西分了四次才把床搬进了地下室。扔了怪可惜，那是张好床。他把床支了起来，占据了半个房间，宽大的床都能睡下一家好几口人。

范西小心翼翼地，试探地躺在上面。像是躺在柔软的草垛上，其实也不像，像小曼的身子上，也不是，应该是温暖的云朵里，有些飘忽忽的，像是醉了一样，整个身子向地下室低矮的顶棚飘去。

没有这张床之前，他用几只木箱拼凑在一起，铺了当年从家乡带出来的被褥，七个年头，被面子早没了当年的颜色，当年啥颜色，他都记不得了，被里子破了好几处，露出的棉花都是黑的了。拼凑的床，人躺上总是说不出难受，硌人，冰凉，睡到半夜都暖不过身子。

现如今，范西睡在陌生却宽大舒适的橡木床上，有说不上来的温暖和踏实，暖和起来的身体，竟然作起了梦。梦里柳河边大片田地里庄稼发芽，拔节，抽穗，成熟，那些庄稼一直长，发着"呼呼"的声音，长过头顶，长过树顶，长过山顶，长到天上去了，庄稼腰间结出一个个硕大的果实，走近看那果实原来是一座座楼房，有门有窗，窗里有灯光，有人影在晃动。

他觉得日子竟因为一张床和以往不一样起来。

二十三，糖瓜粘。这天下午他给一家擦洗油烟机时，想起来小曾该到家了，赶上小年了。按老规矩什家沟家家户户都要祭灶，放鞭炮，煮饺子！毕竟年快到了。城里人怎么祭灶，他还真不知道。

一收工，范西就躲进地下室，在煤炉上烧水煮点面，糊弄饱肚子，又烧开一壶水。加了两块蜂窝煤，为了让煤烧慢点，他还捂了一铲半湿的煤屑，就睡下了。一张床对一个人很重要，范西干活儿时都在想着这张床，直到躺下来才觉得踏实了。自从离开什家沟，睡过工棚的木板床，睡过地下室的木箱子，没曾想过世界上还有这样一张柔软的床。

冬天了,有个温暖的床,日子要好过许多。

年跟前,小区里人也比以往忙碌多了,家家清扫收拾屋子,买年货,扔得垃圾比平时多出好几倍。范西活儿多起来,收入也多了。每日睡觉前,躺在床上暖和过身子的范西,脑子也活泛起来,他开始在脑海里盘算起以后的日子,他想再攒些钱,在街对面的集市上租个摊位。范西打听了好多次,两万可以租一个两米的柜台,做个小买卖,卖些家用的"小五金"。攒几年钱兴许也能在城里买个二手房,不要多大,能安下一张床就行,总不能像个耗子一样,住一辈子地下室。再往后,也许还能成个家。什家沟,他是回不去了,十几亩地也被别人种上了,得有个长远的计划,生活要继续。

冬天,夜长了起来,外面有雪,扑扑地下下停停。风卷起地面的积雪,像是没人收留的流浪汉,扑棱了墙根的荒草刮蹭着地下室小窗,又转向楼前,钻进楼道,钻进地下室。

范西每日睡觉前都会将铁皮门拴上。但是今天冷风吹进来时,范西发现门是半掩的,她啥时进来的竟没一点声音。大冷的天身上穿着一件绸缎旗袍,绣着荷叶和荷花,范西第一次见这女人就是这身打扮,像是殓入棺材的新尸,头发是刚洗过的,湿漉漉贴在瘦小憔悴的脸上,眼下一片睡不好觉留下的黑晕。她走进来时,范西正依着床头抽一天中的最后一支烟,盘算明年的生计。

女人赤着一双苍白的脚,脚踝上仍旧拴了一条金链子,她走过来,仿佛范西是空气一般,她摸了摸橡木床,叹了一口气坐在床边,耷拉着头一声不语。铁皮炉里的火苗奄奄一息,闪出一点点微光,冷气从四面袭来,范西拿烟的手颤动不休。

好一阵,范西用冻僵的声音说:"抽烟吧?"女人不吭声,伸出骨瘦如柴的、染了红指甲的手,接过范西点着的烟,深深地吸了起来。

"放不下啥，人世一遭，受罪了，你不该有留恋。"范西不知怎么又放松下来。"我是什家沟的，离你老家不远吧？"

女人点点头。

"回去吧，现在没有牵挂了，回家去看看，家里还有没有人，要我捎话嘛？"

"没有人牵挂我，我走的时候，家里一个人都没来，嫌弃俺丢人，用我的钱都觉丢人。"女人并不看范西，对着黑色的墙，似乎自己给自己说话。

"外面不容易，早些时候咋不回去，农村里虽说生活条件差，日子过得踏实。"范西想不起自己怎么就禁不住别人哄骗，就从村里出来了，一出来七年了，想回的时候竟然回不去了。

"在城里这些年啥也没落下，只有这张床。"女人垂下湿冷的头发，用苍白的手摸索着厚厚的床垫。"这是我花自己的钱买的唯一物件！"说着黑发掩映下的嘴角有一丝淡淡的、雪花一样冰凉的笑意。

女人站起来，纸片似地晃动身影，从半掩的门缝间消失，像一阵寒冷的风，像一道清白的月光一样消失了。

范西的烟燃到了指头上。刚才的镜头，像电影，莫不是鬼，应该是吧，年轻轻的，冷清清地死在外面，不甘心吧！做梦了吧，迷糊了一觉。他使劲住后靠了靠身子，背上、腰上、脖子上发冷、发紧，他想靠得再舒服一点，但他的后背抵到一块硬东西，木头？砖块？在水牛皮包裹的床头里，硬硬地硌在他的背上。他下了床，搬开床头，扒开牛皮，扒开一层布，一个布包裹，一层层打开，里面是一摞摞钞票，五摞，每一摞都用麻绳捆扎结实，五摞，范西知道这是五万，当年他用三根指头换的也是这个数，也是这样的五摞。五摞，五万，砖块似地。范西倒吸一口冷气,比遇见鬼还感到害怕。

　　他在屋子里踱步,又走到铁皮门处听了很久,风在外面的走廊里呼吸,叹息,呻吟,老女人一般自语,地下室只有快熄的炉火泄出一点光亮,忽明忽暗。小小的方窗子,可以看到外面雪停了,地下厚厚的一层没有人的踪迹,动物的足迹也没有,对面的一幢楼挤着另一幢,冻僵了一般挺立着,张着黑色的嘴,睁着黑色的眼,藏着睡觉人冻硬的发黑发沉的梦。真是个寂静的夜。

　　那些钞票一摞摞摆在宽大的床上,黑的影子投在浅灰的床上,范西又触摸了一遍,硬硬的真实感。

　　也许又是个梦,也许明天这一切都会消失! 女人、钞票、红橡木床,这些本身就不真实的东西。范西的头嗡嗡地响,尖锐如电锯的声音,他闻着发甜的煤烟子味道,像血的味道。范西躺在橡木床上眼皮沉沉地想睡去,想着一切都到等天亮梦醒以后再揭晓。小曼,小曼,兴许我还能回去呢。

虚幻却存在的鸟儿

一

　　三大队四小队是个荒凉的村庄，连一个诗意的名字都没有，只有一个编号。全村大概五六十户人家，聚集在一处洼地下面，一座座黄泥小院挤在一起像一群冬天怕冷的麻雀。每家院子像是有人规划好了，惊人地一样，除了几间人住的黄泥小屋，还有一个牲口棚，院落里有一小片菜地、几棵树，再就有一垛麦秸秆和一垛干牛粪。

　　在我的记忆里三大队四小队只有两种树，苦涩的杨树和扭曲的榆树，最常见的鸟也只有两种，黑色的乌鸦和灰色的麻雀。雨过天晴后，会从村外飞来另一种少见的鸟儿，身体是黄褐色的，头上还有一簇扇形的羽毛，它发出的叫声也很独特，"咕咕—咻"，在发出"咻"的一声时头上的扇形的羽毛也会打开，当我被它奇异的身形和叫声吸引，发出感叹时，四喜，这个村里的捕鸟高手，正蓬着头赤着脚骑在墙头上，用略带嫌弃的口气叫它"臭鸟"，说它把窝垒在臭烘烘的牛粪堆里。这样的鸟，他都不稀得去抓它。此时在他身边跟着有胡家两个有些呆气的双

297

胞胎,仿佛是包公身边的王朝、马汉。

当时我最大的心愿是像四喜一样要成为一个捕鸟高手,腰里别了一支树杈做的弹弓,三两下就能爬上一棵树,或轻巧地攀上谁家屋檐。可是家人一再告诫我,女孩不能那样做,要像香香姐一样,文静乖巧,耐心等着,长大了找户好人家。

那一年香香姐已经到了出嫁的年龄。等到入秋,地里庄稼活忙完,她就要嫁给胡家老大。胡家开了村里唯一的诊所,全村人有个头疼感冒,吃药打针全靠它。他家有三个儿子,除了那一对呆气的双胞胎,还有个老大叫胡永久。我一直猜想胡永久的名字起源于他家那辆自行车,"永久牌"自行车,好像现在小汽车里的"宝马"。胡家殷实的家境,让许多人包括我娘,都在偷偷羡慕这门亲事。

那天我去村东头树林里拾柴禾,又遇见了四喜和胡家双胞胎兄弟。头一天夜里刮了半宿的风,风把树林乌鸦窝里的树杈刮下来不少,半晌我就提着筐去了树林。一棵大树下,胡家俩双胞胎正在弯腰撅腚地用身体给四喜搭架子,四喜踩了两兄弟的肩头,双手抱树,身体往上一纵,几下就攀上一棵树的顶部。我仰头看到那棵老榆树上有一个很大的鸟窝,像一个结在树上的巨大的果实。攀上树梢的四喜手已经伸到了鸟巢里,他将几枚鸟蛋放在了另一只手托举的帽子里,双手一松,双脚盘着树干就溜了下来,胡家兄弟一阵欢呼。我也看见四喜的旧军帽有几个淡绿色带着麻点的鸟蛋,我想要一颗,想知道小小的鸟蛋握在手里是什么感觉。从这棵树到另一个树,四喜几个像进村扫荡的小鬼子,一会儿扫荡了几棵树,军帽里的鸟蛋迅速地增加着,如果碰上哪个鸟窝没有蛋,生气的四喜会将鸟窝"连锅端",有时摔在地上的窝里还会有刚孵出没长毛的粉色的小雏鸟。

那日他们兴致好高，收获也多。当他爬上另一棵高树时，我忍不住央求到："给我一只鸟蛋可以吗？"

听到我的声音，四喜正攀在高高的树杈上，他向下看，那神色好像没听清或不相信我说了什么，我鼓足了勇气又说了一句，不知为什么这次语气变得坚决起来："给我一只鸟蛋！"他完全可以做到。胡家兄弟有些吃惊地望着我。

四喜蹲在高高的树杈上，像一只没毛却穿了件破衣裳的猴子，两只脚耷拉在半空，十个脚趾头大张，脏兮兮的脚底板起了厚厚的茧子，很快他脸上浮起了一种奇怪的像鸟粪一样的笑容："可以——"他意外地答应了。

果然他从鸟窝里摸出了两枚淡绿色的鸟蛋，我高兴得和胡家俩兄弟一样，仰起脸发出了崇拜的叫声，甚至朝他那双脏兮兮的脚底板露出谄媚的笑容。突然，他冲我喊道："接住！"话音未落，我看见有什么东西从树上落下，"啪！"碎在我脚边，两枚鸟蛋，碎了的壳，黄色的蛋液溅在我脚面。我吃惊地合不拢嘴，甚至不知道发生了什么。胡家俩兄弟像被人捏着嗓子一样突然爆出了一串快意的笑。四喜挂着那坨鸟粪一般的笑意从树上滑下来，在小兄弟的簇拥下从我身边离开。

我恨他，一想起碎在我脚边的鸟蛋，我发誓要自己掏鸟蛋或捉到一只属于自己的鸟。

几天后，成子奶奶拄着拐给俺家人告状，说我用树枝捅了她家屋檐下的燕子窝，她颤抖着灰白的头发说我可以随意从她家水缸里舀水喝，可以掀她家锅盖拿馍吃，就是不应该捅那燕子窝。显然她真生气了，去年我和几个小女孩吃了她的一扇门，她都没气成这样，那门是用沥青浇成的油毡做的，油毡嚼在嘴里有点像口香糖。她生气地用拐杖敲着地说：全村有几只燕子？又有谁家屋檐下有燕子窝？那是积福积德才有的。

我想有一只鸟，哪怕是一只灰色的不起眼的麻雀。那念头在我心里挥之不去。

二

香香姐家牲口棚很大，夜晚臊臊气气挤满了牛羊，白天却空着，棚顶四周有许多麻雀窝，我看见新鲜的白色鸟粪糊在墙上，沾在屋顶的椽子上，有麻雀衔着虫子和细草飞进飞出。我踩着喂牛的食槽也够不着棚顶，只能央求香香姐搬个梯子掏一掏。

"这可不敢，你以为那些洞里都是鸟呀，里面说不定盘着条蛇，有人掏鸟窝仰着脖子，张了个大嘴，你猜怎么着，墙洞里蹿出一条蛇，钻进嘴巴里了。"香香姐说得像真的，吓了我一激灵。说话时，漂亮的香香姐坐在院子瓜棚下面，手里捧了小瓷碗，碗里放着刚摘下的红色、粉色的凤仙花，放上几颗明矾，捣成泥状，然后用豆角叶子包在指头上染红指甲。那双手修长柔软，指尖翘翘，像我娘从集上请来的白瓷观音菩萨的手一样。她还要多漂亮，我望着她都有点痴迷。村里人说香香姐和其他女人比，就像韭菜地里开出的一朵水仙花。

"女孩子家，掏什么鸟，那是村里野小子们干的事。"她扯过我也给我染指甲，十个指头用豆角叶子包好，用线绳扎紧。"啥也别去干，回家乖乖睡一夜，明早就染红了。"

第二天，香香姐十个手指甲染得通红，像一朵朵小火苗，手掌里也染了红色的小花朵，衬得那双手愈发白嫩细腻，而我的指甲是黄色的，像她爹抽旱烟的手指头，焦黄焦黄的难看死了。香香姐掰着我的指头笑弯了腰，把一对大辫子甩前甩后："你昨天夜里在被窝里放屁了，不然能熏成这个色。"她笑的时候眼睛是水里快活的小鱼，嘴角边跳动着的小酒窝有泉水荡漾。

别看她比我大了十来岁，我喜欢她，她也喜欢我，像一对亲姐妹。有一阵子她老上我家来跟我娘学绣花，全村子只有我娘会绣花，绣花丝线和绷子都是出嫁时从老家带来了。村子里谁家娶亲、嫁姑娘要能得到娘的绣品，就算是一件奢侈的贺礼。夏忙之后香香姐要出嫁了，娘也热心地帮她备嫁妆。其实这门亲事，有人看好，也有人议论，说她爹纯粹是财迷心窍，看上了胡家的钱。我也觉得他爹就是图钱财，胡永久长得呆头呆脑，泥黑色的四方大脸，像是泥印板里拓出来的，再加上短胳膊短腿，从哪儿看都配不上香香姐。不就是仗着他爹有几个钱在村粮仓当了保管，好像是个好大的官，我去粮仓想逮个麻雀，他脱下鞋扔我，要么就拎个大木锨追我，他不知道麻雀在偷吃粮仓里的麦子嘛？总之，香香姐要嫁人了，两家都定了亲，是不争的事实了。娘问她想要个什么做贺礼，她说什么也不要，就跟俺娘学手艺。俺娘手把手教她绣花，她穿着一件紫粉的上衣，坐在炕沿上一只手端着绣花绷子，一只手上下走针线，油黑的头发垂在眼前，像菜院子里刚开结出的带露水的豆角花。娘教她绣一个烟袋，烟袋上是一对五彩缤纷的水鸭子。

新麦一收完，香香爹请了木匠给女儿备嫁妆。讲究点的人家嫁女儿要打一张炕桌、一组炕柜、一对脸盆架、一组板柜，家具要上红油漆，还要画上吉祥的图案。家具打好意味着姑娘就要择日出嫁。香香姐去我家学绣花的次数少了，一有空就拽着我去工房看给她备的家具。木工房设在她家的旧仓库里，堆放着木板和工匠干活用的工具，一面墙上挂满了大小刨子和锯子。仓房里充满了新剖开的木料味、木工胶的味道、油漆的味道，我闻着很好闻。请来的木匠是个游走四方的外乡人，长得和村里的其他男人不一样，白皮肤、瘦长脸，向后梳起的头发像

"臭鸟"头上的小扇子。我说不上喜欢他，他还有着一副尖鼻子，像鸟儿的嘴一样尖利，一双暴着青筋细长的手，有一个小手指像鸟爪一样痉挛似地弯曲着。我感觉到他也不喜欢我，看我的目光有些揶揄，看香香姐的目光是欢喜的。他总是一边做活一边吹嘘一些我们闻所未闻的稀奇事，比如他见过铁皮车，有四个轱辘自己会跑，还有几十个铁皮车连在一起跑，他见过一种四方盒子里面可以放电影，还有摞在一起一层层盖起来的房子，他甚至见过无边无际的大海，大海上巨大的轮船拖着黑烟在天边走。他还说城里人在一所大房子里看电影，不像我们这里在麦场上看露天电影。木匠的话还真多，尤其是见到香香姐，他的话多得就像刨子从木板上推下的刨花子，一嘟噜一嘟噜，一碰就"哗哗"响。有一回他拿出一个牛角墨斗在木头上打线，他让香香姐在另一头给他固定线，然后用手一弹在木头上留下了一条笔直的黑线，接着他又让香香姐扶稳木头，自己就得意地拿出锯子沿着黑线"吱吱"地锯起来，他一边锯木头一边摇晃着头上"扇子"一样的头发说这里的鸟太难看了，不是黑乌鸦就是灰麻雀，叫声也难听，树林里一清早就"哇哇"一片，让人睡不好觉。他见过一种鸟，黄嘴巴绿羽毛，见了人还会说"你好"。我不信，不知道香香姐信不信，但听他说话时，香香姐认真地扶着木头，嘴角有酒窝一闪一闪的。后来炕柜做好了，漆上了红漆，他在柜子门上画了一棵树，树上站了一只拖了长尾巴，黄嘴巴绿羽毛的鸟，栩栩如生，张翅膀像要从树枝上飞起来。

真有这样的鸟吗？当然！他回答的时候正在木头上钉钉子，榔头砸得"哐哐"响，似乎是为了证明他说出的每一个字都是真的，假不了。世界大得很，你没见过的东西太多了，你以为世界只有三小队、四小队这么大，世上的鸟儿多了去了，凤凰、孔雀、山鸡、鹦鹉漂亮得都不行了,我画得不像,有些鸟比我画得还漂亮十倍。我连忙问他在那儿能见到这样的鸟,他停下手里的活儿,忽闪、忽闪沾着木屑的睫毛,有些不耐厌地拖着长长地怪腔调说:"那种鸟,一般情况是见不到,林子深处,没有人去的地方才能见到!"。

柜子门上画得那只鸟,是生着剪刀尾巴的燕子和头上顶着"扇子"的臭鸟都无法比的,比娘绣的"水鸭子"还要好看。那么比他画的还要漂亮的鸟会是什么样,我痴迷地开始在自己的幻想里勾画这只鸟,它站在幽暗的树林中,长长的脖子,高昂的头,眼睛是细微上挑的,像木匠画的,应该像香香姐的眼睛,闪烁中总是流露出泉水一样波光。它身上的羽毛是多彩的,可以不停变化的,随着我每日想象变化颜色,就像娘珍藏在箱子里的一缕缕丝线,金黄的、翠绿的、石榴红、宝石蓝,几乎我能想到的,我喜欢的颜色,它都有。

三

夏季快要结束了,可是酷热还在延续,人们夜晚都不想进屋睡觉。我溜过来找香香姐,香香姐将一床被褥铺在院里停放的牛车了,我俩并排躺着。晚风带来渠水的凉意,有一阵没一阵地吹。我看看星星,望望近日越来越不爱说话的香香姐,她直挺挺地躺着,在想自己的心事。我突然问起她出嫁的事,问她真的要嫁给"呆瓜子"胡永久吗?她说小孩子问这干什么。停会儿,我又问她木匠说的鸟是真还是假,她沉默了好一阵才说应该有吧。我还想问,却发现香香姐瞪着大大的失了魂似的眼睛,显然不想说太多话。我只好仰望乌鸦翅膀一般的黑幕,还有那一闪一闪昂贵如宝石一般的星星,看得久了星星像要从天空中坠落，落在高高的麦草垛上，落入菜院子里汩汩流淌的水渠里，落入邻居家冒着火星的烟囱里，也有的落了一半，挂在发着苦味的杨树梢上。

忽然香香姐侧向我，闪动着落了两颗星星样的眼睛，说："我教你亲嘴吧？像这样。"说着她把脸靠向我，一股热气扑来，还有香脂的味道，我竟有些害羞躲闪，她把发烧的脸挨向我的脸，灼人的嘴唇挨着我的嘴唇，"像这样"，说着将发甜的舌头一点送进我的嘴里。我的嘴木木的，像被蜂蜇了一下。

"男人和女人也这样亲嘴，亲嘴就说明好上了。"香香姐说的我不懂，我感到烦躁、迷糊和一丝羞臊，四周没有了凉风。

"你和男人亲过嘴吗？和胡永久吗？"我想起胡永久泥黑色的从泥印板里拓出的脸，忍不住笑出声来。

"去，一边去。"香香姐嗔怒地别过脸，把辫子甩在我脸上。

月亮猛地从树林后升起，我看见一只鸟儿飞上月亮，落在桂树上，小木匠正用一把斧头拼命砍着桂树，一只猫，我认得是胡家那只狸花猫藏在树下，匍匐着，盯着树上的鸟儿。

四

村民进入了最忙的时节，有把子力气的劳力，天刚蒙蒙亮就像急着打食的鸟儿一样，去田里收割剩余庄稼，或去更远的草场为冬天的牲畜打草。留在白天的村子像一个空荡荡的鸟巢，街道被太阳晒得晃眼，却死一样寂静着。燥热的下午，我在村子里像失了魂一样游荡，家家户户四敞的门窗像大张的饥饿的嘴和梦游人的眼，屋里桌子上没来得及收拾的碗筷，没有盖严实的锅盖上爬满了嘤嘤嗡嗡的苍蝇，炕上堆放着被褥和不干净的衣物，牲口棚和食槽也空着，屋檐下和墙洞里没有麻雀进出,没有人,没有鸟,牛羊也去了远处,整个村子好像灾难来临之前逃离的现场。就连应该在屋子里绣嫁衣的香香姐也不在,绣了一半的红肚兜随意地扔在炕上的簸箩里,针线插在绣了一半等待盛开的牡丹花上。木工房也没人,没有往日"唰唰"推刨子的声音,家具都快成形了,有的已经漆好了漆,做好的四开扇的炕柜立在那儿,柜门上的描画的鸟儿死了一样,一动不动。木料和油漆的浓烈的味道一阵阵让我眩晕,我使劲地嗅着,想起一件事。

我应该去找那只木匠描述的鸟,一只有着五彩羽毛的鸟。我相信这是个绝佳的机会。

虽然大家都叫它"小树林",却比我想象的大很多。有人说这片树林是四喜爷爷种的,先前四喜家还有村里好些人家盖房都从这林子里伐木头,后来就没人打理了,这林子里的树就像村子里的孩子一样,乐得没人打理,反倒恣意长成,格外茁壮,夏日里遮天蔽日,枝柯纵横,成了鸟雀的天堂,孩子们的乐园。我从来没有走到过它的最深处,我相信那只鸟儿如木匠说的栖息在人迹罕至的树林深处。

贴着巷道一侧窄窄的阴凉处行走,胡家那只狸花猫翘着烧火棍一样的尾巴走在我前面,在我的梦里它是个阴险的捕鸟高手。我翻过四喜家低矮的磨得光溜溜的土墙,狸猫窜上房顶,它阴险地看看我就消失在柴垛后。四喜家黑猪在圈里睡觉,我蹬上土墙时,它听见声音颤动了一下肥胖的身体,睁开眼睛不满地哼唧了两声又沉沉地闭上双眼,我猜自己一定是出现在它的梦里了。

这是一条近道,翻过墙就是树林,我沿着林子里干涸的渠道,独自向林子深处走去,没有听见四喜和胡家兄弟的喧闹,偶尔有一两声鸟鸣,应该是待在巢里还不会飞的雏鸟。我坚定地向树林里陌生的领域走去,内心充实得放不下任何东西,那里住有一只我幻想中的鸟儿。寂静中能感受到微风吹过,看到从树上飘落的叶子旋转着落下,日光一明一暗地在树叶上跳跃着。流水冲过的渠道布满了细软的沙土,我把脚放在里面,潮湿沙土里还藏了水和夜的凉意。黑乎乎一团,躺在地上的是只死去的乌鸦,嘴巴大张着,眼睛被蛭虫吃成了深深的洞,两只爪像木匠干巴巴的手,僵直地伸向天空,羽毛没有了光泽沾满了污渍,排成队的蚁虫在它的身体里进进出出,搬运它,消灭它。它怎么会死去?再往里,林子变得幽暗起来,杂草也越来越高,细细长长的叶子都碰着我的眉毛和额头了,我四处张望,感觉到藏匿在皮肤下的紧张,像密密的冰凉的一队蚁虫,我害怕有蛇滑过脚面,有蜘蛛爬上后颈。继续寻找着,我有多么渴望那只华丽的鸟儿能突然出现在我的眼前,落在我面前那个伸手可及的树枝上,那期待的心儿怦怦直跳,好像让人吃惊的事就要发生了。好像听到一点窸窣的声音,像有人在幽暗处跟踪我,林间跳跃的光影更像是谁的眼睛在注视我,渴望的热情几乎被窒息,我只能把脚步放得更轻、更轻,像踩在虚空的云朵上,随时要坠入深渊。林子里新发树叶的味道浓郁起来,我尝过,新长的榆树叶是甜的,杨树叶是苦的,树木的味道能缓解我的紧张,让我镇定。突然,黑暗之中一抹色彩照亮了我的眼睛,当我定下神细看时,那是一件紫粉色外衣,我在哪儿见过,它挂在树枝上,挂在一起的还有一只绣了"水鸭子"的烟袋,随后我看见两个相拥的身体,洁白光滑像两棵剥光皮的树木,两棵树在绿叶的掩映下扭动着,四肢如枝杆相互缠绕着,我听见可怕的呼吸和叹息,应该是濒临死亡的声音。我认得是小木匠和香香姐,香香姐在木匠的怀里,像鸟儿一样上挑的眼睛在睫毛覆盖下紧闭着,一幅死去的样子。后来我想过,如果哪天她死了,一定会变成一只鸟,美丽高傲地立在树枝上,披着五彩羽毛,照亮四周的幽暗。

那个夏季,我第一次走进了小树林的深处。当我惊魂未定的从林子深处往外出时,意外地看见了四喜和胡家一对傻兄弟,他们像三只硕大的乌鸦一样栖息在一棵大树上。

五

"香香姐和小木匠搂着亲嘴了。"我说这话时脱了衣服躺在炕上准备睡觉,油灯芯爆了下,火焰蹿了好高,几乎燎了娘的眉毛,她正守着油灯做鞋子。

"你看见了?"娘吃了一惊,停了手中的活儿。

"就在树林里,他们俩搂在一起,这样……"我可笑地嘟起嘴,想从被子里起身,想给娘比划得再像点。

娘原本好奇的表情一下收敛了,整个人几乎要跳起来,扬着手里的活计,做出要打我的样子,就像抱窝的母鸡飞起来想啄瞎我的眼。

"闭嘴!再说就撕了你的嘴!"娘的脸都白了。我吓一跳,憋在被子里大气不敢出。

"还真是无风不起浪",娘盯着忽闪的油灯发了一会愣,似乎给自己说了句什么。

"不许再说,这事有一个字从你嘴里再说出来,我就用针缝上你的嘴。"娘发狠地叮嘱我。

一连几天,我被关在屋子里学绣花。娘说如果我再去找香香姐,再去树林里,她就用锹打断我的腿。我看了看家里能打断我腿的东西可不止铁锹。

不管发生了什么,树林里的乌鸦依旧早出晚归,像庄稼人一样辛勤，村里的麻雀依旧在牲口棚里飞进飞出，忙活着养育下一代。那只华丽的鸟儿在我脑海里筑巢，一点点长大。

有一天，我听见外间屋里娘压低嗓子和爹说话："又找了一宿？你说，香香爹聪明一世，糊涂一时，从集上请来的木匠，不知根底，跑了，如今都没处找，害了自己家闺女……"

"胡永久，这小子，下手狠，木匠不跑，还有命？"

"小声点，少说点，你们这些女人。好在香香找回来了，可怜！"

六

午后，娘让我到大渠里去洗爹的胶鞋，说爹头天夜里去地里浇水，胶鞋满是泥沙。"快去快回，不许瞎跑。"

我像放出囚笼的犯人，拎了沉甸甸的胶鞋出门，低头奔脑地向村外走。太阳是毒辣的，光线像针一样刺痛我的眼睛和后脖颈。渠水在村北边，要翻过一处高坡。不知谁家的一大群白鹅卧在坡低下，见了我像见了仇人一样，伸了脖子，扇起尘土拦着我的去路，我只好躲到路旁的树后面。

我看见了四喜他们一帮小子也朝水渠的方向走来，他们正在围着什么人哄闹。不错，那人正是香香姐。我没有立刻认出她，几天不见她像换了个人似的，明显消瘦了，脸色蜡黄，头发草草地编着没有了昔日的光泽，没有血色的嘴唇紧闭着，只有一双眼睛格外大、格外黑，像在脸上掏了两个黑窟窿。她像找什么东西一样，走走停停，失魂落魄的样子。

四喜他们像几只上了发条的猴子一样，围着香香姐上蹿下跳，嬉闹着，叫嚷着。

"香香找啥呢？"四喜拧着脖子问到。

"在找小木匠。"胡家傻兄弟齐声答道。

"找木匠干什么?"四喜又问到。

"小树林,脱裤子。"胡家傻兄弟几乎要把嗓子喊破。

"破鞋,不要脸!"不知是谁又叫嚷。

站在树下的我像被雷电击中了,我看见香香姐像谁家举葬时扎的纸片人,身体似乎被风吹着一样抖动,香香姐也看见了我,有几秒香香姐的目光投在我身上,惊吓,屈辱,慌乱,似乎我是那根救命的稻草。那一刻我就像受了莫大的羞辱,一股不知是要对谁发出的愤怒几乎让我昏了头。我不想看香香姐,我盯着四喜,想起他把鸟蛋摔在我脚下的情景,猛然,我把爹那双满是泥沙,又湿又重的鞋,抛向几只伸着脖子向我示威的大鹅,然后疯了一样跑回家。

夕阳西下,晚归的乌鸦像一朵黑云从落日的天边飘回来,一片一片,落在林子的每一处树枝上。在外觅食一天的乌鸦疲惫不堪,它们神情紧张,高耸着肩膀,小心翼翼地挪动着紧攀着树枝的双脚,上下左右地转动着并不灵活的脑袋,审视这座熟悉却又陌生的林子,等到放松下来,就抖动着残破的翅膀,扯开喉咙开始了大声的抱怨,诅咒,争执,说闲话,传流言,像是彼此之间在争抢一块黑色邪恶的破布,整个黄昏黑色的碎片在林间扬起落下。直到家家户户房顶的烟囱里冒出的一簇簇火星飞上天际时,乌鸦们突然沉寂了,它们神奇地融入了黑幕,在月光下,渡过一个看似安静又神秘的夜晚。

其实夜晚总不平静,不好的事情总是发生在夜里。去年兰儿奶奶死在夜里,四喜家的鸡被黄鼠狼拖走也在夜里,叶家大黄牛在夜里顶开栅栏走丢了,四小队和三小队的村民为争地抢水械斗干仗总在夜里。

有人喊"着火"时,我睡得正沉,梦见自己正向一口深井里坠落，像一只折断翅膀的鸟，在绝望和悲伤中不断地下坠，下坠，井里原本漆黑的水突然变红。猛然醒时，窗外的天空闪动着奇异的红。街道上杂沓的脚步和嘈杂的人声传来，还有狗在悻悻地叫，我的心还在梦里下坠着，"突突"地撞击胸膛。"着火了，救火啊——"有人不断地喊。

香香姐家的旧仓房烧着了，村人端着盆，拎着桶涌向她家时，旧仓房的火焰已经冲破了屋顶，巨大的镶了金边的火舌恶作剧般从窗户和房门吐出，"呲呲"作响的火花爆裂出一簇簇火星，蝇虫一样翻飞在黑色的天空中。

"火是从旧仓房着起来的。"

"里面是新打好的家具。"

"可惜了，香香的嫁妆！"

"火是香香自己放的。"

"胡说！你说她还烧自己的嫁妆不成？"

"你不知道，木匠跑了，胡家退亲了！"

不知谁猛然把我从围观的人群中拽出："别看了，怪吓人！"

几乎同时，我看见有人从火海中抱出一团东西。

人群猛地收紧，又迅速后退。

"香香——唉！"尖利的哭声撕开了夜幕，火焰在夜幕上扯开了个巨大的伤口。

"呼啦啦"仓房旁边牛圈里突然飞出无数只麻雀，向烟火一般，向子弹一般，有的逃离了火场，有的坠入火海。

"鸟！好多鸟！"有人喊。

我看见了火神巨大的翅膀和她飞舞的影子，鸟一样。

后来的日子里，我还是在寻找，在树林里，甚至在茂密的庄稼地里，在没有人的时候，内心安静和孤单的时候，甚至在星星闪动的夜里，在一个个荒诞不羁的梦境里，无数次地寻找木匠描述的那只鸟儿。在见不到它的日子里,它一直存在于我的脑海里,并且一年又一年地成长,羽翼丰满,模样清晰。直到而立之年,我又忆起此事,才明白那是个谎言,三大队四小队不可能有那样一只鸟,那片树林里不可能有那样一只鸟,那是小木匠敷衍我的谎言。我相信他也对香香姐说过类似的谎言。不管时间过去多久那只虚幻鸟从没有在我脑海中死去,它固执地存在着,一度用它耀眼的光芒照亮那片黑暗的树林,抹亮那个荒凉的村庄。

这只是我的想法,如果香香姐还活着,她会怎么想?

薄荷红茶

一

　　跃鱼山瀑布边的这家餐厅叫伊斯坦布尔,主打土耳其风味的烧烤。小雅发来信息,约定了地点和时间,并推荐说这家餐厅的薄荷红茶,一定要品尝。

　　早晨就开始下雨,九月的秋雨,有时一下就好几天。宋波打了个车,穿越大半个城区找到这里。餐厅掩映在山腰的树丛中,傍着飞瀑,下临山涧,地势有些险,走了一段盘旋的山路才能上来。餐厅开在这里是因为这山上风光不错,有一片原始森林,每天有不少游客,傍山边还建了一片高档别墅,有一定的消费群体。

　　选择这里也符合小雅的心思,远离闹市,是个约会的好去处。

　　餐厅外部很普通,内部装饰却充满了奇幻色彩,正厅描绘了图案的穹顶上垂下的缀满流苏的彩色水晶灯,金色纹饰的墙面上挂了手工制作的巨幅地毯,精美的壁灯,锡制和铜制的手工品随处可见,空气里充斥着异国香料的味道。散落在四周的小包厢被一层层帘幔隔开,里面西式桌椅雕了精美的花纹,椅子上摆放了华丽的软垫,餐桌上摆放的奢华的水晶烛台、高脚香炉、细瓷描金的餐具,都像是舶来品。

宋波觉得这里装饰的有些过于浮华,但小包的私密性很好,很舒适。临街的窗子轻纱半垂半挽,从外面看不清里面,但从里面望出去,正是上山道路的拐弯处,路对面是险峻的山体,瀑布也能望到一角,还是观景的好位置。外面的雨越来越大,山色更加苍翠,黑青色的山路上反射水光,显得湿滑。

宋波没有开自己的车,他打了个车,由于道路湿滑行驶了一个多小时,下车后在雨里走了几步,衣服和头发上沾了水汽,多少感到有些疲惫,使劲靠了一下座椅上的软垫,伸伸腰腿。最近两条腿总是困乏,他觉得入秋的时节,人体难免会这样。

服务生跟了进来,端了免费的柠檬水,还有一份精美的菜谱,制作得像画册一般,交到宋波手上,很有分量。宋波掂了一下,说人还没到,稍等一会儿。侍者忙说:"不急点餐,我可以先给您介绍一下本店的特色。这道是'海峡之恋'",他指了首页一幅精美的羊排图片,"进口的土耳其羔羊,最好的小羊排,秘制配方烧烤,每天只做二十例……价位没有你想的那么高,每位198元,还有这道'心心相印'西点,还有这个'甜蜜之吻'是一道奶油浓汤,这款白葡萄酒配羊排……当然本店还有一道非常出名的茶品——薄荷红茶,几乎所有的客人都必点。"

侍者是个不太好打发的清瘦男子,青白的面孔,鼻梁细窄,两只眼睛离得很近。

"那就先来一壶薄荷红茶吧!"宋波想起小雅特别推荐这款红茶。

片刻男子就把茶端了进来,一个托盘上摆放了一把透明的玻璃壶,一盘碧绿的带着水珠的新鲜薄荷草,一盅琥珀色的蜂蜜,一碟方糖,一罐标了阿拉伯文字的红茶,还有一盏小巧的酒精灯。侍者将薄荷草放入玻璃壶,加上红茶,注入沸水,又把玻璃壶架在酒精灯上,一会茶水变成胭脂一般的红,碧绿的薄荷叶像水草一般摇摆舒展。"如果您喜欢甜的,可以加入蜂蜜或方糖。"

宋波看看手表,阿雅还没来,离约定的时间还有十几分钟。

好多年没有见过新鲜的薄荷了,小时老家地头水渠边上生长着,一簇簇,用手指一捻一股清香提神的味道,秋天枝杆上开着一圈圈淡紫色小花。他采回去,母亲就晾晒起来,她说薄荷清心,消炎,是一味好药材,能治许多病。

田间地头不起眼的野草,飘摇在水晶般的玻璃壶里,像是湖底的水藻一般油绿,殷红的茶水衬出它的娇嫩,看上去很美,有了极强的观赏性。但是小雅推荐的这款茶还是让宋波吃惊,这似乎不是小雅喜欢的风格。这个类似饮品。

小包厢内茶色水晶灯投下柔和的光晕,空中飘荡着若有若无的弹拨器乐声,外面秋雨萧瑟,反衬出餐厅里更加温暖舒适。玻璃壶里的茶水翻滚起来,茶水的红和薄荷的绿都是浓艳逼人,在灯光的照射下折射出红、绿宝石一般的色泽,夺目璀璨。

宋波看了看手表,中午时间14:05,约会时间已经超过5分钟了。女人总是姗姗来迟,况且在下雨。要不要给小雅打个电话,他犹豫了一下,手机里却弹出消息,黄色预警,午后中雨转暴雨,山区可能会引发洪水。

下午有个会议,不太重要,他安排副手参加,谎称自己出去协调工作。前几日"组织"找他谈了话,因为面临着一次关键的岗位调整。宋波今年五十四,对男人来讲这是个瓶颈一样的年龄,要么就幸运地在职务上再升一格,要么就是退居二线。他这个岗位很多人已经觊觎多年了,虽然谈话前他有了充分的准备,但是结果还是让他有些失落。关键岗位,工作量大,让年轻挑担子吧。代表"组织"的领导很委婉,上一届,再上一届,都是在这个岗位上栽了跟头,虽然是个人问题,但组织也是有责任的,没有保护好我们的同志。是的,这话的言外之意就是退居二线,保住晚节,安心等待退休,这是他最好的结局。如今这个会议他去不去都可。一直到下班,他为这次约会做了充分的准备,留够了充分的时间。

他沏了茶,还没入口,已嗅到薄荷发出的阵阵清香,像从田野飘来的风,带着家乡泥土的气息,他越来越怀念自己的童年时光,苦涩、清贫、无忧,多像这质朴的野薄荷。仔细品尝,慢慢吞咽,薄荷略有些刺激的味道,清心醒脾,红茶温厚醇香,绵软细腻。两者结合得很好,比想象的要好喝,他又呷了一口,这是个独特的味道,让人为之一振。

宋波喜欢喝茶,红茶、绿茶、黑茶,并不太挑剔,只要是好茶都可以。其实他也知道,喜欢喝茶是老了的标志,周围的人二十岁左右的喝"可乐",三十岁左右的喝"雪碧",四十岁左右喝"矿泉水",五十岁以后开始喝茶,品茶。人就是这样,阅历多了就不喜欢刺激,要归于平淡。像宋波这个年龄段貌似平淡无奇实则底蕴悠长的茶是最好的选择,也适合自己越来越清静无为的心境。就像一句广告语:喝茶是一种人生态度。

"如果加了蜂蜜或糖,会更好。"侍者建议。也许吧,但宋波觉得那样更像是饮品,不算是一种茶。他突然想知道小雅会不会选择加糖,虽然在饮茶上他俩有许多相似之处,但年龄的差别让宋波觉得,小雅应该有自己的选择。这么想着心里涌上一种不安,因为这次与小雅约会意义不同,他想与她谈谈分手。

这想法涌上心头已经有一阵了,这些日子愈发强烈。两人刚好上时,小雅三十出头,刚刚离异。如今这不清不白的关系维系了六年，小雅也四十出头了。虽然是你情我愿的事情，但是女人最终还是要一份归属感。他无法给她一份保障，眼前这条感情之路似乎已经无法延续了，早分要比晚分好。还有一条他说不出口的重要分手原因，他疲惫了，精神和体力上的双重疲惫。有些话还真难以启齿。

人们戏说人和人三年就有"代沟"，他和小雅之间应该有鸿沟，而引领他们跨越"鸿沟"的应该是茶，宋波固执地认为他俩是因茶结缘。

二

六年前宋波受邀参加名晟企业周年庆典，认识了小雅。

庆典规模很大，除了业内人士还邀请的部分政界要员。宋波虽然只是个处级领导，但岗位很关键，一年到头各种应酬颇多，他在这方面一向颇为小心。这次受邀只说是项目考察，到地点才知是一次休闲度假，心里多少有些上当受骗的感觉。下榻之处是某风景名胜区，一处明代道观遗址改造成的休闲会所。修旧如旧，听老板说这也是一种文物保护方式，政府无力进行古迹修复，商家出资修复，当然商家一定是有利所图，于是他拥有一定年限的经营权。

江南四月，春归夏至的感觉，院子里绿意葱茏，亭台楼阁，曲水流觞，碧萝绿藤，莺啭蝶舞，再加上青山绿水间时不时细雨绵绵，云海浮动，宋波也觉得这等山水如果只是保护不利用也是可惜。但行走之间又觉得有些冒犯，老祖宗的清雅修行之地，被自己这等人的官气，还有商人铜臭之气搅扰，不应该。宋波有点后悔没有搞清状况就来了。

小雅是公司派来专门接待宋波的工作人员，在机场时就见了面,当时只觉是个清秀温婉的女人,话语不多,行事却周道体贴。一直跟到了下榻的会所才说这几日由她负责自己的行程,为了关照起来方便,住在一个宾馆。又说除了公司安排的考察,只要愿意,她随时可以陪他四处走走,造访名胜,喝茶聊天。让他充分地休息放松,是公司交给她的工作任务。

第二日,上午是一个庆典仪式。公司成立十年,业务从房地产做到餐饮服务,现在开始进军IT行业,再过几年要"上市","火箭式"的发展态势,一派蒸蒸日上的盛况。会场上挂满了巨型的宣传标语,展台上摆放制作精良的画册、巨型的战略"沙盘"在会场正中呈列,电子屏幕上滚动播放的公司宣传片,拥挤穿梭在鲜花香槟丛中的打扮时尚的俊男靓女也像公司盛况的展示品。宋波在开幕式上站了站,拿着剪刀剪了彩,整个现场鼓乐齐鸣,几百只鸽子和气球腾空而起,宋波知道此行最重要的"工作"就结束了。忙乱之中,小雅一直陪在宋波的周围,穿着一身职业化的西服套装,端庄秀丽,与宋波保持了很好的距离,不远不近,不离不弃,剪彩仪式一结束,就领了他从纷乱的会场退到一侧雅室休息。

中午与老总用了餐,听老总意气风发地回忆过去,畅谈未来,似乎每个成功的企业家都曾有一段悲惨的创业史,让宋波听得有些腻味有些心烦。应酬从来都是劳神劳力的事情,既来之则安之,如今他也是老板大饭局中的一盘菜。小雅似乎看出宋波的不悦,饭后引着宋波回房休息时,说下午如果有时间,是否考虑去一处清静之地喝喝茶。当地有一种稀有的茶叶,正值最好的采摘时节。

午休后,宋波冲了个澡,电话仿佛算好时间打过来的,小雅说在大厅等候,一切都安排妥当。

宋波生活比较单调,不好烟酒,唯独喜好喝茶,而且无论茶种,只要是好茶他就能品出个中滋味。

喝茶的去处是小雅事先安排挑选过的。车子在江南寻常小巷中穿行着,外面又落了雨点,小雅说她查了天气预报,这雨下不大,又说喝茶的去处是宋代某名士的旧居,如今由他后人经营一处茶室,并不对外营业,只是以茶会友,以茶论道。细雨中沿街一派绿树白墙,一派清爽宁静。车停在一处双开的简易木门旁,随后有人引路,院内清雅别致,一架刚开花的丝瓜,一处假山流水,池中碎萍点点,几尾黑色'龙井'在水中飘忽着身影,在宁静中增加灵动。墙角几丛芭蕉修竹傍着墙上的小花窗,让人遥想当年有美人出入。再瞧当院一溜并不高大的房屋,灰瓦卷棚,朱梁青砖,很有年代感,整个院子没有过分雕饰的痕迹。

宋波看得心里称赞,一回头发现小雅立在身后,才发现装扮得与上午不同,竟和这院落的景致如此融合一致,长及脚面的青灰色的细纱长裙,玉白的一双素臂,一瀑黑发半挽半垂,发髻中插了一把乌木包银的簪子,打扮得袅袅婷婷,不知怎么地联想到她的名字,江雅鱼,是个有几分古韵的好名字。

再入茶室,屋内一色素白,挂了几幅山水字画,颇有档次,摆放了简单的墨色家具,内室是一间茶室,只有一个长几和一个书架依墙而立,长几上摆了一个土色陶罐,罐内稀疏的几只花草,日光刚好斜照在上,一束婆娑的花影在墙,另有一番妙趣。窗下一副古琴,像主人常用之物。中间是一个八尺见方的茶台,又像一个书画台,并不似一般茶室中雕工繁琐的茶台,上铺一灰白色粗麻布,摆放了茶室四宝:玉书(石畏)、潮汕炉、孟臣罐、若琛瓯,另有茶船、茶海等茶具,两个天青色茶碗。

茶室主人介绍了茶品,准备好用具,就退了出去。小雅洗过手后,在茶台旁的蒲团上半坐半跪,亲自点茶,一招一式,从容娴熟。宋波不禁对眼前这个女子称奇,原以为只是公司的公关,花瓶式的女人,两日下来总觉得这女人身上有一种特殊气质。默想间接过茶盅,端到唇边,茶香袅袅,让人毛孔微张,轻轻入口,细心品味,甘甜苦涩交错无穷,不觉两腮生津。

好茶!小雅见宋波展开了眉头,便知茶还可以,自己也斟了一盏,抿了一口,不禁点点头,说道:"是新茶,好茶,水也好。"说着小口抿着,回味了一会儿又说:"只是这新茶只能浅尝,还有几分生涩的味道。"

宋波说:"涩得刚好",口中还余了淡淡的茶香。一时间,上午的喧嚣烦劳顿消,只余一身轻松愉悦。

小雅也浅浅一笑。她那一幅标准的鹅蛋脸生动起来,两弯清秀整齐的眉毛,口鼻小巧端庄,细看一双眼睛并不是神采飞扬,蕴含几许的疲倦和忧伤,此时却笑意盈盈,莞尔之间,眼角有了细细的皱纹。不知为什么这一点沧桑和疲惫却平添眼前人的道不明说不清的动人之处。

喝完这绿茶,主人又拿出一罐茶叶,说是珍藏很久的普洱。这才明白刚才的小饮只是前奏,今天品茶的重头才开始。

一时间原来那套茶具也都换成盖碗和紫陶泡,主人端出几碟点心说是用了不同的茶汁制作的,甚是精致。再看茶叶的名字叫"醉酡颜"。宋波也颇有兴致,像勾出了茶瘾,急待品尝。这红茶冲泡后沥出茶汤红得深沉又清澈,奇香扑面而来。端来细品更觉得温润醇厚的茶香意味不绝,缠绵醉人。

一室清幽,半窗斜阳。时光在不知不觉中消磨了去,夕阳醉成茶色,有美人在身边奉茶浅语,仿佛置身另外的时空,平日烦闷消失得无影无踪。安静中,宋波忽然觉得眼前这女人身上有一种茶性,仿佛有绿茶的淡泊、悠扬,又有红茶的醇香、厚重。他一时还说不清,但有了好奇之心。

这个城市本来就是有名的茶都,人们有喝茶的习俗,又正值新茶上市,探访茶室品尝名茶也成了最好的休闲活动。随后的几日宋波大多由小雅陪着走访了几家颇有特色的茶室,宋波发现小雅对茶的喜欢和了解好像超出了她的年龄,两人聊得话题也从茶展开,越来越投机,甚至说到了个人的经历,各自的家庭。有一天,宋波忽然说,有一天退休能到这里开一间茶舍,此生就圆满了,说不定还能遇见小雅当垆买茶。小雅一低头,一脸深思,幽幽地说没想到他俩想到了一处。

几天来下来两人之间无话不谈,竟然心生缱绻,有了难舍之意。最后那个晚上,小雅留在宋波的房间,他们成了一对地下情人。

三

这种关系保持了六年。宋波也怀疑过小雅的动机,他手里的批文的权力足以影响到名晟企业的兴衰存亡。虽然从那次接待任务之后,小雅从来没有提过任何和公司有关的要求,只是一味地对他好,但是他也得承认正是他和小雅的这层关系,遇到名晟公司的事情他总会在适当的范围内松一松,宽一宽。名晟得到的实惠不在话下,名晟的成功与发达,他宋波功不可没。

他更愿意相信小雅是个置身事外的好女人。几年下来,小雅似乎很是安心于现在这层关系。她结过婚,又离了,感情的创伤让她一度对婚姻不抱希望,在这感情的空档期,宋波的出现慰藉了她的心灵。他们的交往大多以喝茶为由,去不同的城市和不同茶室。茶喝得多了,宋波口味也高了,但小雅说她和宋波这都不算会品茶,也不算真的爱茶,直到有一天喝出唯一钟情的茶,才算真正爱茶之人。他在心里也认同小雅的说法,的确他还没有找到一款最钟爱的好茶。

宋波与小雅相处越久越喜欢,原以为只是一时感情冲动,处久才发现自己几乎到了无法自拔的地步。他发现小雅也越来越依赖他,话语之间还透露了与他白首相依的念头,这让他又喜又忧,甚至产生过与原配夫人离婚的念头。但他很快就打消了这个愚念头,原配夫人曾经是宋波的大学同学,当年宋波就是个从农村出来的穷小子,要不是夫人慧眼识珠般地发现他,资助他,他恐怕连大学也读不完,后来找工作成家,包括在事业上的升迁,几乎每一步都是夫人和她家庭的鼎力相助。包括如今他在这关键岗位上呼风唤雨,几次化险为夷,都和曾经当过省部级领导的岳父有关。离婚的事无异于用鸡蛋碰石头。当然最近心烦意乱的还不只这些,出的状况让他难以启齿。他偷偷去看医生,医生说男人到这个年龄,机能衰退是必然的,吃药也解决不了问题。其实他和原配夫人好几年没有性生活,遇到小雅后竟如朽木逢春,自己也惊讶不已,但是年龄不饶人,即便是面对小雅这生机勃勃的身体,即便他冲动不已,那家伙无耻地败下阵来,它像一个无法飞翔的小鸟,软塌塌地伏在巢穴里,小雅万分耐心和体贴也没能起作用,它终究像死去了一样。后来又试了两次,还是不行,只带给自己羞辱和无奈。小雅也很尴尬,虽然她一再表示这是很正常的事情,她并不太在意。宋波却感受到了她深深的失望。

代表"组织"的秃头男人,一副阉人般的虚白肥胖,脸上是不明不白的笑容。保住晚节!他说这话时徐缓有力,用粗壮的手指关节敲着桌子。宋波听出这话中有话。

现实让他清醒了不少,他第一次冷静考虑起他和小雅的危险关系,他发现维系他们之间这层关系的纽带很脆弱,脆弱到让他不敢想象。到了该结束的时候了,尽管他不舍,身体却首先背叛了他,羞辱了他。但是开口谈这件事毕竟不容易。

薄荷红茶很合他的口味,红茶温厚,薄荷气息让人安神镇定。

雨点打在玻璃上,又急又乱。宋波思忖应该打个电话问问走到哪里了,他突然想尽快完成这次艰难的约会,就像一艘在风波中颠簸的小船急于回到平静的港湾。

茶水下去半壶,他有一丝焦虑。窗外山路上积水的路面,在过往车灯的照耀下闪动细如发丝的金色光芒,散发出一层雾气。他拿起手机,拨过去,电话一片忙音,他又拨一次,仍旧是。他有些不安。

外面传来一阵急促的喇叭声,紧接着是刺耳的刹车声,突兀、尖锐、揪心,透过玻璃传过来。宋波从窗子望出去,一辆车急刹之后,在湿滑的路面打了几个旋转,飞溅成扇形的雨水,车撞在路边树上。好像有灰色的风衣飞起,一个黑色的手包飞起又落下……

"出车祸了,有人撞得飞起来了……"餐厅有人叫嚷,说话间有向外涌动的脚步声。那件深灰色风衣、黑色手包在空中旋转掠过的影像恍如电影中的镜头,宋波也抑制不住惊奇,不祥的感觉从脊背爬上后脑勺,他突然起身跟了他人走出餐厅,雨还在下。

"那女的接电话,我发现时刹不住了,拼命按喇叭,那女人,真是……"司机站在雨里,一个黑瘦的小个子男人,又沮丧又愤怒的神情,头发和身上很快湿了,雨水从变形的脸上淌下。"呸,倒霉,鬼天气……"

女人飞进了路边山涧,俯面着地,灰色风衣下瘦弱的身形一动不动,黑色长发散乱在背部。看热闹的人往路边涌,他向后退了几步,一只黑色的古驰手提包被车碾压后,沾满了泥水丢弃在路上,那是小雅四十岁生日时宋波从国外带回的礼物,限量版的。宋波本能地想离开现场,他又退后几步,脚下踩了什么,低头一看一部小巧的手机,宋波拾起,与他同款的女士手机,手机上闪烁的号码是他刚打的,他发现自己的手机还在通话状态。

宋波的身体在剧烈地发抖,他无法控制住身体,就像他无法控制命运。他立在雨里,大雨像从头上浇下来,顷刻间全身湿透,没有人关注他,只听见有人在报警:跃鱼山上的伊斯坦布尔,发生一起车祸,人好像没命了,一个女的……

他不知怎么返回的餐厅小包厢,两腿抖动着呆坐片刻,费了很大劲儿才褪下身上湿透的外衣,端起一杯滚烫的茶水,身体的战栗才慢慢消退,好一会儿,有什么东西才回到身体里,他开始明白发生过的事情。外面闪过警车和救护车来了又去的灯光,看热闹的人也散去了。雨一直下,瀑布变得更加欢腾。

侍者进来了,因为受惊脸色更加青白,两只虾仔一样眼睛像挤在了一起,他有点吃惊地望着宋波,然后就抱怨着说晦气的很,有些客人借看热闹没结账就跑了。又问宋波的客人何时到,宋波愣了一下,说:"我一人,等什么客人,拿单子点餐。来一份海峡之恋,再来一份甜蜜之吻。"他又望了一眼窗外,问道:"那人还有救吗?"

"不可能,从山底抬上来就断气了,惨得很。"

宋波心里狠狠地疼了一下,紧接着便如释重负地吐了一口气,他说:"再来一份薄荷红茶,加上蜂蜜。"

江雅鱼进来时,身体也淋湿了,那件浅灰的风衣湿嗒嗒地成了深灰色。她一边解释一边脱下风衣搭在椅子背上:真倒霉,一出门先去了商场,丢了手包和手机,她最喜欢的手包。然后又搭不上车,快到山下时,说是山上出了车祸,前面这段路戒严了,只好走上来。

她看了看有些发呆的宋波,依然优雅地坐了下来,用一方洁白的手绢轻轻擦拭头发上的水珠,头发上依然斜插了乌木包银的簪子。因为淋了雨,面孔有些憔悴,刚刚补过的粉让眼角的细纹更加明显。她看了看刚端上来的食物,半是抱歉半娇嗔:"让您久等了,真是对不起。不过,我好像选对了地方,这薄荷红茶好像对了您的口味。"

"不过,薄荷是大寒之物,不可多饮。"小雅又补充道。

宋波的胃一时绞着疼。